Pam?

I gofio fy mam, Eirlys Sullivan

Pam?

DANA EDWARDS

y Lolfa

Diolch o galon i:

Meleri Wyn James, fy ngolygydd,
am ei gwaith trylwyr a'i chyngor parod;

Siân Matthews a Lila Piette am eu sylwadau craff;

Dr Huw Wilding a Bill Williams
am rannu eu gwybodaeth arbenigol;

ac i'm gŵr, Richard Edwards, am fod yn gefn cadarn.

Argraffiad cyntaf: 2016
© Hawlfraint Dana Edwards a'r Lolfa Cyf., 2016

*Ffuglen yw'r gyfrol hon. Er ei bod yn cynnwys cyfeiriadau at bobl, lleoedd
a chymdeithasau go iawn, maent yn ymddangos mewn sefyllfaoedd
dychmygol. Ac eithrio ffeithiau hanesyddol, cyd-ddigwyddiad llwyr yw'r
tebygrwydd i bobl neu sefyllfaoedd sy'n bodoli mewn gwirionedd*

Cynllun y clawr: Sion Ilar
Llun y clawr: Meirion Jones

Rhif Llyfr Rhyngwladol: 978 1 78461 294 8

Dymuna'r cyhoeddwyr gydnabod cymorth ariannol
Cyngor Llyfrau Cymru

Cyhoeddwyd ac argraffwyd yng Nghymru
ar bapur o goedwigoedd cynaladwy gan
Y Lolfa Cyf., Talybont, Ceredigion SY24 5HE
e-bost ylolfa@ylolfa.com
gwefan www.ylolfa.com
ffôn 01970 832 304
ffacs 01970 832 782

1

Dydd Gwener, 12 Gorffennaf 1991

Myfyrwyr a phartïon, mae'r ddau beth yn mynd law yn llaw, on'd y'n nhw? Fel pysgod a sglods, coffi a hufen, Syr Wynff a Plwmsan. Mae hynny'n wir, wrth gwrs... i bawb arall. Ond nid felly roedd hi i Pam; roedd yn gas ganddi hi bartïon. Roedd hi'n eu casáu â chas perffaith.

Teimlai Pam bryder cynyddol yn cripian ar ei hyd ddyddiau cyn unrhyw barti, gan gychwyn wrth i Stacey a Carys a'r criw ddechrau trafod dillad. Gwyddai Pam yn iawn y byddai hithau, yn belen gron, bum troedfedd a dim un modfedd, yn edrych yr un mor wael dim ots ai'r top glas tyn neu'r flows ddu lac a ddewisai i fynd gyda'r un pâr o jîns yn ei wardrob. Y nod, wrth gwrs, oedd denu bechgyn; p'un a fydden nhw'n 'bachu' ai peidio – dyna oedd y gwahaniaeth rhwng noson dda a noson ddi-ddim yng ngolwg y mwyafrif o'i ffrindiau. Wel, byddai'n rhaid i Pam fynd mas yn hollol borcyn i ddenu sylw'r bois, a hyd yn oed wedyn, chwerthin fydden nhw o'i gweld. Felly, wrth i ddyddiad y parti agosáu, ac i'w ffrindiau gyffroi fwyfwy, byddai'r ofn yn cronni yn ei stumog yn un cwlwm caled.

Ond doedd hynny'n ddim byd o'i gymharu â noson y parti ei hun. Lletchwith. Dyna sut y byddai hi'n teimlo. Lletchwith o ran ei gwedd, lletchwith am nad oedd ganddi glecs diddorol i'w cyfrannu, lletchwith wrth iddi sefyllian ar gyrion y grwpiau gwahanol a gasglai ym mhob cornel. Treuliai oriau poenus yn ceisio rhoi'r argraff ei bod yn rhan o'r giang, yn closio jyst digon i roi'r argraff nad oedd ar ei phen ei hun. Clywai ddarmeidiau o'r sgwrs, a byddai'n chwerthin yn rhy uchel i gwato'r ffaith nad oedd wedi clywed digon i ddeall y jôc, neu'n waeth fyth nad oedd yn deall yr *in-joke*. A'r cywilydd, pan fyddai aelod go iawn o'r giang yn troi ac yn sylwi arni'n sefyll yno! Y cochi wedyn, a'r sleifio sydyn i ben pellaf yr ystafell. Treuliai oriau yn y tŷ bach ar noson parti; dyna'r un ystafell lle'r oedd hi'n dderbyniol i rywun fod ar ei ben ei hun.

Ac unwaith eto, dyma hi'n loetran yn y gegin yn mwytho cwpan plastig llawn seidr cynnes. Pan ddechreuodd Gwennan swnian am ddathliad pen-blwydd roedd Pam wedi ceisio ei darbwyllo i beidio â chynnal parti gan ddadlau y byddai'r mwyafrif o'u ffrindiau wedi gadael y dref am yr haf. Ond twt-twtiodd Gwennan y ddadl gan ddweud y byddai'r rhelyw yn falch o unrhyw esgus i ddod 'nôl i Aber am benwythnos. Ac yna ceisiodd Pam osgoi'r artaith heddiw eto. Roedd wedi pledio pen tost, wedi clwydo i'w gwely ar y llawr uwchben, rhywle y medrai glywed y parti heb fod yn rhan ohono. Ond fe fynnodd Gwennan ei bod yn codi ac ymuno yn yr 'hwyl'. Nawr, teimlai law Gwennan ar ei chefn yn ei gwthio'n benderfynol i gyfeiriad bachgen tal, pryd golau. Roedd hwnnw'n arllwys gwin gwyn i wydr peint wrth fwrdd bach yng nghornel yr ystafell, bwrdd oedd yn gwegian dan bwysau poteli, caniau a llond llaw o bacedi creision gwag.

Ond cyn cyrraedd y bachgen, stopiodd Gwennan a rhoi un hwpad egr olaf i Pam. 'Frawd bach, dwi am i ti gwrdd â rhywun sbesial iawn. Pam-Leia, dyma Rhodri – fy mrawd *bach*.'

Estynnodd Rhodri am ei llaw, gan wneud sioe o'i chusanu. Yna gollyngodd hi, gan ddal i edrych i fyw ei llygaid.

Stryffaglodd Pam am rywbeth i'w ddweud.

'Ma Gwennan wedi sôn lot amdanat ti, Rhodri, ond o'n i'n dechre meddwl mai rhyw frawd rhithiol oedd ganddi.'

'Rhy fishi'n joio'n y ddinas fawr ddrwg i gadw'i addewidion i ddod i weld 'i chwaer,' meddai Gwennan gan chwerthin.

Nodiodd Rhodri. 'Ie, sori am 'na, fi wedi bwriadu dod sha Aber 'ma droeon ond rywsut…'

'Wel ti 'ma nawr, a fi'n credu bo chi'ch dou'n mynd i dynnu mlân yn dda. A ma 'da chi rywbeth arbennig iawn yn gyffredin, heblaw'r ffaith bo chi'n ddigon lwcus i nabod fi, wrth gwrs,' chwarddodd Gwennan.

Daliai Rhodri i edrych ar Pam ac ymledodd gwên dros ei wyneb agored. Cochodd Pam. Roedd y bachgen hwn eisoes yn chwerthin am ei phen, neu o leiaf am ben y syniad bod rhywbeth yn eu huno.

'Cei di ddyfalu beth yw e, Rhods,' meddai Gwennan, gan droi ei chefn ac anelu at firi swnllyd yr ystafell fyw. 'Joiwch!'

Gwgodd Pam ar gefn ei ffrind.

'Wel, Pam-Leia, ga i esbonio'n syth bin nad brawd *bach* Gwennan ydw i.'

Roedd ganddo lais hyfryd, meddyliodd Pam, a throi 'nôl tuag ato. Llais dwfn, cynnes.

'Fi'n galler gweld bo ti ddim yn fach,' atebodd hi'n sych, gan edrych ar ei thraed. Roedd nerfusrwydd yn gwneud iddi swnio'n surbwch eto fyth.

Chwarddodd Rhodri, gan edrych i lawr ar ei draed yntau. 'Chwe throedfedd yn fy sane, a dal i dyfu,' meddai.

Ac yna roedd hi'n ymwybodol ei fod yn edrych arni unwaith eto.

'Mae Gwennan wastad wedi lico chware rhan y chwaer fawr,' esboniodd Rhodri. 'Ond dwy funud yn hŷn yw hi – mae wedi bod yn gynnil gyda'r gwir erio'd. Ta beth, Pam-Leia, beth sy 'da ni'n gyffredin, te?'

'Dim Pam-Leia – jyst Pam,' mwmialodd.

'Pam,' nodiodd ei ben yn foesgar.

''Run peth â Pamela Anderson.'

Cododd ton sydyn o chwerthin croch o'r ystafell fyw ac edrychodd Rhodri i gyfeiriad y drws. Gwridodd Pam. Roedd e siŵr o fod yn meddwl ei bod hi'n debycach i Pam Ayres! Beth yn y byd gododd ar ei phen? Sôn am ofyn am gael eich cymharu'n anffafriol.

'O, sori… yr holl sŵn 'ma… o'n i'n meddwl bo Gwennan 'di galw ti'n…'

'Ma 'na Pamela arall ar yr un cwrs, a Pam-Lai ma'n nhw'n 'i galw hi – am resyme… wel… amlwg… – a Pam-Leia ydw i, am resyme, wel…'

Daeth yr esboniad i ben yn ffrwt wrth i Pam sylweddoli bod Rhodri yn edrych dros ei hysgwydd i gyfeiriad drws y lolfa. Yno roedd Stacey, yn ei jîns gwyn tyn a'i chrys T 'Gwnewch BOPETH yn Gymraeg' gyda llun cwpwl yn cusanu yn glynu'n dynn i'w bronnau, yn gleme i gyd, yn diddanu grŵp o fechgyn o'r ail flwyddyn. Am eiliad gwyliodd Rhodri'n llygadu Stacey, yna trodd 'nôl tuag ati a rhoi ei law yn ysgafn ar ei braich. Roedd golwg boenus arno, ei dalcen llyfn yn grych. Wrth gwrs, roedd ar fin esgusodi ei hun, a mynd i chwilio am gwmni difyrrach. Tybed beth fyddai'r esgus? Toiled. Mae'n siŵr y byddai'n dweud ei fod angen tŷ bach – hynny a mynd i nôl diod oedd y ddau esgus mwyaf poblogaidd yn ei phrofiad hi. Roedd Pam ar fin achub y blaen arno, estyn caniatâd iddo ddiflannu, pan dorrodd Rhodri ar ei thraws.

'Jyst Pam amdani, 'te,' meddai. 'Wel, mae 'di cymryd pum munud i ni gytuno bod Gwennan wedi'n camarwain ni'n dau. Mas o dri pheth wedodd hi, ni wedi darganfod yn barod bod dau ohonyn nhw'n gelwydd no… a beth am y trydydd? Beth yw'r peth mawr 'ma sy 'da ni'n gyffredin, 'te?'

Gwthiwyd Pam gan gwpwl o fechgyn wrth iddynt estyn am y caniau cwrw a rhoddodd Rhodri ei law dan ei phenelin a'i harwain ymaith oddi wrth y bwrdd diodydd. Roedd rhywbeth cysurlon o henffasiwn yn y weithred.

'Galle dyfalu yn gwmws beth oedd ar feddwl Gwennan gymryd sbel,' meddai Rhodri wedyn.

'Ddim i fi,' gwenodd Pam yn swil. Crafodd ei phen am rywbeth doniol i'w ddweud i geisio cadw'r bachgen golygus yma wrth ei hochr am dipyn bach yn hwy. Roedd e'n edrych o'i gwmpas eto. Glou; roedd rhaid iddi ddweud rhywbeth slic. Beth oedd yn diddori bechgyn, heblaw pêl-droed a rhyw? Gemau. Ie, 'na fe, gemau – roedd bechgyn Panty'n chwarae gemau yfed byth a hefyd. Doedd dim byd i'w golli, 'te.

'Wy'n gwbod yn barod, ond gei di ddyfalu,' meddai Pam. 'Ac am bob ateb anghywir bydd raid i ti yfed tri bys o win.'

Am funud tybiodd Pam ei fod am chwerthin ar y syniad plentynnaidd. Ond nodiodd Rhodri'n hawddgar. Plesio ei chwaer oedd y bwriad, mae'n siŵr.

''Na'r fath o gosb fi'n lico!' meddai. 'Ocê, bant â'r cart…'

Ymlaciodd Pam y mymryn lleiaf. Efallai nad oedd am ddianc yn syth wedi'r cwbl.

'Ifans yw dy gyfenw di?'

'Smith – sori – tri bys.'

'Ti ddim yn edrych yn sori iawn.' Edrychodd Rhodri arni dros ei wydr. Roedd ei lygaid glas yn pefrio'n ddrygionus. 'Ti'n cefnogi Man U?' gofynnodd ar ôl cymryd llwnc hir o'r gwin.

Ysgydwodd Pam ei phen. 'Croten rygbi ydw i – dere mlân – tri bys.'

Yfodd heb gwyno. 'Ti'n dwlu ar AC/DC?' gofynnodd wedyn.

'Datblygu.'

'Datblygu?'

'Y grŵp o Aberteifi, 'chan!'

'Erio'd 'di clywed amdanyn nhw.' Ysgydwodd Rhodri ei ben i bwysleisio hynny.

Ble oedd hwn 'di bod yn byw? Dan gragen? 'Tri bys am fod mor anwybodus, 'te,' chwarddodd Pam. Roedd hi'n dechrau mwynhau ei hun. Roedd y parti'n cynhesu a rhywun wedi troi'r miwsig i fyny er mwyn clywed yr Anhrefn dros y cleber a'r iwban. Diolch byth bod y fflat ar y llawr gwaelod yn wag ar hyn o bryd, ac mai myfyrwyr oedd eu cymdogion ar y naill ochr a'r llall.

Yfodd Pam lwnc o'i seidr hefyd a mentrodd gip gwell arno. 'Pishyn' – dyna sut byddai'r merched eraill yn ei ddisgrifio. Golygus, tal, main heb fod yn denau, ac wedi gwisgo'n neis mewn jîns glas golau a chrys T du, tyn.

Cododd Pam ei golygon a bu bron â thagu. Roedd e wedi ei dal. Torrodd ton arall o gochni drosti a gafaelodd mewn taflen oddi ar y gadair wrth ymyl y drws a'i chwifio'n wyllt. 'Mae'n dwym 'ma,' meddai, gan yfed dracht arall o seidr.

'Merch bert, wy wastad 'di lico gwallt coch – ers i Gwennan fynnu 'mod i'n darllen *Anne of Green Gables* yn ddeg o'd,' meddai Rhodri, gan edrych arni.

Ysgydwodd Pam y papur yn gyflymach fyth a gwenu'n llydan. Doedd neb, NEB, erioed wedi ei galw hi'n 'bert' o'r blaen. Estynnodd Rhodri am y papur a rhoi stop ar y gwyntyllu gorffwyll a chaeodd Pam ei llygaid. O mam fach, roedd e'n mynd i'w chusanu!

Ar ôl ennyd a chyda phendro'n bygwth, agorodd Pam ei llygaid eto.

Roedd Rhodri'n syllu ar y daflen. 'Ti'n nabod hi...? Ar y daflen?' gofynnodd.

Dyna dorri ei chrib! Wrth gwrs, nid ati hi roedd e'n cyfeirio o gwbl.

'Branwen Niclas, ac Alun Llwyd yw'r llall, rhag ofn dy fod ti'n ffansïo hwnnw hefyd,' atebodd. 'Ma'n nhw o flaen eu gwell am dorri mewn i adeilade'r llywodraeth ym Mae Colwyn.'

'Beth sy werth ei ddwyn fan 'ny, 'te?' Roedd Rhodri'n dal i astudio'r llun.

Ysgydwodd Pam ei phen i ddangos mor anwybodus yr ystyriai ef. 'Dim dwyn oedd y nod ond tynnu sylw at yr angen am ddeddf eiddo.'

Chwibanodd Rhodri. 'Pert *ac* egwyddorol.'

Sylwodd Pam arno'n plygu'r daflen a'i rhoi ym mhoced ei jîns. 'Fydd hi ddim ar gael, ti'n gwbod – wel, ddim am fisoedd ta beth. Ma'n nhw'n siŵr o gael carchar.' Llyncodd Pam ddracht hir o'i diod. Doedd hi ddim yn siŵr y byddai carchar yn ddrwg o beth i gyd. Am eiliad, ffieiddiodd wrthi hi ei hun am feddwl hynny. Ond, na, roedd rhywbeth yn y syniad hwnnw – byddai carcharu dau mor ifanc, o deuluoedd parchus, yn ennyn cydymdeimlad y cyhoedd, yn ennyn sylw i'r achos. Ac os oedd Branwen ac Alun yn barod i dalu'r pris...

'Reit, Rhodri, 'nôl at y gêm... ti'n cofio? Dyfalu beth yw'r peth mawr 'ma sy'n uno ni'n dau.' Gwnaeth ei gorau i swnio'n ddifrifol, fel petai o bwys mawr ei fod e'n dyfalu'n gywir.

'Ocê, ocê – fi'n meddwl... Dy hoff bryd yw ffowlyn?'

'Fi'n feji.'

Tynnodd Rhodri gleme. 'Ti 'di ennill gwobre am sgio... tennis... golff?'

Chwarddodd Pam yn uchel. 'Odw i'n edrych fel menyw ag unrhyw ddiléit mewn chwaraeon?' Daro, roedd hi wedi gwneud yr un peth eto – tynnu sylw at ei diffygion. 'Wedi meddwl, 'nes i ennill cystadleuaeth taflu *sea-boot* unwaith. Ar draeth y Rhyl.'

Cyn i'r geiriau ffurfio'n iawn fe wyddai. Pathetig. Dyna'n bendifadde fyddai e'n feddwl. Ond trwy ryw ryfedd wyrth roedd Rhodri'n gwenu arni. Ail gyfle prin. Gwell troi'r sgwrs ato fe yn go glou, tir llawer mwy diogel.

'Wyt ti 'di ennill gwobre am yr holl gampe 'na, 'te?' gofynnodd iddo.

Nodiodd Rhodri gan wenu. 'Mae'n amlwg bod 'da ni gymaint yn gyffredin â Prins Charles a Diana,' meddai wedyn.

'Haul a lleuad,' cytunodd Pam.

'Yin a yang,' cynigiodd Rhodri.

'Ping a pong,' meddai Pam.

Edrychodd Rhodri arni'n syn.

'Beth? O, sdim ots. Fi'n rhoi'r ffidil yn y to – alla i'm yfed mwy o'r plonc 'ma. *So*, beth 'te, Miss Pamela Smith?'

Yfodd Pam lwnc hir o'r seidr melys er mwyn hoelio sylw Rhodri am rai eiliadau pellach.

'Gorffennaf y 13eg, diwrnod ein pen-blwydd,' meddai o'r diwedd. 'Byddwn ni'n tri – ti, fi a Gwennan – yn codi bore fory yn ddwy ar hugain. Ma heno'n noson fawr – Gwen a finne'n cwpla yn y coleg am byth bythoedd, amen, a'n diwrnod ola ni i gyd yn un ar hugain.'

Chwarddodd Rhodri'n uchel eto. 'Potel arall amdani, 'te. Dim ond siampên sy'n ddigon da.' Chwifiodd ei ddwylo yn yr awyr yn ddramatig ac igam-ogamu 'nôl at y bwrdd diodydd.

Pwysodd Pam yn erbyn wal y gegin a'i wylio'n llenwi dau gwpan plastig gyda'r Asti Spumante roedd hi wedi'i brynu'r prynhawn hwnnw. Roedd hi wedi pendroni'n hir yn y siop ddiodydd ar gornel Ffordd y Môr. Roedd hi'n botel mor ddrud. Bu'n llygadu poteli o wirodydd lliwgar hefyd, ond doedd ganddi ddim clem sut flas oedd ar yr hylif glas, na melyn, na choch. Yn y diwedd roedd y siopwr wedi ei sicrhau bod yr Asti'n un da iawn, a nawr roedd yn falch iddi ddewis peth mor soffistigedig. Wrth i Rhodri droi yn ôl tuag ati, cyrhaeddodd Stacey y bwrdd diodydd. Gwyliodd Pam hi'n rhoi llaw feddiannol ar ei fraich a cheisio dwyn y ddiod. O, 'na fe, roedd wedi canu arni hi, Pam, nawr! Pwyntiodd Rhodri at grys T awgrymog ei ffrind. Chwarddodd y ddau ond, yna, trodd Rhodri oddi wrthi a gwneud ei ffordd yn garcus yn ôl at Pam. Estynnodd un cwpan gorlawn iddi, gan sarnu tipyn ar y linoliwm a oedd eisoes yn stecs.

'Llwncdestun,' meddai, gan ddal ei ddiod yn uchel. 'I Pam, fy efaill newydd, yr *hostess with the mostess*, sy ddigon caredig i adael i fi gysgu ar ei soffa ffab yn ei "fflat" hollol mega heno,' bloeddiodd dros sŵn y Cyrff yn athronyddu taw 'Bywyd yw y cyffur a bodoli yw yr ystyr'.

Yfodd y ddau'r ddiod wawr felen felys, a theimlodd Pam ei phen yn troi.

Dydd Sadwrn, 13 Gorffennaf 1991

Dihunodd Rhodri'n swrth wrth i sbrings y soffa balu i mewn i'w gefn. Agorodd ei lygaid yn araf bach. Er bod y llenni ynghau doedden nhw ddim yn cwrdd yn y canol a deuai llygedyn o olau i'r ystafell. Roedd y papur wal hesian *beige*, a hongiai'n rhydd mewn un gornel uwchben y ffenest, yn ddieithr iddo. Caeodd ei lygaid a cheisio anwybyddu'r twrw yn ei ben a'r arogl stêl o'i amgylch. Ymhen munud neu ddwy roedd wedi cilagor un llygad unwaith eto er mwyn ceisio dyfalu ystafell pwy oedd hon. Clywai anadlu ac ambell chwyrniad; roedd 'na eraill yn yr ystafell 'te, ond o'i nyth ar y soffa ni allai weld neb. Mentrodd agor y llygad arall. Ar y wal o'i flaen roedd poster o ryw gerdd. Ceisiodd ffocysu, ond roedd popeth yn niwl. Rhwbiodd ei lygaid. Yn raddol bach daeth pethau'n fwy clir. 'Hon' – ie, 'na'r teitl. Cerdd am ryw ferch, mae'n siŵr. Gadawodd i'w lygaid grwydro cyn belled â phosib heb iddo orfod troi ei ben. Ar y wal gyfochrog roedd llun o'r grŵp U2 a phoster yn mynnu 'Deddf Eiddo Nawr' yn gwneud eu gorau i orchuddio'r papur llwydfelyn. Wrth gwrs, sylweddolodd yn sydyn, yn fflat Gwennan yn Aberystwyth roedd e. Clywodd sŵn chwerthin o gyfeiriad y gegin, a throdd ar ei ochr, i ffwrdd o olau'r ffenest, gan obeithio i'r nefoedd y câi lonydd am awr neu ddwy.

Ond nid felly roedd hi i fod. O fewn eiliadau gwthiwyd drws yr ystafell ar agor. Cadwodd Rhodri ei lygaid yn dynn ar gau; gobeithiai y byddai pwy bynnag oedd yno'n tybio ei fod yn cysgu ac yn cilio a gadael iddo fod.

'Pen-blwydd hapus i ni. Pen-blwydd hapus i ni. Pen-blwydd hapus, Rhods, Pam a Gwennan. Pen-blwydd hapus i ni!'

Yyy. Llais soprano ei chwaer.

'Cysgu ci bwtsiwr ma'n nhw'n galw hynna, Rhods. Coda wir, mae'n naw o'r gloch, a ni'n ddwy ar hugain. Mae'n ddiwrnod rhy sbesial i'w fradu.'

Gorweddodd Rhodri'n farw o lonydd.

'Coda, Rhods… Plis!' ychwanegodd ei chwaer gan oglais ei draed.

Tynnodd ei goesau tuag ato, a chyda'i lygaid yn dal ynghau plediodd, 'Digon symol ydw i wir, Gwen. Jyst rho bum munud fach i fi.'

'Dyw'r dathliade ddim yn gallu dechre hebddot ti. So, sai'n becso taten shwt ti'n teimlo. Ti'n codi, nawr,' atebodd Gwennan, gan ei rolio'n ddidrugaredd oddi ar y soffa.

Glaniodd Rhodri ar ben corff ar y llawr, ond stwyrodd hwnnw, neu honno, ddim.

'Dere. Sai ishe i ti golli'r hwyl. Ma brecwast yn barod, Rhods,' meddai Gwennan yn addfwynach.

Gwyddai Rhodri'n iawn nad oedd unrhyw bwynt gwastraffu ei egni prin yn protestio, a chododd yn araf a dilyn ei chwaer yn simsan iawn i'r gegin. Ar y bwrdd, yng nghanol y llestri brwnt, y caniau, y poteli a balŵns crebachlyd y noson cynt, roedd cacen fawr ac arni dair cannwyll, eu fflamiau gwan yn ymladd i aros ynghyn. Safai Pam wrth y bwrdd ac ymunodd Rhodri a Gwennan â hi.

'Waw, Rhodri, sai'n gwbod am ddiffodd fflam, ond bydde dy anadl di'n ddigon i gynne tân,' cyfarchodd Pam ef.

Nodiodd Rhodri i gydnabod cywirdeb y sylw. 'Codi' ddywedodd Gwennan; doedd e ddim wedi cytuno i siarad na bod yn gymdeithasol.

'Ocê, Rhods, Pam. Chi'n barod i hwthu? Cofiwch neud dymuniad,' meddai Gwennan yn uchel.

Chwythodd y tri, gydag ymdrech amrywiol, a diffoddwyd y canhwyllau'n ffrwt.

Gafaelodd Pam mewn cadair ac eistedd wrth y bwrdd. Am eiliad ystyriodd Rhodri geisio symud peth o'r papurach oddi ar y gadair nesaf ati, ond roedd hynny'n ormod o ymdrech. Llawer haws oedd eistedd ar y llawr a gorffwys ei ben yn erbyn y wal oer.

'Reit, ma 'da fi blan ar gyfer ein diwrnod mawr,' meddai Gwennan yn sionc, gan dorri darnau mawr o gacen a'u rhoi ar soseri.

'Synnu dim,' mwmialodd Rhodri.

'Bach o Buck's Fizz nawr gyda darn o gacen; *fry-up* yng Nghaffi Morgan gyda'r criw; ac wedyn, pawb ar y Cowboi Express i Bontarfynach. 'Nôl yn dre erbyn 1.30, streit i'r Cŵps, a thaith dafarnau i fennu'r noson. Diwrnod perffaith!'

Nodiodd Rhodri. Teimlai'n wan, roedd ei stumog a'i ben yn troi a byddai wedi rhoi'r byd am gael dringo i mewn i wely glân a chysgu drwy'r dydd. Ond Gwennan oedd Gwennan, ac os taw taith i Bontarfynach roedd hi wedi ei chynllunio, taith i Bontarfynach fyddai hi.

'Pop,' gwaeddodd Gwennan wrth agor y botel Cava. Arllwysodd, ac estyn gwydraid a sleisen o gacen yr un iddynt.

'I ni – a'n diwrnod i'r brenin,' meddai wedyn.

Roedd un sip fach yn ddigon i Rhodri. Rhoddodd y gwydr ar y leino wrth ymyl y gacen a chau ei lygaid am funud.

Erbyn 10.30 roedd boliau'r criw wedi eu leinio â digon o saim i gadw esgimo'n gynnes trwy'r gaeaf, a nawr roedd pymtheg ohonynt yn eistedd ar y trên bach stêm yng ngorsaf Aberystwyth. Roedd Gwennan wedi darparu hetiau cowboi i bob un, a bathodynnau sheriff i'r tri oedd yn dathlu eu penblwyddi. Yn ystod y bore roedd y twrw ym mhen Rhodri yn amlwg wedi tewi a'i ysbryd wedi codi, a chyn troi am yr orsaf roedd wedi rhuthro draw i Woolworths i brynu dau wn a chrafat coch i'w glymu am ei wddf. Erbyn hyn roedd yn eistedd rhwng Stacey a Carys, yn sgwrsio a chwerthin.

Eisteddai Pam yn y gornel gyda Carwyn, a oedd yn rwdlan am drenau. Clywodd ef yn brolio iddo gofnodi 387 o rifau gwahanol, ac yna gadawodd i'w meddwl grwydro. Teimlai'n wirion yn ei het. Gwthiodd Pam ddarn o wallt cringoch o'i llygaid a cheisio ei angori o dan y rhimyn llydan.

Edrychodd i gyfeiriad Rhodri. Prawf bod theori fawr Gwennan yn gywir, meddyliodd yn ddiflas. Roedd Gwennan a Pam yn treulio oriau'n trafod bechgyn a phwy oedd yn ffansïo pwy. Mewn gwirionedd, Gwennan fyddai'n traethu a Pam fyddai'n gwrando, ac roedd Gwennan yn hollol argyhoeddedig bod pobl yn dewis cymar cymharol – bachgen golygus yn dewis merch bert, bachgen salw yn setlo am ferch blaen. Brân i frân, yn llythrennol. Yr unig eithriad, yn ôl Gwennan, oedd pan fyddai arian yn yr hafaliad – ond doedd hynny ddim yn berthnasol i fyfyrwyr gan mai byw yn fain a wnâi pawb. Oedd, roedd Gwennan yn iawn – dyna pam roedd Rhodri'n eistedd rhwng y ddwy ferch bertaf yn y grŵp, a bod Carwyn Cocos yn eistedd wrth ei hymyl hi. Doedd hi ddim yn siŵr pam roedd Carwyn wedi ei fedyddio'n 'Carwyn Cocos'. Pysgotwr oedd ei dad, yn ôl rhai. Roedd eraill yn mynnu taw amharodrwydd Carwyn i drochi mwy nag unwaith yr wythnos, a'r ffaith nad oedd neb erioed wedi ei weld yn bwydo'r peiriant golchi dillad, a enillodd y llysenw iddo. Anadlodd Pam yn hir drwy ei thrwyn. Na, doedd dim oglau amlwg yn dod o'i gyfeiriad. Wel, dim byd gwaeth nag a ddeilliai o'r gweddill ohonyn nhw'r bore hwnnw beth bynnag.

'On'd yw e'n ddiddorol y ffordd ma injan stêm yn gweithio?' gofynnodd Carwyn.

Nodiodd Pam. Cwestiwn rhethregol, mae'n amlwg, gan fod Carwyn yn siarad bymtheg i'r dwsin unwaith eto. Roedd hi'n falch ei bod hi'n eistedd yn un o'r cerbydau agored. Roedd yr awyr iach yn lleddfu tipyn ar y cur pen a'r diffyg traul a oedd wedi ei bwrw'n sydyn, a'r gwynt yn lliniaru ar y sawr dynol ac yn cario geiriau Carwyn ymhell bell i ffwrdd. Clywai'r llif geiriau ond ni wnaeth unrhyw ymdrech i gyfrannu at y sgwrs. Hwtiodd y trên wrth ddod at y groesfan yn Llanbadarn a chododd Carwyn ei lais.

'O't ti'n sylweddoli, wrth i ddŵr droi'n stêm, ei fod e'n cynyddu tua mil chwe chan gwaith. Anhygoel, on'd yw e! A'r gwasgedd o'r cynnydd yna sy'n gyrru'r *pistons*, ti'n gweld… Wy wrth 'y modd 'da trene o bob math… Os o's diddordeb 'da ti, allet ti ddod gyda fi i Crewe, penwythnos diwetha ym mis Awst…? So ti'n gwbod, falle welen ni Maybach MD870. 'Sen i'n joio… Wy 'di gweld Maybach MD655, wrth gwrs, ond bydde gweld 870 yn sbesial… Pam? Ti'n gwrando, Pam?'

Yn sydyn, sylweddolodd Pam fod Carwyn yn edrych arni'n daer, ei wyneb mawr gwelw yn dod yn beryglus o agos i'w hwyneb hi.

'Mmm…' Trodd Pam i syllu ar giw o geir oedd yn mynd i nunlle wrth i'r trên ymdeithio'n araf ar draws y ffordd.

'Odi hynna'n meddwl y dei di?' Roedd ei wyneb yn ei hwyneb hi eto.

'Mmm… m… 'na i feddwl am y peth,' atebodd yn frysiog, gan droi 'nôl ato. Roedd hynny'n ddigon i achosi iddo gilio ychydig.

'Grêt. 'Na i ôl amserlen pan gyrhaeddwn ni 'nôl i'r stesion. Falle bydd y 7.30 yn gadael bach yn hwyrach, gan ei bod hi'n ŵyl y banc. Hyd arferol bydde 2 awr 56 munud – hynny yw, os yw'r trên yn galw yn Borth, Dyfi Jyncshyn, Machynlleth, Caersŵs, Drenewydd, Trallwng. Bydd rhaid newid yn Amwythig – ma *buffet car* bach cyfleus iawn fan'ny. Ma'r trên o'r Trallwng yn cyrraedd mewn ar blatfform 4A fel arfer, ac wedyn gallwn ni ddal y gwasanaeth rhwng Caerfyrddin a Manceinion…'

Bang! Torrwyd ar draws ei lif gan sŵn saethu sydyn a chlywodd Pam y glec wrth i ben Carwyn daro cefn y fainc bren.

'Pawb lawr ar y llawr NAWR,' gwaeddodd Gwennan. 'You, cowboy, and you too, Sheriff.'

Sylweddolodd Pam mai hi oedd y Sheriff roedd Gwennan yn cyfeirio ato ac ufuddhaodd.

'OK – get them Injyns,' gwaeddodd Gwennan nerth ei phen.

'Ww, ges i ofan fanna,' sibrydodd Carwyn, a oedd erbyn hynny'n cwtsio ar y llawr wrth ymyl Pam.

Anwybyddodd Pam ef a hoelio'i sylw ar y llwch a'r baw oedd wedi casglu o dan y sedd gyferbyn â hi. Papurau losin, gwallt a dyn a ŵyr beth arall.

'Cofiwch Dryweryn a Little Bighorn,' bloeddiodd Rhodri.

Roedd nifer o 'Injyns' ysgol gynradd yn saethu gynnau dŵr tuag atynt o'u safleoedd cudd tu ôl i'r llwyni wrth ymyl y trac rheilffordd, a'r Cowbois ar eu penliniau nawr, dan arweiniad Sheriff Gwennan, yn mentro codi eu pennau uwchben ochrau gwarcheidwol y trên er mwyn anelu 'nôl tuag atynt. Ond nid oedd pwyntio 'gwn' dychmygol dau fys yn hynod o effeithiol. Rhodri, â'r ddau wn o Woolworths, oedd eu hunig wir amddiffynnydd.

'Peidiwch poeni, *gang*. I got you covered.' Anelodd Rhodri'r ddau wn.

'Ma gan y Rhodri 'ma dipyn o feddwl o'i hunan,' sibrydodd Pam.

Chwarddodd Carwyn. 'Y Custer Cymra'g.'

'Dros Gymru, dros Gyd-ddyn, dros Gowbois,' sgrechiodd Rhodri wedyn.

Ciliodd y perygl mewn munud neu ddwy wrth i'r trên adael cadarnle'r Indiaid Cochion a setlodd pawb ar y meinciau caled unwaith eto, gan chwerthin a thynnu coes yn swnllyd. Sylwodd Pam fod Rhodri yn edrych yn daer i lygaid Stacey. A pha ryfedd? Pwy na fyddai'n cael ei swyno gan ei phersonoliaeth fywiog a'r wên barod a harddai'i hwyneb siâp calon fwy byth? Roedd yn jingilarins i gyd heddiw – o'r clipiau disglair o dan yr het a gadwai ei gwallt hir lliw siocled o'i llygaid glas i'r modrwyon lu ar ei bysedd hirfain. Chwarddodd Rhodri yn uchel ar ryw sylw ganddi. Eiliad yn ddiweddarach cododd ei ben a dal Pam yn syllu arno. Ffugiodd hithau chwerthin yn uchel a throi at Carwyn a rhoi pwniad egr i'w fraich. Edrychodd hwnnw arni'n syn.

Erbyn hyn roedd y trên yn dringo i fyny tuag at Bontarfynach yn boenus o araf. Ebychodd yr injan yn uchel wrth gael hoe fach i godi dŵr yng ngorsaf Aber-ffrwd cyn ailgychwyn ar ei thaith. Gorfodai conan swnllyd yr injan i'r criw weiddi ar ei gilydd a doedd neb yn uwch ei chloch na Carys, a oedd yn cwyno wrth Rhodri bod ei chrys T gwyn yn wlyb socian. Tynnodd honno ei gwallt hir melyn yn ôl ag un llaw, a chodi llaw Rhodri gyda'r llall, er mwyn iddo gael teimlo'r cotwm stecs, a thipyn mwy hefyd. Pwyntiodd Stacey at geffyl ac ebol yn y cae. Gwenodd Pam; ymgais digon trwsgl i sicrhau nad oedd Carys yn cael mwy na'i siâr o sylw Rhodri, mae'n siŵr. Siglai'r cerbyd digysur yn egr wrth i'r trên bach wneud un ymdrech olaf i gyrraedd pen y cwm.

'Ma'r injan fach yn ddewr. Codi chwe chan troedfedd mewn un ar ddeg milltir a thri chwarter, a hithe ei hunan yn pwyso pum tunnell ar hugen… tipyn o beth,' meddai Carwyn yn ddifrifol.

Gwasgodd Pam ei chorff yn erbyn ochr y cerbyd. Roedd hi'n amau bod Carwyn yn manteisio ar gryniadau'r trên i wthio'i hun yn agosach ac yn agosach ati, gan adael gofod amlwg rhyngddo ef a Dafydd Traws yr ochr arall. Roedd hwnnw ar goll mewn cyfrol o farddoniaeth fel arfer. Roedd ei ben a'i phen ôl yn brifo, a'r saim yn ei chylla yn pwyso, pwyso. O'r diwedd rhoddodd yr *Owain Glyndŵr* chwibaniad gorfoleddus; roedden nhw wedi cyrraedd. Hyrddiwyd y drysau ar agor a thywalltodd y giang allan i'r platfform.

Cerddai Rhodri'n dalsyth o'u blaenau a phrysurodd Pam ar ei ôl, gan adael Carwyn ar y platfform i gymryd ffoto o'r injan a thynnu sgwrs â'r gyrrwr. Roedd Sheriff Rhodri yn amlwg yn byw ei gymeriad a swagr pendant yn ei gerddediad bras. Trotiai

Carys a Stacey wrth ei ymyl, gan chwerthin arno'n rhaffu jôcs. Dim ond ambell linell glo a glywai Pam, ond yna, wrth i Rhodri synhwyro efallai fod modd ehangu ei gynulleidfa, trodd yn ôl at Pam, Gwennan a Dafydd Traws.

'Pa glefyd ddaliodd y cowboi gan ei geffyl…? Bronch–itis.'

Chwarddodd Carys a Stacey fel dwy hyena ac aeth Rhodri yn ei flaen.

'Beth achosodd i gar y cowboi dorri i lawr…? Trwbwl 'da'r "Injin".'

Roedd adwaith Carys a Stacey dros ben llestri, meddyliodd Pam yn flin.

'Go dda wir,' meddai Dafydd Traws. 'Pos i ti, Rhodri – pam oedd y cowboi yn marchogaeth ei geffyl drwy Flaenau Ffestiniog?'

Bu saib am eiliad wrth i Dafydd roi cyfle i Rhodri ateb. Ddaeth yr un.

'Rhy drwm i'w gario.' Siglodd Dafydd ei ben yn ddi-wên.

Trodd Rhodri yn ôl at Carys a Stacey. 'Pwy ydw i? Get off your horse and drink your milk,' meddai'n uchel.

'Wel, dim John Wayne. Ddwedodd John Wayne erioed mo hynny yn un o'i ffilms,' oedd sylw pwyllog Dafydd.

'Ma 'mrawd i'n dipyn o dderyn.' Roedd Gwennan yn faldod i gyd. 'Ac mae e'n dwlu ar sylw,' ychwanegodd gan chwerthin.

''Sen i'n gweud ei fod e'n dwlu ar ferched hefyd,' oedd ymateb Pam.

Nodiodd Gwennan. 'Effaith ca'l 'i fagu heb ddyn ymbiti'r lle ma'n siŵr.'

Bu tawelwch am ychydig wrth i'r pafin cul eu gorfodi i gerdded fesul un ar hyd y ffordd ac yna i lawr stepiau serth Ysgol Jacob i lan yr afon. Gwyliodd Pam Rhodri, Carys a Stacey yn taflu brigau i'r dŵr, gan dynnu coes a dyfalu 'cwch' pwy fyddai'r cyntaf i gyrraedd y garreg lefn rhyw ugain medr i lawr yr afon. Ymhen rhyw chwarter awr blinodd Rhodri ar y gêm ac ymunodd y tri â'r criw a oedd yn bwrw 'nôl tua'r ffordd fawr. Pam oedd cynffon y neidr a ddringai'r stepiau cyn croesi'r ffordd a throelli'n araf ar hyd y stepiau llithrig ar yr ochr arall er mwyn edrych ar y dŵr yn chwyrndroi yng Nghrochan y Diafol. Dechreuodd Rhodri a'r merched luchio cerrig ar hyd yr afon, a mawr oedd yr iwban wrth i garreg Rhodri roi chwe naid chwim ar wyneb y dŵr cyn suddo i'r dyfnderoedd. Rhoddodd Rhodri ei freichiau o amgylch Stacey, ac yna Carys, wrth geisio dysgu'r gamp iddynt. Plymio'n syth a wnâi cerrig y ddwy, a hynny'n fwriadol, meddyliodd Pam yn ddiflas, er mwyn i Rhodri fwrw ati eto ac eto i'w cofleidio a'u hannog. Trodd Pam i ffwrdd a dilyn taith un ddeilen werdd wrth iddi frwydro yn erbyn y llif, cyn cael ei sugno i'r trochion ac yna'i chwydu allan drachefn yn nistawrwydd cymharol y dŵr tawelach yn is i lawr. Byddai wedi mwynhau eistedd yno drwy'r prynhawn, yng nghysgod yr hen goed deri, ond roedd Gwennan eisoes wrthi'n arwain y grŵp i fyny'r llwybr serth, er mwyn troi 'nôl am yr orsaf a'r trên bach. Wel, fe arhosai Pam yma am ychydig bach eto ta beth. Roedd sŵn y dŵr yn gysurlon braf, a fyddai neb yn ei cholli hi, heblaw Carwyn efallai, ac roedd e, mae'n siŵr, yn dal i wyntyllu am ragoriaethau stêm gyda'r gyrrwr.

'Ti angen help i godi nawr dy fod mewn gwth o oedran?'

Torrodd y llais ar draws ei myfyrdod. Trodd o'r trochion gwyn i edrych i lygaid glas Rhodri. Nawr yw dy gyfle i ddweud rhywbeth mawr, meddyliodd. O rywle clywodd ei hun yn adrodd fel petai ar lwyfan steddfod,

'Un funud fach cyn elo'r haul o'r wybren,

Un funud fwyn cyn delo'r hwyr i'w hynt,

I gofio am y pethau anghofiedig

Ar goll yn awr yn llwch yr amser gynt.'

Cochodd wrth weld yr olwg syn ar ei wyneb. Doedd e ddim yn deall ei bod yn dyfynnu un o'i harwyr. Roedd e'n amlwg yn meddwl ei bod yn hollol boncyrs. Roedd hi ar fin ceisio esbonio pan chwarddodd Rhodri ac estyn ei law iddi.

'Giddy up there, Pamela. Get off your horse and drink your milk.'

'Urban myth. Wedodd John Wayne mo hynna erioed, ti'mod,' meddai Pam yn flin.

Ond roedd Rhodri'n gwenu arni. 'Ti'n lico ffilmie'r dyn ei hun?'

Nodiodd Pam. Taw pia hi. Petai'n dweud y gwir a chyfaddef nad oedd ganddi unrhyw ddiddordeb mewn ffilmiau cowbois byddai e'n meddwl ei bod hi'n ddiflas; petai hi'n esgus bod ganddi ddiddordeb, yna byddai'n siŵr o ddechrau rhyw drafodaeth ar ffilm doedd hi erioed wedi clywed amdani, ac yn sicr heb ei gweld.

'Dere mlân,' meddai gan gydio yn ei llaw a'i harwain i fyny'r grisiau. Arhosodd wrth yr iet gul a arweiniai i'r ffordd fawr a gadael iddi hi fynd trwy'r bwlch o'i flaen.

Daro'r iet 'na, meddyliodd Pam; heblaw am honno efallai y byddai Rhodri yn dal i afael yn ei llaw. Byddai hynny wedi tynnu'r gwynt o hwyliau Carys a Stacey; gallai fod wedi eistedd wrth ei ymyl wedyn a chael cyfle i sgwrsio ag e am awr gyfan gron ar y ffordd 'nôl i Aberystwyth.

Wrth un o fyrddau bach y Cŵps eisteddai Pam gyferbyn â Rhodri a Gwennan, yn hollol fud. Roedd gormodiaith y noson cynt yn dechrau dweud ar bawb, a doedd y ffaith nad oeddent wedi bwyta dim ond baged o tships i ginio yn helpu dim. Ond hoffai Pam feddwl taw blinedig yn hytrach na meddw oedd hi, ac a dweud y gwir, ar ôl y peint cyntaf, digon araf fu'r diota. Roedd Carwyn yn pendwmpian wrth ei hymyl, a bob nawr ac yn y man syrthiai ei ben ar ei hysgwydd. Gwthiai Pam ef i ffwrdd bob tro.

Erbyn hyn bu'n rhaid i Gwennan gyfaddawdu a setlo am Blan B. Doedd gan neb yr egni ar gyfer taith o amgylch y tafarndai ac roedd pawb yn ddigon hapus i eistedd yng ngolau pỳg y dafarn â'i phosteri wedi melynu o Meic Stevens a hoelion wyth eraill sin roc y gorffennol. Yn y bar cefn roedd tri neu bedwar o offerynwyr yn jamio, ac yn y brif ystafell pwysai'r selogion hŷn yn smygu wrth y bar, yn trafod diffygion John Major a'i griw, ac yn prynu diodydd i Carys a Stacey, a oedd wedi setlo wrth fwrdd bach gerllaw. Ar wahân i'r rhain, cawsai'r cowbois y salŵn iddyn nhw'u hunain bron ers cyrraedd, toc wedi dau o'r gloch. Ond erbyn hyn roedd wedi nosi a'r rownd wedi mynd yn llai ac yn llai wrth i un ar ôl y llall benderfynu bod y gwely, neu *vindaloo*, yn galw.

O gornel ei llygad gwelodd Pam fod Carys a Stacey ar eu ffordd tuag atynt, a cheisiodd feddwl am rywbeth bachog i'w ddweud i hoelio sylw Rhodri. Ond roedd blinder a'r cwrw wedi arafu ei synhwyrau. Rhy hwyr nawr beth bynnag, roedd Stacey yn sefyll y tu ôl i Rhodri a'i dwy fraich o amgylch ei wddf yn feddiannol. Estynnodd i lawr ato, gan adael i'w bronnau bwyso ar ei ysgwyddau llydan.

'Llun,' meddai. 'Carys ishe bennu'r ffilm.'

Erbyn hyn roedd Carys yn sefyll yn ei hymyl yn dal camera ac yn gwenu'n wirion. Prawf pendant ei bod hi'n dablen. Cynigiodd rhyw hen foi wrth y bar dynnu'r ffoto, fel y byddai cofnod o'r ffrindiau i gyd, ac estynnodd Carys y camera iddo a gwneud ffys fawr am bwysigrwydd defnyddio'r fflash er mwyn cael ffoto da. Cododd Gwennan a thynnu Rhodri gyda hi a gwneud arwydd ar Pam i symud ei stwmps. Setlodd Stacey ar lin Rhodri, gan lapio ei breichiau amdano, a deffrodd Carwyn wrth i Carys lanio yn ei gôl.

'Gwenwch – *say cheeeeese*,' gorchmynnodd y ffotograffydd. Ond roedd Carwyn yn cysgu eto.

'Drincs, ferched,' galwodd un o'r dynion o'r bar a chan

daflu swsys at Rhodri, diflannodd Stacey a Carys drwy'r mwg i gyfeiriad yr addewid.

Setlodd Gwennan a Rhodri yn ôl yn eu cadeiriau. Ar ôl ychydig funudau gofynnodd Rhodri, '*So*, Pam, beth yw'r *plan*?' Chwarddodd ar ei glyfrwch amlwg ei hun.

'Mynd gatre i'r gwely, glei,' atebodd Pam yn araf.

'Na, dy *life plan* di o'n i'n feddwl – ma siŵr o fod un i ga'l 'da ti, os wyt ti rywbeth tebyg i Gwennan fan hyn. Ma hi'n gwbod yn gwmws beth fydd yn digwydd am o leia'r hanner canrif nesa, on'd wyt ti, *sis*?'

Gwenodd Gwennan ac aeth Rhodri yn ei flaen. 'Ben bore fory, mynd 'da Mam a fi i aros gyda Wncwl John yng Nghanada bell dros yr haf – ma jobyn dysgu 'da hi yng Nghaerdydd ym mis Medi. Gŵr a morgais, wedyn, cyn ei bod hi'n bump ar hugain. Plentyn cynta – bachgen – yn saith ar hugain, merch fach benfelen o'r enw Elin neu Nia ymhen dwy flynedd. Gwylie bob mis Awst yn ne Ffrainc, sgio bob mis Chwefror, ac wrth gwrs, hi fydd y brifathrawes ifanca erio'd!'

'Ti yn llygad dy le, frawd bach. Fel wedodd yr hen Franklin, "Fail to prepare, prepare to fail", neu rywbeth fel'na ta beth.' Cododd Gwennan ei gwydr i yfed i'w dyfodol.

'*So*, Miss Pamela Smith, beth fydd dy *This is your Life* di?'

Am eiliad ystyriodd Pam ddweud rhywbeth hollol ddiymdrech fel 'sai'n gwbod' ond gwthiodd ei hun i fod ychydig yn fwy cymdeithasol.

'Sai'n siŵr 'to, ond sai'n bwriadu mynd yn bell o fan hyn. Aber yw gatre nawr. 'Na pam wnes i'r cwrs ysgrifenyddol 'na ar ôl graddio. Dyw gradd 2:2 yn y Gymra'g ddim yn agor lot o ddryse. A ta beth, bydd e'n sail dda i…'

'Gweld dy hunan fel Miss Moneypenny wyt ti?' gofynnodd Rhodri.

'Mwy o Miss Heb-glincen-i-fy-enw, yn anffodus.'

'Tlawd fel llygoden eglwys,' siglodd Rhodri ei ben yn drist.

Chwarddodd Pam. 'Ma gobaith. Ma jobyn 'da fi yn y caban o ganol Awst. Y perchennog yn ca'l clun newydd. A ma hi 'di awgrymu falle na fydd hi'n ailgydio yn y jobyn ar ôl hynny.'

Nodiodd Rhodri ei ben yn araf feddylgar, fel petai ar fin ynganu gwirioneddau mawr. 'Coffi da, a fi'n dwlu ar yr hen bosteri ffilm 'na.'

'Dim y Cabin, Rhodri – yn y caban hufen iâ ar y prom fydd Pam,' esboniodd Gwennan.

'Gwerthu dau ddeg pedwar math o hufen iâ a phethe egsotig fel nicerbocerglori,' ychwanegodd Pam.

Chwibanodd Rhodri, gan gymryd arno ei fod yn llawn edmygedd. 'Ie, fi'n gallu gweld y bydd y gallu i deipo yn lot o help i ti.'

Dechreuodd Carwyn chwyrnu a phwniodd Pam ei ystlys yn ysgafn. Deffrodd yn sydyn, edrych o'i gwmpas, gwenu a chau ei lygaid eto.

'Ti ddim am fentro i'r byd mawr, 'de Pam? Caerdydd, neu hyd yn oed dros Glawdd Offa? Ti moyn aros yn y twll bach cul 'ma yn agos i Mami a Dadi?'

'Ca' lan, Rhods, ti'n feddw,' meddai Gwennan yn chwyrn.

'Nagw ddim; wedi cael un neu ddau, ond sobor fel sant. A ta beth, Gwens, ma Pam yn gallu siarad dros 'i hunan. On'd wyt ti, Pam?' gofynnodd yn herfeiddiol.

Syllodd Pam yn ôl ato ac mewn llais isel meddai, 'Ti'n hollol iawn, Rhodri. Fi'n galler – na – gorfod, neud popeth o 'mhen a 'mhastwn fy hunan. Sdim dewis. Sdim teulu 'da fi.'

Am eiliad roedd pawb yn ddistaw.

'Neb?'

'Neb,' cadarnhaodd Pam.

'Dim Mam, na Dad, na chwaer, na brawd?'

Siglodd Pam ei phen.

'Anti neu Wncwl?'

Eto, siglodd Pam ei phen. 'O'dd 'da fi Anti Pam – ges i'n enwi ar ei hôl hi.'

'Mam-gu na Dat-cu?'

'Dim neb, Rhodri. Wy ar fy mhen fy hunan bach.'

'Dim cefndryd…?'

'Rhodri, 'na ddigon. Beth sy'n bod arnot ti?' Roedd wyneb Gwennan yn goch a'i llygaid yn pefrio.

'Paid poeni, Gwennan, y cwrw sy'n siarad,' meddai Pam yn dawel, 'ond bydd rhaid i ti wella dy *bed-side manner* os ti ishe bod yn ddoctor gwerth dy halen.' Roedd ei llais yn siarp.

Cododd Rhodri'n bwdlyd ac ymlwybro tua'r drws.

'Ma 'da ti deulu ti'mbo…? Fi. Ocê?' Rhoddodd Gwennan ei braich o amgylch ysgwyddau Pam.

Nodiodd Pam. Am eiliad ni fentrodd siarad. Cafwyd saib o dawelwch. Roedd y band yn y bar cefn hefyd wedi rhoi'r gorau iddi erbyn hyn a'r dafarn yn gwacáu.

'Amser mynd gatre,' meddai Gwennan.

'Amser mynd sha ca' nos,' cytunodd Pam, gan roi pwniad i Carwyn i'w ddihuno.

Agorodd hwnnw ei lygaid ac edrych arnynt yn ddi-ddweud, ond roedd fel petai'n hollol anabl i symud. Gafaelodd Gwennan mewn un fraich a Pam yn y llall a stryffaglodd y ddwy i'w godi, ei lusgo drwy'r bar a'i wasgu trwy'r drws cul. Allan ar y stryd fe'i gosodwyd i bwyso yn erbyn wal y dafarn.

'Byddi di'n iawn nawr, yn byddi di Carwyn?' Rhoddodd Gwennan glatsien fach i'w foch.

Agorodd Carwyn ei lygaid wrth i Gwennan barhau i geisio dal pen rheswm ag e.

'Ma'n wir flin 'da fi, Pam, os wnes i roi lo's i ti. Madde i fi?'

Estynnodd Rhodri ei law iddi ond fe'i tarodd i ffwrdd.

'Sai'n dy feio di,' meddai Rhodri wedyn.

'Am rywun clefer ti'n gythreulig o dwp.' Ceisiodd Pam roi min ar ei geiriau, ond roedd yr olwg ddigalon ar ei wyneb yn ddigon i liniaru ei dicter.

O gornel ei llygad gwelodd Pam fod Gwennan yn dal i bregethu wrth Carwyn.

'Ma bwlch mawr ar ôl Dad hefyd,' meddai Rhodri wedyn.

Teimlodd Pam ei law yn gafael yn ei llaw hi a'r tro hwn ni cheisiodd ei wthio i ffwrdd.

'Ta beth ma pobl yn weud, dyw rhywun byth yn dod i arfer.'

'"Amser yw'r meddyg", 'na beth yw dwli llwyr,' cytunodd Pam yn dawel.

Nodiodd Rhodri. 'Ond 'na beth ma pobl yn weud yndife?'

'Ie, pawb ishe gweud rhywbeth positif t'wel, ishe neud pethe'n well ma'n nhw – ond sai'n gwbod, fi'n credu bydde'n well gweud y gwir, neu fel arall ma pobl fel ti a fi'n teimlo bo nhw'n od, yn methu dygymod â cholli…' Stopiodd Pam ar ganol y frawddeg. Roedd wedi colli ei ffordd. Nid ar ddiwedd noson fel hon roedd troi'n seicolegydd, wir.

'Fi'n lico ti, Pam Smith,' meddai Rhodri'n daer.

'A ti'n ocê hefyd,' atebodd Pam gan roi gwasgiad bach i'w law.

Ac fe oedd e. Prin roedd hi'n ei adnabod, wrth gwrs, ond roedd hi'n amlwg taw llathen o'r un brethyn oedd Rhodri a Gwennan, yn dweud pethau yn eu cyfer weithiau ond yn galon i gyd. Rhyddhaodd ei law a rhoi pwniad bach chwareus yn ei ystlys. Torrodd hynny'r tyndra rhyngddynt a dechreuodd Rhodri neidio o'i hamgylch yn cymryd arno bod yn baffiwr yn cynhesu cyn gornest.

'Weda i beth, os na fydda i'n cwrdd â neb, ac os nag wyt ti'n cwrdd â neb – yn y deng mlynedd nesa – fe briodwn ni. Beth amdani?'

'Ti'n gaib,' chwarddodd arno'n dal i baffio'r awyr.

Stopiodd Rhodri'n sydyn, a sefyll ar un goes. 'Nagw ddim. T'wel?' meddai, cyn bwrw ati i ymladd â'r awyr drachefn.

'O, os felly, ac ar ôl dwys ystyried, wy'n derbyn,' meddai

Pam yn ddifrifol. 'Ond gad i ni fod yn hollol glir, fi fydde'n neud ffafr â ti, ddim fel arall, gwboi.'

'Ti'n iawn, yn llygad dy le, cowboi. Cweit reit, fi fydde'n ca'l y fargen ore...'

'Iawn 'te, gatre â ni.' Roedd Gwennan wedi llwyddo i sadio Carwyn erbyn hyn, a rhoi bolard parcio bob ochr iddo. Cydiodd ym mreichiau'r ddau arall a throi i gyfeiriad y fflat yn Rhodfa'r Gogledd. Edrychodd Pam dros ei hysgwydd i sicrhau nad oedd Carys a Stacey wedi eu dilyn allan o'r dafarn. Na, doedd dim sôn amdanynt, diolch byth.

'Ble ni'n mynd nesa, 'te Gwennan? Be sy ar y *plan*?' gwaeddodd Carwyn ar ei ôl. Roedd y pendwmpian yn ystod y ddwy awr ddiwethaf yn amlwg wedi talu'i ffordd a Carwyn wedi cael ail wynt o rywle.

'Ym, wel, *ni'n* mynd gatre, Carwyn,' galwodd Pam yn swta dros ei hysgwydd.

Gwyddai Pam fod Carwyn yn byw rywle ar Ffordd Penglais a gobeithiai'n fawr y byddai'n troi i fyny'r rhiw tuag adre. Hanner canllath i lawr Stryd y Dollborth bwriodd Pam olwg glou dros ei hysgwydd. Roedd Carwyn yn eu dilyn o hirbell.

'Ni tri chowboi wedi cael y pen-blwydd gore, on'd do fe?' meddai Rhodri a'i dafod yn dew. 'Y tri chowboi, y tri sheriff, y tri *musketeer*. Ac achos bo ni wedi cael diwrnod mor ffan-blydi-tastic fi'n credu dylen ni neud addewid – *pact* cowbois – dathlu'n pen-blwydd gyda'n gilydd bob blwyddyn. Bob blwyddyn, sdim ots beth... Beth chi'n feddwl? Triawd y Coleg, Triawd y Buarth, y Drindod, *three for one and one for three*.' Gwasgodd Rhodri fraich Pam yn dynn wrth groesi'r ffordd ger y Western Vaults. Erbyn iddynt gyrraedd y fflat roedd Carwyn wrth eu cwt.

Rhyddhaodd Gwennan ei hun oddi wrth y lleill ac estyn am yr allwedd. Ar ôl pwl neu ddau o chwerthin, ac ar y pumed neu'r chweched ymgais, llwyddodd i'w rhoi yn nhwll y clo.

'Ti moyn dod mewn am *snifter* bach, Carwyn?'

Doedd dim rhaid i Rhodri ofyn ddwywaith. Dringodd y pedwar y grisiau serth i'r fflat ar ail lawr y tŷ teras a dilyn Gwennan i'r gegin.

Ochneidiodd Gwennan yn uchel o weld annibendod y noson cynt.

'O, o'n i wedi anghofio am hyn. Smo'r egni 'da fi i dacluso heno – ond bydd rhaid, siawns, gan fod Rhods a fi'n dal trên peth cynta bore fory,' meddai'n bwdlyd, y llanast yn amlwg wedi ei sobri.

Rhoddodd Pam ei breichiau amdani.

'Anghofia amdano fe, Gwennan fach. Wna i dacluso – ma bron i fis cyn bo fi'n dechre'r jobyn ar y prom, siŵr bydd hynna'n ddigon o amser hyd yn oed i fi ga'l trefn ar y lle!'

Gwenodd Gwennan arni.

'O diolch, Pam fach, ond 'sen i'n teimlo'n euog yn gadael e i gyd i ti, a bydd rhaid cymoni'n iawn neu bydd y landlord ddiawl 'na s'da ni'n swnian.'

Chwarddodd Pam a'i gwthio'n chwareus i eistedd ar un o'r cadeiriau wrth y bwrdd.

'Gwennan, y gwir amdani yw taw ti sy wedi neud y gwaith tŷ i gyd ers i ni symud mewn 'ma, a ti 'nath y lle'n gysurus i ni – yn gatre bach clyd.' Teimlai Pam y dagrau'n dechrau cronni ac aeth ati i glirio tipyn o'r bwrdd a symud gweddillion y gacen ben-blwydd a'i rhoi yn y ffrij. Ni fynnai i neb weld ei gofid; byddai hynny'n glo ar yr hwyl. Ond roedd yr hyn a ddywedodd wrth Gwennan yn wir wrth gwrs. Roedd hi wedi gadael i'w ffrind famol ei maldodi; yn falch o ildio'r gofal i rywun arall ar ôl blynyddoedd o stryffaglu i gadw tŷ i'w thad a hithau. A dim rhyw fflat dros dro oedd hwn iddi hi. Yn wahanol i'w chyd-fyfyrwyr, nid rhywle ar gyfer tymor coleg oedd ei llety yn Aberystwyth – hwn oedd ei chartref. Ei hunig gartref. Roedd y tŷ lle cafodd ei magu yng Nghaerfyrddin bellach yn gartref i rywun arall; y Cyngor wedi mynnu ei bod yn symud eiddo pitw ei thad a hithau oddi yno'n reit handi ar ôl iddo farw. Daeth manion i'r fflat hwn, a'r gweddill ar wasgar – bellach yn berchen i ambell gymydog neu i bwy bynnag a'u hachubodd o'r siop elusen. Heno roedd blinder ac alcohol wedi ei gwneud yn ddagreuol, a phetai'n gadael i'r atgofion lifo'n ôl nawr ni fyddai pall ar yr udo. Gwthiodd hwy yn benderfynol i gefn ei meddwl. Roedd hi'n geidwad llym.

'Wel, os ti'n siŵr?' Trodd i weld Gwennan yn edrych arni.

'Siŵr fi'n siŵr,' atebodd Pam, gan eistedd wrth y bwrdd rhwng Gwennan a Carwyn. 'A ta beth, sdim ishe i ti fecso am yr hen landlord 'na – weli di fyth mohono fe 'to gan bo ti'n symud i'r brifddinas fawr ddrwg. Fy mhroblem i fydd e – a'r papur hesian erchyll 'ma 'fyd. Druan â fi.'

Chwarddodd pawb, yn enwedig Carwyn, ac edrychodd Pam arno.

'Sai'n credu 'mod i cweit mor ddoniol â hynna.'

Ond chwerthin yn uwch fyth wnaeth Carwyn.

Rhoddodd Rhodri bedwar gwydr plastig ar y bwrdd, pob un yn llawn hylif a edrychai i Pam fel dŵr golchi llestri – a hynny ar ôl golchi llestri cinio dydd Sul.

'Yfa i i hynna – ffarwél hunlle hesian.' Cododd Rhodri ei wydr yn uchel, a chododd y tri arall ar eu traed a gwneud yr un fath.

'Hunlle hesian,' meddent fel corws.

Chwarddodd Carwyn wrth i'r pedwar eistedd eto.

'O Rhodri, beth sy yn hwn?' gofynnodd Pam gan ddal ei gwddf, agor ei cheg a chwifio ei llaw fel petai'n ceisio diffodd fflamau crasboeth.

'Coctel – ma pawb yn Llunden yn yfed coctels nawr. Soffistigedig,' meddai gan slyrio a tharo'r bwrdd yn awdurdodol â'i law.

'Ond beth sydd yn y coctel 'ma?' pwysodd Pam, gan gymryd ail lwnc. Credai iddi flasu Coca-Cola fflat.

'Popeth oedd ar ôl ar y bwrdd diodydd ers neithiwr – neis, on'd yw e?' atebodd Rhodri.

Nodiodd Carwyn yn frwd.

'Olchest ti'r gwydre 'ma cyn eu llenwi?' holodd Gwennan.

Ni thrafferthodd Rhodri ateb, a thwt-twtiodd Gwennan yn uchel.

'Reit 'de, pawb yn barod am gêm fach o *roulette*?' Cododd Rhodri a thwrio ym mhoced gefn ei jîns. 'Daro, ma hi 'ma rhywle. Roies i hi'n saff,' meddai gan ddechrau gwylltio.

'Bydde olwyn *roulette* byth yn ffito ym mhoced dy jîns,' meddai Carwyn yn ddifrifol, 'ti 'di meddwi, bachan.'

Trodd gwg Rhodri yn wên.

'Dyma hi,' meddai'n fuddugoliaethus cyn eistedd eto.

Syllodd y tri arall ar y dabled fach wen ar ganol y bwrdd. Ni ddywedodd neb air am funud. Gwennan oedd y cyntaf i ddod at ei choed.

'Beth yw honna, Rhods?'

'Pilsen fach – hollol ddiniwed, ond mae'n gallu mynd â ti ar drip bythgofiadwy.'

'Es i ar drip bythgofiadwy unwaith – i Borthcawl – trip Ysgol Sul.'

Edrychodd y tri ar Carwyn.

'Ma pawb yn Llunden yn cymryd nhw,' anwybyddodd Rhodri'r sylw.

'Beth yn union yw hi, Rhodri?' pwysodd Gwennan.

'Ecstasi, Gwens.'

Siglodd Gwennan ei phen a chroesi ei dwylo dros ei mynwes.

'Wir, Gwennie, ma pawb sy'n mynd i *raves* yn Llunden yn cymryd nhw. Ma'n nhw'n rhyddhau pobl, fel eu bod nhw'n gallu bod yn nhw'u hunen, ymlacio. Rhai o'r nosweithie gore wy 'di ga'l —'

'O'n i'n meddwl bod doctoriaid yn defnyddio tabledi i wella

pobl, ddim i ryw nonsens fel hyn,' torrodd Gwennan ar ei draws yn siarp.

Nodiodd Rhodri'n ddwys. 'Ti'n iawn, Gwens, ond ni'n gweithio dan shwd bwyse, ma angen bach o hwyl nawr ac yn y man.'

'Tipyn o fyfyriwr ail flwyddyn wyt ti, Rhodri. Ti'n siarad fel taset ti'n *brain surgeon* wir,' meddai Gwennan yn chwyrn.

'*So*, beth yw'r *plan, man*?' gofynnodd Carwyn. 'Pam ti'n galw fe'n *roulette*?'

'Wel, sdim pwynt rhannu hon yn bedair. Fi'n credu dylen ni roi hi yn un o'r gwydre 'ma, shifflo'r gwydre – a *luck of the draw* fydd hi, pwy fydd yn mynd i fyd gwell… am rai orie ta beth.'

Edrychodd Pam ar Gwennan am arweiniad. Roedd dadl Rhodri yn ddengar, roedd ar Pam awydd mentro, arbrofi gyda rhywbeth newydd, a doedd hi ddim eisiau i Rhodri feddwl ei bod yn gul. Ond, doedd hi ddim yn siŵr chwaith. Petai Gwennan yn cytuno yna byddai popeth yn iawn. Fyddai Gwennan gall fyth yn gwneud dim byd oedd yn wirioneddol beryglus.

'Ody e'n gyfreithlon?' gofynnodd Gwennan.

'Wel, nag yw, ond…'

'Sai'n credu dylen ni 'te, Rhods – mae e yn erbyn y gyfraith a falle nad yw e'n saff.'

'O, Gwennan, faint yw dy oed di? Dau ddeg dau neu wyth deg dau? *Come on*, rhaid i ni fyw nawr – *long time dead*, cofia. A ta beth, os na wnei di fentro nawr, mae ar ben arnat ti. Unwaith daw mis Medi byddi di'n athrawes go iawn – a ma pawb yn gwbod mor *boring* yw athrawon.'

Wfftiodd Gwennan y sylw olaf ond gwelai Pam fod dadl Rhodri wedi taro deuddeg.

'Ocê, bant â ni, 'te?' gofynnodd Rhodri.

Cymerodd Pam sip o'r hylif dieflig. Doedd hi'n dal ddim yn hollol siŵr.

'Dewch mlân, *trust me, I'm a doctor*,' meddai Rhodri'n daer.

'Nag wyt, dim eto, gwboi, a fyddi di ddim chwaith os nad wyt ti'n ofalus,' atebodd Gwennan. Ond gwthiodd ei gwydr i ganol y bwrdd.

Gwnaeth y tri arall yr un peth, a gollyngodd Rhodri'r bilsen wen i ddyfnderoedd un o'r gwydrau plastig. Ac wedyn dechreuodd symud y gwydrau. Am sbel llwyddodd Pam i ddilyn y gwydr gyda'r bilsen ynddo, ond yn sydyn roedd chwe llaw yn shifflo pedwar gwydr a'i phen hithau'n troi.

'Iawn, dyna ddigon,' meddai Rhodri, yn ddifrifol bellach. 'Nawr, Pam, gei di estyn gwydr yr un i ni. Trip da, bawb.'

Estynnodd Pam y gwydr cyntaf i Gwennan, yr ail i Rhodri a'r trydydd i Carwyn. Ac yna cymerodd yr olaf. Cododd pawb eu gwydrau.

'Y llwncdestun yw "Long time dead",' meddai Rhodri.

'Iechyd da,' ychwanegodd Pam, a rhoi clec iddi.

Dydd Sul, 14 Gorffennaf 1991

Pan ddihunodd Pamela drannoeth roedd y tŷ yn dawel ond ei phen yn pwnio. Gorweddodd yno am eiliad yn ceisio cofio beth yn union ddigwyddodd y noson cynt. Roedd yn dal yn ei dillad, roedd hynny'n un fendith. Yn araf bach daeth yr atgofion. Y dabled. Tybed pwy oedd wedi ei llyncu? Wel, nid hi ta beth. Cofiai yfed 'coctel' Rhodri. Cododd yr atgof gyfog arni a throdd ar ei hochr. Roedd y cloc yn datgan ei bod yn 08.27. Caeodd ei llygaid; roedd yr ystafell yn nofio a'r gwylanod y tu allan yn sgrechian.

Y peth nesaf a glywodd oedd sŵn dyrnu. Agorodd ei llygaid, a gwrando. Oedd, roedd rhywun yn pwnio wrth y drws ffrynt. Edrychodd ar y cloc – 11.14. Wrth gwrs, roedd Rhodri a Gwennan wedi hen adael ar gyfer rhan gyntaf eu taith i Ganada.

Ac roedd yn cofio nawr i Carwyn Cocos fynd adre wrth iddi hi fynd i'r gwely. Roedd y fflat ar y llawr gwaelod yn wag ers misoedd, felly doedd neb arall yn y tŷ. Tynnodd y gobennydd dros ei phen, gan obeithio y byddai pwy bynnag oedd wrthi'n ffustio yn rhoi'r gorau iddi. Gorweddodd yno am funudau ond parhau a wnâi'r pwnio. Doedd dim gobaith y medrai fynd 'nôl i gysgu yng nghanol y fath dwrw, felly doedd dim amdani ond codi i roi taw arno. Brysiodd i lawr y grisiau, ei phen yn gwingo, ei cheg yn sych a'i stumog yn troi.

'Ocê, ocê, fi'n dod,' gwaeddodd, gan ddal ei phen rhwng ei dwylo.

Ar ben y drws safai Carys a Stacey. Fe'i trawodd nad oedd arlliw o golur ar wyneb y naill na'r llall. Doedd Carys a Stacey ddim hyd yn oed yn mynd i ddarlith naw yn noeth fel hyn.

'Ma Carwyn Cocos 'di marw,' meddai Stacey, cyn i Pam gael cyfle i ddweud dim.

'*Dead*,' ychwanegodd Carys.

'Chi'n jocan?' atebodd Pam yn wan. Ond roedd yr olwg ar wynebau'r ddwy yn dweud wrthi eu bod yn hollol o ddifri. Agorodd y drws yn lletach a dilynodd y ddwy arall hi i mewn, i fyny'r grisiau ac i ganol annibendod y gegin.

'Weles i ti a Gwennan yn llusgo fe mas o'r Cŵps neithiwr – o'dd e'n gocls.'

'Stacey!' meddai Carys.

'Sori, o'n i ddim yn meddwl…'

Eisteddodd Pam yn fud wrth y bwrdd. Clywodd un o'r lleill yn llenwi'r tegell. Daeth Stacey i eistedd wrth ei hymyl.

'O's rhyw syniad…?' Roedd ei llais yn anarferol o wanllyd. Syllodd ar y pedwar gwydr plastig gwag ar y bwrdd.

'Sneb yn gwbod – Dafydd Traws wedi ffindo fe 'di marw yn y gwely peth cynta bore 'ma,' meddai Carys, a oedd yn twrio yn y cypyrddau erbyn hyn.

Roedd ei breichled yn taro yn erbyn popeth a'r clindarddach

yn dân ar groen Pam. Sut fedrai hi feddwl yn glir gyda hyn i gyd
yn digwydd?

'O'dd e… wedi bod yn sic, yn ei gwsg?' holodd Pam, yn
herciog araf, fel petai'n ceisio teimlo'i ffordd drwy'r niwl.

'Na, dim byd fel'na. O'dd Dafydd yn meddwl taw cysgu o'dd
e i ddechre, ond wedyn o'dd e methu dihuno fe. O'n nhw fod
i fynd ar y trên hanner awr 'di naw i Fachynlleth, i ryw sêl hen
lyfre neu rywbeth.'

'Sai'n deall. O'dd e shwt foi cryf, llond ei got.' Roedd Pam fel
petai'n siarad er mwyn ceisio cael rhyw grap ar beth oedd wedi
digwydd yn hytrach nag unrhyw awydd i gyfathrebu â'r ddwy
arall.

'Beth o'dd e'n yfed? Cwrw mae e… o'dd e'n… arfer yfed,'
meddai Stacey wedyn.

Dim ateb. 'Pam, o't ti gyda fe. Beth yfodd e?'

'Beth…? O, cymysgedd,' cynigiodd Pam yn dawel.

Siglodd Stacey ei phen. 'Paid byth cymysgu diodydd, 'na'r un
cyngor roddodd Dad i fi cyn mynd i'r coleg.'

'A'th e gatre'n strêt ar ôl gadael y Cŵps?'

Siglodd Pam ei phen.

'Dafydd yn gweud bod e'n dishgwl yn heddychlon iawn,'
ychwanegodd Carys.

'Dyna fydde Dafydd yn weud, ffansïo'i hun fel rhyw dipyn o
fardd bregethwr.'

'Ti'n iawn, Stacey,' meddai Carys, 'ma pregethwrs wastod yn
gweud lot o ddwli am bobl sy 'di marw. Wedodd y pregethwr yn
angladd Dat-cu bod e'n berson teg a hael. Bwci o'dd Dat-cu.'

'Druan o Carwyn,' meddai Pam yn dawel.

Nodiodd Stacey.

'Ffaelu ffeindio'r te, Pam.'

Pwyntiodd Pam i gyfeiriad y cwpwrdd nesaf at y sinc. Bu
tawelwch am funud wedyn; yr unig sŵn oedd sŵn y tap yn
rhedeg wrth i Carys olchi mygiau.

'Ble mae e nawr?' holodd Pam yn dawel.

'Morg. Bronglais,' atebodd Stacey gan roi ei braich o amgylch ysgwydd Pam a'i thynnu ati.

Roedd clustlysau Stacey yn pigo'i boch ond nid oedd gan Pam y nerth i'w gwthio i ffwrdd.

Mewn ychydig gosododd Carys fỳg o de ar y bwrdd ac estyn y bag siwgr i Pam, a rhyddhaodd Stacey ei gafael arni.

'Sai'n ca'l siwgr,' meddai Pam.

'Dda i sioc,' meddai Carys, gan daro'r bag ar y bwrdd er mwyn rhyddhau peth o'r siwgr llaith a lwmpiog.

'O'dd e'n lico ti, Pam. Lot. Gweud bo ti wastad yn garedig iddo fe.'

Ysgydwodd Pam ei phen.

'O'dd e'n ecseited iawn bo ti wedi addo mynd 'da fe i Crewe, gŵyl banc nesa,' ychwanegodd Carys.

Syllodd Pam arni.

'Ie, wedodd e wrtha i ddoe, ar ôl i ni ddod 'nôl o Bontarfynach, o'dd e'n hapus reit.'

'Dodest ti fodd i fyw iddo fe,' meddai Stacey, gan roi gwasgiad cysurlon i ysgwydd Pam.

Siglodd Pam ei phen eto ond ni ddywedodd ddim am sbel. Ceisiodd ddadblethu digwyddiadau'r pedair awr ar hugain ddiwethaf, ond roedd yn amhosib meddwl yn glir.

'Yfa hwn.' Estynnodd Carys y mỳg i Pam. Yfodd ddracht. Er gwaetha'r siwgr roedd blas sur yn ei cheg.

'Heddlu 'di bod 'da Dafydd. O'n nhw'n holi a o'dd 'na hanes o iselder…'

Cododd Pam ei phen o'r diwedd.

'Wrth gwrs, wedodd Traws yn strêt wrthyn nhw bo Carwyn wastod mor hapus â'r gog – ac o'dd e 'fyd,' ychwanegodd Carys.

'Gredet ti byth, ofynnon nhw a o'dd Carwyn yn mela 'da cyffurie,' wfftiodd Stacey. 'Ti'n gallu dychmygu Traws a Carwyn yn smoco pot a gweud "cool man" i bopeth?'

Chwarddodd Carys yn ddihiwmor. 'Myn yffach i, allet ti ddim ca'l dau mwy sgwâr na'r ddau 'na – y pregethwr a'r *trainspotter* ar drygs?'

'Sgersli bilîf,' meddai'r ddwy yn unsain.

Yn sydyn cododd Pam ar ei thraed; teimlai fel petai newydd ddeffro'n sydyn o drwmgwsg hir.

'Rhaid i fi glirio – wy wedi addo i Gwennan.'

Edrychodd y ddwy arall arni'n syn.

'Ocê, wel, fe wnewn ni helpu, yn newn ni, Carys? Wedi'r cwbl, helpon ni i greu'r annibendod, a ti'n amlwg wedi ca'l dy shigo 'da'r hyn sy 'di digwydd i Carwyn. Ti angen bach o gwmni.'

Nodiodd Carys a gwenodd Pam yn wanllyd ar y ddwy. 'Diolch, achos fi'n mynd bant heddi.'

Roedd greddf yn dweud wrthi am roi coes iddi. Ond cyn iddi fynd, a ddylai…? Na, doedd bosib. Fyddai'r heddlu eisiau gwybod am y trip? Yr yfed trwy'r dydd? Fyddai Dafydd Traws wedi dweud…? Roedd hi'n anodd meddwl â'i phen yn dal i bowndio. Byddai'n rhaid dweud, cyfaddef, am y coctel a'r dabled. Beth oedd yr enw 'fyd? Ond byddai'n rhaid siarad â Rhodri yn gyntaf, a Gwennan. Allai hi ddim dweud dim byd heb siarad â nhw.

'O'n i'n meddwl bo ti'n aros 'ma drwy'r haf,' torrodd Carys ar y llif meddwl.

'Wel, odw, ond ma wythnose cyn bo fi'n dechre yn y caban. Wy am fanteisio, mynd bant, gwylie bach.' Swniai'n fwy a mwy sicr.

'O, ble ti'n mynd?' holodd Stacey.

Ond ni chafodd ateb. Erbyn hyn roedd Pam wedi casglu'r gwydrau o'r bwrdd ac wrthi'n berwi'r tegell, yn benderfynol o wneud rhywbeth i'w chadw rhag meddylu, gofidio. Yn hytrach nag ateb Stacey meddai, 'Os wnei di hwfro, a ti, Carys, lwytho'r sbwriel mewn i fagiau du – ma rhai yn y cwpwrdd gyda'r hwfer – wna i olchi'r llestri a'r llawr 'ma.'

'Sdim ishe golchi'r rheina, Pam, oni bai bo ti ishe'u catw nhw,' meddai Carys wrth weld Pam yn arllwys dŵr berwedig dros y gwydrau plastig.

'Wel, ma'n nhw bach yn stici i roi yn y sbwriel fel ma'n nhw. Fydda i 'di golchi nhw glatsh nawr.'

Gwelodd Pam y ddwy arall yn edrych ar ei gilydd yn awgrymog, a theimlodd ias oer yn ei cherdded. Roedden nhw'n amau.

'Ti 'di byw yn rhy hir 'da Gwennan.' Rhoddodd Carys wên fach a throi 'nôl at y poteli gwag a'r soseri *foil* llawn stympiau sigarét yn barod i'w harllwys i'r sach simsan.

Teimlodd Pam fymryn o ryddhad, cyn sylweddoli'n syth bin na fyddai'n ddigon i dwyllo Carys a Stacey. Stampiodd yn filain ar falŵn grebachlyd. Neidiodd honno'n anufudd i gornel yr ystafell.

Am yr awr nesaf bu'r tair yn sgwrio, golchi a thwtio, ac wrth iddi ddiolch i Carys a Stacey ar stepen y drws roedd Pam yn gwybod y byddai hyd yn oed Gwennan yn ei chael hi'n anodd canfod bai. Ond ni fyddai'r holl sgwrio yn y byd yn ei glanhau hi. Am eiliad roedd yn neuadd yr ysgol unwaith eto, ei beiro newydd yn segur wrth iddi geisio mynd dan groen Lady Macbeth, fel y mynnai'r cwestiwn arholiad. Nawr, byddai'r geiriau wedi llifo'n rhwydd. Nawr roedd gwaed ar ei dwylo hithau. Hi a estynnodd y gwydr i Carwyn. Hi a'i lladdodd. A byddai'r heddlu'n canfod hynny. Doedd Carwyn ddim wedi cyfogi; byddai'r bilsen a'i gwenwyn yn dal yn ei gorff. Beth yn y byd allai fod mewn pilsen mor fach, mor wyn, mor ddiniwed yr olwg a oedd yn ddigon niweidiol i ladd clorwth o ddyn fel Carwyn?

'Miss Smith? Pamela Smith?'

Neidiodd Pam. Roedd hi wedi bod yn syllu i'r cyfeiriad arall, ar gefnau Carys a Stacey yn diflannu i gyfeiriad Penglais.

'Gawn ni ddod fewn, Miss Smith?' gofynnodd yr heddwas

a oedd eisoes yn troedio'r grisiau tuag ati. Dilynwyd ef gan blismones ifanc a golwg ddifrifol ar ei hwyneb. Yn amlwg, doedd gan Pam ddim dewis. Fe'u harweiniodd i fyny'r grisiau i'r lolfa, a phwyntio at y soffa. Eisteddodd hithau hefyd ar y gadair gyferbyn â nhw. Palodd sbring i fewn i'w phen ôl, ond ni feiddiai symud.

Pesychodd yr heddwas. 'Mae'n flin iawn gen i; newyddion drwg mae arna i ofn.'

Wrth gwrs, gwyddai Pam beth oedd i ddod, ond gadawodd i'r heddwas fwrw yn ei flaen. Roedd ei anesmwythder amlwg yn rhoi rhyw foddhad iddi.

'Mae ffrind i chi, Mr Carwyn Jones, wedi'i ganfod yn farw yn ei wely y bore 'ma.'

Nodiodd Pam, yn ymwybodol bod y ddau yn ei gwylio'n ofalus. Oedden nhw'n rhyfeddu gweld y lle mor daclus? Dylai fod wedi gadael peth annibendod, pilyn fan hyn a fan draw, llestri brwnt ar y llawr, dyna fyddai'r ddau yma'n disgwyl ei weld mewn fflat myfyrwyr.

'Dy'ch chi ddim yn edrych fel tasech chi'n synnu rhyw lawer...' meddai'r heddwas ar ôl eiliad o dawelwch llethol. Roedd anghrediniaeth yn amlwg yn ei lais ac ar yr wyneb tenau, llwyd. Roeddent yn ei hamau hi'n barod.

'Wy 'di clywed... gan ffrindie,' dwbwl-dapodd wrth geisio rhuthro'r esboniad.

'A, wela i,' meddai'r heddwas, gan eistedd yn ôl rhyw fymryn. Tynnodd lyfr bach â chlawr lledr du o'i boced.

Tybed ai ei lyfr arbennig ar gyfer cofnodi achosion angheuol oedd hwn, meddyliodd Pam.

'Rwy'n deall bod Mr Jones wedi gadael y Coopers Arms yn eich cwmni chi neithiwr.'

Nodiodd Pam.

'Pryd oedd hynny?'

Doedd hi ddim yn siŵr. 'Tua un ar ddeg?' cynigiodd.

Gwelodd yr heddwas yn gwgu ar y blismones. Yn amlwg roedd e eisoes yn amau ei bod yn dyst chwit-chwat.

'Beth ddigwyddodd wedyn?' gofynnodd yr heddwas.

Ysgydwodd Pam ei phen ac estyn i'w phoced am hances. Roedd ei jîns yn rhy dynn a gorfu iddi rhyw hanner gorwedd er mwyn ei thynnu o'i phoced. Palodd y sbring yn fwy ciaidd byth i'w chnawd meddal. Chwythodd ei thrwyn yn uchel.

'Cymerwch eich amser,' meddai'r blismones yn garedig.

Tapiodd yr heddwas ei bensel yn erbyn y llyfryn agored.

'Da'th e 'nôl fan hyn gyda ni,' meddai Pam yn dawel.

'Ni?' promptiodd y plismon.

'Fi, a...' Sychodd Pam ei thrwyn. Na, doedd ganddi ddim dewis, roedd yn rhaid iddi ddweud wrthyn nhw. 'Gwennan a Rhodri... Ifans... Ma'n nhw'n frawd a chwaer... wel, efeilliaid a gweud y gwir...'

'A ble ma'n nhw nawr?' torrodd yr heddwas ar ei thraws yn siarp.

'Ar eu ffordd i Ganada,' atebodd Pam. Eto, gwelodd yr heddwas yn edrych yn awgrymog ar ei gyd-weithiwr. A pha ryfedd? Wrth gwrs bod hynny'n swnio'n amheus.

'Gyda'u mam, gwylie haf ar fferm eu hwncwl. Wedi'i drefnu ers tro,' ychwanegodd yn frysiog. Gwyddai ei bod yn swnio'n amddiffynnol. Gwyddai hefyd fod ei hwyneb yn fflamgoch. Arwydd amlwg arall o'i heuogrwydd y byddai'r ddau yma, a oedd heb os wedi'u hyfforddi i adnabod celwyddgi o bell, yn siŵr o'i nodi.

'A beth yn union ddigwyddodd ar ôl i chi ddod 'nôl fan hyn?'

Edrychodd Pam ar y blismones. Roedd honno'n nodio arni'n gefnogol.

'Gethon ni ddrinc bach.'

Cododd yr heddwas ei ben o'i lyfr nodiadau a thynnu wyneb, fel petai'n sugno rhywbeth anghysurus o sur.

'Felly, ydw i wedi'ch deall yn iawn, Miss Smith? Yn ôl nifer o dystion eraill fuoch chi'n yfed ei hochr hi ers canol y prynhawn. Ac wedyn, ar ôl stop-tap fe ddaeth pedwar ohonoch chi yn ôl i'r fflat yma i yfed mwy fyth?'

Nodiodd Pam yn fud.

'A tan pryd fuoch chi'n… diota?' Rhoddodd yr heddwas saib bach cyn y gair olaf, yn union fel y dysgodd Miss Jones Welsh i'r parti llefaru ar gyfer Steddfod yr Urdd. Y gair 'gyfeiliorn' a gafodd y driniaeth arbennig gan Miss Jones, a Miss Jones Welsh Ar Gyfeiliorn fuodd hi byth wedi hynny.

'Tan pryd?' pwysodd yr heddwas.

'Gadawodd Carwyn pan es i i'r gwely.'

'A phryd oedd hynny?' mynnodd wedyn.

Eto, doedd Pam ddim yn siŵr, ond nid doeth fyddai cyfaddef hynny. Roedd e'n meddwl ei bod yn ddigon annibynadwy yn barod.

'Tua un o'r gloch,' meddai'n llipa. Edrychodd arno'n cofnodi'r ffaith hon yn ei lawysgrifen fach ddestlus.

'A pha mor feddw oedd Mr Jones bryd hynny?' holodd, ei bensel yn hofran yn ddisgwylgar.

'Ddim yn dablen,' brysiodd Pam i'w sicrhau.

Cododd yr heddwas ei aeliau, ond roedd y blismones yn cilwenu arni'n garedig.

'Ddim yn feddw gaib, syr,' esboniodd hithau i'w chyd-weithiwr.

Nodiodd Pam.

'A dyna'r tro ola i chi weld Carwyn Jones?'

Nodiodd Pam eto.

'Wedodd e ble oedd e'n mynd?'

Doedd Pam ddim yn cofio. Ysgydwodd ei phen.

Rhwymodd yr heddwas yr elastig du o amgylch y llyfr bach, atodi'r pensel a dychwelyd y dystiolaeth i ddiogelwch ei iwnifform sobor. Cododd gan roi un edrychiad cyhuddgar tua'r soffa anghyfforddus. Cododd y blismones hefyd.

'Does dim angen i chi ddod i'r drws,' meddai'n garedig. 'Chi wedi cael tipyn o ysgytwad. Gorffwys, 'na'r moddion gore.'

Gorfododd Pam ei hun i gadw'n hollol lonydd nes clywed y drws ffrynt yn cau ar eu holau, cyn rhedeg am y tŷ bach.

Ar ôl gwaredu'r wasgfa pwysodd ei phen am yn hir ar oerni cysurlon y porslen. Bu yno, a'i breichiau'n glynu i goes y tŷ bach, nes i'r ofn y byddai'r heddwas yn darganfod rhywbeth damniol, ac yn dychwelyd i'w chroesholi ymhellach, ei gorfodi i symud. Cododd yn araf gan ddal yn dynn yn y basn molchi. Roedd ei dillad wedi eu gludo wrth ei chorff llaith a'i choesau'n hollol simsan. Syllodd yn y drych. Oedd yr heddlu'n ei hamau? Oedd hi'n edrych yn euog? Wrth lanhau ei dannedd ceisiodd ddarbwyllo ei hun nad oedd yr heddwas yn ei drwgdybio wedi'r cwbl, taw rhan o'i dechneg arferol oedd yr edrychiadau bach cyfrwys a awgrymai ei fod yn gwybod y cyfan. Poerodd i'r sinc gan agor y tap dŵr oer yn llawn er mwyn cludo'r llysnafedd i grombil y ddaear. Sythodd, sychu ei gwefl a hoelio ei llygaid ar y drych unwaith eto. Roedd yn rhaid iddi edrych ac ymddwyn yn normal neu byddai'r heddlu, neu ei ffrindiau, yn sicr o amau bod rhyw ddrwg yn y caws. Ond roedd hi'n amhosib iddi ymddwyn yn normal. Roedd ei hymateb greddfol yn iawn. Gadael am y tro, dyna oedd yr unig ddewis. Ond roedd yna lais bach dig yn ei phen eisoes yn dadlau â hi – nid gadael ond dianc, rhedeg i ffwrdd fel cachgi. Wel, beth bynnag, dyna roedd am wneud. Roedd yn rhaid iddi gael llonydd i feddwl. Pwyllo, dyna fe. A gwneud penderfyniadau call. Gwthiodd ei gwallt afreolus y tu ôl i'w chlustiau a mynd i'r gegin ac yfed llwnc o ddŵr. Cymysgodd hwnnw'n boenus gyda'r mintys yn ei cheg, a chrafu ei gwddf tyner. Aeth i'w hystafell wely wedyn a gwthio rhai dilladach, pethau ymolchi, pâr sbâr o sgidiau, pwrs a rhai manion eraill i mewn i'w *rucksack*. Yna brysiodd drwy'r fflat i sicrhau bod popeth yn ei le, rhedeg i lawr y grisiau a chau'r drws ffrynt yn glep ar ei hôl.

2

Dydd Llun, 13 Gorffennaf 1992

'Un nicer os gweli di'n dda.'

Am eiliad rhewodd Pam. Roedd wrthi'n ail-lenwi'r peiriant coffi Cona ar wal gefn y caban ac felly ni allai weld y cwsmer. Ond adnabu'r llais ar unwaith, wrth gwrs, er nad oedd wedi ei glywed ers cyhyd. Trodd i edrych i fyw'r llygaid glasaf erioed.

'Helô, Pam. Cofio fi?'

Nodiodd.

Cofio? Sut gallai hi anghofio? Roedd wedi dyheu am ei weld ef a Gwennan am flwyddyn gyfan gron. Ysai am gael trafod y noson ofnadwy honno. Wel nawr oedd ei chyfle. Teimlai'r pwls yn ei gwddf yn curo'n galed.

'Wrth gwrs, Rhodri,' ffwndrodd, gan sychu ei dwylo ar ei ffedog streipiog. 'Wy 'di bod yn meddwl amdanat ti a Gwennan; ishe siarad 'da chi,' ychwanegodd, gan godi ei llais dros dwrw'r peiriant coffi yn ffrwtian yn swnllyd.

'Wnes i addo y bydden ni'n dathlu'n pen-blwydd gyda'n gilydd, on'd do fe? Felly, dyma fi. Pen-blwydd hapus, Pam,' meddai Rhodri'n sionc.

'Nage 'na beth —'

'Fi'n gwbod, ond o'dd Gwennan —'

'Odi Gwennan yn Aber 'fyd?' Roedd llais Pam yn llawn gobaith. Dyna fyddai'n ddelfrydol, wrth gwrs, y tri ohonynt yn cael cyfle i drafod marwolaeth Carwyn, wyneb yn wyneb.

'Sori, bydd rhaid i un o'r Ifansiaid neud y tro ma arna i ofn.'

Poerodd diferyn neu ddau o'r plât cadw coffi'n boeth, gan lanio'n sbeitlyd ar ei braich noeth. Rhwbiodd y dafnau i ffwrdd yn ddig. O wel. O'r ddau, efallai mai sgwrs â Rhodri fyddai fwyaf buddiol. Fe oedd wedi prynu'r dabled wedi'r cyfan, a fe oedd fwyaf tebygol o fedru esbonio beth yn union aeth o'i le.

'Methu credu bod blwyddyn wedi mynd heibio ers —'

'Gest ti lot o gardie?' torrodd Pam ar ei draws yn frysiog.

Roedd hi'n sylweddoli bod y cwestiwn yn swnio'n blentynnaidd, ond dyna'r peth cyntaf a ddaeth i'w meddwl. Roedd ofn arni fod Rhodri ar fin cyfeirio at farwolaeth Carwyn, ac er cymaint roedd hi am drafod hynny, roedd cwsmer arall newydd gyrraedd y caban ac nid fan hyn oedd y lle. Na, roedd angen rhywle mwy preifat a digon o amser i drafod yn iawn.

'Y... Do, saith – a ti?'

Dwy garden roedd Pam wedi eu derbyn – un oddi wrth Gwennan ac un oddi wrth Mrs Ifans, mam Rhodri a Gwennan.

'Y, o, ti'n gwbod, milo'dd – oddi wrth fy holl ffans.'

Gwenodd Rhodri.

Roedd ganddo bant dengar iawn yn ei foch chwith. Beth oedd yn bod arni? meddyliodd Pam yn chwyrn. Sut gallai hi feddwl y fath beth am y bachgen yma oedd wedi achosi marwolaeth Carwyn ac, yn sgil hynny, cymaint o boen meddwl iddi hi?

Pesychodd y cwsmer a safai y tu ôl i Rhodri yn awgrymog.

'O, sori, ewch chi'n gynta.' Safodd Rhodri o'r neilltu yn gwrtais.

Tynnodd y dyn ei gap mewn cydnabyddiaeth ac archebu côn fanila.

'Hast arnoch chi,' meddai Rhodri wedyn.

Edrychodd y dyn arno'n syn. 'Na. Lladd amser, tra bo'r wraig yn siopa.'

Brasgamodd wedyn i gyfeiriad y castell a chododd Pam ei gwar.

'Wel, blwyddyn yn hŷn, Miss Smith, ond ti ddim wedi newid o gwbl,' meddai Rhodri a phlygu i roi mwythau i derier bach a wthiai yn erbyn ei goesau yn mynnu sylw.

Nadw, gwaetha'r modd, dwi ddim wedi newid i edrych arna i ta beth, meddyliodd Pam. Ond roedd hi wedi newid hefyd; bu'r flwyddyn ddiwethaf 'ma'n un hesb. Ac unig. A sobor. Roedd marwolaeth Carwyn wedi sicrhau hynny. Pe na byddai wedi bod yn diota drwy'r dydd mae'n siŵr na fyddai wedi cytuno i gêm wirion Rhodri, a byddai wedi medru dylanwadu ar y lleill, a byddai Carwyn yn dal i swnian am drenau.

Flwyddyn union ers y diwrnod erchyll, bu Carwyn ar ei meddwl ers iddi ddihuno, a chyn hynny hefyd. Roedd wedi breuddwydio amdano neithiwr. Yr un hunllef oedd hi bob tro. Hithau'n dal rhaff, er mwyn i Carwyn lithro ar ei hyd, dros y clogwyn, i lawr tua'r traeth. Gallai glywed sŵn eu ffrindiau'n nofio yn y môr islaw ac yn galw arnynt i frysio. Medrai deimlo'r ymdrech, ei breichiau'n brifo, brifo. Llosgai'r rhaff ei dwylo, ac yn araf bach gwelai'r cortyn glas yn llithro trwyddynt. Roedd yn gweld yn union beth oedd ar fin digwydd, ond allai hi wneud dim i'w atal. Collodd ei gafael a… Dihunodd â'i chalon yn rasio.

'Nawr 'te, Pam, beth am y nicerbocer 'na? Wy ar glemio,' torrodd Rhodri ar draws ei myfyrdod. Plygodd at y ci bach eto a'i annog i gyfeiriad y castell lle safai menyw yn ddisgwylgar yn chwifio tennyn gwag.

'A dogn mawr o'r hufen sgwiji 'na ar ei ben e cofia,' ychwanegodd.

Gwenodd arno'n wantan. Roedd angen tipyn o dynnu coes tebyg i'w llusgo hi allan o'i hwyl sorllyd. Ac yna cochodd. Pa hawl oedd ganddi hi i fod yn hwyliog? Roedd hi a Rhodri a Gwennan wedi gwneud rhywbeth ofnadwy. Poeni a stilio a dioddef oedd eu haeddiant. Nid fod Rhodri'n edrych fel petai e'n dioddef rhyw lawer. Ond dyna fe, 'nid wrth ei glawr ma nabod llyfr' fel byddai ei thad yn ei ddweud.

Plygodd i lawr i grafu hufen iâ i mewn i wydr tal. Cymerodd ei hamser wrth osod y gymysgfa fanila, mefus a siocled yn y gobaith y byddai'r oerni'n lleddfu'r cochni. O'r diwedd sythodd a rhoi'r saws, hufen, ceiriosen goch a waffer ar ben y greadigaeth. Byddai'n rhaid gofyn iddo ei chyfarfod ar ôl gwaith; difaru fyddai hi pe na wnâi ei gorau glas i geisio cael rhai atebion am farwolaeth Carwyn, a phwy a ŵyr pryd fyddai Rhodri yn Aberystwyth eto.

'Un nicerbocerglori,' meddai gan roi'r gwydr ar y cownter o'i flaen. 'Naw deg naw ceiniog os gweli di'n dda.' Erbyn hyn roedd dau gwsmer arall wedi ffurfio ciw y tu ôl i Rhodri.

Chwarddodd Rhodri. 'Byddai'n llawn cystal i ti ddweud punt.' Rhoddodd yr arian yn ei llaw.

'Technege marchnata elfennol,' atebodd Pam, gan ollwng y darn punt yn y til a rhoi ceiniog o newid iddo.

Rhoddodd Rhodri'r geiniog yn ôl iddi. 'Tip bach i ti am y gwasanaeth cynnes,' chwarddodd eto.

Postiodd Pam y geiniog yn y blwch RSPCA a safai ar y cownter.

'Cer i ishte lawr, Rhodri. Os ca i gyfle, ddo i i ishte gyda ti am sbel fach.'

Nodiodd Rhodri a mynd â'i hufen iâ ac eistedd wrth un o'r byrddau bach plastig ar y pafin o flaen y caban tra oedd Pam yn arllwys coffi i'r newydd-ddyfodiaid. Yna agorodd Pam y drws ochr ac ymuno â Rhodri. Yn syth daeth gwylan egr i fusnesu wrth eu traed.

'Whishgit!' Clapiodd Pam ei dwylo'n wyllt. Edrychodd yr wylan arni'n herfeiddiol, gan droi ei phen i'r ochr fel petai'n cwestiynu ei hawdurdod. Symudodd yr aderyn yn bwyllog, gam neu ddau o'r neilltu ond gan gadw ei lygaid bach miniog arni.

'So, shwd wyt ti ers talwm, Rhodri?' gofynnodd, gan edrych arno'n llarpio'r hufen iâ.

'Cystal â'r disgwyl.' Cododd Rhodri ei olygon o'r ddysgl a rhoi ei lwy i sefyll yn segur yn y mynydd hufen iâ. 'A ti?'

Siglodd ei phen yn awgrymog.

''Drych, o'n i moyn, ond roedd Gwennan… Sai'n gwbod. Gytunon ni fod dim pwynt. Ti *yn* deall?'

Dyma ei chyfle, bwrw i mewn iddi oedd angen. Efallai nad oedd trafod fan hyn yn ddelfrydol ond deryn mewn llaw… Ond fedrai hi ddweud dim. Roedd llif geiriau Rhodri wedi'i drysu. Roedd wedi gofyn a oedd hi'n deall. Oedd, nac oedd. Doedd hi ddim yn siŵr. Hoeliodd ei sylw ar y pafin y tu hwnt i Rhodri lle'r oedd pioden yn pigo ar sbarion pitw wrth lygadu'r wylan yn ofidus.

'Tasen i ddim 'di meddwi, falle fydden i ddim 'di cynnig y…' cychwynnodd Rhodri.

'O'n ni i gyd wedi'i dal hi – gan gynnwys Car—' Aeth ei enw'n sownd yn ei gwddf fel darn o daffi.

'Esgusodwch fi, mwy o lefrith os gwelwch yn dda?'

Daro, dyma hi o'r diwedd mewn sefyllfa i gael trafod yr hyn oedd wedi ei danto'n llwyr am flwyddyn a nawr roedd hwn yn ffysan am laeth. Gwthiodd ei chadair yn ôl yn chwyrn.

'Mae bach yn oer am fis Gorffennaf,' meddai'r cwsmer wrth iddi ei basio a mynd am y caban.

'Mmm,' atebodd Pam, wrth estyn llond jwg o laeth iddo. Nid oedd am dynnu sgwrs nawr. Erbyn iddi ddychwelyd at y bwrdd roedd Rhodri bron â gorffen ei hufen iâ.

'Mmm, ma hwn yn flasus,' meddai gan roi llwyaid lwythog arall yn ei geg.

Edrychodd Pam arno'n ddisgwylgar.

'Carwyn,' promptiodd. 'Beth o'dd yn y bilsen 'na, Rhodri?'

Gosododd ei lwy ar y bwrdd yn ofalus. Gwyliodd Pam y staen tywyll yn llifo ar draws y plastig gwyn.

'Sai'n gwbod.' Estynnodd Rhodri ei law a mwytho'i braich.

'Ond sut alle un bilsen fach fel'na…?'

'Wir, Pam, sai'n gwbod, a wy wedi holi a —'

'Oes modd cael ychydig o ddŵr, dowch? Ar ben y coffi yma? Nescafé 'dan ni 'di arfar efo, w'ch chi,' galwodd y cwsmer eto.

'Nefi, sdim llonydd i ga'l,' cwynodd Pam gan godi.

Wrth iddi wneud, rhoddodd Rhodri wasgiad i'w braich. 'Gewn ni adael hyn nawr, trafod nes mlân?'

Nodiodd Pam a brysio i'r cownter lle'r oedd ei chwsmer yn aros yn ddisgwylgar. Pum munud, a dau gwsmer arall yn ddiweddarach, roedd Pam yn aileistedd wrth ymyl Rhodri.

'Mae fel lladd nadredd 'ma nawr, Pam – wy'n amlwg yn dda i fusnes.' Roedd gwên benderfynol ar ei wyneb ac roedd yn amlwg nad oedd pwynt codi marwolaeth Carwyn eto.

'Pryd gyrhaeddest ti o Lunden, 'te?' gofynnodd Pam.

'Echdoe. 'Nôl yn y gorllewin gwyllt 'ma i dreulio peth amser gyda Mam. Ma hi'n gwneud tipyn o gymoni yn y tŷ newydd mae 'di brynu yn Aber 'ma. Ael Dinas.' Cyfeiriodd at y rhes o dai uwchben yr harbwr. 'Gobeithio symud yn gyfan gwbl o Lambed o fewn y mis.'

Nodiodd Pam. 'Ges i garden pen-blwydd wrthi ond dim newyddion. Shwd mae'n cadw?'

'Odi, gwd. Iach fel cricsyn, fi'n falch gweud.'

'Sai 'di gweld hi ers dros flwyddyn; mae'n siŵr byddwn ni'n taro ar ein gilydd byth a hefyd nawr 'te.'

Roedd y newyddion wir yn llonni ei chalon. Roedd Pam yn hoff iawn o fam yr efeilliaid, ac wedi closio ati'n rhyfeddol yn ystod y tair blynedd y bu'n rhannu fflat â Gwennan. Dôi Mrs Ifans ar y bws o Lambed bob dydd Mercher, a'i basged wellt henffasiwn yn llawn bara brith, cacen lemwn ac, wrth gwrs, ei phice bach bendigedig. Roedd rhywbeth cartrefol iawn amdani, ac roedd yr un elfen nythu yn Gwennan hefyd. Oedd, roedd hi'n gweld eisiau'r ddwy.

Tynnwyd ei sylw gan wylan gecrus a oedd yn pigo'n benderfynol wrth fag bin du ar ochr arall y ffordd. Sgrechiodd yn feddiannol wrth i wylan arall ddod i gynnig cymorth, nes i honno ildio a hedfan i loches to cyfagos, gan setlo i wylio'r gloddesta, neu i gynllwynio ailymosodiad.

'Ti gatre am sbel?'

Ysgydwodd Rhodri ei ben.

''Nôl i Lunden ddydd Iau. Ma jobyn 'da fi mewn bar i ennill bach o arian. Yna cwta ddwy flynedd arall a bydd rhaid i ti alw fi'n Dr Ifans.'

Nodiodd Pam. 'Â phleser, ond am nawr, cofia taw jyst stiwdent bach wyt ti, yn ddibynnol arna i a'm trethi i dy gadw di sha Llunden 'na.'

'O, "ni a nhw" yw e nawr, ife? Beth ddigwyddodd i'r tri *musketeer*?'

O gornel ei llygad gwelodd yr ail wylan yn hyrddio ei hun o'r to, a heb lanio, gafaelodd mewn rhywbeth a edrychai fel sgerbwd pysgodyn, cyn hedeg yn osgeiddig yn ôl i'w hafan. Roedd yr wylan a wnaeth y gwaith caled, y pecian a'r rhwygo, yn gynddeiriog, a'i chrochlefain yn denu nifer cynyddol o wylanod eraill a oedd yn bwrw ati i fwynhau'r wledd.

'Wel ble ma'r trydydd *musketeer*, 'te?' holodd Pam gan roi ei sylw llawn i Rhodri unwaith yn rhagor.

'O, ti'n gwbod fel ma athrawon, lot rhy brysur i neud dim nes ei bod yn wylie arnyn nhw. *So* ma hi, Miss Ifans, yn paratoi gwersi, sgrifennu adroddiade a sychu trwyne plant bach.'

'Sai'n credu rywsut bod angen sychu trwyne plant ysgol uwchradd, Rhodri.'

Chwarddodd Rhodri. 'Ti'n iawn, ond ta beth, y neges yw sdim amser gyda hi i neud dim. Ond ma amser i gwyno. Mae'n gweud gwelith hi ti yn Steddfod – mae'n dod lan am yr wythnos, *so* gewch chi fynd mas i chware pryd 'ny ma'n siŵr.'

Ond tybed a gawn ni sgwrs go iawn bryd hynny, meddyliodd Pam. Doedd hi ddim wedi gweld Gwennan chwaith ers blwyddyn, ac roedd yn amau taw marwolaeth Carwyn oedd yn ei chadw draw. Siaradai Pam a Gwennan ar y ffôn wrth gwrs, ac roedd y ddwy yn ysgrifennu at ei gilydd yn weddol reolaidd. Rhedodd cryndod sydyn drwyddi wrth gofio am y llythyr a ysgrifennodd at Gwennan a Rhodri yn syth ar ôl ffoi o Aberystwyth, flwyddyn union yn ôl. Gallai deimlo'r panig gwyllt wrth iddi neidio ar y bws cyntaf a oedd yn gadael yr orsaf ar ôl iddi hi a Carys a Stacey lanhau'r fflat.

I Aberteifi roedd y bws hwnnw'n digwydd mynd. Wedyn daliodd fws arall i Dyddewi. Cofiai'n glir yr ysfa i ddianc, a rywsut, wrth groesi afon Teifi a gadael Ceredigion ar ei hôl, roedd wedi teimlo mymryn o ryddhad. Yn Nhyddewi eisteddodd yn hir ar y borfa, yn edrych i lawr ar y gadeirlan ac allan i'r môr. Roedd yn brynhawn poeth, y gwybed yn bla a'i jîns yn rhy dynn a choslyd. Doedd hi'n cofio fawr ddim arall. O dan amgylchiadau gwahanol byddai wedi mwynhau'r holl bethau a garai am y lle ers ei phlentyndod; yr awyrgylch hamddenol, mawredd yr adeiladwaith, gogoniant byd natur. Ond roedd ei meddwl ar chwâl, a'i hemosiynau'n ferw, ac nid ar harddwch y lle y synfyfyriai'r diwrnod hwnnw. Roedd yn ganol haf, a Thyddewi yn orlawn o ymwelwyr diofal yn bwyta tships a hufen iâ. Cyplau, a theuluoedd, a grwpiau o hen wragedd. Doedd neb arall ar ei ben ei hun. Roedd ei llygaid yn llosgi wrth iddi gydnabod y gwir. Doedd ganddi neb. Neb yma, neb gartref. Ar yr eiliad honno roedd wedi teimlo rhyw gynddaredd mawr at Gwennan a Rhodri – ond yn arbennig at Gwennan. Neithiwr ddiwethaf roedd hi wedi ei sicrhau eu bod yn deulu. Wel, rhyw deulu chwit-chwat iawn oedd yn ei heglu hi i Ganada, ei gadael hi yn y fath gawl ar ei phen ei hunan bach. Sylweddolai nad oedd Gwennan a Rhodri'n gwybod am y llanast roeddent wedi'i adael ar eu holau, ond er hynny teimlai iddi gael cam ganddynt.

Roedd wedi sylweddoli'n syth pan glywodd am farwolaeth Carwyn y byddai'n rhaid cyfaddef i'r heddlu yn union beth ddigwyddodd. Ond roeddent wedi dod ar ei phen mor ddisymwth a doedd hi ddim yn barod, heb gael amser i baratoi ei hun, heb ffurfio'r geiriau a fyddai'n ei gwneud yn hollol glir taw damwain arswydus oedd marwolaeth Carwyn. Nawr, ar ôl oriau o eistedd a meddwl, roedd hi'n dal yn sicr bod yn rhaid mynd at yr heddlu a bwrw'i bol, cyfaddef y cwbl. Ond nid ar ei phen ei hun, a beth bynnag, allai hi wneud dim heb gytundeb Rhodri a Gwennan. Roedd y tri ohonynt yn y cawl yma gyda'i gilydd. Roedd rhaid iddi gael neges atyn nhw, eu gorfodi i ddod adre. Ond doedd ganddi ddim rhif ffôn i'r wncwl yng Nghanada, a heb wybod cyfenw 'Wncwl John', doedd ganddi ddim gobaith o gael y rhif ffôn chwaith. Ond roedd ganddi gyfeiriad, wedi ei ysgrifennu'n daclus ar ddarn bach o gerdyn. Rhoddodd Gwennan ef yn ddiogel ym mhwrs arian Pam rhag ofn y byddai rhywbeth pwysig yn cyrraedd o Gaerdydd ynglŷn â'i swydd newydd. Bu eiliad o orfoledd wrth iddi lynu'n dynn i'r ffaith bod rhywbeth penodol y medrai ei wneud, cyn i'r anobaith ei llethu eto o sylweddoli y byddai o leiaf dair wythnos cyn cael ateb oddi wrth Gwennan a Rhodri. Cododd ei hysbryd eto. Wrth gwrs, ni fyddai'n rhaid iddi aros cyhyd am lythyr. Byddent yn siŵr o ddod adre yn syth ar ôl clywed y newyddion.

Roedd wedi dal y siop gornel funudau cyn iddi gau, ac wedi prynu papur ac amlen Airmail a stamp parod arni. Dychwelodd wedyn i'w llecyn uwchben y môr i ysgrifennu at Gwennan a Rhodri. Bu'n ystyried yn hir sut i eirio'r llythyr, yn ymwybodol bod yna berygl mewn mynegi eu heuogrwydd ar bapur. Ond doedd ganddi ddim dewis. Er mwyn pwyso ar Gwennan a Rhodri fod yn rhaid gwneud rhywbeth roedd yn ofynnol rhoi'r manylion iddynt. A beth bynnag, petai'r llythyr yn cwympo i'r dwylo anghywir dim ond cael gwybod rhywbeth ychydig ynghynt na phawb arall fydden nhw. Er hynny, setlodd ar nodi'r ffeithiau moel yn unig ynglŷn â sut roedd Dafydd Traws wedi dod o hyd i Carwyn yn farw, ac ar ddiwedd y llythyr nododd mewn llythrennau bras,

RHAID I NI DDWEUD POPETH WRTH YR HEDDLU. OND WNA I DDIM NES CLYWED 'NÔL GENNYCH. BRYSIWCH ADRE PLIS.

Rhoddodd ei henw a'i chyfeiriad yn ofalus o glir ar gefn yr amlen rhag i unrhyw flerwch ar ei rhan achosi i'r llythyr oedi ar ei daith, ac er mwyn i Gwennan wybod ble i ddod i edrych amdani. Yna cerddodd drwy'r torfeydd o ymwelwyr, pob un bron a'i gamera fel iau am ei wddf, i bostio ei llythyr yn y blwch o flaen y swyddfa post. Ond ni fyddai'n cychwyn ei daith hir tan 11.30 fore Llun.

Bu'n crwydro'n ddigyfeiriad am oriau o amgylch strydoedd culion y ddinas fach. Gorfu iddi droi ar ei sawdl sawl gwaith wrth i'w thrwyn ei harwain i stryd bengaead. Ymhen hir a hwyr canfu ei hun unwaith eto yn ôl yn ei gwâl uwchben y môr a'i choesau'n gwynio i gyd. Yn araf bach, wrth i'w chorff lonyddu, sylweddolodd cyn lleied o feddwl roedd hi wedi ei roi i Carwyn druan ers clywed y newyddion erchyll. Teimlai'n sâl o euog. Doedd hi ddim wedi meddwl am ddim bron ond achub ei chroen ei hunan. Petai'r esgid ar y droed arall byddai Carwyn heb os wedi meddwl amdani hi.

Roedd yr haul yn gwaedu ar y gorwel erbyn hyn. Druan o Carwyn, a druan o'i deulu hefyd, pwy bynnag oedden nhw. Gwyddai o brofiad y byddent yn cael rhywfaint o gysur o drefnu'r angladd dros y diwrnodau nesaf, o geisio meddwl beth fyddai Carwyn wedi ei ddymuno. Trenau; mae'n siŵr y byddai trenau yn cael rhyw le – dyna oedd ei ddiléit wedi'r cyfan. Roedd hi wedi dewis 'Ar fôr tymhestlog teithio rwyf' ar gyfer angladd ei thad. Ond fyddai honno ddim yn addas i Carwyn. Ceisiodd ganolbwyntio ar gyfeiriadau at drenau, sodro ei meddwl gwinglyd ar un peth am gyfnod – ond doedd dim un emyn yn dod.

Byddai wedi dymuno mynd i'r angladd, a byddai wedi mynd o dan unrhyw amgylchiad arall 'i dalu'r deyrnged olaf', fel y byddai ei thad yn ei ddweud. Roedd Carwyn yn haeddu hynny o leiaf. Mae'n siŵr y byddai Dafydd Traws yno, a Stacey a Carys debyg. Byddent yn ei gweld hi'n od am beidio â mynd, ond roedd hynny'n well na mentro, a cholli rheolaeth, a thynnu sylw ati ei hun. Doedd wybod beth fyddai hi'n ei ddatgelu o dan y fath amgylchiadau, a hynny heb sêl bendith Gwennan a Rhodri. A sut mewn gwirionedd allai hi fod yn dyst i alar anghrediniol y teulu heb gyfaddef popeth iddynt?

'Pam nag y'n nhw'n neud y llwye damed bach yn hirach a gwaelod y ddysgl bach yn lletach gwed? Fydde dim rhaid i fi yfed y diferion diwetha wedyn,' meddai Rhodri, yn syllu i waelodion y gwydr hufen iâ.

Llusgwyd Pam yn ôl i'r presennol.

'Pam fod eira'n wyn, Rhods?'

'E?'

Clywodd Pam y diflastod yn ei llais. Rhaid i fi ddod at fy nghoed, meddyliodd. Damwain oedd marwolaeth Carwyn, damwain erchyll.

'O sdim ots, jyst yfa fe,' meddai Pam yn ddidaro.

'*So*, be ti 'di bod yn neud 'te, Miss Tutu?'

'Miss Tutu?'

Tynnodd Rhodri wyneb. '*Two-two* – dy radd, cofio?'

'Hy, ti'n meddwl bo ti mor ddoniol.'

Nodiodd Rhodri'n ddwys. 'A fi'n credu bod ishe gwenu 'not ti, Pam Smith, ond bod ofn joio arnat ti. Wneith e ddim gwahanieth, ti'n gwbod… i Carwyn…'

Eisteddodd Rhodri yn ôl yn y gadair blastig ond daliai i edrych arni. Trodd Pam i ffwrdd a syllu ar yr un teulu a oedd wedi mentro i'r traeth llwyd. Roeddent yn swatio y tu ôl i orchudd gwynt, dau o blant ifanc mewn siorts yn adeiladu cestyll tywod, a'u rhieni yn eistedd yn eu cotiau mawr yn eu gwylio. Roedd Rhodri'n iawn i raddau, wrth gwrs. Ac roedd hi'n ei hoffi, yn meddwl ei fod yn ddigon smala, ond roedd symbolaeth y diwrnod yn gwasgu arni.

'*So*, beth ti 'di bod yn neud yn y twll 'ma?'

'Dyma ganol y byd, 'y ngwashi.'

'Canol dy fyd bach di falle.'

'*West is best*, Rhods,' meddai Pam, gan edrych ar y gwynt yn sgubo papur tships ar hyd y prom.

'Ond ma'r caban 'ma wedi bod ar gau siŵr o fod yn ystod y gaeaf, felly be ti 'di bod yn neud?'

'O, ti'n gwbod, "cadw'r slac yn dynn".'

Crychodd Rhodri ei aeliau'n gwestiyngar.

'Bach o waith dros dro yn swyddfa un o gyfreithwyr y dre 'ma,' ymhelaethodd Pam. 'Alla i ddim cario clecs ond ma rhai o'r storis – wel, byddet ti'n synnu a rhyfeddu…'

Torrodd Rhodri ar ei thraws. 'Prynu tai, ysgaru a gwneud ewyllysie yn ddiddorol? Sori, Pam, ond sgersli bilîf.' Chwarddodd yn uchel.

'O, ca' lan, Rhodri. Wy jyst ddim cweit wedi penderfynu be wy am neud eto, 'na gyd. Ta beth, yn ôl Gwennan, gest ti ddwy flynedd o hel dy draed cyn mynd i'r coleg, a nawr wy'n cymryd bach o amser i loetran. Ocê?'

'Ocê, ocê – paid colli dy limpin. Ond cofia, wnes i'r mwya o'r ddwy flynedd 'na cyn coleg.'

'Yn chware gyda'r defaid ar fferm dy wncwl yng Nghanada,' gwawdiodd Pam.

Siglodd Rhodri ei ben. 'O'dd e'n waith caled, alla i weud wrthot ti – cneifio, a throchi, ac edrych ar eu traed nhw byth a hefyd – a yffach, ma'n nhw'n anifeiliaid twp.'

'Ddim mor dwp â ti'n feddwl. Ma 'na ddefaid yn y Rhondda sy 'di dysgu rowlio dros grid hŵff-prŵff er mwyn gallu pori mewn gerddi.'

Cododd Rhodri ei ysgwyddau. Roedd pob ystum o'i eiddo'n ddramatig, sylwodd Pam, gan greu'r argraff ei fod yn llawer mwy o faint nag yr oedd mewn gwirionedd.

'Ond ta p'un 'ny, ar ôl y ddwy flynedd yna o'n i'n gwbod yn union beth o'n i am neud, a wy ar y ffordd. Wy hyd yn oed wedi dewis y car fydda i'n brynu pan fydda i'n *consultant*. Aston Martin – car James Bond.'

Siglodd Pam ei phen a murmur 'materol' dan ei hanadl.

Erbyn hyn roedd y plant ar y traeth yn tynnu eu tad i'w draed. Gwyliodd Pam e'n tynnu ei got a gwthio llewys ei siwmper i fyny cyn gafael yn y rhaw roedd y plentyn ieuengaf yn ei hestyn iddo. Aeth ati i balu tra safai'r plant yn edmygu'r gwaith. Cilwenodd Pam wrth gofio am ei thad yn gwneud yr union beth ar draethau Dinbych-y-pysgod a Saundersfoot hafau hir yn ôl.

'Dwi ddim yn deall bod ti ishe aros fan hyn – ma'r byd 'ma'n fawr, Pam,' meddai Rhodri ar ôl ysbaid o dawelwch rhyngddynt.

'Gwarchod y mur rhag y bwystfil…' meddai Pam yn freuddwydiol.

Crychodd Rhodri ei dalcen. 'Sori, Tutu, pa fur?'

'Ti 'di clywed am y mewnlifiad sbo?'

Aeth tri Dalmatian heibio iddynt, gan dynnu dyn anfoddog.

'O, ti'n un o'r Welsh Nashs 'na, wyt ti?' wfftiodd Rhodri.

'Os ti'n gofyn odw i'n becso am yr iaith, wel odw. A dylet ti 'fyd,' ychwanegodd Pam yn bendant.

Rowliodd Rhodri ei lygaid. 'Sai'n deall. Os yw pawb yn siarad Saesneg beth yw'r broblem?'

Daeth sŵn chwerthin plant o'r traeth. Neidient ar waliau brau'r castell roedd y tad wedi ymdrechu i'w adeiladu. Am eiliad doedd hi ddim yn amlwg beth fyddai ei ymateb. Pwdu a chilio i'r hafan ddi-wynt wrth ymyl ei wraig? Ffromi? Bytheirio? Na, dim byd mor eithafol â hynny. Ar ôl rhyw hanner dwrdio aeth ati i ailgodi'r castell a throdd Pam yn ôl at Rhodri.

'Rhodri, ti'n rwdlan. Ma pobl wedi bod yn siarad Cymraeg fan hyn am fil a hanner o flynydde,' meddai'n fflat.

Fel arfer byddai wrth ei bodd yn dadlau dros yr iaith, ond heddiw doedd achub ei cham ddim mor bwysig rywsut. Falle fod Rhodri yn llygad ei le wedi'r cwbl. Pa ots yn wir? Yn y pen draw, pobl oedd yn cyfrif.

'Mae'n bryd ca'l newid, 'te,' chwarddodd Rhodri.

Roedd ei chwerthin bras a'i wamalrwydd yn ddigon i'w chorddi.

'A bydde dim ots 'da ti bod yr iaith yn diflannu, neb yn gallu darllen Waldo a'r Mabinogi?' mynnodd yn chwyrn.

Daliodd Rhodri ei ddwylo o'i flaen yn amddiffynnol.

'Wow, wow! Sneb yn medru darllen y Mabinogi nawr – ma'r iaith wedi newid gymaint. A ti'n gwbod beth – sdim ots 'da fi 'mod i'n methu ei ddarllen e, a sai'n credu bydd ots 'da'r cenedlaethe sydd i ddod bo nhw'n methu darllen Waldo.'

'Ti'n siarad ar dy gyfer,' meddai Pam, gan godi a gwthio'r gadair blastig yn ôl gyda chymaint o nerth nes i honno gwympo ar ei hochr. Cododd y gwylanod ar adain fel un.

Chwarddodd Rhodri. 'A ti'n *intense, man.*'

Cipiodd Pam y gwydr hufen iâ, tynnu cadach o boced ei ffedog a sychu'r bwrdd gyda mwy o fôn braich nag oedd y ddau ddiferyn o hufen iâ yn ei haeddu. Cododd y gadair ac yna aeth yn ôl i'r caban gan gau'r drws ochr yn glep a rhoi coffi ffres yn y peiriant. Rowliodd ei hysgwyddau er mwyn ceisio ymlacio ychydig wrth i'r peiriant coffi chwythu a phrotestio. Ymhen munud neu ddwy daeth Rhodri i bwyso unwaith eto ar flaen y cownter.

'Dished o goffi, plis, Pam, os ca i,' meddai mewn llais bach.

Nodiodd Pam heb droi i edrych arno.

'*Cappuccino*, plis.'

'Ddim yn Llunden wyt ti nawr – y dewis yw du neu wyn.'

'Gwyn, plis,' atebodd yn dawedog.

Cadwodd Pam ei chefn ato tra oedd y coffi'n llifo'n araf drwy'r ffilter i'r jwg oddi tano. O'r diwedd trodd a thywallt y coffi i gwpan polystyren, arllwys ychydig o laeth ar ei ben a'i osod o'i flaen.

'Helpa dy hunan i siwgr.'

'Digon melys hebddo.'

Cododd Pam ei haeliau ar yr hen jôc, yn falch iawn bod y bigitan ar ben. Roedd hi'n falch ei fod am aros am sgwrs. Roedd y diwrnod yn hir yn y caban pan fyddai'r tywydd yn ddiflas. Daliai pobl i gerdded y prom, wrth gwrs, ond prin oedd y rhai oedd am loetran wrth y caban.

'Beth wyt *ti* wedi bod yn neud 'te, Rhodri – ti'n achub bywyde 'to?'

'Ddim cweit, ond wy yn cerdded o amgylch mewn cot wen a stethosgop yn hongian o 'ngwddw.'

Rhoddwyd taw ar eu sgwrs wrth i'r teulu o'r traeth ddod i'r cownter. Dychwelodd Rhodri i eistedd wrth y bwrdd tra oedd Pam yn aros yn amyneddgar i'r plant ddewis blas hufen iâ. O'r diwedd symudodd y teulu ymlaen ar hyd y prom yn chwerthin ac yn gwarchod yr hufen iâ rhag y gwylanod egr a hedfanai'n isel uwchben. Tywalltodd Pam baned o goffi iddi hi ei hun, ychwanegu ychydig o laeth ac yna ailymuno â Rhodri wrth y bwrdd bach. Ni ddywedodd y naill na'r llall ddim am hydoedd wedyn, dim ond edrych ar y ceffylau gwynion yn carlamu tua'r traeth.

Roedd Pam wedi treulio'r flwyddyn ddiwethaf yn gwylio'r môr. Roedd y môr yn ei chysuro, yn enwedig pan fyddai ar ei wylltaf. Bryd hynny roedd ei bŵer yn rhyddhad, yn ei hatgoffa y byddai llanw a thrai beth bynnag arall a ddigwyddai. Roedd y môr mawr yma wedi rhuo tra oedd cannoedd o lowyr yn marw yn Senghennydd, tra oedd yr Almaenwyr yn bomio Abertawe, tra oedd plant bach Aberfan yn cael eu claddu gan rwbel. A byddai'r tonnau yn dal i saethu ewyn gwyn dros y wal o flaen yr Hen Goleg pan fyddai hi a'i gofalon wedi hen fynd.

O leiaf roedd hi'n rhydd i gerdded. Am y tair wythnos y bu yn Nhyddewi roedd wedi disgwyl i'r heddlu ddod ar ei hôl eto, ac yna i Gwennan ddod i'w hachub. Ond ni ddaeth neb o gwbl. Ar ôl tair wythnos roedd wedi cydnabod bod yn rhaid iddi ddychwelyd adre; doedd ganddi ddim arian ar ôl, ac roedd dyddiad cychwyn ei jobyn yn y caban yn agosáu. Nid ei bod wedi dychmygu mewn gwirionedd y câi ymgymryd â'r swydd. Erbyn hynny mae'n siŵr y byddai mewn cell, neu yn sicr o flaen ei gwell.

Roedd wedi dewis teithio'n ôl i Aberystwyth fin nos. Roedd symbolaeth hynny wedi ei llethu hefyd; doedd pobl ddieuog ddim yn sleifio adre dan glogyn tywyllwch. Wrth droi'r gornel o Ffordd y Môr i Rodfa'r Gogledd roedd ei chalon yn ei gwddf. Dychmygai'r heddwas surbwch a ddaeth i'w holi y bore y canfuwyd corff Carwyn yn sefyll ar y rhiniog yn disgwyl amdani. Ond doedd yna neb. Roedd wedi anadlu'n ddwfn wedyn. Dim ond datgloi'r drws nawr a byddai yna lythyr yn ei disgwyl oddi wrth Gwennan, yn dweud pryd y byddai hi'n cyrraedd yn ôl o Ganada, a sut yn union y byddent yn delio â'r heddlu. Ni siomwyd hi. Roedd y llythyr yno. Cofiai iddi ei rwygo ar agor a dal ei hanadl wrth ddarllen.

NI FYDD CYMRAEG RHYNGOM A'R GLAS. GWNEUD DIM. DWEUD DIM. DYNA'R GORAU I BAWB.

Roedd Gwennan fel petai'n siarad mewn cod. Rhannodd stori am ryw *cougar* oedd wedi ymosod ar un o ddefaid y fferm. Roedd wedi disgrifio'n fanwl sut roedd yr anifail wedi neidio ar y ddafad, wedi ei llorio a rhwygo cnawd ei gwddf. A Gwennan yn gwylio'r cyfan gerllaw, yn hollol ddiymadferth. Y cyngor gorau yn y fath sefyllfaoedd, meddai, oedd cilio'n araf, araf, rhag denu sylw'r anifail rheibus, rhag iddo droi arni hithau hefyd.

Roedd Pam wedi suddo i'r llawr ac ailddarllen y llythyr. Teimlai'n sic. Roedd wedi meddwl y byddai pethau'n well ar ôl iddi gael ateb Gwennan, y byddai rhywbeth yn newid. Y byddai Gwennan, Gwennan drefnus, ddeallus, onest, yn ei sicrhau y byddai adre yn fuan, ac y caent fynd at yr heddlu gyda'i gilydd. Gwyddai y byddai'n llawer gwell arnynt petaent yn mynd o'u gwirfodd yn hytrach nag aros i'r heddlu eu harestio. A dyna fyddai'n digwydd, yn hwyr neu'n hwyrach, ac wedyn byddent nid yn unig yn ei chyhuddo o ladd Carwyn, ond hefyd o geisio gwyrdroi llwybr cyfiawnder drwy gelu'r gwir yn y cyfweliad cyntaf hwnnw, ac yna diengyd o'r dref. Roedd y dagrau wedi llifo wedyn a'i holl gorff wedi ei ysgwyd wrth iddi ildio i'r ofn a'r euogrwydd.

Roedd hi wedi dioddef wythnosau o boeni, o ddychmygu eu bod ar ei thrywydd. Dihunai'n wyllt ym mherfeddion nos yn siŵr iddi glywed yr heddlu yn curo ar ddrws y llety yn Nhyddewi; ac yn ystod y dydd, wrth gerdded unigeddau llwybr yr arfordir, byddai'n edrych dros ei hysgwydd, yn camu i'r gwrych wrth weld rhywun mewn cap yn dod tuag ati yn y pellter, yn dychmygu taw plismyn yn edrych amdani hi oedd ym mhob car a'i seiren yn udo draw ymhell dros y caeau.

Wedi i'r dagrau ei gadael yn hesb roedd wedi parhau i eistedd ar lawr cyntedd y fflat yn Rhodfa'r Gogledd a llythyr oer Gwennan yn ei llaw. Drwy'r nos roedd wedi eistedd yn y tywyllwch yn gwrando ar y traed yn mynd heibio ar y stryd islaw; wedi dychmygu ddegau o weithiau fod rhywrai'n aros ac yn dringo'r grisiau at y drws ffrynt. Ond ni ddaeth cnoc.

Am chwe diwrnod arhosodd yn y fflat, er cymaint yr oedd yn casáu'r lle erbyn hynny. Yn y gegin gwelai Carwyn yn eistedd wrth y bwrdd yn chwerthin, a hithau'n ei ateb yn swta, yn bod yn anghynnes tuag ato; ac yna'n rhoi'r coctel gwenwynig yn ei law, ac yntau'n yfed. Ond er yr ysbrydion, teimlai'n fwy diogel yn y fflat nag yn unlle arall. Sleifiai allan i'r siop gornel ar ôl iddi nosi i nôl bara, llaeth, te, swp a ffa pob. O fwriad, doedd hi prin wedi cynnau'r golau, a doedd neb o gwbl wedi galw. Roedd y rhan fwyaf o'r myfyrwyr roedd yn eu hadnabod wedi symud o'r dref erbyn hynny beth bynnag, i gychwyn ar eu gyrfaoedd:

Dafydd i Fangor, Stacey i Lundain, Carys a Gwennan a nifer o'r lleill i Gaerdydd.

Ymhen yr wythnos roedd wedi dechrau gweithio yn y caban, ond doedd hi ddim wedi gweld yr un o'i hen gydnabod a fyddai wedi medru datgelu canlyniadau ymchwiliad yr heddlu i farwolaeth Carwyn. Wrth gwrs, gallai fod wedi cael hyd i'r manylion drwy fynd i Lyfrgell y Dref i ddarllen hen gopïau o'r *Cambrian News*. Ond roedd ofn arni wneud. Ofn dangos gormod o chwilfrydedd rhag i rywun amau rhywbeth. Mae'n debyg pe bai Carwyn yn frodor o'r dref, neu hyd yn oed o'r sir, neu fod ganddo deulu'n byw yn y parthau, y byddai hi wedi clywed rhywbeth, yn rhywle, am ei farwolaeth. Ond na, dim. Roedd ei deulu a'i ardal wedi ei hawlio 'nôl ac, ar un olwg, roedd fel pe na bai wedi bod yma erioed. Pethau fel hynny oedd myfyrwyr, yn mynd a dod, nifer ohonynt heb adael yr un marc parhaol ar eu prifysgolion na'r trefi a'u mabwysiadodd am dair neu bedair blynedd. Doedd y gwrthwyneb ddim yn wir, wrth gwrs. Roedd prifysgol, yr addysg, y gwmnïaeth, y lle daearyddol, yn gadael eu marc ar y myfyrwyr. Yn sicr roedd y lle wedi cael effaith ar Carwyn, effaith farwol. Pe na bai wedi dod i Aber, pe na bai hi a Gwennan wedi dod i Aber, petai, petai, petai…

Roedd Pam wedi cerdded y prom yn nosweithiol bron, am flwyddyn gyfan. Yn ystod yr ymlwybro hwyr o'r harbwr i Neuadd Alex, yn amlach na heb, roedd Carwyn ar ei meddwl. Yr un peth bob tro – beth oedd yn y dabled? A pham yr oedd wedi cael y fath effaith ofnadwy ar Carwyn? Roedd wedi gweiddi ei chynddaredd am annhegwch ffawd Carwyn i'r gwynt main dwyreiniol a chwythai ar hyd glan y môr gan chwipio'i hwyneb yn ddidrugaredd; roedd wedi crio'n hidl ar ei ôl yn y glaw; wedi myfyrio'n dawel am ei golli ar noson tân gwyllt, wrth wylio grŵp o fyfyrwyr uchel eu cymeradwyaeth i bob fflach o olau byrhoedlog yn sobri drachefn yn y düwch.

Roedd angen cyfle arni i leisio hyn oll, cyfle i drafod, i gael persbectif rhywun arall, yn hytrach na thin-droi yn ei hunfan. Roedd Pam wedi ceisio trafod y peth gyda Gwennan ar y ffôn yn syth ar ôl i honno ddychwelyd o Ganada, ond roedd hi wedi gwrthod, gan ddweud rhywbeth am 'gloddie â chlustie'. Ysgrifennodd Pam at Gwennan wedyn, yn cynnig eu bod yn cwrdd i drafod. Bu distawrwydd llethol o du Gwennan am wythnosau wedyn, ac er cywilydd iddi doedd Pam ddim wedi mynd at yr heddlu ei hun. Sut gallai hi wneud hynny a mynd yn erbyn dymuniad Gwennan a Rhodri, gan wybod yn iawn y byddai cyfaddef yn difetha eu gyrfaoedd, a thorri calon Mrs Ifans?

Daeth sgrech o gyfeiriad y teulu a oedd erbyn hyn yn ymlwybro tua'r harbwr. Roedd un o'r plant yn chwifio'i freichiau'n wyllt, a'r fam yn ceisio'i amddiffyn rhag yr wylan fawr a oedd yn amlwg yn deisyfu'r hufen iâ pinc. Wrth i'r teulu geisio achub cam yr un fach gwelodd yr wylan ei chyfle a setlo am flas fanila'r tad. Gan fflapio'i hadenydd yn fuddugoliaethus hedodd i ben y caban i fwynhau'r wledd, gan adael y dyn yn dal ei gôn gwag. Torrodd y ferch fach i wylo ac estyn ei hufen iâ pinc i'w thad. Gwenodd yntau, a rhoi tamaid ohono ar ei gôn cyn rhoi'r gweddill yn ôl i'w ferch, gafael yn ei llaw ac arwain ei deulu eto i gyfeiriad y cychod.

'Ma'n nhw'n bla,' meddai Rhodri.

'Ond yn gwmni hefyd,' atebodd Pam.

Gwenodd ar hen ddyn a ymlwybrai'n araf heibio iddynt, law yn llaw â chrwt bach.

'Gewn ni un ar y ffordd 'nôl,' galwodd hwnnw ar Pam.

'99?' gofynnodd y bychan yn obeithiol.

'Ma'r blas banana ry'ch chi'ch dau'n lico'n ffresh heddi,' gwaeddodd Pam ar eu holau.

Syllodd arnynt. Roedd camau'r un bach wedi hirhau dipyn yn y flwyddyn y bu'n gwylio'r wâc ddyddiol ar hyd glan y môr. Roedd yn amau hefyd fod camau'r hen Harri Jones yn byrhau.

'Cwsmeriaid ffyddlon?' holodd Rhodri.

Nodiodd. 'Dwi 'di dod i nabod y tad-cu drwy'r Blaid hefyd.'

Tytiodd Rhodri'n uchel. 'Wir, Pam, ti yw santes achosion anobeithiol. Byddi di'n aros tan Sul y Pys i lond dwrn o Aelodau Seneddol plaid fach fel'na neud gwahaniaeth.'

'Falle wir, Rhodri, ond mae'n dangos ein bod ni'n dechre magu hyder…'

'A ti wir yn credu bydd Cymru ryw ddydd yn annibynnol o Loegr?'

'Odw,' atebodd Pam yn bendant.

'Breuddwyd gwrach,' wfftiodd Rhodri.

'Cawn weld, Rhodri,' atebodd, yn awyddus i roi terfyn ar y trafod.

Nid oedd awydd arni fynd i ddadlau heddiw, er cymaint o flas a gafodd ar wneud dros y misoedd diwethaf. Roedd gwefr buddugoliaeth Cynog Dafis dri mis ynghynt wedi llwyddo i lonni ei chalon rywfaint mewn blwyddyn hynod lom, ac fe gafodd hithau chwarae rhan fach yn y llwyddiant hwnnw. Roedd wedi pendroni'n hir ar ôl gweld hysbyseb yn ffenest Swyddfa'r Blaid yn gofyn am wirfoddolwyr. Ond ar ôl penwythnos diflas, a'r unig berson iddi dynnu sgwrs ag e oedd y dyn wrth y til yn y Co-op, penderfynodd fentro. Ac roedd mor falch iddi wneud. Nid iddi wneud ffrindiau mynwesol. Proses araf ar y naw oedd hynny iddi bob amser, ond roedd wedi dod i nabod amryw o'r selogion o ran eu gweld, ac roedd yr ymgyrch wedi rhoi rhywbeth arall iddi ganolbwyntio arno. Roedd wedi mwynhau'r nosweithiau a dreuliwyd yn stwffio amlenni yn ystafell gefn Swyddfa'r Blaid, ac arogl gobeithiol y print ffres; y penwythnosau o droedio stadau diddiwedd Penparcau yn gwthio amlenni trwy ddrysau (er gwaethaf yr holl flychau llythyron a gaeai'n glep ar ei dwylo, a'r clowniaid a safai'r ochr draw i ddrysau caeedig yn gwthio'r taflenni yn ôl ati); yr hystings; dosbarthu sticeri ar y stryd. Ac yn ben ar y cyfan y noson fawr pan arhosodd ar ei thraed tan oriau mân y bore i ganfod bod Cynog wedi cipio'r sedd. Doedd hi ddim wedi ymuno yn y partïon dathlu – er cael ei gwahodd, ac er y tebygrwydd y byddai, am unwaith, yn deall y jôcs. A dweud y gwir, doedd hi ddim wedi mynd i unrhyw barti ers marwolaeth Carwyn, prin wedi cymdeithasu o gwbl.

'Fel bydde John Wayne yn weud, "A horse is just a horse, it don't make a difference what colour it is", torrodd Rhodri ar draws ei myfyrdodau.

'Beth?'

'Gwleidyddion, Pam, yr un peth y'n nhw, beth bynnag yw lliw'r rosét.'

Cododd Pam ei hysgwyddau i ddynodi nad oedd am geisio dal pen rheswm ymhellach. Roedd hi wedi anghofio am ei hoffter o John Wayne. Llifodd manylion y trip ar y trên i Bontarfynach yn ôl. Am eiliad, ceisiodd ddarbwyllo ei hun y byddai hi wedi mynd i Crewe gyda Carwyn i gasglu rhifau trenau. Na, wrth gwrs na fyddai wedi mynd. Beth oedd yn bod arni? Roedd yn dal i balu celwyddau, yn ceisio twyllo ei hun ei bod yn well person nag ydoedd mewn gwirionedd.

'Beth ti'n neud heno, Pam – i ddathlu bod yn dair ar hugain yn y metropolis soffistigedig yma ma'n nhw'n alw yn Aberystwyth?'

Am eiliad, petrusodd. A ddylai ddweud ei bod wedi trefnu gwneud rhywbeth er mwyn cogio bod ganddi ryw fath o fywyd cymdeithasol? Na, roedd yn hen bryd rhoi stop ar raffu celwyddau. Setlodd ar 'Sai'n siŵr, sdim trefniade pendant 'da fi.' O leiaf roedd hynny'n agosach at y gwir. Roedd cyfaddef nad oedd ganddi unrhyw gynigion o gwbl yn rhy ddidrugaredd o onest.

'Wel, ma Wayne yn y Commodore – *Wayne's World*, nid John

Wayne mae arna i ofn – ti'n ffansïo gweld e? Mae e fod yn eitha doniol.'

'Mmm, rho amser i fi feddwl…'

'Ocê, ti 'di ca'l dy amser… *Wayne's World* neu Pantene Pro-V sy'n ennill?'

O'r gwarth. Roedd e'n amlwg yn gwybod yn iawn nad oedd ganddi unrhyw gynigion eraill. A pha syndod? Doedd ganddi ddim ffrindiau. Roedd ei chyfeillion coleg wedi hen adael y dref, a chydnabod oedd pobl y Blaid a'i chwsmeriaid yn y caban, dim mwy. Hi oedd ar fai, wrth gwrs. Doedd hi'n gwneud affliw o ddim ymdrech i gymdeithasu gyda phobl ifanc a gwneud ffrindiau newydd.

'Cwrdd tu fas i'r Commodore am 7.30 'te, Rhods,' meddai Pam yn frysiog wrth weld bod Harry a'i ŵyr bach, Siôn, ar gyrraedd y caban.

'Grêt, *it's a date…* ti'n gweld, wy cystal â dy Waldo boi di unrhyw ddydd,' gwaeddodd Rhodri dros ei ysgwydd wrth groesi'r ffordd tuag at y castell.

Gwyliodd Pam ef yn diflannu. Y cerddediad sicr, y cefn syth, y gwallt golau. Llusgodd ei llygaid i ffwrdd wrth glywed llais bach yn dweud, 'Dau 99 banana, os gwelwch yn dda.'

Roedd hi'n bump o'r gloch a Gwennan ar ei ffordd adre o'r ysgol ac mewn ciw o draffig ar Rodfa'r Gorllewin. Roedd wedi bod yn ddiwrnod rhyfedd, a doedd hi ddim yn siŵr sut y teimlai. Ac roedd hynny'n anarferol iddi. I Gwennan, roedd pethau'n ddu a gwyn. Ond heddiw roedd yna lwydni a fflachiadau llachar blith draphlith.

Pan ddihunodd y bore 'ma cofiodd yn syth, wrth gwrs, ei bod yn ben-blwydd arni. Ond roedd wedi cofio am Carwyn hefyd. Ac wedi meddwl am ei deulu. Roedd hi'n teimlo'n ofnadwy, ond heb os bydden nhw'n teimlo'n waeth fyth. Anaml iawn y byddai Gwennan yn gadael iddi ei hun feddylu fel hyn – wedi'r cwbl, doedd hynny'n newid dim. Ond ni allai wthio Carwyn o'i meddwl heddiw.

Roedd Gwennan wedi hepgor ei chinio a gyrru i'r gadeirlan yn Llandaf. Yno roedd wedi cynnau cannwyll ac eistedd yn y tawelwch oeraidd. Doedd hi erioed wedi gwneud y fath beth o'r blaen, ond heddiw roedd rhyw ysfa i geisio gwneud rhywbeth i ysgafnhau'r teimlad o euogrwydd a oedd yn pwyso arni. A mynd i addoldy oedd y peth traddodiadol i'w wneud mewn cyfyngder. Yn ystod yr hanner awr y bu'n eistedd yno, ymwelwyr oedd y mwyafrif a grwydrai'r adeilad. Edrych ar y bensaernïaeth a'r ffenestri lliw a wnaent, a thynnu ffotograffau. Roedd un neu ddau wedi dod i mewn a phenlinio i weddïo. Ceisiodd hithau wneud. Ond er i'r geiriau ddod yn ddigon rhwydd – wedi'r cyfan, roedd wedi clywed digon o weddïau proffesiynol y pregethwr adre yn Llambed, a'r gweddïau a ddarllenwyd yn y gwasanaeth boreol yn yr ysgol – ni theimlai unrhyw ryddhad wrth gerdded allan o'r eglwys a gyrru am yr ysgol unwaith eto.

Bu'n rhaid iddi ruthro wedyn i'w dosbarth cofrestru ar ddechrau sesiwn y prynhawn. Doedd Blwyddyn 8 ddim yn hawdd, ac roedd Gwennan yn ei chael ei hunan yn bloeddio nerth ei phen arnynt yn llawer rhy aml. Ond heddiw roeddent yn aros amdani'n dawel. Er hynny, teimlai fod rhyw gyffro yn yr ystafell ddosbarth, rhyw gynnwrf a awgrymai fod rhywbeth ar droed, a'i hymateb greddfol oedd ceisio dyfalu pa ddrygioni oedd ar waith y tro hwn.

Daeth sŵn aflafar corn y car oedd wrth ei chwt fel sioc drydan. Roedd y golau'n wyrdd. Cododd ei llaw yn y drych i ymddiheuro a rhoi ei throed ar y sbardun. Pasiodd adeilad mawr UWIC cyn dod i stop eto. Teimlai'n wael nawr iddi ddrwgdybio 8C. Dyna hi i'r dim. Gweld ochr waethaf pobl. Byddai hi lawer hapusach petai fel arall, yn berson y gwydr hanner llawn bondigrybwyll. A dyna oedd hi, y Gwennan go iawn, tan flwyddyn union yn ôl.

Roedd yn llawer gwell ganddi'r hen Gwennan, ond roedd honno wedi mynd, am byth.

'Ma hwn i chi, Miss,' roedd Clarrisa James wedi dweud, gan roi clamp o gerdyn mawr iddi. Roedd y cerdyn pen-blwydd yn frith o lofnodion a Rhiannon Jones-Evans, yn ei llawysgrifen daclus, wedi ysgrifennu 'Pen-blwydd hapus i Miss, a diolch am dysgu ni barddoniaeth rîli cŵl.'

Symudodd y traffig unwaith yn rhagor ac wrth ymyl caeau Pontcanna trodd Gwennan oddi ar Rodfa'r Gorllewin. Ciw arall. Agorodd y ffenest i gael ychydig o awel ac yna caeodd hi'n syth wrth i chwa o wynt beryglu perffeithrwydd y tusw blodau a orweddai ar y sedd wrth ei hymyl – *gerbera* melyn, rhosod lliw hufen, lilis gwynion, iris glas a'r blodau calch, neu *baby's breath*, fel y galwai ei mam nhw. Pan fyddai hi'n priodi byddai'n sicr yn cael y blodyn bach gwyn yna yn ei thusw.

Gwridodd. Roedd hi braidd yn gynnar meddwl am briodas. Ond roedd y ffaith bod Gareth wedi rhoi tusw o flodau iddi yn arwydd da. Yn arwydd da iawn. Roeddent yn ffrindiau, wrth gwrs, a hynny ers iddi ddechrau dysgu gydag ef ym Mhantyderi. Ond roedd pethau fel petaen nhw'n newid rhyngddynt yn araf bach. Roedd wedi sylwi ei fod yn eistedd yn amlach gyda hi i gael coffi yn y bore, ei fod bron yn ddieithriad yn parcio ei gar wrth ymyl ei char hi, ac yn digwydd bod yn sefyll wrth y fynedfa pan fyddai hi'n gadael ar ddiwedd y prynhawn er mwyn cydgerdded â hi i'r maes parcio. Ac yn sicr doedd dim cariad ganddo. Roedd wedi dweud hynny yn hollol ddirybudd yng nghanol sgwrs am gynllun gefeillio Ysgol Pantyderi gydag ysgol yn Llydaw.

Wel, heno roedd yna gyfle. Roedd y staff i gyd yn mynd am bryd o fwyd yn un o'r bwytai newydd ym Mhontcanna. Byddai'n rhaid iddi wneud yn siŵr ei bod yn eistedd wrth ei ymyl. Yn sicr, roedd yn rhaid iddi sicrhau nad oedd Lisa Puw, yr athrawes ddrama, yn cael cyfle i wneud. Roedd hi'n amlwg yn llygadu

Gareth Prys; mwy na llygadu a dweud y gwir, roedd drosto fel brech o gael hanner cyfle.

Wrth barcio ger ei fflat yn Heol y Gadeirlan teimlai'n hollol lipa. Er gwaethaf yr addewid o ddatblygiad yn ei pherthynas â Gareth, doedd dim llawer o awydd mynd allan o gwbl arni a dweud y gwir. Roedd cysgod marwolaeth Carwyn yn amdo tyn, yn sugno'i nerth. Ond roedd yn rhaid iddi. Roedd Jen, yr athrawes ymarfer corff, wedi trefnu'r pryd bwyd achos ei bod hi, Gwennan, yn cael ei phen-blwydd. Doedd dim modd iddi beidio mynd. Ac yn bendant dim modd iddi esbonio ei gwewyr wrth unrhyw un o'i chriw athrawon. Ond roedd un peth yn sicr – byddai'n gwneud yn siŵr na fyddai'n colli rheolaeth arni ei hun heno. Byddai un neu ddau wydraid o win coch yn fwy na digon.

Sythodd Rhodri ac edrych allan dros y bae. Roedd y tywydd wedi gwella ac roedd y diwetydd yn fwyn ac yn braf. Rhwbiodd waelod ei gefn a gwylio'r un cwch hwylio a oedd allan ar y môr yn nesáu'n araf at yr harbwr.

'Ody dy gefen di'n dost, Rhodri bach?' gofynnodd ei fam wrth ddod allan o'r tŷ a rhoi paned o de iddo ar stepen y drws.

'Wy mas o bractis, Mam, dim lot o alw am fy sgilie garddio yn Llunden.'

Tynnodd Rhodri ei fenig garddio a llyncu peth o'i de. Roedd yn dda, er y byddai peint wedi bod yn well fyth.

'Meddwl falle byddet ti'n lico un o'r rhain – tamed i aros pryd,' meddai ei fam gan estyn picen fach dan drwch o fenyn iddo.

'Mmm, diolch, Mam, dwi biti clemo,' meddai, cyn cymryd hansh mawr o'r gacen.

Eisteddodd ar y stepen wrth ymyl ei fam. Am rai munudau mwynhaodd Rhodri ei baned a'i gacen mewn distawrwydd.

'Mae'r trilliw ar ddeg yn gwneud yn dda,' meddai Mrs Ifans o'r diwedd.

Nodiodd Rhodri.

'Wedi bod yna ers degau o flynyddo'dd yn ôl ei faint e,' meddai ei fam wedyn, 'ond mae'n llenwi'r gornel yna'n dda, waeth iddo ga'l cadw'i le.'

Nid blodau oedd diléit ei fam. Roedd ei hagwedd at berlysiau yn wahanol. Byddai'n tyfu'r rheiny a'u tendio, ac yn eu defnyddio i goginio. Eisoes roedd wedi dod â'r twba mintys, teim a rhosmari o Lambed a'i osod wrth ymyl y drws, a nawr, wrth iddi dynnu ei llaw drwyddynt yn dyner, codai'u harogl yn donnau yn yr awel.

Llyncodd Rhodri weddill ei de a chodi i wisgo'i fenig.

'Reit, chwynnu dan y procer coch nawr, a fydda i wedi gorffen.'

'Diolch i ti, Rhodri bach, mae'n lot o help i fi cofia.' Casglodd ei fam y cwpan a'r soser gwag. 'Swper mewn hanner awr, iawn? Dy ffefryn – ffowlyn, tato potsh a caretsh. Ond cyn hynny wy'n mynd i roi cwpwl o bethe ar y lein ddillad. Dylen nhw sychu, ma'r gwynt fel tase fe'n codi 'to,' meddai ei fam, gan ei throi hi am y tŷ.

Safodd Rhodri am ychydig yn edrych tua'r môr. Roedd mwy o ewyn ar y tonnau a dorrai ymhell allan yn y bae erbyn hyn ac roedd yn falch gweld bod y cwch bach wedi troi at geg yr harbwr.

Plygodd Rhodri a bwrw ati i dwtio o dan y procer. Byddai ei fam yn hapus yma, roedd yn siŵr o hynny, a byddai'n dda iddi gael cartref ei hun eto ar ôl byw mewn fflat ar rent yn Llambed am yn agos i flwyddyn. Ond fyddai hwn byth yn gartref iddo fe. Y tŷ ar gyrion Llambed lle y'i magwyd fyddai 'gatre' am byth, er bod hwnnw wedi ei hen werthu a theulu arall yn byw ynddo bellach.

Roedd wedi ei siomi'n arw pan soniodd ei fam ei bod am ei werthu. Wrth gwrs, roedd yn deall ei rhesymau, yn gweld bod ei dadleuon yn rhai call. Ond nid oedd hynny'n lleddfu dim ar ei boen. Byddai'r ffaith bod ei fam yn symud yn golygu y byddai'n anos iddo gadw cysylltiad â hen ffrindiau a hen gynefin. Ond roedd yn fwy na hynny; y cartref yn Llambed oedd ei gysylltiad diriaethol olaf â'i dad. Eisteddodd Rhodri ar ei gwrcwd. Brwsiodd ei gefn yn erbyn y lafant a llenwyd ei ffroenau â'i sawr. Blawd llif oedd sawr ei dad. Byddai'n glynu wrth ei ddillad, wrth ei wallt, ac ar ôl cwtsh byddai'n glynu wrth Rhodri hefyd. Treuliai oriau yn y gweithdy ar waelod yr ardd yn gwylio'i dad yn trin y coed. Crefftwr ydoedd a barchai ei ddeunydd, ei offer a'r traddodiad. Fel y byddai'n dweud yn aml, 'Saer coed oedd Iesu, cofia.'

Roedd hynny wedi dod i ben yn sydyn pan oedd Rhodri'n naw oed. Wrth y bwrdd brecwast roedd ei dad yn holliach, yn tynnu coes fel y gwnâi bob bore. Ond erbyn i Rhodri a Gwennan ddod o'r ysgol y prynhawn hwnnw roedd wedi marw; gwaedlif ar yr ymennydd wedi ei ddwgyd oddi arnynt.

Ymhen rhai misoedd dechreuodd ei fam sôn am glirio'r gweithdy. Ond yn amlwg doedd ganddi ddim o'r galon i wneud. Soniodd droeon dros y blynyddoedd am fwrw ati, ond ddaeth dim o'r bygythiadau. O dipyn i beth dechreuodd Rhodri sleifio i mewn i'r gweithdy i eistedd am sbel. Drwy wneud, teimlai ei fod yn agosach at ei dad, bod rhan fach ohono gydag ef o hyd.

Ac felly y bu, hyd yn oed ar ôl iddo fynd i'r coleg yn Llundain, tan i'w fam benderfynu gwerthu'r tŷ. Wrth gwrs, ni allai leisio ei ofidiau – wel, nid wrth ei fam beth bynnag. Ond roedd wedi crybwyll sut y teimlai wrth Gwennan. Roedd hithau wedi bod yn garedig, wedi dweud y byddai ei dad gydag ef am byth, yn ei galon.

Roedd hi'n iawn, wrth gwrs. Roedd Gwennan bob amser yn iawn. Wedi ei geni â dogn mwy na'i hawl o synnwyr cyffredin, o allu i ddelio'n gall gyda beth bynnag a'i hwynebai. Ond roedd e'n dal i weld eisiau eistedd yn y gweithdy, yn mwytho'r taclau y byddai ei dad wedi eu trafod. Roedd wedi cadw'r cŷn a ddefnyddiai. Eisteddai ymhlith ei lyfrau meddygol yn ei ystafell fach yn yr hostel; ond doedd ei dad ddim yn yr ystafell honno fel yr oedd yn y gweithdy.

'Swper yn barod,' galwodd ei fam o'r drws.

Cododd Rhodri, casglu'r offer, tynnu ei fenig a rhoi'r cyfan yn y cwpwrdd wrth y drws. Yna aeth i olchi ei ddwylo cyn ymuno â'i fam yn y gegin fach. Dyna pryd y tarodd gip ar y cloc a sylweddoli ei bod wedi troi saith o'r gloch. Roedd wedi bwriadu cael bath a newid cyn mynd i gwrdd â Pam. Llowciodd ei swper wrth geisio dyfalu a fyddai'n well bod yn lân ac yn hwyr neu'n llai na ffres ond yn brydlon. Penderfynodd y byddai'n well gan Pam ei fod yno'n brydlon. Doedd hi ddim y teip i ffysio am ddillad.

Safai Pam o flaen y drych hir yn crychu'i thrwyn. Er yr awel a ddôi drwy'r ffenest agored roedd hi'n rhy dwym a'i gwallt yn llawn statig. Ar y llawr roedd yr ychydig ddillad roedd wedi eu prynu ers iddi ddechrau ennill. Dillad roedd hi wedi eu gwisgo heno a'u tynnu'r un mor glou. Y trywsus du – rhy shabi; y sgert laes – gwneud iddi edrych fel tent; y sgert fer ddenim nad oedd wedi ei gwisgo erioed – gwneud iddi edrych yn tsiêp. Edrychai arni ei hun yn y ffrog lwydlas, y ffrog a brynodd ar gyfer ei seremoni raddio ddwy flynedd ynghynt ac a fu'n hongian yn segur yn y cwpwrdd dillad ers hynny. Trodd ei chorff a sugno ei bol i mewn. Roedd hi'n edrych yn ocê, meddyliodd, ond fel petai hi ar ei ffordd i'r capel yn hytrach nag i weld *Wayne's World*. Anadlodd a gadael i'w bol sigo. Roedd hi'n edrych fel petai bum mis yn feichiog. Chwarddodd yn sych. Gwyrth fyddai hynny. Tynnodd y pilyn dros ei phen a'i ollwng yn ddiseremoni ar y llawr gyda'r gwrthodedigion eraill cyn gwisgo'r trywsus du eto. Tynnodd grys T glas glân dros ei phen a rhwbio ei daps gwyn gyda'r tywel tamp.

'Bach o slap nawr 'te,' meddai'n uchel wrthi ei hun. Aeth i'r gegin i nôl potel fach o seidr a brysio 'nôl i'w hystafell wely. Trodd y tâp ar ei bwrdd gwisgo ymlaen gan obeithio y byddai Sobin a'r Smaeliaid yn codi ei hysbryd. Roedd ei chroen yn welw er gwaethaf treulio cymaint o'i hamser ar y prom. Roedd golwg fach ddigon symol arni, fel y byddai ei thad wedi dweud. Estynnodd am y bag colur o berfeddion drôr gwaelod y bwrdd gwisgo a thwrio ynddo am unrhyw beth nad oedd wedi sychu'n gorcyn. Taenodd ychydig bach o golur glas ar ei llygaid a minlliw Rimmel 'Shiny Conker' ar ei gwefusau. Doedd hi ddim yn arfer jimo, heb wneud ers ei diwrnod graddio ddwy flynedd yn ôl. Edrychodd yn feirniadol ar ei hadlewyrchiad. Ffug neu fersiwn gwell ohoni ei hun? Doedd hi ddim yn siŵr. Yn sicr, roedd y ferch a edrychai 'nôl arni yn anghyfarwydd. Tybed a ydw i'n edrych fel petawn i wedi ymdrechu'n rhy galed? Na, rhesymodd, ddwedodd e 'it's a date', on'd do fe?

Byddai cael barn rhywun arall wedi bod yn ddefnyddiol, ond dyna'r pris am ddewis byw mewn fflat bach i un. Ar y cyfan roedd yn mwynhau byw ar ei phen ei hun. Nid dyna oedd y bwriad, wrth gwrs. Ar ôl i Gwennan symud i Gaerdydd roedd wedi meddwl y byddai hi'n aros yn y fflat yn Rhodfa'r Gogledd ac yn edrych am rywun arall i'w rannu gyda hi. Ond roedd marwolaeth Carwyn wedi newid hynny. Ni allai oddef bod yn y fflat bellach. Ar ôl dychwelyd o Sir Benfro roedd wedi swatio yno, wedi cael lloches o fewn y muriau di-stŵr. Ond roedd Carwyn fel petai yno hefyd, ac os oedd hynny'n rhyw gysur yn y diwrnodau cyntaf hynny, roedd ei siâp trwsgl yn llechu yng nghornel yr ystafell fyw, yn eistedd wrth y bwrdd wrth iddi droi i osod ei phaned, yn y diwedd wedi mynd yn drech na hi. Ac oedd, roedd y fflat yma, nid nepell o'r môr yn Stryd y Wig, yn ei siwtio'n iawn. O'i bag tynnodd sampl bach o Escape a gafodd yn rhad ac am ddim yn sgil rhyw gylchgrawn, gan ei ddabio'n ysgafn ar ei gwddf. Cydiodd yn ei hallwedd, lluchio'r bag dros ei hysgwydd a chau drws y fflat ar ei hôl.

Wrth gaffi'r Cabin trodd i'r chwith tua'r sinema. Edrychodd ar ei horiawr – 7.23. Doedd hi ddim am gyrraedd yn gynnar – byddai hynny'n ymddangos yn rhy awyddus. Stopiodd i edrych yn ffenest y siop pob peth. Driliau Black and Decker, darnau amrywiol i ddriliau na allai hi ddychmygu at beth y'u defnyddid, tuniau o baent o bob lliw, llestri, bwrdd picnic. O gornel ei llygad gwelodd bâr yr oedd yn eu hadnabod drwy'r Blaid yn dod ar hyd y stryd tuag ati. Camodd Pam yn agosach fyth at y ffenest, gan ddangos diddordeb mawr yn yr ysgol oedd yn ymestyn i bob math o uchderau gwahanol. Doedd hi ddim am dynnu sgwrs â nhw ar unrhyw gyfrif – doedd hi ddim am fod yn hwyr. Daliodd ei hanadl a gweld eu hadlewyrchiad yn pasio tu cefn iddi. Diolch byth, doedden nhw ddim wedi ei hadnabod. 7.26, gallai wneud ei ffordd yn araf nawr tuag at y sinema. Yn reddfol, edrychodd ar ei hadlewyrchiad ym mhob un o ffenestri'r siopau – roedd ambell wydr yn fwy ffafriol na'r llall, ond ar y cyfan teimlai ei bod yn edrych yn weddol, ac i Pam roedd hynny'n ddigon da.

Wrth droi'r gornel am y sinema gwenodd. Roedd e yno yn ei ddisgwyl. Eiliad gymerodd hi i'r rhyddhad droi'n embaras. Teimlodd y don gyfarwydd o gochni yn codi o'i thraed. Roedd Rhodri yn yr un crys T a siorts ag a wisgai ar y prom oriau ynghynt. Roedd hi wedi gwneud ymdrech, wedi gwneud gormod o ymdrech. Yn yr eiliadau a gymerodd iddi gerdded tuag ato tynnodd gefn ei llaw dros ei hwyneb i geisio cael gwared ar y glas o'i llygaid a'r minlliw o'i gwefusau.

'Hia, Pam… wel, ti'n edrych yn ffab… *Ab Fab*, hynny yw! Ma bach o golur glas ar dy foche di.'

Cododd ton arall o gywilydd a thwriodd yng nghrombil ei bag am hances bapur.

'Dere 'ma, 'na i neud e i ti.'

Daliodd Rhodri yn ei gên, gan rwbio'i boch yn dyner.

Ni allai Pam edrych arno; yn hytrach, hoeliodd ei sylw ar y cwpwl a gerddai law yn llaw tua'r sinema gan stopio bob whipstish i lapswchan. Roedd hynny'n codi embaras arni hefyd a dechreuodd rwdlan am fod yn domen o chwys.

''Na ni, ti'n edrych mwy fel Pam a llai fel Patsy nawr.'

Plygodd Rhodri ei hances a'i roi 'nôl yn ei siorts.

'Dylen i olchi…'

'Iawn 'de, ewn ni mewn?' torrodd Rhodri ar ei thraws, a'i llywio tua'r drws. 'Rhaid i fi ga'l popcorn, dwi byth yn mynd i'r sinema heb ga'l popcorn. Mae e'n un o fy rheole i, "And a man's got to do what a man's got to do."'

Yn llwythog o bopcorn a phop, dilynodd Pam a Rhodri'r ddynes gyda'r dortsh fach, ac yna setlo 'nôl yn y cadeiriau melfed. Roedd yr hysbysebion eisoes yn brolio rhywbeth, a'u sŵn anghymar yn llenwi'r lle. Erbyn i'r dyn gyda'r Milk Tray oresgyn problemau lu i gyflwyno'r bocs siocledi i'r ferch dlos, a'r llais cyfoethog gyda'r acen Seisnig fonheddig frolio rhagoriaethau'r bwyty Indiaidd lleol, ac iddynt weld rhagflas o Whoopi Goldberg yn creu trafferth mewn cwfaint yn *Sister Act*, a Beethoven y ci yn llarpio pawb a phopeth, roedd Rhodri wedi cnoi ei ffordd yn swnllyd drwy hanner y bocs india-corn. Bob nawr ac yn y man estynnai'r bocs iddi, a chymerai hi un neu ddau ddarn er mwyn bod yn gwrtais. Yna llifwyd y lle gan olau sydyn. Bryd hynny sylwodd Pam fod llond gwlad o bobl yn y sinema a nifer ohonynt nawr yn rhuthro'n awyddus tuag at y siop fach yn y blaen.

'Cornetto?' gofynnodd Rhodri.

Cododd Pam ei haeliau i awgrymu ei dwpdra. 'Diolch, ond dim diolch. Wy 'di ca'l llond bola ar hufen iâ.'

Chwarddodd Rhodri. 'Wrth gwrs, cynnig twp. Licet ti siocled neu rywbeth, 'de?'

Siglodd ei phen.

'Ocê. Wel "just one Cornetto", 'te,' meddai yntau, gan godi i ymuno â'r ciw.

Gwyliodd Pam e'n siarad gyda hwn a'r llall. Roedd yn cymryd nad oedd yn eu hadnabod; un fel'na oedd e, agored a chyfeillgar. Un fel'na hoffai hithau fod hefyd, ond un ddywedwst fuodd hi erioed. Efallai petai heb fod yn unig blentyn… neu efallai petai ei rhieni heb fod yn hŷn. Na, arni hi roedd y bai, a neb arall.

'Delicious ice cream, of Italy,' meddai Rhodri gan setlo 'nôl yn ei sedd wrth i'r golau ddiffodd.

Ac yna cychwynnodd y ffilm. Roedd dyn pen moel anghyffredin o dal yn eistedd yn union o flaen Rhodri ac felly pwysai rhyw damed ati. Roedd hynny'n iawn. Ond bob nawr ac yn y man byddai castiau Wayne yn achosi pwl o chwerthin, a bryd hynny byddai Rhodri'n ysgwyd cymaint nes tarfu arni hithau hefyd. Nid tarfu ar ei mwynhad o'r ffilm – doedd braidd dim stori i'w mwynhau yn honno – ond tarfu ar ei llonyddwch meddwl. Roedd yn boenus ymwybodol o'i agosatrwydd, ei wres, ei arogl lafant. Roedd yn awr a hanner hir i Pam cyn bod y ddau yn sefyll eto yn awyr iach Stryd y Baddon.

'On'd oedd e'n bril – joiest ti, Pam?' gofynnodd Rhodri.

Tuchodd Pam yn uchel. 'Sai'n siŵr pwy sy fwya plentynnaidd – ti, neu Wayne, wir,' meddai gan roi pwniad bach yn ei ochr.

'O, sori, ond rhaid i ti gyfadde bod y darn 'na lle —'

'Dim mwy, Rhodri. Ma Wayne wedi afradu digon o f'amser i. Deall?'

'Ond —'

'Deall?'

Nodiodd Rhodri gan chwerthin. 'Mae'n flin 'da fi, Pam. I neud iawn gei di ddewis ble i fynd am ddiod fach i ddathlu'n pen-blwydd. Ble ti'n ffansïo – Cŵps neu'r Llew?'

Ystyriodd Pam am funud. Byddai'r Cŵps yn dawelach amser hyn o'r nos mae'n siŵr, ac roedd hi'n awyddus i gael cyfle i drafod Carwyn gyda Rhodri. Eilbeth oedd y posibilrwydd y byddai rhywrai fyddai'n ei hadnabod yn y Cŵps, ac yn sylwi ei bod allan yng nghwmni'r bachgen golygus yma.

'Cŵps,' meddai hi'n bendant.

Wrth gerdded ar hyd Stryd y Baddon croesodd Rhodri y tu cefn iddi er mwyn cerdded ar ochr tu fas y pafin. Atgoffwyd Pam o'i thad. Byddai e bob amser yn gwneud hynny hefyd. 'Ma 'nghroten fach i werth y byd a'r betws, a hanner craig Trebannws,' dywedai'n ddieithriad wrth wneud. Wrth groesi Stryd y Dollborth am y Cŵps rhoddodd Pam ei llaw yn ysgafn ar fraich Rhodri – y cyffyrddiad yn ddigon i awgrymu i unrhyw un fyddai â diddordeb eu bod yn bâr, ond ddim yn ddigon meddiannol i Rhodri amau dim.

Er siom i Pam roedd y dafarn yn llawn, ond doedd neb cyfarwydd ar gyfyl y lle. Yfodd y ddau eu diodydd cyntaf yn sefyll wrth y bar gyda Rhodri'n taro sgwrs â hwn a'r llall. Yna cododd cwpwl o'r bwrdd bach yn y gornel a symudodd Pam yn gyflym er mwyn hawlio'r lle. Bellach roedd ar ei hail beint o seidr ac nid oedd Rhodri wedi dweud bw na ba am Carwyn. Byddai'n rhaid iddi hithau felly droi'r sgwrs. Yfodd lwnc mawr. Os na chodai'r pwnc yn fuan byddai wedi yfed gormod i fedru trafod yn gall. Nid ei bod yn anodd siarad â Rhodri. Bu'r ddau'n sgwrsio'n ddi-baid ers setlo yn y gornel – trafod anturiaethau Rhodri yn y coleg, cwsmeriaid y caban a nawr Neil Kinnock a'i berfformiad trychinebus.

'"It's *The Sun* Wot Won It", wir. Celwydd noeth – bydde "It's Kinnock Wot Lost It" yn agosach at y gwir. Mae'n rhyfedd nad yw'r rhacsyn papur 'na wedi bachu'r fath bennawd – ma'n nhw'n benderfynol o dorri Kinnock – a ti'n gwbod pam?' Nid arhosodd Rhodri am ateb. 'Achos taw Cymro yw e. *Racist* – ma'n nhw'n *racist*.' Llyncodd Rhodri ei gwrw.

'Sai'n siŵr faint o Gymro yw e, Rhodri.'

'Mae e'n gymaint o Gymro â ti a finne, Pam. Neu wyt ti'n meddwl bod siarad iaith y nefo'dd yn dy roi ar yr *A list*?'

Roedd rhaid iddi godi'r pwnc nawr. Roedd Rhodri'n dechrau meddwi, dechrau pregethu.

'Rhodri, sut wnethon ni shwd gawl o bethe?' meddai Pam yn dawel, ac yn hollol ddifrifol.

Rhoddodd Rhodri ei wydr yn ôl ar y bwrdd pren. Roedd wyneb y bwrdd yn frith o olion hen wydrau ond fe symudodd ei beint i eistedd yn dwt ar fat cwrw beth bynnag. Ni ddywedodd ddim am funud. Edrychodd Pam arno. Tybed a oedd wedi clywed? Roedd hi ar fin dweud rhywbeth eto pan edrychodd Rhodri i fyny arni, ei lygaid glas yn bŵl. Roedd fel balŵn y rhoddwyd pin ynddi, yn crebachu o flaen ei llygaid. Siglodd ei ben yn araf. Felly roedd wedi clywed, ac yn bwysicach, wedi deall. Roedd marwolaeth Carwyn yn amlwg ar flaen ei feddwl yntau hefyd.

Tynnodd Rhodri anadl hir. 'Ma Gwennan yn iawn, ti'n gwbod, Pam, does dim modd neud iawn am hyn.'

'Fi'n gwbod hynna,' meddai Pam yn swta, 'ond falle bydde fe'n haws delio gyda'i farwolaeth tasen ni'n gwbod pam ddigwyddodd e.'

'Sneb yn mynd i fedru gweud pam – falle i'w gorff e ymateb yn wael i'r cyffur, falle fod yr un bilsen ecstasi fach 'na yn *dodgy*, falle…'

Ni orffennodd y frawddeg. Yfodd lwnc hir arall. Ac yna cododd ei ben ac edrych i fyw ei llygaid hi.

'Wir, Pam, tasen i'n medru troi'r cloc 'nôl fydden i byth wedi prynu honna – ond o'dd cymaint o'n ffrindie i… na, *ma* cymaint o'n ffrindie i yn cymryd nhw – a sdim byd drwg yn digwydd iddyn nhw.'

'Wel, lwcus y'n nhw, 'te. Yn ôl papur ddoe ma saith wedi marw 'leni ar ôl cymryd ecstasi,' meddai Pam yn siarp. 'Gobeithio wir nag wyt ti…'

Ysgydwodd Rhodri ei ben yn wyllt. 'Na, ar ôl… bydden i byth…'

Rhoddodd Pam ei llaw ar ei fraich, ac am eiliad bu'r ddau'n dawel. O'r *jukebox* roedd Sobin yn bloeddio am 'Wlad y Rasta Gwyn'.

'Pam mae rhai pobl yn marw, a miloedd eraill yn dod drwyddi'n iawn?' sibrydodd Pam wedyn. Roedd hi wir angen deall, fel petai deall yn mynd i'w helpu i ddygymod â'r peth.

'Mae e rywbeth i neud gyda'r corff yn gordwymo,' meddai Rhodri wedyn, ''na pam ma pobl yn gallu bod mewn peryg mewn *raves* – lle twym, dim digon o ddŵr yn y corff…'

'Ond a'th Carwyn ddim yn agos i unrhyw *rave*,' plediodd Pam.

Eto, siglo'i ben wnaeth Rhodri.

'Fi'n gwbod, Pam. Falle…'

'Falle beth?'

'Falle nage ecstasi o'dd hi wedi'r cwbl?'

Edrychodd Pam arno'n ddiddeall.

'Ond wedest ti…'

'Fi'n gwbod, Pam. Ecstasi o'n i'n meddwl o'n i'n brynu. Ond does dim ffordd o wbod…'

Erbyn hyn roedd yn ei grwman ac roedd Pam yn gorfod closio i ddeall ei eiriau. Ond y gwir amdani oedd nad oedd y cyw ddoctor ddim callach na hi.

Bu tawelwch rhyngddynt am sbel hir wedyn. Erbyn hyn roedd y dafarn yn dechrau gwacáu a chlindarddach y gwydrau gweigion yn dod yn fwyfwy amlwg wrth i staff y bar ddechrau cymoni.

Ymhen hir a hwyr meddai Pam yn dawel, 'Falle dylen ni fynd i weld ei rieni fe, esbonio.'

Tynnodd Rhodri ei ddwylo main drwy ei wallt.

'Ma blwyddyn wedi mynd, Pam, bydden ni'n agor hen grachen,' meddai'n dawel, gan estyn am ei llaw.

Roedd Pam yn amau a fyddai'r grachen wedi dechrau gwella i deulu Carwyn druan. Eisteddodd yn ôl yn ei chadair gan ryddhau ei llaw o'i afael. Edrychodd Rhodri arni fel petai wedi ei frifo.

'Na, symud mlân, ddim edrych sha 'nôl sydd angen nawr – rhaid i ni i gyd symud mlân, anghofio,' meddai Rhodri'n fwy pendant nawr. Llowciodd weddill ei beint ar ei ben a tharo'r gwydr i lawr ar y bwrdd.

'A ma'r stwff hyn yn help mawr i anghofio,' meddai gan dapio'i wydr gwag. 'Jyst mewn pryd cyn stop-tap. Peint arall?' Cyn iddi ateb roedd eisoes ar ei ffordd i'r bar.

3

Dydd Mawrth, 13 Gorffennaf 1993

Gyrrai Gwennan yn araf bach tu ôl i lorri wair ar y ffordd rhwng Llandysul a Synod Inn. Roedd ar bigau'r drain eisiau cyrraedd Aber i rannu ei newyddion gyda'i mam a Pam. Pwysodd ei phen i'r dde i geisio gweld a oedd yn ddiogel i basio, ond doedd dim modd bod yn sicr ac ymlaciodd ei throed o fygwth y sbardun. Trodd y weipars ymlaen gan ei bod yn rhyw bigo bwrw, a gorfodi ei hun i eistedd yn ôl yn ei sedd yn hytrach na bod yn ei chwman uwchben yr olwyn yrru. Gwenodd wrth i'r ffenest glirio – doedd dim niwed yn y tywydd wedi'r cyfan, ac roedd hi mewn hwyliau rhy dda i adael i arafwch y ffordd rhwng Caerdydd ac Aberystwyth ei chynhyrfu heddiw. Pan soniodd Mr Jarman, y prifathro, ei fod am iddi fynychu cwrs ar amddiffyn plant yn sgil ei rôl fel pennaeth Blwyddyn 8, a hynny yn Aberystwyth ar y 13eg o Orffennaf, fe wnaeth esgusodion – pledio bod ganddi ormod o waith i fod yn absennol o'r ysgol am ddeuddydd. Doedd dim yn tycio, roedd wedi mynnu, a bu'n rhaid iddi ildio a chofrestru. Ond doedd ganddi ddim bwriad mynd. Byddai'n ffonio ar y diwrnod gan esgus nad oedd tamaid o hwyl arni, ac ni fyddai Mr Jarman hyd yn oed yn medru ei gorfodi i fynd wedyn.

Prin roedd Gwennan wedi bod i Aberystwyth ers gadael y coleg, ond nawr roedd yn falch o achub ar y cyfle i wneud hynny. Roedd nos Sadwrn wedi newid popeth a medrai bellach edrych tua'r dyfodol. Agorodd y ffenest a llenwyd y car ag arogl melys gwair newydd ei gywain. Oedd, roedd bywyd yn sydyn yn teimlo'n dda iawn.

Roedd hi'n lwcus hefyd, wrth gwrs, ei bod wrth ei bodd yn y gwaith. Ond er cymaint y mwynhad a gâi o ddysgu Cymraeg yn Ysgol Uwchradd Pantyderi, roedd dianc fel hyn yng nghanol yr wythnos yn amheuthun. Trodd y lorri wair i'r dde oddi ar y briffordd heb unrhyw fath o rybudd, ond yn hytrach na chanu'r corn, fel y byddai'n gwneud fel arfer yn sgil y fath anghwrteisi, cododd Gwennan ei llaw ar y ffermwr a rhoi ei throed ar y sbardun. Cyn cyrraedd Ffostrasol roedd wrth gwt treiler llond defaid. O wel, nid oedd sesiwn gyntaf ei chwrs tan ddau o'r gloch, felly doedd dim brys mawr. Byddai ganddi ddigon o amser am sgwrs iawn gyda'i mam cyn troi am yr Hen Goleg. Pwysodd fotwm y radio; byddai'n dda cael bach o gwmni.

Ar Radio Cymru roedd rhywun yn trafod y Ddeddf Iaith arfaethedig – rhywun o ochrau Caernarfon yn honni y byddai'r iaith bellach yn hollol ddiogel, ac aelod chwyrn o Gymdeithas yr Iaith yn amau a oedd gan y ddeddf unrhyw ddannedd.

'Dylai'r Gymdeithas ymfalchïo, siŵr – bydd gyda chi'r hawl bellach i siarad Cymraeg yn ystod eich ymweliadau cyson â'r llysoedd barn,' meddai'r cyflwynydd yn smala.

Trodd yr olwyn fach; doedd hi ddim am gael ei diflasu gan ddadleuon am yr iaith heddiw. Gwichiodd a thagodd a sgrechiodd y radio, ac yna clywodd jingl anghyfarwydd a llais clir yn dweud, 'Bore da, bawb, mae'n bedair munud wedi naw, a chi'n gwrando ar Radio Ceredigion ar 96.6 a 103.3 – a fi, Pam Smith, fydd yn cadw cwmni i chi am y ddwy awr nesa. Croeso i'r rhaglen, a beth am ddechre heddi yn sŵn enillydd cystadleuaeth Cân i Gymru eleni? Fe gymerwn ni "Y Cam Nesa" yng nghwmni Paul Gregory.'

Gwenodd Gwennan a dechrau canu'n dawel. Dyma'r tro cyntaf iddi fedru gwrando ar Radio Ceredigion, a tan nawr doedd hi'n cofio dim taw'r rhaglen foreol rhwng naw ac un ar ddeg roedd Pam yn ei chyflwyno. Wel, am amseru perffaith – câi gwmni ei ffrind am weddill y daith, a byddai'n medru dweud wrth Pam heno iddi ei chlywed yn darlledu. Roedd hi mor falch bod Pam wedi cael hyd i swydd go iawn o'r diwedd. Job i fyfyriwr oedd gwerthu hufen iâ, ond roedd swydd yn y cyfryngau yn swydd dda – gyrfa, nid jobyn. Byddai'r stint yma yn Radio Ceredigion yn feithrinfa wych i Pam cyn iddi symud ymlaen i borfeydd breision y BBC. Y cyfan roedd angen arni bellach oedd sboner. Ond efallai wir fod ganddi rywun yn barod; roedd fel petai'n dod allan o'i chragen o'r diwedd, ac mae'n siŵr ei bod yn cwrdd â llu o fechgyn yn sgil ei swydd. Gwd, câi gyfle i holi Pam am ei bywyd carwriaethol pan fyddai'r ddwy yn cwrdd am swper nes ymlaen.

Tawodd Paul Gregory a throdd Gwennan y sŵn i fyny rhyw ychydig er mwyn clywed ei ffrind yn siarad.

'Fy ngwestai cynta heddi yw'r Tad Pabyddol yma yn Aberystwyth.'

Clywodd Gwennan y gwestai yn rhoi pesychiad bach.

'O, ma hwnna'n swno fel taw fy ngwestai yw'r unig dad sy'n Babydd yn Aberystwyth – be dwi'n feddwl, wrth gwrs, yw taw fe sydd â gofal o'r eglwys Babyddol yma yn Aberystwyth. Croeso aton ni, y Tad Michael O'Sullivan.'

Gwenodd Gwennan; doedd Pam yn newid dim. Roedd yn siarad â'i gwrandawyr yn union fel y byddai'n siarad â Gwennan. Roedd y normalrwydd hwn fel chwa o awyr iach; roedd gormod o ryw hen faldodi ffals a llyfu tin ar y cyfryngau Cymraeg wir. Pawb yn nabod pawb, neu'n perthyn i rywun o bwys, dyna oedd hanfod y broblem, wrth gwrs.

'Diolch, Pam, a galwch fi'n Michael, plis.'

Clywodd Gwennan y nerfusrwydd yn ei lais.

'Chi'n offeiriad yn yr Eglwys Babyddol, allwch chi ddweud ychydig bach am y swydd?'

Tawelwch.

'Faint o braidd sydd gyda chi, Michael?' promptiodd Pam.

Bu tawelwch eto am eiliad.

'Aelodau, faint o aelodau sydd yn yr eglwys yn Aberystwyth?' gofynnodd Pam wedyn.

'Dim cymaint erbyn hyn,' meddai Michael yn dawedog.

'Cant? Dau gant?'

Clywodd Gwennan dinc o banig yn llais ei ffrind.

'Deg y cant yn llai na phum mlynedd yn ôl.'

Saib eto wrth i Pam aros iddo ymhelaethu. Ond ni wnaeth.

'Beth am waith yr eglwys, beth sy'n eich cadw chi'n brysur, Michael?' gofynnodd Pam.

'Gwaith Duw,' atebodd Michael.

O mam fach, gobeithio nad oedd Pam ar fin dechrau llithro i faes diwinyddiaeth; beth wyddai hi am y maes astrus hwnnw?

'Paratoi gwasanaethau?' holodd Pam, ac anadlodd Gwennan yn rhwyddach.

'Ie,' meddai'r Tad.

Saib. Roedd Pam yn amlwg yn gobeithio am stori. Doedd gan Michael yr un i'w hadrodd.

'Ac ymweld â'r cleifion?' gofynnodd wedyn.

'Ie,' meddai'r gwestai'n bwt.

'A…?'

Ni chymerodd y Tad yr abwyd.

'Dyw offeiriaid Pabyddol ddim yn priodi?'

Tapiodd Gwennan ei bysedd yn gyhuddgar ar yr olwyn yrru. Dylai Pam wybod wir nad oedd gobaith am ateb da o ofyn y fath gwestiwn caeedig. Byddai'n rhaid i Gwennan ei rhoi ar ben ffordd ynglŷn â hyn nes ymlaen.

'Na, nid yw offeiriaid yn priodi,' cytunodd Michael.

'Falle fod hynny'n beth da, "Marriage is punishment for shoplifting in some countries," yn ôl Wayne – Wayne o *Wayne's World*, nid y cowboi.' Roedd Pam yn stryffaglu nawr, a chwarddodd yn uchel i geisio cwato ei hembaras.

'O,' meddai'r Tad.

'Felly dy'ch chi ddim yn briod. Oes pethe eraill dy'ch chi ddim yn ca'l neud fel bwyta cig, yfed alcohol?'

'Na.'

Druan â Pam, meddyliodd Gwennan, roedd hyn yn boenus. 'A dim llw o dawelwch chwaith.'

Gwenodd Gwennan yn fain. Gobeithiai fod y gwrandawyr hefyd yn adnabod Pam yn ddigon da i ddeall yr ymgais at eironi.

'Beth am gael cân fach cyn i chi sôn am y bore coffi codi arian fydd yn cael ei gynnal yn yr eglwys dros y penwythnos? Dyma Bryn Terfel a "Pe bawn i'n gyfoethog".'

Rhoddodd Gwennan ochenaid o ryddhad, er gwaethaf y dewis braidd yn amheus o gân i ddilyn cyfweliad gyda'r Tad. Ond 'na fe, os oedd modd i rywun wneud cawl o bethau wrth geisio gwneud ei gorau, Pam oedd honno. Nid oedd wedi newid rhyw lawer ers iddyn nhw gyfarfod gyntaf yn y sesiwn gofrestru yn y Coleg ger y Lli bron i chwe mlynedd yn ôl. Roedd y gweddill wedi callio, wedi aeddfedu, wedi setlo i swyddi cyfrifol. Ond gwahanol fu Pam erioed. Cofiodd Gwennan am y llyfr bach o holl droeon trwstan ei ffrind a gadwai hi pan oedd yn y coleg. Byddai'n rhaid iddi chwilio amdano; byddai'n dda cael cyfle i chwerthin gyda'i gilydd eto. Ysai am fedru ailafael yn y chwerthin braf a'r agosatrwydd diymdrech a fu rhyngddynt yn y coleg.

Trodd i'r dde yn Synod Inn. 'Aberystwyth 23 milltir' meddai'r arwydd yn glir. Fyddai hi ddim jiffad nawr cyn bwrw'r môr. Roedd yn gweld eisiau Bae Ceredigion; rhyw esgus o fôr oedd ym Mae Caerdydd. Roedd yn gweld eisiau Pam hefyd. Gwyddai'n iawn, wrth gwrs, taw Carwyn oedd achos y dieithrio. Yn dilyn ei farwolaeth roedd Pam yn daer am fynd at yr heddlu i gyfaddef, hithau lawn mor daer yn erbyn, gan wybod y byddai yna gwestiynau lletchwith i'w hateb, a hithau ar fin dechrau ei swydd gyntaf fel athrawes. A Rhodri, wel, roedd e wedi eistedd ar y ffens fel arfer, yn awyddus i blesio pawb, ac yn plesio neb wrth wneud hynny. Ond yn y diwedd roedd hi wedi llwyddo i'w argyhoeddi taw gwneud a dweud dim oedd eu hunig opsiwn. Ac roedd Pam wedi ildio'n anfodlon i farn y ddau arall. Ond byth ers hynny, ni fu pethau yr un peth rhyngddi hi a Pam.

Roedd Pam yn siarad eto wrth i Gwennan arafu wrth gwt carafán. Trodd yr olwyn fach ar y radio i geisio gwella'r signal. Am eiliad collodd y sgwrs yn gyfan gwbl, ac yna daeth llais Pam mor glir â chloch unwaith eto.

'Felly, Michael, mae yna fore coffi codi arian yn Eglwys Santes Gwenfrewi, Aberystwyth fore Sadwrn, a'r elw'n mynd at beth?'

'I anfon un o'n haelodau am wythnos i Lourdes yn ne Ffrainc.'

'O, ma de Ffrainc i fod yn hyfryd – lot o draethau bendigedig, iots enfawr –'

Torrodd yr offeiriad ar ei thraws. 'I Lourdes – ar bererindod – i geisio cael gwellhad.'

'Lourdes,' ategodd Pam.

Bu saib bychan, poenus am eiliad.

'Wrth gwrs,' meddai Pam wedyn, ac yna roedd yn parablu eto. 'Felly os yw pobl yn medru galw heibio i gefnogi bydd yna ddigon o goffi i bawb yn Eglwys Santes Gwenfrewi, Aberystwyth, y Sadwrn yma rhwng 10 a 12. Diolch yn fawr iawn i chi, Michael, am ymuno â ni ar Radio Ceredigion y bore 'ma ac fe awn at gân arall nawr – un o'n pobl ni – un o gyflwynwyr Radio Ceredigion, brenhines canu gwlad yma yng Nghymru, ein Dolly Parton ni... Dyma Doreen Lewis, yn canu am gae'r blodau menyn.'

Deirawr yn ddiweddarach safai Pam yng nghefn un o'r cabanau ar iard yr Hen Ysgol Gymraeg – 'stiwdios' dros dro'r orsaf radio newydd. Roedd y rheolwr, Harford Jones, wedi galw cyfarfod, ac roedd yr wyth aelod o staff cyflogedig, a llond dwrn o'r gwirfoddolwyr cyson, wedi ymgasglu i wrando arno. Cliriodd ei wddf yn bwysig ac ymdawelodd pawb arall. Meddyliodd Pam mor amhriodol yr edrychai yn y trowsus golau â'i blyg miniog, ei grys gwyn a'i flaser brest-ddwbl glas tywyll gyda'r hances goch smotiog yn pipio allan o'i boced yn chwareus; ceiliog dandi o ddyn a fyddai'n hollol gartrefol yn y clwb hwylio, ond yn y portacabin llwm ac anniben hwn roedd fel llong ar dir sych. Cliriodd ei wddf unwaith eto cyn siarad.

'Yn y lle cynta dwi am ddiolch i chi i gyd am eich holl waith caled. Mae'r orsaf eisoes yn llwyddiant ysgubol a phobl Ceredigion yn ei pherchnogi – tyst i hyn yw'r ffaith bod y ffonau'n ferw i bob cystadleuaeth, tyst i hyn yw bod Radio Cymru bellach yn darlledu fwyfwy o'i stiwdio yma yn Aberystwyth.'

Chwarddodd un neu ddau'n sych, a symudodd Pam o un droed i'r llall. Roedd y caban yn gyfyng a di-awel. I raddau, wrth gwrs, roedd y bòs yn llygad ei le, ac oedd, roedd llond gwlad yn cystadlu ar y ffôn, a nifer yn gofyn am geisiadau. Ond roedd hi'n medru bod yn dalcen caled ceisio perswadio'r cyhoedd i gyfrannu mewn modd mwy creadigol, i ddadlau'n gyhoeddus ar faterion dwys. Ond 'na fe, codi ysbryd ei staff oedd gwaith pennaf hwn, a phwy allai ei feio am orliwio? Roedd e'n dechrau mynd i hwyl, a symudodd hi'n araf i ryw hanner eistedd ar ddesg. Teimlai'n benysgafn. Dylai fod wedi bwyta rhywbeth amser brecwast, ond gan ei bod yn mynd am swper gyda Gwennan heno roedd yn awyddus i arbed calorïau – a'i cheiniogau prin. Os oedd yn mynd i dalu arian da am bryd o fwyd mewn bwyty, roedd yn mynd i wneud yn siŵr ei bod ar ei chythlwng. Teimlodd ei gweflau yn glafoerio wrth feddwl am y fwydlen. Byddai cacen gnau neu fadarch wedi eu stwffio yn gwneud i'r dim. O'r diwedd, clywodd y diweddglo cyfarwydd.

'Felly daliwch ati, bobl, cadwch y ffydd…'

Clapiodd y mwyafrif yn frwd a tharodd Pam ei dwylo'n ysgafn at ei gilydd ddwy neu dair gwaith. Edrychodd draw at Cyril Jones, Pennaeth yr Adran Newyddion, a safai yn y gornel gyferbyn â hi. Roedd e'n canolbwyntio ar ei sgidiau brown. Dechreuodd cynulleidfa Harford wasgaru. Aeth dau wirfoddolwr yn syth yn ôl at y peiriant torri o dan y ffenestri, rasel yn un llaw a sialc yn y llall. Dilynodd Pam Cyril yn ôl i'r 'Adran Newyddion' – cornel fach, fyglyd, gydag un ddesg a dwy gadair ym mhen pella'r caban golygu.

'Ti ddim yn edrych yn hapus iawn, Comrade Cyril.'

Gwenodd Cyril arni gan ddangos ei ddannedd melyn. 'Hen hac wdw i, Pam, sai'n llyncu propaganda i frecwast ti'n gwbod.'

'Hen hac drwgdybus ishe codi bwganod, 'na beth wyt ti, Mr Pennaeth Newyddion,' meddai Pam gan eistedd yr ochr arall i'r ddesg iddo.

'Hy, pennaeth ar 'yn hunan yn unig, pennaeth di-staff, mae'n chwerthinllyd 'achan – rhoi teitle crand i bawb, teitl ond dim staff. Teitle a strwythur y BBC, ond heb yr adnodde. Ma'r peth yn jôc.'

'O dere mlân, Cyril, falle fod dim staff cyflogedig 'da ti 'to, ond ma 'da ti'r holl wirfoddolwyr 'ma.'

Pwyntiodd Pam at y map o Geredigion a oedd yn crogi tu ôl i'w ddesg; map gyda phinnau bach o bob lliw yn frith arno. Chwarddodd Cyril yn goeglyd.

'Hy, ti'n gwbod faint o rheina sy wedi cysylltu â stori yn y saith mis ers i ni ddechre darlledu? Dau. Dau.' Pwysodd Cyril dros y ddesg a dal dau fys o flaen ei hwyneb i bwysleisio'i bwynt.

'Wel, ma dau yn well na dim, 'achan,' meddai Pam, mewn ymgais i godi ei galon.

Eisteddodd Cyril yn ôl yn ei gadair ac meddai'n araf, 'Ti'n meddwl? O'dd un yn ffono i weud bod rhywun wedi dwyn 'i beic, a'r llall i weud bod dŵr yn dod mewn drwy do'r capel. Fi'n gwbod bo ni fod yn radio cymunedol, ond plwyfol yw hynna. Blydi hel, mae e'n neud i'r papure bro edrych fel y *News of the World*.'

'Sdim cysylltiade 'da ti, 'te, rhyw rai alle roi cwpwl o sgŵps dy ffordd di?'

Siglodd Cyril ei ben. 'Clwyd a chymoedd y De oedd fy mhatsh i – sai'n nabod y blydi Cardis 'ma, a ma'r rhai wy wedi cwrdd â nhw braidd yn wedwst a gweud y lleia. Rhy blydi parchus i hel clecs.'

Cododd Pam ei haeliau'n awgrymog. 'Wel ma ishe i ti fynd mas i whilo storis, 'te. Mas o'r caban 'ma. Fydde bach o awyr iach ddim yn dy ladd di.'

'O ie, a pwy wedyn fydde'n ishte fan hyn yn cymryd *dictation* o'r Teletext ac o'r *Western Mail* – achos 'na be wdw i yn y jobyn 'ma, blydi ysgrifenyddes.'

Rholiodd Cyril sigarét denau a gwyliodd Pam ef heb ddweud dim. Arhosodd nes roedd wedi ei chynnu a chymryd y drag hir cyntaf cyn dweud yn dawel, 'Ma 'na stori ar dy domen dy hunan, fi'n synnu nag wyt ti wedi mynd ar ôl honno.'

Culhaodd llygaid Cyril a syllodd arni drwy fwg ei sigarét. 'Am be ti'n siarad, ferch?'

'Wel ma'r orsaf 'ma'n darlledu ers saith mis a ni ar ein pedwerydd rheolwr yn barod. Be sy'n mynd mlân, 'te?'

Torrodd Cyril ar ei thraws. 'Gad hi fanna. Ti moyn i fi golli'n job?' Tynnodd yn hir ar y sigarét cyn ei stwmpio a'i hychwanegu i'r pentwr a oedd eisoes ar y soser.

Gwyddai Pam yn syth fod Cyril, am unwaith, o ddifri. Roedd y newyddiadurwr profiadol yn dipyn o dynnwr coes – effaith treulio chwarter canrif mewn bariau llawn dynion, mae'n siŵr. Cydiodd Cyril mewn pensel a'i droi rownd a rownd yn ei fysedd melyn. Teimlai Pam drueni drosto; byddai wedi gwneud unrhyw beth y funud honno i godi'i galon fel y gwnaeth ef iddi hithau yn gynharach. Ar ddiwedd rhaglen nad oedd wedi gwella rhyw lawer ar ôl y cyfweliad trychinebus â'r Tad Michael O'Sullivan roedd Cyril yn loetran wrth ddrws y stiwdio yn esgus darllen *Y Cymro.*

'Paid becso dim, Pam fach,' meddai, 'fel cyw-newyddiadurwr fe ofynnes i i yrrwr stêm-roler ai dim ond stêm roedd e'n medru rholio.'

Gwyddai Pam, wrth gwrs, na fyddai Cyril byth wedi gofyn unrhyw beth mor dwp. Er hynny, roedd yn ddiolchgar iddo am ei ymdrech i'w chysuro.

Ond doedd dim y gallai hi ei ddweud i lonni ei galon ef nawr. Cododd; roedd yn rhaid iddi fynd 'nôl at ei gwaith ei hun neu ni fyddai ganddi raglen yfory gan fod Lleucu, myfyrwraig a weithiai fel ymchwilydd gwirfoddol ar ei rhaglen, i ffwrdd yn rhyw ŵyl neu'i gilydd. Ac roedd yn amlwg ar ôl y smonach gyda'r Tad Michael bod angen gwell arweiniad ar Betsan, merch ysgol a oedd ar brofiad gwaith o fis gyda'r orsaf. Doedd ganddi'r un gwestai hyd yn hyn, a byddai'n rhaid iddi fwrw ati o ddifri nawr i ffonio a pherswadio. Rhaid ei bod hi'n ddiwrnod rhywbeth neu'i gilydd yfory – byddai hynna'n rhyw fath o fachyn.

Wrth ddrws y caban galwodd dros ei hysgwydd, 'Stori i ti, Cyril. Ma 'na ffarmwr yn Llanfihangel-y-creuddyn yn defnyddio stêm-roler yn y cae dan tŷ – fanna mae e'n tyfu tato potsh'. Clywodd Pam chwerthin a drodd yn besychiad sych.

Eisteddai Pam a Gwennan wrth fwrdd bach wedi ei orchuddio â lliain sgwariau coch a gwyn ym mwyty Gannets ger y castell. Roeddent wedi bachu'r bwrdd ger y ffenest, ac o edrych allan heibio i ganopi coch y bwyty i Faes Iago tu hwnt, gallai Pam ddychmygu ei bod mewn bistro yng nghanol Ffrainc. Nid iddi fod yn Ffrainc erioed ond roedd yn hoffi'r delweddau rhamantus o'r wlad a frithai'r cylchgronau dydd Sul. Heno crwydrai nifer o fyfyrwyr heibio mewn iwnifform o grysau T a siorts, yn amlwg wedi penderfynu peidio â mudo o'r dref dros yr haf, a phob un, bron, yn llwythog o boteli a chaniau a phaced o fyrgyrs i'w llowcio, mae'n siŵr, o amgylch tanllwyth o dân diwetydd ar y traeth.

Roedd Gwennan yn ei hwyliau, er y byddai'n rhaid eich bod yn ei hadnabod yn dda i sylweddoli hynny, meddyliodd Pam, gan wenu wrthi ei hun. Dros y cwrs cyntaf o gawl madarch bu Gwennan yn cynnig awgrymiadau ar gyfer rhaglen radio Pam, ac yn arbennig welliannau i'w dull o baratoi a holi. Roedd wedi ei chwestiynu'n dwll wedyn am ei bywyd carwriaethol. Ond un fel yna oedd Gwennan, ac roedd Pam wedi hen gyfarwyddo â'r dafod finiog a guddiai galon fawr.

Roedd y bwyd wedi bod wrth eu bodd, yn flasus a digon ohono hefyd, ond byddai Pam wedi hoffi cael peint o seidr neu wydraid o win gyda'i *nut roast*. Roedd hi wedi cynnig hynny i Gwennan, ond roedd hi wedi gwrthod, gan ddweud ei bod yn gorfod codi'n fore drannoeth ar gyfer y cwrs, ac am fod ar ei gorau. Roedd y rheswm yn swnio'n dila iawn i Pam, ac am funud ystyriodd y posibilrwydd bod ei ffrind yn feichiog. Roedd yn sicr wedi pesgi tipyn ers iddi ei gweld ddiwethaf. Ond na, doedd hi ddim wedi sôn am unrhyw gariad; a beth bynnag, roedd Gwennan yn amlwg yn fodlon ei byd. Doedd Pam ddim yn meddwl y byddai ei ffrind yn teimlo felly petai'n feichiog, oherwydd popeth yn ei drefn, dyna Gwennan, a dyweddïo, priodi, planta, dyna oedd y drefn honno. Ond 'na fe, roedd damweiniau'n digwydd weithiau, a fedrai neb ddweud yn hollol bendant sut y byddai rhywun arall, hyd yn oed ffrind gorau, yn ymateb.

Roedd Pam wedi archebu dŵr hefyd; doedd dim llawer o sbort yfed ar eich pen eich hun, fel y gwyddai'n iawn. Cymerodd lwnc hir ac un llwyaid olaf o'r pwdin taffi roeddent yn ei rannu.

'Reit 'te, Gwennan, beth yw'r newyddion mawr 'ma wy wedi gorfod aros mor hir i'w glywed?' gofynnodd, gan roi ei llwy ar ymyl y plât.

'O'n i eisiau i ti orffen dy fwyd gynta rhag ofn byddet ti'n tagu,' meddai Gwennan gan wenu.

Bu hanner eiliad o dawelwch ac yna, yn ddramatig iawn, tynnodd Gwennan focs bach coch o'i bag gyda bonllef fuddugoliaethus – 'Taraaaaaaaaaa!' Rhoddodd y blwch i eistedd ar y bwrdd ac fe'i hagorodd yn ofalus. Ar y melfed coch eisteddai clamp o fodrwy. Disgleiriai'r cerrig diemwnt o amgylch carreg saffir las. Agorodd Pam ei cheg, ond ddaeth dim geiriau.

'Wel, ti ishe gweud rhywbeth? Ti sy'n cael dy dalu i siarad. "Llongyfarchiade, Gwennan", falle?' meddai honno gan wenu fel gât.

Edrychodd Pam arni'n syn. 'Wrth gwrs... llongyfarchiade, Gwennan. Pryd? Pam? Nage – pwy?' gofynnodd, heb dynnu ei llygaid oddi ar y fodrwy.

Chwarddodd Gwennan.

'Wel ei enw e yw Gareth, Gareth Prys, a ma fe'n dysgu gyda fi.'

Swniai'n hunanfodlon iawn, ac am funud teimlai Pam yn eiddigeddus. Llusgodd ei llygaid o'r clwstwr sgleiniog i edrych ar ei ffrind. Roedd llygaid honno hefyd yn pefrio.

'Ond... ti ddim wedi sôn amdano fe o'r blân. Ers pryd y'ch chi'n caru?'

'Wel gwrddon ni pan ddechreues i weithio yn Ysgol Pantyderi, bron i ddwy flynedd yn ôl, a ni wedi bod yn gwpwl ers blwyddyn.'

'Sai'n galler credu na wedest ti bo sboner 'da ti o'r blân.'

Gwthiodd Gwennan y fodrwy ar drydydd bys ei llaw chwith, a chan ddal i edrych arni meddai'n ofalus, 'Wel so ni'n dwy wedi cael lot o gyfle i ddal lan yn ddiweddar, odyn ni? A ta beth, o'n i jyst ddim ishe jincso'r holl beth, achos mae e'n berffaith.'

'Bryn Fôn perffaith? Neu hyd yn oed gwell, Scott Quinnell perffaith?' gofynnodd Pam yn ddifrifol.

'Pam fach, dyw'r ddau 'na ddim yn dechre cymharu,' meddai Gwennan yn wên o glust i glust.

'Wel disgrifia'r hync 'ma, 'te,' gorchmynnodd Pam.

O'r diwedd, cododd Gwennan ei llygaid ac meddai'n freuddwydiol, 'Wel ma gyda fe lygaid brown a gwallt du, mae e'n dal, mae e'n chwarae rygbi i Glwb Athrawon Caerdydd, *so* mae e'n ffit iawn. Ac yn well na dim mae e'n fy ngharu i,' gorffennodd yn fuddugoliaethus.

'Gog neu Hwntw?'

'O Lanelli.'

'Ti'n iawn, mae e'n swnio'n berffaith. Oes brawd 'da fe?'

Chwarddodd Gwennan eto gan ysgwyd ei phen. 'Unig blentyn.'

'O, piti garw,' atebodd Pam. 'Ta beth, pryd ga i gwrdd â fe i weld a yw e'n ddigon da i fy ffrind gore i?'

'Steddfod.'

'Odych chi wedi setlo ar ddyddiad, 'te?'

'Blwyddyn i heddi – Gorffennaf y 13eg, 1994.'

Am eiliad roedd Pam yn hollol dawel. Cymerodd lwnc o'r gwydr dŵr o'i blaen.

'Ond, Gwennan, ti'n meddwl bod hynna'n ddoeth?' gofynnodd gan ganolbwyntio ar roi ei gwydr yn ôl ar y bwrdd.

'Ody mae e,' atebodd ei ffrind yn bendant. 'Ar y 13eg o Orffennaf llynedd dethon ni'n… fwy na ffrindie… os ti'n deall be fi'n feddwl?'

Plygodd ei phen i un ochr ac edrych ar Pam drwy ei hamrannau mewn ystum wedi ei chopïo oddi wrth Diana mae'n siŵr. 'A heddi ni'n gweud wrth y byd a'r betws bo ni wedi dyweddïo. A tase hynna ddim yn ddigon, 'na ddyddiad priodas rhieni Gareth, ac wyt ti, fi a Rhods yn ca'l ein penblwyddi —'

'Ond —'

'Fel ma Gareth yn gweud, mae'n amlwg taw dyna pryd y'n ni fod i briodi. Rhagluniaeth.'

'Ond, Gwennan —'

Torrodd Gwennan ar ei thraws unwaith eto. 'A ma dydd Mercher yn ddiwrnod llawer rhatach i briodi – cost y wledd tua hanner y pris fydde fe ar ddydd Sadwrn, a gan fod tymor yn gorffen yn gynnar flwyddyn nesa – mae'n berffaith.'

Ysgydwodd Pam ei phen.

'Dim hynna o'n i'n feddwl…'

Roedd y dyn ar y ford drws nesaf yn bwyta afu a'r arogl yn dechrau troi stumog Pam.

'Mae'n hen bryd bo ni'n hawlio'r 13eg o Orffennaf yn ôl fel diwrnod hapus. O nawr mlân diwrnod ein pen-blwydd ni a diwrnod fy mhriodas i a Gareth fydd e – a dim byd arall.'

Er pendantrwydd geiriau ei ffrind roedd Pam yn amau faint o hyn, mewn gwirionedd, a gredai Gwennan ei hun. Gwenodd Pam arni'n wan.

'Iawn?' gofynnodd Gwennan yn fygythiol bron.

'Iawn,' cytunodd Pam yn ansicr.

Rhoddodd Gwennan ei llaw dros ei llaw hi am funud. Edrychodd Pam ar eu dwylo ymhleth ar y bwrdd. Roedd yn ymddangos taw hi, Pam, oedd yn gwisgo'r fodrwy. Hy, dim gobaith o hynny, meddyliodd. Roedd Gwennan yn parablu bymtheg i'r dwsin unwaith eto.

'… yn Aberystwyth, priodi yn Seion ac wedyn y wledd yn y Marine. O'n i ishe priodi yng Nghaerdydd – achos, wedi'r cyfan, fanna mae 'mywyd i nawr, ond ma Mam wedi mynnu, a wel, hi sy'n mynd i dalu am y briodas, felly…' Pwyllodd am eiliad. 'A wy ishe i ti fod yn forwyn briodas. Dim ond ti.'

Taflodd Pam ei breichiau o amgylch gwddf Gwennan. Yn sgil y symudiad trwsgl lluchiwyd un o'r gwydrau dŵr ar draws y bwrdd. Neidiodd Gwennan i'w thraed gan achub blwch y fodrwy a dechrau mopio'r gwlypter gyda phentwr o facynnau papur a dynnodd o'i bag. Wrth lwc roedd y dŵr wedi diffodd y gannwyll a laniodd ar y lliain. Erbyn i'r weinyddes gyrraedd gyda'i chlwtyn roedd y llanast wedi ei glirio a Pam a Gwennan wedi eistedd eto.

'Fi'n forwyn? Ti'n siŵr?'

'Cant y cant,' atebodd Gwennan yn gynnes.

'O, Gwen, diolch, bydden i wrth fy modd. Sai erio'd wedi bod yn forwyn briodas i neb.'

'Ma arna i ddyled fawr i ti, Pam,' meddai Gwennan yn dawel.

Closiodd Pam ati nes bod eu pennau bron yn un.

'Wy'n dal i feddwl dylen ni fod wedi mynd at yr heddlu,' sibrydodd.

Rhoddodd Gwennan ei llaw dros ei llaw hithau eto. Medrai Pam deimlo caledwch y fodrwy yn erbyn ei chnawd.

'Wna i byth anghofio fe chwaith,' meddai Gwennan yn floesg. 'Roedd e mor ddiniwed, mor —'

'Dim ond y da sy'n marw'n ifanc, 'na beth ma'n nhw'n weud yndife?' meddai Gwennan wedyn, gan dynnu'n ôl ychydig.

'Esgusodwch fi, ga i ailgynnu'r gannwyll, plis?' gofynnodd y weinyddes.

Rhoddodd Gwennan wasgiad i law Pam nes bod y diemwntau yn pigo ei chnawd meddal. Eisteddodd y ddwy yn ôl tra oedd y weinyddes yn ail-lenwi eu gwydrau dŵr a chynnu'r gannwyll.

'Ma bach o ben tost 'da fi,' meddai Gwennan wrth y ferch ifanc, gan ddal ei llaw chwith i'w thalcen. 'Allen ni'n dwy ga'l coffi, plis?'

'Wrth gwrs, ffilter yn iawn? Modrwy bert 'da chi.'

Nodiodd Gwennan a chwerthin. 'Y sboner… nage… y darpar ŵr ddewisodd hi, ar ben ei hunan bach.'

'Tast da gyda fe, 'te,' meddai'r ferch yn serchus.

'Ym mhopeth,' atebodd Gwennan yn awgrymog wrth i'r ferch fwrw 'nôl tua'r gegin.

'Ti'n meddwl gallen ni neud rhywbeth er cof am Carwyn?' gofynnodd Pam yn dawel.

Trodd Gwennan i ffwrdd i edrych allan drwy'r ffenest, a gwnaeth Pam yr un peth. Bachgen yn reidio beic un olwyn oedd wedi tynnu sylw Gwennan.

'Ma'n anodd cadw balans,' meddai Gwennan.

'Allen ni… godi plac… neu rywbeth?'

Trodd Gwennan yn ôl i edrych arni.

'Falle,' meddai, 'gad e gyda fi.'

Ar hynny cyrhaeddodd y cwpanau coffi gyda'r ffiltrau yn eistedd yn dwt ar eu pennau. Cododd Gwennan un ohonynt i ganfod nad oedd y coffi wedi cael digon o gyfle i lifo i'r ddysgl islaw.

'Amynedd piau hi,' meddai Gwennan wrth Pam.

'Neu falle codi arian i elusen…' meddai Pam.

'Gad hi nawr, Pam,' atebodd Gwennan.

Roedd y min lleiaf yn ei llais yn ddigon i'w distewi. Wedi'r cyfan, roedd Gwennan wedi addo ystyried y peth. Taw piau hi, a hynny cyn iddi gythruddo'i ffrind.

'*So* beth wedodd dy fam, Gwennan – yw hi'n blês? A Rhodri?' gofynnodd Pam yn gynnes.

Gwenodd Gwennan, mewn cydnabyddiaeth efallai o barodrwydd Pam i ildio iddi eto fyth.

'Wel ma Mam wrth ei bodd, yn cynllunio prynu hat enfawr yn barod… ond dyw Rhods ddim yn gwbod 'to. Wna i anfon llythyr ato fe fory, ond dyn a ŵyr a wneith y llythyr gyrraedd Tanzania cyn iddo fe gyrraedd 'nôl ym Mhrydain ddiwedd Awst.'

Nodiodd Pam gan wenu. 'O, siŵr o neud. Mae'r gwasanaeth post yn eitha clou. Ges i garden pen-blwydd oddi wrtho fe bore 'ma, a llythyr hefyd – dyddiad rhyw ddeg diwrnod yn ôl sy arno fe.'

Sylwodd ar y wep ar wyneb ei ffrind.

'Hy, o'n i'n deall bo chi'n cadw cysylltiad, ond ma hynna'n *cheek* – anfon i ti ond dim gair i'w efaill annwyl ar ei phen-blwydd.'

Teimlai Pam ysfa fawr i wenu. Am unwaith roedd ganddi hi rywbeth roedd Gwennan yn ei ddeisyfu. Ond cadw wyneb hollol syth a wnaeth a dweud yn garedig, 'Ma'n siŵr bod 'na lythyr ar y ffordd i ti, Gwennan, ond cei di rannu'n llythyr i… mae e yn y bag 'da fi… aros funud… 'co fe.'

Rhoddodd Pam y llythyr rhyngddynt ar y bwrdd.

'Mmm, tasen i ddim yn gwbod bod gan Rhodri gariad yn Llunden bydden i'n dechre meddwl bod rhywbeth yn mynd mlân rhyngoch chi'ch dau,' meddai Gwennan gan dynnu'r llythyr yn agosach ati. ''Sen i'n synnu dim bod rhywun 'da fe yn Affrica hefyd – ti'n gwbod fel ma fe, tipyn o strab.'

Am eiliad bwriwyd Pam oddi ar ei hechel. Felly roedd wejen gyda fe yn Llundain. Doedd hi'n synnu dim, wrth gwrs. Roedd e'n olygus, yn bersonoliaeth hoffus, yn gwmni da ac yn cwrdd â llu o ferched yn yr ysbyty. Roedd wedi amau droeon fod ganddo gariad. Ond roedd cael cadarnhad o hynny yn ergyd. Rhyfedd nad oedd e wedi sôn am y cariad yn ei lythyron hefyd. Edrychodd Pam ar ei ffrind. Pwysai honno ar y bwrdd â'i llaw chwith yn dal ei boch. Roedd yn adnabod Gwennan yn ddigon da i sylweddoli nad damwain oedd hynny. Roedd am sicrhau bod y merched oedd yn gweini, a'r cwpwl a eisteddai wrth y bwrdd cyfagos, yn cael golwg dda o'r fodrwy a ddisgleiriai'n bert yng ngolau'r gannwyll. Pwysodd Pam tuag at Gwennan er mwyn ailddarllen y llythyr.

Ysbyty Iringa,
Tanzania,
Dwyrain Affrica

3 Gorffennaf,

Hyw iw dŵin, cowboi?

Gobeithio bod hwn yn cyrraedd mewn pryd! Sori nad ydw i'n medru bod gyda ti i ddathlu'n pen-blwydd, ond mae 5,000 o filltiroedd ychydig bach yn bell i ddod am beint i'r Cŵps – hyd yn oed gyda fy hoff gyflwynydd radio. (Ocê, yr unig gyflwynydd radio dwi'n nabod!)

Alla i ddim credu bod mis wedi mynd yn barod ers i fi gyrraedd yma. Mae'r profiadau dwi'n eu cael yn hollol briliant. Mae'n anhygoel be ma'n nhw'n gadael i fi wneud – pob math o bethe. Adre, cael dal offer a'u hestyn i'r llawfeddyg yw'r mwya gall cyw-ddoctor obeithio amdano. Ond yma…

Gobeithio nad wyt yn bwyta wrth ddarllen hwn! Un o'r pethe mwya *amazing* ers i fi sgrifennu atat ddiwetha oedd trin menyw ifanc – ei bola wedi chwyddo'n anferth, yn llawn gwaed. Fi, cofia, roddodd y tiwb fewn i ddraenio'r cyfan, ac wedyn pwmpio'r holl waed yn ôl mewn iddi trwy wythïen yn ei braich. Wedi achub ei bywyd yn ôl y nyrs! Ro'n i'n teimlo'n falch iawn, er rhaid cyfadde i fi chwydu 'mherfedd mas ar ôl mynd adre – i'r sièd sinc! Sylweddoli'r cyfrifoldeb bryd hynny. Gallai'r ferch yn hawdd fod wedi marw. Ond wnaeth hi ddim – diolch i'r drefn, ac i fi!

Gwn 'mod i wedi dweud tro diwetha bod yr ysbyty yma yn dra gwahanol i Fronglais, a'r hira dwi 'ma y mwya dwi'n synnu a rhyfeddu at gynhesrwydd pawb tuag ata i. Y teuluoedd sy'n gyfrifol am ofalu am y cleifion, a dod â bwyd iddyn nhw hefyd. Ac felly dwi wedi bod yn bwyta'n hynod dda. Fel adre, dwi'n treulio lot o amser yn yfed te (*chai*) – felly'r dywediad 'Cup o chai'! – ond mae'r te yma yn cynnwys cardamom a sinsir, hyfryd iawn. Mae'r *home brew* yn ddieflig, yn ddigon i lorio dyn (ac mae'n gwneud hynny i'r dyn hyn yn rheolaidd!!!). Dwi wedi cael lot o gawl coconyt, ac mae llwyth o fananas yn cyrraedd y ward bob dydd. Byddai'r fwydlen yn dy blesio di. Sdim lot o gig – dim ond ar adegau arbennig iawn. Penwythnos diwetha fe gyrhaeddodd efeilliaid bach; fi dorrodd y llinynnau bogail ac am wneud hynny ces fy ngwahodd i barti yn nhŷ'r teulu lle'r oedd gafr wedi ei rhostio i groesawu'r bechgyn bach. Mae un ohonyn nhw wedi ei enwi'n Rhodri – Rhodri Okoro – *ring* iddo fe, so ti'n meddwl? Bydd e'n Brif Weinidog 'ma rhyw ddydd yn bendant i ti! Ond yn ystod y pryd fe wnes i rywbeth Pamelaidd iawn! Fi oedd yn eistedd nesa at y fam, a phan basiodd fowlen o ddŵr i fi, fe gymeres i ddracht go iawn – ddim yn sylweddoli taw pwrpas y fowlen oedd i bawb olchi eu dwylo cyn dechrau bwyta!

Erbyn hyn dwi'n cael gwneud ychydig o waith y tu allan i'r ysbyty hefyd. Wythnos diwetha es i mas i rai o'r pentrefi cyfagos (mae cyfagos yma yn golygu llefydd o fewn dwy awr ar feic!) i ymweld â'r ysgolion er mwyn rhoi archwiliad meddygol i'r plant. Dim ond tua hanner y plant sy'n mynd i unrhyw fath o ysgol, ond mae'r rhai sy'n cael y cyfle yn frwdfrydig dros ben. Mewn un ysgol ces wahoddiad i roi gwers Saesneg hefyd. Roedd tua hanner cant o blant yn eistedd mewn rhesi taclus mewn neuadd grasboeth – dim llyfrau na phapur na phensel ar gyfyl y lle. Felly fe benderfynais taw dysgu cân iddyn nhw oedd y peth hawsa. Mae plant bach Iringa nawr yn medru canu un o'r clasuron Saesneg – 'Ten Green Bottles'.

Os yw'r ysgolion yn llawn mae'r wardiau yma'n orlawn. Bore fory bydda i'n gwneud *ward round* gyda'r meddyg sy'n gyfrifol am gleifion malaria a TB, ac yn y prynhawn fi fydd yn arwain sesiwn fydd yn dysgu darpar feddygon sut i bwytho (byddwn yn ymarfer ar goes buwch – farw!).

Rhag ofn dy fod yn dechre cymryd trueni drosta i'n gweithio mor galed rhaid cyfadde 'mod i'n cael tipyn o amser i ymlacio hefyd. Wedi bod ar saffari – a gweld llewod, eliffantod, babŵns, hipos, sebras – profiad anhygoel iawn.

Dringo Kilimanjaro wythnos nesa. Falle…!

Ocê, kido, gobeithio dy fod yn dal i joio bod yn gyfryngi, cofia gyngor yr hen John Wayne, 'Talk low, talk slow, and don't say too much!'

'Nôl yn yr UK ddiwedd Awst… sesh Dolig amdani.

Cariad,
Rhodri Llywelyn Ifans
(Rhods!)

Eisteddodd Gwennan yn ôl yn ei sedd, ei llaw chwith bellach yn mwytho'i gwallt hir golau.

'Ma'n swnio fel tase fy mrawd bach yn dechre callio – itha peth ca'l babi wedi enwi ar dy ôl on'd yw e?'

'Odi glei!'

'Mae e hyd yn oed wedi bod yn anfon llythyre at Mam yn weddol reolaidd. O'dd hi'n gweud bod y tywydd yn sych a thwym yn Iringa – gobeithio bydd blwyddyn i heddi yn sych a thwym fan hyn hefyd.'

Syllodd Pam ar ei ffrind. Oedd, roedd hi'n hoff iawn o Gwennan, ond roedd Gwennan yn hoff iawn o Gwennan hefyd. Yn rhy hoff ambell waith; yn meddwl bod ei bywyd bach hi'n llawer mwy diddorol na bywyd neb arall.

'O'n i'n meddwl falle ca'l ffrog goch i ti, lliw clwb rygbi Gareth ti'n gweld. Ond falle bydde bach o *clash* gyda dy wallt di, a ti'n gwbod fel ti'n cochi… *So*, dwi wedi penderfynu ar wyrdd – bydd e'n mynd yn grêt 'da dy lygaid a dy wallt di.'

'Wel diolch yn fawr am yr holl seboni 'na, a nawr ti'n trial gweud bod gwawr werdd i 'ngwallt i.' Gwyddai Pam ei bod yn bigog, ac nad hynny roedd Gwennan yn ei feddwl, ond wir, roedd hi'n medru bod yn ddifeddwl, yn tynnu pawb i'w phen. Ond os sylwodd Gwennan ar y min, ni chymerodd ddim sylw.

'Ma Mam yn swnian bod gwyrdd yn anlwcus i briodas, ond sai'n credu rhyw gybôl fel'na. Ac wrth gwrs, wedyn bydd ymyl werdd i'r gwahoddiadau, a'r eisin ar y gacen… a falle gall Cymro gael siaced neu goler gwyrdd.'

Llyncodd Pam ddracht hir o ddŵr. Roedd yn falch y byddai'r briodas yn sicrhau y bydden nhw'n siarad yn gyson â'i gilydd dros y misoedd nesaf, ac yn closio unwaith eto gobeithio. Ond ofnai hefyd taw'r briodas fyddai unig destun sgwrs Gwennan am flwyddyn gyfan gron.

Dechreuodd Gwennan fanylu ar y petheuach fyddai ar y rhestr anrhegion. Caeodd Pam ei llygaid a cheisio meddwl am rywun y medrai ei gyfweld ar ei rhaglen ddydd Iau ynglŷn â rhoi'r gofal gorau wrth dyfu tomatos neu fetys – byddai gan ei gwrandawyr ddiddordeb, mae'n siŵr, gan ei bod yn dymor y sioeau amaethyddol.

4

Dydd Mercher, 13 Gorffennaf 1994

Deffrodd Gwennan gyda'r gwylanod. Gorweddodd yn llonydd am funud neu ddwy cyn troi at y cloc bach wrth ymyl y gwely – 4.30am. Roedd y noson cynt yn gynnes, a phan ddringodd Gwennan y grisiau i'r 'ca' nos', fel y dywedai ei mam, toc wedi un ar ddeg, gwyddai y byddai'n rhaid iddi agor y ffenest neu ni fyddai unrhyw obaith cysgu'n ddeche. Wrth gwrs, roedd wedi anghofio am wylanod swnllyd Aberystwyth. Ond doedd dim gwahaniaeth, roedd wedi cysgu'n drwm tan nawr, ac roedd heddiw'n ddiwrnod arbennig. Roedd am wneud yn fawr o bob munud. Heddiw oedd ei diwrnod mawr hi. Ei diwrnod mawr hi a Gareth. Gwenodd wrth feddwl amdano, lluchio'r dillad gwely i'r naill ochr a mynd i'r ystafell molchi cyn dod yn ei hôl i wisgo'i jîns, crys T a threinyrs. Wrth adael yr ystafell cydiodd yn ei hwdi glas – efallai y byddai braidd yn oer ar y prom cyn codi cŵn Caer fel hyn. Cerddodd ar flaenau'i thraed i lawr y grisiau ac i'r gegin lle stwyrodd Cymro ac agor un llygad.

'Dere boi, wâc gynnar,' sibrydodd Gwennan.

Siglodd Cymro ei gwt, neidio allan o'i fasged, rhoi tro o amgylch coesau Gwennan a'i harwain allan i'r cyntedd. Yno cydiodd Gwennan yn y tennyn, agor y drws ac aros i Cymro ruthro allan o'i flaen, cyn cau'r drws yn dawel ar eu holau. Cerddodd Cymro yn ufudd wrth ei hymyl tan iddynt gyrraedd pen y stryd ac yno arhosodd Gwennan a gafael yn ei goler er mwyn clymu'r tennyn am ei wddf. Bwriodd olwg yn ôl dros Ael Dinas. Roedd golau yn ystafell wely ei mam, yr unig olau ar y stryd.

Trodd y ddau tua'r dref. Roedd y ffordd fawr yn hollol dawel. Stopio wedyn ar Bont Trefechan. Roedd yr elyrch wedi dihuno beth bynnag. Chwarddodd Gwennan yn uchel.

'Fel'na'n gwmws ma angen i fi fod heddi, Cymro bach. Yn osgeiddig braf – ar yr wyneb ta beth.' Plygodd i fwytho'r ci a siglodd hwnnw ei gwt. 'Bydda i'n padlo fel y diawl dan y gorchudd gwyn cofia.'

Cyfarthodd Cymro ei gydymdeimlad, neu ei awydd i fwrw am y môr. Tynnodd ar y tennyn ac ildiodd Gwennan. Wrth adael y bont bwriadai droi i'r chwith ar hyd Ffordd y De a thua'r Prom. Ond tynnodd Cymro hi i mewn i glos Rummers.

'Cymro bach, ydy Mam wedi bod yn dy arwain di ar gyfeiliorn?'

Ond heibio i Rummers yr aeth Cymro gan ei thywys i lawr y stepiau tu ôl i'r dafarn ac i'r harbwr.

'Wel, Cymro, ti'n nabod y strydoedd cefn 'ma'n well na fi – a finne wedi byw 'ma am bedair blynedd. Cofia, sdim rhyfedd; o fewn muriau'r coleg a'r tafarndai – 'na le o'n i'n treulio'r rhan fwya o amser.'

Roedd hiraeth sydyn ar Gwennan am ddyddiau coleg, ond eiliad yn unig barodd hynny. Na, fyddai hi ddim eisiau ail-fyw'r cyfnod chwaith. Roedd amser i bopeth. A nawr oedd ei hamser hi i briodi. Roedd yn gam mawr, ond doedd ganddi ddim amheuon. Cofiodd am y sesiynau perfeddion nos yn eistedd gyda Pam o gylch y bwrdd yn y fflat yn Rhodfa'r Gogledd. Roedd wedi cyfaddef droeon mai ei blaenoriaeth hi oedd dyn fyddai'n gwisgo coler a thei i'w waith. Weithiau byddai Carys neu Stacey hefyd yn rhan o'r trafod ar ôl noson mas. Roedd hi'n syndod pa fanylion oedd yn aros yn y cof, meddyliodd nawr. Cofiai'n iawn fod Stacey am fachu dyn tal, golygus – a hwnnw'n ddyn tân os yn bosib o gwbl! Rhywun oedd yn berchen car clou oedd blaenoriaeth Carys bryd hynny. Ond nid oedd Pam erioed wedi rhannu ei gobeithion hi. 'Sdim pwynt i freuddwydion gwrach,' fyddai ei hymateb bob tro.

Oedd, roedd Gareth yn berffaith iddi. Roedd yn llawer mwy, wrth gwrs, na statws ac incwm; roedd yn annwyl, yn rhwydd ei ffordd, 'heb ochor iddo', fel y byddai ei mam yn ei ddweud. Pwy arall fyddai'n mynnu aros ar ei draed yn disgwyl am yr alwad i'w chludo adre ar ôl noson mas gyda'r merched, a hynny yng Nghaerdydd lle'r oedd digon o dacsis a allai wneud; yn prynu blodau iddi bob nos Wener; yn rhoi nodyn bach cariadus yn ei bocs bwyd? Nid ei fod dan ei bawd – na wir, roedd Gareth Prys yn ddyn i gyd pan oedd angen hynny, ac wrth ei fodd ar y cae rygbi ac yn y bar gyda'r bois ar ôl y gêm. 'Mr Perffaith Prys,' meddai'n uchel, a chyn nos byddai hithau'n Mrs Perffaith Prys. Ysai am gael gwisgo'i ffrog a cherdded i'r sedd fawr i'w gyfarfod.

Cafodd gip ar y ffrog yn hongian wrth ddrws y cwpwrdd dillad wrth wisgo amdani'n gynharach. Syml, gosgeiddig. Dyna roedd yn anelu ato, ac roedd y ffrog sidan ifori a'r fêl hir i'r llawr yn berffaith. Bron yn berffaith. Hoffai petai'n dweud maint 10 ar y label yn hytrach na maint 14. Ond dyna fe, roedd yn rhy hwyr i boeni am hynny nawr. Ac roedd mor falch cael benthyg tiara bach ei mam – yr un a wisgodd hi i briodi ei thad dros chwarter canrif yn ôl. Ar ei desg, gartref yng Nghaerdydd, roedd ganddi lun o'i rhieni ar ddydd eu priodas – ei mam yn edrych fel croten fach, a'i thad a gwên falch ar ei wyneb main. Mae'n siŵr eu bod hwythau hefyd wedi credu y byddent yn heneiddio'n hapus gyda'i gilydd. Rhedodd cryndod sydyn drwyddi a llaciodd ar dennyn Cymro gan ganiatáu iddo ei thynnu'n gyflymach tua'r môr. Ar gyrraedd y stepiau plygodd Gwennan i'w ryddhau a rhuthrodd y ci defaid i lawr i'r traeth. Dilynodd Gwennan ef gan syllu allan i'r môr. Tywydd ail-law o Iwerddon oedd eu tywydd nhw fel arfer. Erbyn hyn roedd yr awyr fel arian byw ond doedd dim arwydd eto y byddai'n codi'n braf. Ond roedd yn fore; siawns y byddai'r haul yn gwenu erbyn y byddai hi'n gadael y tŷ gyda'i mam.

Ei mam gadarn, garedig, a fu'n gymaint o gefn iddi hi a Rhodri. Nid ei bod hi na Rhodri yn rhyw rebels mawr, ond roedd yna adegau digon anodd, wrth gwrs. Yn un peth roedd arian yn brin. Gweithiai ei mam yn y Co-op, a byddai'n cymryd pob shifft ychwanegol bosib ar y tils, ac yn smwddio dillad gwely gwesty cyfagos nes bod y gegin fach yn stêm i gyd tan oriau mân y bore, er mwyn sicrhau bod Gwennan yn cael gwersi piano a mynd am dripiau gyda'r Aelwyd, a Rhodri'n cael sgio gyda'r ysgol bob yn ail flwyddyn, a chwarae golff yng Nghilwendeg. Ac wedyn roedd wedi cynnal y ddau drwy'r coleg. Am chwarter canrif nhw oedd ei blaenoriaeth. Nawr, gyda hithau a Rhodri yn annibynnol, roedd yn hen bryd i'w mam ddechrau mwynhau ei hun. Roedd wedi sylwi ei bod yn sôn fwyfwy am Tom, cyn-gymydog iddi o Lambed, ac roedd yna botel o bersawr newydd ar ffenest yr ystafell molchi. Tybed…?

Wel, beth bynnag, roedd hi'n falch iddi fynnu taw ei mam fyddai'n cyd-gerdded â hi i lawr yr eil yn Seion. Nid dyma roedd hi wedi ei ddychmygu chwaith. Roedd Gwennan wedi bod yn cynllunio'i phriodas ers pan oedd yn ferch fach. Gwyddai'n union pryd y dechreuodd gynllunio, ddeunaw mlynedd yn ôl – pan wnïodd ei mam wisg briodas i Barbie. Yn ei dychymyg plentynnaidd byddai'n cerdded fraich ym mraich â'i thad ar hyd y carped glas yn y capel yn Llambed i gwrdd â Ken, yn bictiwr mewn ffrog les enfawr. Erbyn hyn roedd pethau wedi newid. Roedd si bod Ken yn hoyw, roedd ffrogiau *meringue* yn henffasiwn ac roedd hi wedi dewis priodi yn Aberystwyth. Ond byddai wedi rhoi'r byd am gael ei thad yno gyda hi.

Ar y ffordd o Gaerdydd brynhawn ddoe roedd wedi rhoi blodau ar ei fedd, i gydnabod ei bod yn cofio. Yn y siop yn Llambed roedd wedi dewis rhosod cochion a blodau calch ar gyfer y tusw, ac wedi ychwanegu un lili wen. Fe fyddai ei thad yn deall; byddai'n fodlon rhannu.

Roedd Cymro wedi achub mantais ar ei ryddid ac wedi

rhedeg dipyn o'i blaen. Gallai ei weld yn twrio yn y gwymon ar y llinell lanw. Ond doedd ganddi mo'r galon i'w alw ati a'i ddwrdio, a beth bynnag, roedd wedi trefnu iddo gael bath cyn y briodas. Gwyddai'n iawn fod Cymro'n casáu'r fath driniaeth, ac roedd yn teimlo'n ddigon euog i adael iddo wneud fel y mynnai cyn hynny.

Cerddodd ling-di-long ar hyd y traeth graean llwyd, ond er mor ofalus ei cherddediad, o fewn dim roedd carreg neu ddwy rywsut wedi ymwthio i'w threinyrs. O wel, gallai gario ymlaen yn iawn, gallai anwybyddu ychydig o fân raean a rhywfaint o anesmwythdod. Ond wrth iddi ymlwybro tua'r trwyn casglodd mwy a mwy o gerrig nes iddi orfod ildio ac eistedd er mwyn tynnu ei threinyrs. Bu yno am dipyn wedyn yn syllu allan i'r môr ac yn anadlu'n ddwfn. Caeodd ei llygaid a thaflu ei phen yn ôl. Teimlodd y gwynt ysgafn o'r môr yn ei chofleidio ac arogl yr heli'n treiddio i fêr ei hesgyrn. Braf oedd cael ymlacio fel hyn am ychydig yn nhawelwch ben bore pan oedd popeth yn ffres, yn llawn addewid. Cyfarthodd Cymro; roedd e'n hollol iawn, wrth gwrs, roedd yn hen bryd iddi symud. Clymodd Gwennan ei charrai cyn codi eto a cherdded tua safle'r hen bwll nofio yn y creigiau ger Castle Point. Gyda'r llanw'n isel fel hyn medrai weld ei siâp yn glir yn y creigiau. Trueni hefyd nad oedd modd ei atgyweirio – byddai'n braf i bobl gael nofio yn nŵr y môr, ond mewn safle diogel, i ffwrdd o'r cerrynt a allai fod mor beryglus.

Galwodd ar Cymro a rhedodd y ci ati gan adael darn o froc môr wrth ei thraed.

'Wel diolch i ti, Cymro. Anrheg briodas ife?' Plygodd a mwytho'i wyneb. 'Mae'n garedig iawn ohonot ti, ond falle wna i jyst adael dy anrheg di fan hyn am y tro, iawn? Nawr 'te, well i ni droi sha thre; dy'n ni ddim ishe mynd yn rhy agos i'r Marine neu bydd Gareth yn meddwl bo ni'n busnesa, a ta beth, ma bore bishi o'n blân ni.'

Clymodd y tennyn am wddf Cymro a cherddodd y ddau yn

sionc yn ôl tua Ael Dinas â Gwennan yn rhestru'r holl bethau roedd angen eu gwneud cyn i Pam gyrraedd y tŷ am hanner awr wedi naw. A bath hir a golchi ei gwallt oedd ar frig y rhestr.

'Beth yw pwrpas ca'l rhestr briodas os nad yw pobl yn prynu beth sy arni hi?' meddai Gwennan gyda rhyw hanner gwên wrth agor y drws ffrynt i Pam. 'Gofynnes i am "Botanic Garden" a ma Anti Ruby wedi prynu tebot "Summer Strawberries" i ni,' meddai wedyn, gan dynnu ei gŵn gwisgo pinc yn dynnach amdani.

Doedd Pam ddim yn siŵr ai gwatwar oedd ei ffrind ai peidio a phenderfynodd taw'r peth doethaf fyddai anwybyddu'r sylw yn gyfan gwbl.

'Dydd priodas hapus a phen-blwydd hapus, Gwennan,' meddai, yn fwriadol or-lawen.

'O ie, ac i ti. Dere mewn,' atebodd dros ei hysgwydd wrth fynd tuag at y gegin. 'A fyddet ti'n credu bod achwyn bo ni'n priodi ganol wthnos? Ma rhai pobl mor hunanol, odyn wir i ti.'

'Wel, wy, ta beth, yn falch o orfod cymryd diwrnod o wylie o'r gwaith – mae'n gwneud dy briodas di hyd yn oed yn fwy sbesial, Gwennan,' ceisiodd Pam leddfu cintach ei ffrind. Roedd gwynt bacwn yn ffrio yn treiddio drwy'r tŷ, arogl a'i cludai 'nôl ar amrant i'r gegin fach yng nghefn y tŷ cownsil yng Nghaerfyrddin. Ac er nad oedd wedi bwyta cig ers blynyddoedd bellach, gwyddai petai'n ildio i rywbeth taw i frechdan gig moch fyddai hynny.

'Bore da, Pam fach,' gwaeddodd Mrs Ifans wrth iddi gyrraedd y gegin.

Daeth mam Gwennan draw ati a rhoi cwtsh iawn iddi. Brathodd y cyrlers mân ei boch.

''Co fe'r tebot twp,' meddai Gwennan, gan bwyntio at y llestr a eisteddai ar ben tri neu bedwar o focsys wedi eu lapio'n bert.

'Paid â bod mor anniolchgar, Gwennan,' prysurodd Mrs Ifans 'nôl at y ffwrn lle'r oedd y badell facwn yn poeri darnau mân o fraster i bob cyfeiriad. 'Ti'n galler cymysgu'r patrymau Portmeirion gwahanol gyda'i gilydd yn iawn – nawr dere i ishte lawr i ga'l dy frecwast, a 'na ddigon o ffys. Ma'r ci 'ma wedi'i windo bore 'ma 'fyd, er bod e wedi cael ei wâc,' meddai Mrs Ifans gan godi'r bacwn o'r badell a'i roi ar dafelli o fara menyn.

Ochneidiodd Pam yn dawel bach a phlygodd i fwytho Cymro. Siglodd y ci defaid ei ben a'i gwt mewn boddhad. Amneidiodd Mrs Ifans ar i Pam eistedd, a gwthiodd Cymro ei ffordd dan y bwrdd gan setlo wrth ei thraed. Rhoddodd Mrs Ifans blât llwythog o'u blaenau a thynnu'r gorchudd balerina pinc oddi ar y tebot, rhoi llaeth mewn tri mỳg ac arllwys y te.

'Ishte, Gwennan, i ti gael cwpaned o leia,' awgrymodd Mrs Ifans, ond siglodd Gwennan ei phen. Cododd Cymro wedyn a throi fel chwyrligwgan o gwmpas ei choesau.

'Bydd orie cyn ein bod ni'n ca'l y brecwast priodas, ferched; bytwch rywbeth nawr, wir,' estynnodd y plât brechdanau i gyfeiriad Pam.

'Dim diolch, Mrs Ifans,' atebodd Pam gan wenu arni.

'MAAAAM, ti'n gwbod bo Pam yn feji,' meddai Gwennan yn ddiamynedd, gan godi ei phen o'r darn papur roedd yn ei astudio.

'O sori, bach, wrth gwrs bod ti. Dim problem, alla i dynnu'r bacwn mas o'r rhain i ti a —'

Torrodd Gwennan ar ei thraws. 'MAM, peidiwch â bod mor wirion, a stopwch ffysan wir.'

'Mae'n iawn, Mrs Ifans, ges i frecwast cyn dod draw 'ma; ma 'mola i'n llawn dop,' atebodd Pam, yn mawr obeithio y byddai ei llais tawedog yn tawelu'r ddwy arall.

Llwythodd Pam ei the â dwy lwyaid o siwgr a'i droi yn araf. Doedd hi ddim fel arfer yn cael siwgr, ond roedd yn mynd i fod yn ddiwrnod hir – a hynny mewn ffrog daffeta werdd o'i chorun i'w sawdl.

'Sai'n gwbod sut wyt ti wedi llwyddo colli cymaint o bwyse

a chymryd siwgr yn dy de, wir,' meddai Gwennan, a oedd yn dal i sefyll wrth y bwrdd. 'Y briodferch sydd fod i golli pwyse cyn ei diwrnod mawr ond ma'r holl *stress* wedi gyrru fi i'r tun bisgedi. Wy wedi rhybuddio Gareth y bydd rhaid tynnu'n llunie priodas 'to ar ôl i fi golli dwy stôn – dwi ddim am orfod edrych ar lunie o dewbwl ar y pentan am weddill fy oes.'

Edrychodd Pam ar ei ffrind i sicrhau ei bod yn jocian. Na, roedd yn amlwg yn hollol o ddifri.

'Fe fyddi di'n edrych yn hyfryd heddi, Gwen, wir. Ti'n dal ac yn *blonde* ac yn bert. Ma dy ffrog di'n berffaith. A ti'n priodi'r dyn perffaith.'

Am eiliad torrodd gwên ar draws wyneb Gwennan a daliodd Pam yr edrychiad diolchgar a daflodd Mrs Ifans ati. Roedd honno druan yn amlwg wedi cael pen bore digon anodd yng nghwmni ei merch.

'Bant â ni, 'de Pam, wy wedi llunio amserlen gweddill y bore – dyma dy gopi di,' dywedodd Gwennan gan ddarllen yn uchel: '9.30 – paentio ewinedd – traed a dwylo.'

Estynnodd y daflen yn llawn print mân i Pam. Roedd tic coch wrth y tasgau rhwng 6.00 a 9.30. Estynnodd Gwennan ei braich i edrych ar ei horiawr.

'9.32,' meddai. 'Ni ar ei hôl hi'n barod. Reit, lan lofft â ni, Pam.'

Cododd Pam yn ufudd, ei mỳg tri chwarter llawn yn ei llaw.

Gwgodd Gwennan arni. 'Well i ti adael y te 'na fan hyn, rhag ofn i ti sarnu peth ar y ffrogie, ti'n gwbod fel wyt ti.' Yna estynnodd am goler y ci a'i lusgo tuag at y drws cefn. 'A Cymro, ti'n mynd mas nawr – dere.'

Cymerodd Pam un llwnc hir olaf cyn rhoi'r mỳg ar y bwrdd, gan roi gwên o ymddiheuriad i Mrs Ifans a oedd erbyn hyn yn casglu'r llestri o'r bwrdd a'u cludo i'r sinc.

'Croen ei thin ar ei thalcen bore 'ma, Pam fach,' meddai Mrs Ifans gan agor y tapiau dŵr yn llawn.

Chwarddodd Pam ac yna dilyn ei ffrind i'w llofft. Ar ei ffordd i fyny'r grisiau gwrandawodd yn astud. Ond nid oedd unrhyw arwydd bod Rhodri yn y tŷ. Eisteddodd Pam ar erchwyn gwely Gwennan. Roedd y garthen goch a du dan warchae cawdel o golur, o anrhegion wedi eu hagor ac o gardiau yn llongyfarch y cwpwl ifanc. Yng nghanol y cyfan roedd nifer o becynnau o deits. Roedd label ar bob un – 'Pâr gwisgo', 'Pâr rhag ofn', 'Pâr rhag ofn (2)'.

'Smo ti erio'd yn gwisgo teits, Gwennan? Byddi di wedi pobi – a ma'r ffrog yn hir, bydd neb yn gwbod.'

Edrychodd Gwennan yn syn arni.

'Bydda *i* yn gwbod.'

'A?' mentrodd Pam.

'Ac, os nag yw merch yn galler gwisgo'n iawn ar gyfer ei phriodas, wel…'

Roedd Pam am ddweud nad oedd dim byd yn iawn am deits ond penderfynodd adael i'r peth fynd, rhag ofn i Gwennan fynnu ei bod hithau hefyd yn gwisgo'r pethau erchyll. Bwriodd olwg ar yr amserlen yn ei llaw – roedd pob munud rhwng nawr a 11.50, pan fyddai Gwennan a'i mam yn gadael am y capel, wedi ei chlustnodi ar gyfer rhyw weithgaredd. Gwenodd Pam wrth weld y byddai hi'n gadael am y capel am 11.40, yng nghwmni Rhodri a Cymro.

'O neis, ma Cymro'n ca'l dod i'r briodas.'

'Wel, mae e'n ca'l dod i du fas y capel, mae e'n un o'r teulu wedi'r cwbl. Wy wedi trefnu bo'r fenyw drws nesa yn gofalu amdano fe wedyn. Bydd hi yna, ar ochr chwith y gât, yn eich disgwyl chi ar gyfer yr *hand-over*. Nawr 'te, pa binc wyt ti ishe ar gyfer dy ewinedd, Pam?' gofynnodd Gwennan o'i sedd wrth y bwrdd gwisgo.

Roedd wedi gosod saith potel fach ar y bwrdd – a'r haenau'n amrywio o binc candi-fflos i binc y gwm cnoi yr arferai Pam ei brynu yn siop losin Jackson's Lane pan oedd yn groten fach.

'O'n i'n meddwl, falle, jyst mynd yn *au naturel*,' atebodd Pam yn obeithiol.

Ond roedd Gwennan yn siglo'i phen eto, a'i gwefus yn un llinell syth benderfynol.

'Rhaid i ni fatsho, gan taw ti yw fy morwyn briodas i.'

Doedd Pam ddim yn deall pam roedd rhaid matsho. Doedd dim peryg yn y byd, a hithau yn y taffeta gwyrdd, na fyddai pobl yn sylweddoli taw hi oedd y forwyn. Fyddai neb yn ei llawn bwyll wedi dewis y fath ffrog iddi hi ei hun. Roedd Pam yn hanner amau bod Gwennan wedi dewis y ffrog forwyn hyllaf yn y siop briodas yn fwriadol. Ond a bod yn deg, roedden nhw i gyd yn hyll, gyda'u ffrils a'u bowiau a'r lliwiau ych-y-fi. Doedd ffrogiau cyffredin i ferched yn eu hoed a'u hamser ddim yn dod mewn *baby blue*, a *baby pink*, a lemwn a *peach*, felly pam yn y byd oedd ffrogiau morwynion yn cael eu gwneud yn y fath liwiau?

'Y pinc 'ma, 'te,' meddai Gwennan, gan godi potel o'r enw Truly Shocking. Roedd un pinc mor salw â'r llall, ym marn Pam, ac estynnodd ei llaw yn ufudd. Am y chwarter awr nesaf eisteddodd y ddwy wrth y bwrdd gwisgo gan ganolbwyntio ar y paentio. Roedd Gwennan bellach yn rhoi ail haen o baent ar ei thraed. Roedd Pam wedi anwybyddu'r gorchymyn arbennig hwnnw – roedd y ddwy yn gwisgo sgidiau caeedig, a doedd dim pwrpas, felly, paentio'i thraed â'r gwenwyn. Cododd Pam i agor y ffenest.

'Be ti'n neud, Pam?'

'Mynd i agor 'chydig bach ar y ffenest 'ma, wy'n teimlo'n eitha *high*.'

'Wel bydd yn ofalus o dy 'winedd.'

Chwythodd Pam arnynt ac yna stryffaglodd i agor y ffenest gan ddefnyddio cledr ei llaw. Gwyddai fod Gwennan yn ei gwylio.

'Sai'n gwbod shwt ma pobl yn galler mwynhau sniffo gliw,' meddai Pam, 'ma fe'n neud i fi deimlo'n sic.'

Edrychodd Gwennan yn siarp arni. 'Ti wedi treial e, 'te?'

'Nagw,' atebodd Pam yn frysiog gan eistedd eto a dechrau ar ei cholur. 'Ond weithie, bydda i'n defnyddio gliw i roi darne o adroddiade papur newydd yn y llyfr mawr ma'n nhw'n gadw yn Swyddfa'r Blaid, a ma fe wastad yn neud i fi deimlo'n dost.'

'Wel, sa i erio'd wedi neud chwaith, na chymryd unrhyw gyffurie,' meddai Gwennan, gan roi blaen ei bys ar ei hewin yn ofalus i sicrhau bod y paent wedi sychu.

Swniai'n hunangyfiawn ac roedd Pam ar fin ei hatgoffa taw lwc, neu anlwc Carwyn, oedd yn gyfrifol am hynny, pan gnociodd rhywun yn uchel ar ddrws y llofft.

'I'm getting married in the morning... ding dong the bells are gonna chime...'

Adnabu'r llais ar unwaith. Daro fe, roedd hi ar hanner rhoi masgara ar ei llygaid. Yn llythrennol ar hanner. Roedd un llygad yn hollol noeth.

'Hy, sdim gobaith bydd hwnna'n priodi,' meddai Gwennan yn biwis. 'Mae e rhy wit-wat, sdim rhyfedd bod Annabel wedi rhoi'r bŵt iddo fe. Anghyfleus, cofia, meso lan y *table plan* i gyd.'

'Y'ch chi'n *barchus*?' galwodd y llais wedyn wrth wthio'r drws ar agor.

'Rhodri, ble ti wedi bod? O't ti fod mynd â Cymro i Petz Parlour ddeng munud 'nôl,' dwrdiodd Gwennan.

'Bore da a phen-blwydd hapus i'r ddwy ferch berta yn y byd,' atebodd Rhodri, gan anwybyddu pregethu ei chwaer a'i gwg. 'A dwi ar fy ffordd, *sis*. MOMGG.'

Chwarddodd Rhodri a chau'r drws, gan adael chwa o oglau cwrw neithiwr ar ei ôl i gymysgu â sawr y paent. Clywodd Pam e'n gweiddi, 'Cymro, ble wyt ti? Amser mynd mas o 'ma glou glou.'

'Hollol *typical*, mynd AWOL ar fy niwrnod mawr i... mae e mor hunanol... meddwl am neb ond ei hunan.'

Roedd ei dicter yn rhoi gwawr roslyd ddeniadol i ruddiau Gwennan. Roedd Pam yn ymwybodol bod ei hwyneb hi ei hun yn salw o gochddu. Pam ar y ddaear nad oedd hi wedi dweud rhywbeth wrtho? Ei gyfarch o leiaf. Byddai 'Pen-blwydd hapus', er na fyddai'n wreiddiol iawn efallai, wedi bod yn well na dim. O wel, câi ddigon o gyfle nes ymlaen mae'n siŵr. Ceisiodd feddwl am rywbeth doniol i'w ddweud wrtho. Ro'n nhw'n bump ar hugain heddiw. Yn chwarter canrif. Ond doedd dim byd yn dod, ac roedd Gwennan yn dal i ddwrdio'i brawd. Roedd hi'n amlwg yn nerfus, a hynny'n ei gwneud yn fwy pigog nag arfer. Penderfynodd Pam taw'r unig ffordd o geisio atal y llifeiriant oedd trwy droi'r sgwrs. Gareth. Dyna'r testun mwyaf diogel o ran codi calon Gwennan. Neu dylai fod beth bynnag, ar ddydd eu priodas.

'Sut mae Gareth yn teimlo bore 'ma sgwn i?'

'O, mae e'n iawn,' atebodd Gwennan yn ddidaro, gan ganolbwyntio ar roi ychydig o las ar ei llygaid. Gwthiodd bot bach o liw gwyrdd at Pam. 'Ffonies i fe yn y Marine am saith y bore 'ma, i neud yn siŵr ei fod e ar 'i dra'd. Mae'i deulu fe i gyd yn aros 'na; ma 'da fe ddigon o gwmni.'

Nodiodd Pam wrth geisio rhoi'r lliw yn y lle iawn. Gormod. Roedd hi'n edrych fel clown. Sychodd ychydig i ffwrdd gan wneud smonach o'r masgara oedd yn amlwg ddim cweit wedi sychu.

'Ond fe rybuddiais i fe i beidio yfed gormod neithiwr. Fi mor falch fod e wedi cytuno ca'l 'i stag fis 'nôl – fe gymerodd e sawl diwrnod i ddod dros hwnna. Meddylia fod rhai pobl yn cael stag y noson cynt.' Twt-twtiodd yn uchel.

Erbyn un ar ddeg roedd Gwennan wedi bod allan yn tsiecio'r tywydd wyth gwaith. Yr un oedd yr adroddiad bob tro, 'Yn sych ar hyn o bryd, ond ma 'na gymyle du yn bwgwth.'

Am chwarter wedi un ar ddeg edrychodd Gwennan ar ei horiawr.

'Iawn 'de, Pam, y foment fawr. Gwaredu'r gŵn gwisgo – a tithe mas o'r jîns 'na – a ffrogie mlân.'

Am eiliad safodd Gwennan yn hollol lonydd. Roedd golwg ryfedd, anghyfarwydd ar ei hwyneb. O na, doedd hi ddim am newid ei meddwl, oedd hi? Am eiliad dychmygodd Pam ei hun yn gorfod dweud hynny wrth gapel llawn o bobl mewn siwtiau a hetiau crand. A Gareth druan. Dyna oedd yn digwydd mewn ffilmiau yndife? Roedd y rhyddhad o weld gwên yn lledu'n araf o lygaid Gwennan i'w gwefusau 'Fuschia Pink' yn aruthrol. Diolch byth, fe fyddai'n cael gwisgo'r sach daffeta erchyll wedi'r cwbl.

'Dwi methu credu bod yr amser wedi dod – ar ôl yr holl flynyddoedd o ddishgwl, mae e wir yn teimlo'n swreal,' meddai Gwennan yn dawel.

Nodiodd Pam a rhoi gwasgiad bach i fraich ei ffrind. Teimlodd ei gên yn dechrau crychu a'r poer yn casglu'n sydyn yng nghefn ei cheg o glywed y bloesgni dieithr yn llais Gwennan.

'Cer i alw Mam i ddod i roi help llaw i ni, 'nei di?'

Ond doedd dim rhaid iddi; roedd Mrs Ifans wrth ddrws llofft Gwennan eisoes yn dal hambwrdd bach ac arno dri gwydryn o *sherry*. Roedd yn amlwg yn barod, mewn siwt borffor golau a het fawr ddu a phluen borffor arni.

'Chi'n edrych yn lyfli, Mrs Ifans,' meddai Pam, a'i feddwl e.

Gwenodd Mrs Ifans arni.

'Diolch, bach. Nawr 'te, 'o'n i'n meddwl bod angen bach o *Dutch courage* arnon ni'n tair,' meddai, gan roi'r hambwrdd yn ofalus ar y bwrdd gwisgo. Yna, gyda golwg ddifrifol iawn ar ei hwyneb, rhoddodd wydr yr un iddynt.

'Wy am fod y cynta i gynnig llwncdestun i ti heddi, Gwennan fach. "Priodas dda i ti", a wy ond yn gobeithio y byddi di mor hapus â bues i 'da dy dad.'

Cododd y tair eu gwydrau; roedd llygaid Gwennan yn llaith.

Yfodd y tair y *sherry*, ac yna bwrw ati i wisgo'r ffrogiau a cheisio cael tiara Gwennan i eistedd yn syth. Erbyn hanner awr wedi un ar ddeg roeddent yn barod. Trodd Pam at Gwennan i roi cwtsh i'w ffrind, ond roedd Gwennan yn rhy gyflym iddi. 'Gawn ni gwtsh wedyn… ar ôl y llunie,' meddai Gwennan yn frysiog. 'Wy'n mynd i ôl y blode o'r stafell sbâr.'

Am funud bu tawelwch wrth i Gwennan gerdded yn osgeiddig tua'r drws.

'Ma hi'n nerfus, Pam fach,' meddai Mrs Ifans yn dawel wrth i Gwennan fynd allan i'r landing.

'Fi hefyd,' meddai Pam yn ddifrifol.

'Ti, fi a Gwennan,' atebodd Mrs Ifans. 'Nawr 'te…'

'Chi ddim yn ca'l te nawr, Mam,' meddai Gwennan wrth ddod yn ôl i'r ystafell.

'Te? O's amser?' gofynnodd Mrs Ifans.

'Dyw e ddim ar yr amserlen felly dyw e ddim yn medru digwydd,' atebodd Gwennan, gan estyn tusw o rosod bach lliw hufen i Pam.

Aroglodd Pam y blodau'n hir. 'Mmm, hyfryd.'

Gwenodd Gwennan. 'Falch bod nhw'n plesio mwy na'r ffrog!'

Edrychodd Pam arni. 'Be ti'n feddwl? Fi'n dwlu ar y ffrog.'

'Pam Smith, so ti'n galler gweud celwydde, *so* gad hi fanna. Fi'n gwbod nag yw'r ffrog at dy ddant di, a wy *yn* gwerthfawrogi dy fod ti'n fodlon ei gwisgo hi er hynny. Diolch.'

Nodiodd Pam. Roedd lwmpyn mawr wedi codi'n sydyn yn ei gwddf.

'A Mam, dyma'ch *buttonhole* chi.' Plygodd Gwennan a phinio'r rhosyn hufen a'r cwmwl o flodau calch o'i amgylch ar siaced Mrs Ifans.

'O Gwennan, rhosyn a *baby's breath* – fy ffefrynne. Diolch, cariad.'

Rhoddodd Gwennan gusan iddi. 'I chi ma'r diolch, Mam, diolch am bopeth.'

Am eiliad bu tawelwch. Teimlai Pam yn annifyr, fel petai'n dyst i rywbeth nad oedd ganddi hawl i'w weld.

'Mae dy dusw di'n hyfryd hefyd,' meddai Pam ar ôl cael rhyw drefn ar ei hemosiynau. Cododd y tusw o'r bocs mawr roedd Gwennan wedi ei osod ar y gwely.

'Rhosod lliw hufen oedd yn y tusw cynta i Gareth brynu i fi; roedd blode calch yn eich tusw chi, Mam, pan briodoch chi Dad, ac… un lili wen hefyd…'

Plygodd Gwennan yn sydyn i roi plwc ar ei theits, cyn sythu'n araf bach a chymryd y tusw. Cliriodd ei gwddf.

'Iawn 'de, Pam, well i ti a'r bechgyn fynd. Rho hwnna i Rhods, plis,' ychwanegodd gan bwyntio at rosyn gydag un ddeilen werdd o'i amgylch.

Nodiodd Pam. 'Wela i di 'na 'te, Gwennan, a ti *yn* edrych yn lyfli.'

Safai Mrs Ifans yn syllu ar ei merch. Teimlodd Pam ryw frathiad sydyn. Roedd yr olwg ar wyneb Mrs Ifans yn dweud popeth. Doedd neb yn ei charu hi, Pam, fel yna. Ar ôl syllu'n hir a heb ddweud dim, tynnodd Mrs Ifans hances o gotwm a les cain o'i phoced a'i hestyn i Gwennan. Roedd dwylo honno'n crynu wrth iddi agor yr hances yn ofalus.

'O Mam,' meddai, gan gwpanu'i llaw o'i chylch yn ofalus.

Cymerodd Mrs Ifans y gadwyn fain aur a'r cameo bach arni a'i rhoi o gylch gwddf Gwennan. 'Dad roddodd hon i fi ar ddydd ein priodas ni,' meddai'n gryg.

Gwelodd Pam y dagrau yn llygaid y ddwy wrth iddi gau drws yr ystafell ar y fam a'r ferch. Gwenodd o sylwi bod Gwennan wedi rhoi copi o'r amserlen ar y drws. Ond doedd dim popeth arno chwaith. Dim o'r emosiwn a deimlodd yn yr ystafell funud ynghynt, dim *sherry*, dim anrheg annisgwyl. Byddai ei phriodas hi, Pam, yn wahanol wrth gwrs. Pwy fyddai'n ei charu hi ddigon i drafferthu gwyro oddi ar y rhestr? Dyna ddigon, siarsiodd. Beth yn y byd oedd y pwynt meddwl am ddydd ei phriodas – doedd hi erioed wedi cael cariad hyd yn oed.

'Wow!' meddai Rhodri gan roi chwibaniad hir wrth i Pam wneud ei ffordd yn araf bach yn ei sodlau uchel i lawr grisiau cul y tŷ teras.

Chwarddodd wrth ymuno ag e ar waelod y grisiau.

'Na, wir, ti yn edrych yn hollol *amazing*,' meddai Rhodri wedyn.

'A ti, Rhods. Wel, ti'n edrych… wel, yn… wyrdd – tei werdd, a rhyw shêden fach o wyrdd ar dy wyneb hefyd,' meddai, gan edrych arno'n araf, araf, o'i gorun i'w draed.

'Mm, noson fawr neithiwr… yn y Marine… gyda Gareth a'i deulu. Dim ond neud fy nyletswydd fel y *best man*,' meddai gan bwyso yn erbyn y wal.

'Ti mewn trwbwl mawr os fydd Gwennan yn dod i wbod am hyn.'

'Wel, hi wedodd bod rhaid i Gareth fod ar ei draed erbyn saith y bore 'ma, a'r unig ffordd o sicrhau hynny oedd iddo fe, a fi, aros lan drwy'r nos.'

Chwarddodd Rhodri eto, ond er ei swagr sylwodd Pam ei fod yn siarad yn llawer tawelach nag arfer, ac yn cadw golwg wyliadwrus ar y grisiau.

'Ma Gwennan yn rhoi hwn i ti wisgo,' meddai Pam gan estyn y blodyn a'r pin iddo.

Rhoddodd Rhodri'r rhosyn yn y twll yn ei lapél.

'Wneith e ddim aros, 'achan, os na 'nei di roi pin ynddo fe.'

Am rai eiliadau gwyliodd Pam e'n stryffaglu â'r blodyn.

'O ie, pen-blwydd hapus, Dr Ag, 'nes i bron ag anghofio.'

Cododd Rhodri ei ben o'i lapél gan grychu ei dalcen. 'Dr Ag?'

Nodiodd Pam.

'Ti moyn cliw, Rhods bach?'

'A. Pos yw e. Fi'n deall nawr.'

'Ti'n amlwg *ddim*,' wfftiodd Pam.

'Rho funud i fi.'

'Methu neud dau beth ar yr un pryd, Rhods?' gofynnodd Pam yn gellweirus.

Siglodd Rhodri ei ben.

'Na, ddaw e ddim ar hyn o bryd, ond unwaith bydda i'n bwrw'r blinder 'ma…'

'Blinder, myn yffach i. Y cwrw sy'n lladd y tipyn brên 'na sda ti, Rhods.'

Roedd y chwys yn pefrio ar ei dalcen er gwaethaf y ffaith bod ei dei yn gorwedd yn llac rownd ei wddf a dau fotwm ucha'r crys heb eu botymu.

'Ddaw hwn ddim chwaith, mae e ar sgiw i gyd.'

'Dere 'ma, wna i e i ti,' meddai'n addfwynach nawr, gan gydio yn y blodyn. Roedd hi'n amhosib peidio â phitïo rhywun a oedd yn amlwg yn teimlo'n shimpil.

Plygodd Rhodri'n ufudd gan droi ei ben i ffwrdd oddi wrthi. Roedd ei bysedd hithau hefyd yn lletchwith am ryw reswm a bu'n rhaid iddi roi sawl tro arni cyn cael y rhosyn i'w le.

''Na ti, perffaith,' meddai o'r diwedd.

Cododd Rhodri o'i gwrcwd. 'Diolch, Pam,' meddai, gan blygu eto i roi cusan ar ei boch.

Cafodd hi lond ffroen o sebon lemwn, ac yna chwa sydyn o bast dannedd mintys a chwrw neithiwr. Roedd yn gyfuniad eithaf pleserus a dweud y gwir.

Daeth twt-twt pendant o'r stryd.

'Car 'di cyrra'dd,' gwaeddodd Gwennan o'i llofft.

'Reit, a' i i ôl Cymro, a bant â'r cart,' meddai Rhodri, gan fynd at y drws cefn.

Rhuthrodd Cymro i mewn i'r cyntedd a phwysodd Pam i lawr i'w fwytho cyn iddo gael cyfle i neidio i fyny a rhoi ei bawennau ar ei ffrog. Plygodd Rhodri wrth ei hymyl i geisio clymu'r coler gwyrdd newydd a'r tennyn o amgylch gwddf y ci.

Cyfarthodd hwnnw'n hapus gan ruthro o amgylch y ddau, ei goesau ar chwâl ar y teils coch roedd Mrs Ifans wedi eu polisho gyda mwy o fôn braich nag arfer hyd yn oed. Wrth i'r ci droi a throi yn un bwndel glân, blewog o gyffro, rywsut canfu Pam ei hun yn mwytho llaw Rhodri yn hytrach na chot Cymro. Sythodd yn sydyn gan roi ei llaw rydd yn ei gwallt i geisio sodro'r cwrls afreolus y tu ôl i'w chlustiau.

'Odych chi wedi mynd eto?' galwodd Gwennan o'r llofft.

Daliodd Rhodri lygad Pam a rhoi winc iddi.

'Odyn,' gwaeddodd, gan agor y drws i Pam a Cymro. Ar y rhiniog stopiodd am eiliad i edrych tua'r nen, ac yna camodd yn ôl i'r cyntedd gan weiddi i gyfeiriad y llofft, 'Ac mae'r haul jyst yn pipio drwy'r cymyle, Miss Ifans – mae'n argoeli'n dda i ti.' Yna dilynodd Cymro at y car lle'r oedd Pam yn sgwrsio gyda'r gyrrwr. Agorodd hwnnw ddrws y car i'r tri a neidiodd Cymro i mewn a chymryd y sedd flaen. Araf a thrwsgl oedd mynediad Pam – roedd y ffrog yn dynn ac yn ei gorfodi i gymryd camau mân. Cymerodd Rhodri'r tusw blodau oddi wrthi er mwyn ceisio hwyluso pethau ac yna eisteddodd wrth ei hymyl. Caeodd y gyrrwr cap pig y drws ar eu holau.

Siwrne fer oedd hi o Ael Dinas i ganol y dref. Rhy fyr, meddyliodd Pam, a oedd yn mwynhau cael ei gyrru mewn steil, mwynhau eistedd wrth ymyl Rhodri, ac am ohirio cyhyd â phosib y dasg o geisio cael ei hunan a'r taffeta gwyrdd allan o'r car heb anaf i'r naill na'r llall.

'Well i ti gau'r botyme 'na, Rhods,' meddai Pam, gan bwyntio at ei goler.

Tychodd Rhodri, estyn y tusw yn ôl iddi ac ymladd â'r botymau bach.

'A thynnu'r dei damed bach yn dynnach,' awgrymodd Pam wedyn.

Gwyliodd ei fysedd hir yn tynnu a gwthio.

'Bach yn sgi-wiff ma hi,' meddai Pam.

Pwysodd Rhodri tuag ati a chodi ei ên i awgrymu y byddai'n gwerthfawrogi ei help. Rhoddodd Pam ei thusw i eistedd ar ei chôl er mwyn gwneud. Roedd croen ei wddf yn damp. Druan, roedd un ai'n nerfus iawn, neu'n dost. Na, doedd e ddim yn edrych nac yn swnio'n nerfus. Sâl felly. Pen clwc, mae'n siŵr. Neu benmaenmawr fel bydde Dafydd Traws yn galw ôl effaith noson fawr.

''Na ti, ti fydd y boi smarta 'na.'

Gwenodd Rhodri arni a chochodd hithau'n syth. Pam yn y byd roedd wedi rhoi llais i'r syniad yna? 'Cadw dy dafod i oeri dy gawl' – dyna fyddai ei thad yn ddweud. Cyngor da, ond roedd hi'n rhy hwyr i hynny nawr. Trodd i edrych allan drwy'r ffenest gan ffugio diddordeb mawr yn ffenestri'r cymdeithasau adeiladu a'r Swyddfa Bost. Yna trodd y car am Stryd y Popty a theimlodd law Rhodri ar ei braich.

'Dyma ni, 'te,' meddai â gwên, ac yna anadlodd yn ddwfn a chwibanu'n dawel rhwng ei ddannedd. 'Wel, ma hanner Aberystwyth 'ma. Barod, Cymro? Pam?'

'Fydda i'n siŵr o gwmpo un ai oddi ar y sgidie neu dros y ffrog,' atebodd Pam gan frathu ei gwefus isaf. Stopiodd y car a chaeodd y dorf o'i amgylch. Teimlodd Pam gyffyrddiad Rhodri'n tynhau ar ei braich.

'Dere, ddala i Cymro a'r blode yn y llaw 'ma, a ti pia'r llaw arall. Ac fel bydde John Wayne yn weud, "Courage is being scared to death but saddling up anyway."'

Gwenodd Pam arno. Er ei holl rwdlan a thynnu coes, roedd yn gysur mawr sylweddoli y medrai Rhodri fod yn gadarn, yn gefn, pan oedd gwir angen hynny. Ac roedd angen hynny nawr.

Ddwy awr yn ddiweddarach yfodd Rhodri'n hir o'i beint cyn codi ar ei draed o flaen y cant a hanner o westeion a lenwai ystafell fwyta gwesty'r Marine. Daeth bonllef o gymeradwyaeth o gyfeiriad bwrdd y bois rygbi, tinciodd rhywrai eraill lwyau wrth wydrau, ac yn raddol bach bu tawelwch.

Gwenodd Rhodri a theimlodd Pam yr ieir bach yr haf yn anesmwytho yn ei stumog. Teimlai'n nerfus, bron fel petai hi ei hunan yn gorfod sefyll a siarad o flaen yr holl bobl yma. Yn gynharach roedd Rhodri wedi gofyn iddi a hoffai ddweud gair, a hithau wedi mynnu na allai ar unrhyw gyfrif. Roedd e wedi chwerthin am ben ei phanig amlwg a dweud bod ei hymateb yn un rhyfedd gan ei bod yn siarad â channoedd o bobl bob dydd yn sgil ei gwaith. Ond doedd hynny ddim yr un peth o gwbl, meddyliodd Pam nawr. Roedd hi'n darlledu o stiwdio fach, ac mewn gwirionedd byddai bob amser yn dychmygu ei bod yn siarad ag un person – Mrs Davies, Llanilar oedd y gwrandawr dychmygol hwnnw. A beth bynnag, os nad oedd Mrs Davies yn mwynhau gwrando arni roedd rhwydd hynt iddi ddiffodd y radio a fyddai hi, Pam, ddim callach. O na, roedd codi fel hyn o flaen llond ystafell o bobl yn rhywbeth hollol wahanol.

'Foneddigion a boneddigesau. Fi, Rhodri, yw gwas priodas Gareth, a fi hefyd sy'n siarad ar ran teulu Gwennan, felly chi'n ca'l bargen y prynhawn 'ma – dau am bris un fel petai, a hanner yr areithiau.'

Bonllef arall o gymeradwyaeth o fwrdd y bechgyn.

'Mwy o amser yfed,' gwaeddodd un, a chododd ton o chwerthin.

Nodiodd Rhodri ei gydnabyddiaeth cyn parhau. 'Mae'n siŵr bod nifer ohonoch yn synnu a rhyfeddu at ddewis Gareth o was priodas. Wy'n ame'n fawr taw Gwennan sy'n gyfrifol am y dewis doeth yma – ddim ishe mentro rhoi'r cyfle i un o ffrindie Gareth barddu ei enw o flaen ei deulu yng nghyfraith newydd. Gwennan, gyda chytundeb parod iawn Gareth mae'n siŵr, yn sicrhau fod "what happens on tour stays on tour".'

Daeth taran o sŵn o gyfeiriad y bois rygbi wrth iddynt daro'u traed yn erbyn y llawr a tharo'u dwylo ar y bwrdd. Arhosodd Rhodri iddynt dawelu cyn bwrw i'w araith.

'Wy am wisgo het cynrychiolydd teulu Ifans gynta – gan 'mod i wedi nabod Gwennan yn llawer hirach na dwi wedi nabod Gareth. A gweud y gwir, wy wedi nabod Gwennan erioed. Does dim amser yn bod i fi CG (cyn Gwennan) a does dim CRh (cyn Rhodri) iddi hi.

'Mae bod yn efaill yn rhywbeth arbennig, ond mae 'na rai anfanteision hefyd. Dwi'm yn cofio sawl gwaith mae pobl wedi gofyn – "Odych chi'n *identical*?"'

Am eiliad bu tawelwch a chymerodd Pam sip nerfus o'i gwin. Ac yna chwarddodd un neu ddau wrth sylweddoli mor wirion oedd y gosodiad. I'r lleill esboniodd Rhodri, 'Fel meddyg, galla i eich sicrhau fod 'na wahanieth mawr iawn rhwng bechgyn a merched – a sai'n sôn am y ffaith bod merched yn hoffi Cinzano a lemonêd, dynion yn yfed cwrw; merched yn bwyta *quiche* a salad, dynion yn bwyta stêc a tships; merched yn hoffi *Coronation Street*, dynion yn hoffi chwaraeon; dynion yn gweud a merched yn neud.'

Pwl arall o chwerthin. Dechreuodd Pam ymlacio.

Trodd Rhodri at ei chwaer gan wenu arni. 'Ac mae Gwennan, fel ein mam, wastad wedi bod yn weithgar. Pan o'n ni'n blant, un o'r gemau fydden ni'n chwarae o hyd oedd ysbyty – Gwennan oedd y nyrs a fi oedd y claf. Tendio a threfnu a rhoi gorchmynion wrth fodd Gwennan, a gorwedd 'nôl yn neud dim ond cwyno yn fy siwtio inne'n iawn hefyd.'

'Gwir iawn,' ategodd Gwennan.

'A ti'n dal i whare *doctors and nurses*,' bloeddiodd hecler o fwrdd y bois rygbi.

Chwarddodd Rhodri, a phorthodd nifer eraill.

'Yn yr ysgol roedd Gwennan yn rhagori yn y dosbarth ac ar y cae hoci, ond fel arfer bydde Mam yn darllen fy adroddiade i a gwg ar ei hwyneb. Yr un fyddai'r byrdwn bob tro. "Petai Rhodri yn ymdrechu fel ei chwaer medrai ef hefyd ddisgleirio."'

Nodiodd Mrs Ifans i dystio i wirionedd y disgrifiad.

'Ond Gwennan oedd y seren, ac fe gymerodd flynyddoedd i fi sylweddoli rhywbeth mae Gwennan wastad wedi ei wbod, sef ei bod hi'n haws gweithio na diodde'r holl stŵr am beidio. Ac o'r ddau ohonom, Gwennan oedd y cynta i neud popeth arall hefyd – cropian, cerdded, darllen, sgrifennu, graddio, ca'l swydd a nawr priodi. Ac mae'r Ifansiaid yn falch iawn o'i dewis hi. Mae Gareth yn berffaith i Gwennan – yn dawel, yn hamddenol ac yn deall mai cytuno gyda phopeth mae Gwennan yn awgrymu yw'r peth iawn i neud. Does dim dwywaith eu bod nhw'n edrych yn hapus iawn heddi – ond, fel y gwas priodas, wy'n teimlo y dylwn i geisio rhoi ychydig bach o gyngor i'r ddau. Fel dyn sengl does gen i ddim rhyw berlau i'w cynnig, ond, wrth gwrs, dyna pam mae'r gwas priodas bob amser yn sengl – bydde dyn priod yn gwbod gormod!'

Cododd y bois rygbi eu gwydrau a chymeradwyo'n uchel. Ar ôl i'r ystafell dawelu unwaith yn rhagor aeth Rhodri yn ei flaen. 'Fy nghyngor i i Gareth yw gadael y tŷ pan fydd Gwennan yn dechre swnian nad yw e wedi cyflawni pob un o'r dyletswydde ar ei rhestre di-ben-draw – rhaid gobeithio na fydd golwg *rhy* iach ar Gareth erbyn diwedd y flwyddyn! A'r cyngor i Gwennan yw cofio bod modd bod yn hapus hyd yn oed os nad yw popeth yn berffaith ac yn matsho.'

Roedd Anti Ruby'n nodio'n frwd, a Gwennan yn chwerthin. O'i holl osgo gwyddai Pam fod Rhodri erbyn hyn yn mwynhau ei hunan. Ar ôl sicrhau tawelwch unwaith eto, aeth yn ei flaen.

'Mae dwy elfen i'm dyletswyddau fel gwas priodas – fi sy'n gyfrifol am Gareth nes bod y pâr yn gadael am eu mis mêl; wedyn y forwyn briodas hyfryd yw fy unig gyfrifoldeb. Wy'n mawr obeithio felly y bydd Mr a Mrs Prys yn gadael ar eu mis mêl yn weddol handi. Ond yn y cyfamser ga i ofyn i chi godi ar gyfer llwncdestun pwysicaf heddiw: Gareth a Gwennan.'

Chwarddodd Pam i'w dwrn ac estyn am y dŵr. Roedd angen iddi gadw meddwl clir. Doedd hi ddim eisiau bod yn rhy feddw i ymateb i awgrym, ac roedd eisoes wedi cael dau wydraid o win yn ogystal â'r *sherry* roedd wedi'i yfed ar ei thalcen yn nhŷ Mrs Ifans. Roedd pethau'n argoeli'n dda. 'Na fe, roedd pobl yn dweud bod nifer fawr o garwriaethau'n hadu mewn priodas. Cariad yn meithrin cariad. Roedd hi'n lico'r syniad yna. Rhamantus. Stori dda i'w hadrodd i'w phlant. Wow nawr, siarsiodd llais yn ei phen. Bod yn gwrtais oedd e; roedd disgwyl i'r gwas priodas ddweud pethau neis am y forwyn, on'd oedd? Roedd yn amlwg bod Rhodri wedi copïo'r darn yna o'r araith o rywle. Llenwodd ei gwydr â gwin gwyn ac yfed yn ddwfn.

Diflannodd gweddill y dydd mewn chwinciad. Roedd Gwennan a Gareth wedi dawnsio'r *foxtrot* yn osgeiddig i 'I Will Always Love You' Whitney Houston (yn sgil cael gwersi dawnsio cyfrinachol am fisoedd lawer cyn y diwrnod mawr), a Pam a Rhodri wedi dawnsio'n frwdfrydig, er gwaethaf rhwystredigaethau'r taffeta, i nifer o hen ganeuon Abba a U2. O'r diwedd cerddodd Pam oddi ar y llawr dawnsio, a dilynodd Rhodri hi allan i'r cyntedd.

'Rhods – rhaid i fi gael bach o awyr iach, fi'n mogi yn y *straight-jacket* taffeta 'ma.'

Cymerodd Rhodri ei braich a'i harwain tuag at y drws.

'Ddo i gyda ti – fi sy'n gyfrifol amdanat ti os wyt ti'n cofio.'

Nodiodd Pam; roedd Gwennan yn fwy na thebol i ofalu am Gareth. 'Wel, fyddwn i ddim ishe amharu ar dy ddyletswydde swyddogol di,' meddai'n ddifrifol iawn.

Cerddodd y ddau gamau ceiliog ar hyd y prom a thuag at y pier, gan anadlu'n ddwfn. Roedd yr awyr hallt yn rhyddhad i

Pam ar ôl awyrgylch myglyd y gwesty ac yn help i glirio'i phen. Roedd yn noson fwyn a'r awyr dros y bae yn gymysgfa danllyd o felyn, oren a choch.

Yn sydyn safodd Rhodri yn ei unfan gan glapio'i ddwylo.

'Fi wedi'i gweld hi o'r diwedd,' meddai'n falch.

'Be ti wedi'i weld?' gofynnodd Pam, gan edrych arno'n syn.

'Y rheswm wedest ti "Pen-blwydd hapus, Dr Ag". Y symbol am arian yw Ag; dathliad arian yw pump ar hugain, a ni'n bump ar hugain heddi.' Chwarddodd yn uchel, yn amlwg yn blês iawn â'i hun. 'Wel, o't ti bron â'm maeddu i 'da'r pos yna. Clefer iawn, Miss Twtw.'

Dechreuodd y ddau gerdded eto.

'Wel, o'r diwedd, Rhods. Fi'n gweud wrthot ti, well i ti roi'r gore i'r cwrw neu bydd dim celloedd bach ar ôl yn yr ymennydd 'na.'

'Paid siarad dwli. Dyw alcohol ddim yn lladd celloedd y brên – ma credu hynna mor hen ffash â chredu bod alcohol yn mynd i wneud iti *self*-combysto. Dirwestwyr *boring* sy'n lledu nonsens fel'na. Eli'r enaid, Pam fach, 'na beth yw e.'

'Ti sy'n siarad dwli, glei – te yw eli'r enaid, Rhodri, ma pob Cymro gwerth 'i halen yn gwbod hynna.'

Daeth y ddau i stop wrth ymyl y pier a phwyso ar y rheilen i wylio'r haul yn machlud. Tynnwyd sylw Pam gan ddyn a safai wrth eu hymyl. Roedd tri chamera'n hongian o amgylch ei wddf. Gwyliodd Pam e'n tynnu un llun ar ôl y llall, newid y lensys, gosod ei dreipod ac yna'i symud lan a lawr. Erbyn hyn roedd yr haul yn pwyso'n drwm ar y gorwel.

'Mae e'n colli'r sioe go iawn gyda'r holl ffys 'na,' sibrydodd wrth Rhodri.

'Ti'n iawn, rhyw brofiad ail-law yw gweld pethe drwy gamera,' cytunodd.

Roeddent yn hollol dawel wedyn; bron na theimlai Pam

y dylai fod yn dal ei hanadl wrth wylio'r haul yn diflannu'n gyfan gwbl.

'Does dim byd tebyg nunlle yn y byd,' meddai Rhodri'n dawel.

Syllai Pam ar y gorwel o hyd. Ni allai dynnu ei llygaid oddi ar y gwaedlif coch – gwaddol yr haul. Bu tawelwch cyfforddus eto am sbel.

'*So*, sut ma'r jobyn yn Radio Ceredigion yn mynd?' gofynnodd Rhodri o'r diwedd.

Ystyriodd Pam am funud neu ddwy. 'Wel, fi'n dal i joio fe,' meddai'n ofalus.

'Ond?' holodd Rhodri.

Chwarddodd Pam gan ddal i syllu ar y gorwel a'i liwiau rhyfeddol, y coch yn troi'n borffor ac yna'n sgarlad drachefn. 'Ond ma lot o fynd a dod, pobl yn symud mlân. Mae e bron fel Rwsia yn y 30au – pobl yn diflannu dros nos!'

'Neb ishe gweithio gyda ti am rhy hir falle?'

Rhoddodd Pam bwniad bach i'w fraich.

'Y Bîb sy'n benna cyfrifol mae arna i ofn – ma 'na jôc yn Radio Ceredigion bod hysbysebion jobsys y BBC yn gweud "Gallu i gyfathrebu'n ddymunol, profiad o weithio i Radio Ceredigion yn hanfodol."'

'Sdim chwant arnat ti dreial am jobyn 'da'r BBC neu S4C, 'te?'

'Na, sai'n credu,' atebodd Pam, 'wy'n lico byw yn y Gorllewin, sa i'n ferch dinas… a fi'n gwbod bod ti'n wfftio'r syniad 'ma o Fro Gymraeg – ond mae e'n bwysig i fi allu mynd i'r siop fara a'r siop bapure a gwbod 'mod i'n galler siarad Cymraeg.'

'Alli di neud hynna ym Mhontcanna erbyn hyn, Pam,' rhesymodd Rhodri.

'Ie, ond dyw'r haul ddim yn machlud yn goch ym Mhontcanna yw e?'

Crynodd Pam gan deimlo colled yr haul. Mae'n rhaid bod

Rhodri wedi ei theimlo'n oeri hefyd gan iddo, heb ddweud gair, dynnu ei got cwt fain a'i rhoi o amgylch ei hysgwyddau. Teimlodd hithau wres ei gorff ar y siaced a thynnodd hi'n dynnach o'i hamgylch. Roedd y ddau'n dal i bwyso ar y bariau. Hoffai Pam fod wedi sythu i ystwytho ei chefn, ond roedd ei fraich gynnes yn gorgyffwrdd yn ysgafn â'i braich hithau ac yn ddigon o reswm i aros yn hollol lonydd.

'Shwd ma gwaith 'da ti, 'te Rhods?'

'Bach fel dy waith di – ti'n malu fe a fi'n cael llond wyneb ohono fe'n rhy aml.'

'Beth?'

'Ar y ward wy'n gweithio nawr ma penolau'n bethe mawr.'

'A. Secsi.'

Chwarddodd Rhodri. 'Sdim byd yn secsi am *piles*, 'llai weud wrthot ti. *Fartalities* yw'n arbenigedd i ar hyn o bryd,' ychwanegodd cyn cogio torri gwynt.

Chwarddodd y ddau gan syllu allan i'r môr.

Ar ôl munud neu ddwy o dawelwch rhoddodd Rhodri ei law ar ei phenelin a'i harwain yn ôl i gyfeiriad gwesty'r Marine. Ciledrychodd Pam arno. Roedd fel petai'n meddwl yn ddwys am rywbeth.

'Ti'n mwynhau'r job, ond…?' gofynnodd Pam.

Ei dro ef oedd chwerthin.

'Ti'n iawn, mae 'na "ond". Dwi *yn* falch 'mod i wedi penderfynu gwneud meddygaeth, ond… wel, ambell waith… sai'n siŵr i fi wneud y dewis… Ma 'na ddiwrnode sai'n dda i ddim ond fel rhywun i'r Sister ddwrdio.'

Rhoddodd Pam ei llaw yn ysgafn ar ei gefn. 'O dere nawr, Rhods – ma pawb, hyd yn oed ti, yn gorfod dechre ar waelod y polyn seimllyd.'

Chwarddodd Rhodri'n sych.

'Ti'n iawn, Pam, a dwi *yn* cael neud rhai pethe sy'n gofyn am gryfder Goliath. Dydd Llun diwetha o'n i yn y theatr, a'n jobyn i am awr gyfan gron oedd dal yr afu naill ochr er mwyn i'r llawfeddyg ga'l mynd at y *gall bladder*.'

'So ti cweit yn achub bywyde 'to, 'te?'

Chwarddodd Rhodri eto. 'Wythnos nesa fydd hynna. A falle 'na'r broblem – yn Affrica o'n i'n ca'l neud pethe; dim ond y gwas bach odw i 'ma.'

Erbyn hyn roeddent bron â chyrraedd y gwesty. Sylwodd Pam fod Rhodri wedi arafu ac roedd hi'n fwy na bodlon gwneud hefyd. Teimlodd ei fraich yn ymestyn amdani a daeth y ddau i stop gyferbyn â'r Marine. Roedd Aber yn hudol heno. Er i'r caleidosgop o liwiau naturiol ddarfod erbyn hyn, roedd bylbiau bach trydan yn rhimyn lliwgar ar hyd y bae, a Chonsti wedi ei llifo gan olau gwyrdd tyner. Gwasgodd Rhodri hi'n agosach a daliodd hi ei hanadl.

'Rhamantus, on'd yw e?' sibrydodd yn ei chlust. Rhoddodd gusan ysgafn ar ei gwddf a theimlodd bwysau ei fraich yn ei throi hi ato. Yna roedd yn edrych arni'n dyner a'i lygaid glas wedi'u hoelio arni.

'Roedd Gwennan yn iawn, roedd cynnal ei phriodas ar y trydydd ar ddeg yn beth da i neud,' clywodd Pam ei hun yn dweud.

'Mmm,' oedd yr ateb. Yna symudodd ei ddwylo nes eu bod yn cwpanu ei hwyneb hi.

'Wna i byth anghofio beth ddigwyddodd i Carwyn druan ond priodas Gwennan…'

Cyn iddi orffen y frawddeg roedd Rhodri wedi gollwng ei afael a throi i ffwrdd oddi wrthi. Nawr roedd yn brasgamu tuag at fynedfa'r gwesty. Am eiliad roedd Pam yn syfrdan. Roedd e ar fin ei chusanu, ac yna…

Bu'n sefyll yn hir yn ei hunfan. Gwyliodd yr awyr yn duo gan adael dim olion o'r ysblander cynt. Trodd y gwyll yn dywyllwch, ond ni fedrai symud. Sut gallai hi fynd yn ôl i'r gwesty a wynebu Rhodri ar ôl yr hyn a ddigwyddodd? Tynnodd y siaced yn agosach ati, ond nid oedd llawer o wres cysurus yn honno erbyn hyn. Roedd wedi fferru drwyddi pan glywodd rywun yn galw ei henw. Anwybyddodd y llais i ddechrau, ond âi'r galw'n fwyfwy croch, a throdd i gyfeiriad y gwesty. Ac yna cerddodd yn araf tua'r fynedfa lle'r oedd Gwennan yn sefyll yn chwifio'i breichiau'n wyllt.

'Pam, ble wyt ti wedi bod?' Nid arhosodd Gwennan am ateb. 'Bydda i'n taflu'r *bouquet* cyn bo hir nawr, a dwi am i ti ei ddal e.'

Gwthiodd Gwennan hi i mewn i'r cyntedd o'i blaen.

'Dwbl, na, *triple* whisgi,' gwaeddodd Rhodri.

Nodiodd y bachgen ifanc y tu ôl i'r bar, llenwi'r gwydryn a'i osod o'i flaen.

'Ar y tab,' meddai Rhodri wedyn, cyn ei lowcio. Siglodd ei ben wrth i'r whisgi losgi ei wddf. Er gwaethaf ei benderfyniad bu bron ag ildio i demtasiwn. Cymerodd lwnc arall. Ond pa ryfedd? Ers ei chyfarfod gyntaf dair blynedd yn ôl roedd hi wedi ei swyno – roedd hi'n hwyl, yn ddoniol, bach o strab. Ac, yn wahanol iawn i'r merched roedd e'n arfer eu canlyn, roedd Pam yn ddi-lol, yn hawdd closio ati, yn blentynnaidd o onest bron. A heno, a'r machlud dros y bae, ar ddiwedd diwrnod hapus ond emosiynol, roedd wedi dod mor agos i'w chusanu. Ond diolch byth roedd wedi dod at ei goed jyst mewn pryd. Roedd ei chlywed yn cyfeirio at Carwyn wedi ei atgoffa'n sydyn o'i benderfyniad, ac wedi profi taw hwnnw oedd y penderfyniad iawn. Ni fyddai gobaith iddo anghofio Carwyn petai ef a Pam yn eitem. Byddai Carwyn yn dod rhyngddynt bob gafael, yn gysgod dros eu hapusrwydd. Na, roedd yn rhaid ei chadw hyd braich; ei gweld yn achlysurol, fel unrhyw ffrind arall. Gwell fyth fyddai colli cysylltiad â Pam yn gyfan gwbl. Ond ni allai wynebu hynny. Tarodd y gwydr ar y bar.

'Un arall, plis,' galwodd i gyfeiriad y bachgen ifanc oedd wrthi'n tynnu peint i rywun arall.

'Dal dy ddŵr,' galwodd hwnnw'n ôl, yn gyfeillgar ddigon, wrth i un o gefndryd ei fam ddod i sefyll yn ymyl Rhodri wrth y bar.

'Ti 'di bo'n fishi, bachan – *speech* penigamp,' meddai gan daro Rhodri ar ei gefn. 'Ga i hon i ti, beth ti ishe?'

'Whisgi plis, Wncwl Dai.'

Erbyn hyn roedd y bachgen ifanc a weinai y tu ôl i'r bar yn barod am eu harcheb.

'Whisgi dwbl i Rhodri 'ma, a pheint o Felinfoel i fi, plis, a sudd oren.'

Nodiodd y bachgen a chymryd y gwydrau gwag.

'Ti'n ddoctor 'to, 'de Rhodri?'

Nodiodd Rhodri. 'Odw, jyst. Wedi graddio dechre'r mis.'

'Da iawn, bachan. Ble ma'r jobyn cynta, 'te?'

'Yn Llunden, Ysbyty Charing Cross, A & E.'

'A & E?'

'Accident and Emergency,' esboniodd Rhodri.

'Sdim chwant arnat ti ddod 'nôl ffordd hyn, 'te? Digon o ishe doctoried yn Bronglais cofia.'

Ysgydwodd Rhodri ei ben. 'Yn Llunden ma'r cyfleoedd gore, Wncwl Dai.'

'Ie, mwya'r piti. Fel'na mae wedi bod erio'd, fachgen. Ond ma 'na rai pethe'n bwysicach cofia…'

Rhoddodd y barman eu diodydd ar y bar a thalodd Dai amdanynt.

'Bachan, bachan, ma cyfrifoldeb mawr ar dy ysgwydde di nawr 'te. Ma 'da fi lot o barch i chi ddoctoried, o's wir. Iechyd da i ti, fachgen.'

Cododd Dai ei wydr iddo.

'Wel, well i fi fynd 'nôl neu bydd dy Anti Mari yn dod i whilo'i sudd oren. Ond cofia di nawr, ma'r teulu i gyd yn browd ohonot ti. Odyn wir. A dy fam fwy na neb.' Rhoddodd bwniad arall i gefn Rhodri, codi'r sudd oren a chrwydro i ffwrdd yn mwmian, 'Parch mawr, o's wir.'

Syllodd Rhodri i'r pydew aur yng ngwaelod ei wydryn. Parch. Dyna oedd un o themâu araith Pennaeth yr Ysgol Feddygol yn ei seremoni raddio. Roedd wedi dweud wrth y graddedigion y byddent, yn sgil eu swyddi fel doctoriaid, yn cael eu parchu gan gymdeithas. Ond bod cyfrifoldeb yn dod gyda'r parch hwnnw – y cyfrifoldeb i wneud eu gorau bob amser dros eu cleifion, i fod yn onest, i fod yn foesol, i beidio â gwneud drwg.

Ond yn wahanol i'w gyd-raddedigion roedd e, Rhodri, eisoes wedi gwneud drwg. Doedd e ddim yn dechrau â llechen lân. Roedd wedi achosi marwolaeth Carwyn. Doedd ganddo mo'r hawl i unrhyw barch. Roedd e'n byw celwydd. Yfodd ddracht arall o'r whisgi.

Hunan-barch. 'Na beth oedd ei angen. Ond sut?

Mwydrodd yn hir gan anwybyddu ymgais hwn a'r llall i dynnu sgwrs wrth iddynt fynd a dod o'r bar. Pam nad oedd e'n medru meddwl am rywbeth fyddai'n ei helpu? Magodd ei wydr. Wrth gwrs, roedd hwn o help… Ond efallai'n hindrans hefyd… Doedd e ddim wedi dweud y gwir wrth Pam… Wel, ddim y gwir i gyd ta beth. Na, doedd alcohol ddim yn lladd celloedd y brên, ond roedd yn amharu ar y nerfau a'u gallu i drwco negeseuon… Ond hei ho, doedd dim dewis ganddo. Gwagiodd ei wydr cyn dechrau ar un arall roedd rhywun caredig wedi'i brynu iddo.

Roedd wedi llowcio hwnnw hefyd cyn cael y weledigaeth. Wrth gwrs, roedd yn hollol amlwg. Pam nad oedd e wedi meddwl am hyn ynghynt? 'Sach liain a lludw', fel y byddai ei fam yn dweud. Gwneud rhywbeth y byddai'n ei gasáu. Ie, wrth gwrs, dyna'r peth. Gwneud rhywbeth fyddai'n ennyn dirmyg pobl yn hytrach na'u parch.

'Hei, barman, pwy wyt ti'n casáu?'

Anwybyddodd hwnnw'r cwestiwn a pharhau i sychu gwydrau,

gan ddal un ar ôl y llall i fyny i'r golau i sicrhau eu bod yn ddistaen.

'Warden traffig, dyn treth, beili?' meddai Rhodri wrth y whisgi.

Cydiodd yn ei wydr a chrwydro i'r ystafell ddawns. Daro fe, pam roedd rhywun wedi rhoi'r cadeiriau i gyd ar yr union lwybr roedd e am ei ddilyn? Baglodd dros un neu ddwy a gwthio sawl un arall o'i ffordd. Dylai sicrhau bod Pam yn iawn. Pwysodd yn erbyn y wal am funud i sodro ei hun ac er mwyn cyfarwyddo â'r gwyll. Ni fedrai ei gweld yn unman. Ond roedd ei fam yno, yn dawnsio a'i breichiau o amgylch gwasg Tom, cyn-gymydog iddi, a ffrind bore oes i'w dad. Roedd Rhodri wedi meddwl wir tybed pam roedd y ffarmwr o widman ar y rhestr briodas. Ymlwybrodd yn ofalus tuag atynt.

'Ga i'r ddawns yma, Mam?' gofynnodd gan bwyso ar ei hysgwydd.

'Wrth gwrs cei di ddawnsio gyda dy fam,' meddai Tom gan gamu o'r neilltu.

Ar y funud honno daeth y miwsig i ben a chydiodd y DJ yn y meic.

'Mae Mrs Prys yn paratoi i daflu'r *bouquet*,' meddai.

Rhuthrodd y merched, a'i fam yn eu plith, i'r neuadd, a chiliodd pawb arall i rywle gan adael Rhodri yn siglo'n araf ar ei ben ei hunan ar y llawr dawnsio.

Mewn eiliad neu ddwy clywyd 'Ooooooooo' ac wedyn chwerthin mawr. Gobeithiai Rhodri nad ei fam oedd wedi dal y tusw.

5

Dydd Iau, 13 Gorffennaf 1995

Syllodd Pam drwy ffenest y trên ar y bobl oedd yn loetran ar blatfform gorsaf Aberystwyth. Roedd pob un ohonynt yn edrych yn anghyffforddus, fel petaent yn awyddus i'r trên gludo eu cyfeillion i ffwrdd. Edrych yn ddisgwylgar i lawr y lein ac ar yr injan a wnaent gan mwyaf, gydag ambell ymgais i ddweud rhywbeth annealladwy wrth eu cydnabod a eisteddai ar ochr arall y ffenest wydr front. Edrychodd y dyn yn y got Barbour yn hir ar gloc mawr yr orsaf, ac yna tsiecio'i oriawr. Teimlai Pam drostynt; roedd hi'n falch nad oedd ganddi neb i'w roi drwy'r fath artaith. O'r diwedd daeth gollyngdod wrth i'r gard roi chwibaniad siarp a phendant. Chwifiodd y fenyw yn yr anorac coch yn wyllt; rhyw hanner codi ei law ac yna ei rhoi yn ei boced wnaeth Mr Barbour.

Ymlaciodd Pam yn ei sedd; teimlai'n flinedig ond yn benderfynol o aros ar ddihun, o leiaf am hanner awr gyntaf y siwrne. Dyma oedd rhan orau'r daith – y darn glan môr rhwng Aberystwyth a Machynlleth. Llusgodd y trên allan o'r dref a rhoi ysgytwad iddi wrth i'r traciau groesi'r ffordd fawr yn Llanbadarn, cyn dechrau codi sbid o ddifri wedyn. Heibio Comins, a chaeau cwiltiog fferm y Brifysgol gyda'u sgwariau twt o borfeydd a chnydau gwahanol, heibio i hen orsaf Bow Street. Heddiw roedd y tarth yn codi'n araf, ac roedd blanced wen yn hofran rhwng y ddaear a'r nen dros Lanfihangel Genau'r Glyn. Roedd ei rhan hi o'r cerbyd yn wag, ac ynganodd Pam yr enw'n uchel, ac yna eto'n arafach, gan fwytho'r llythrennau wrth eu ffurfio a'u troi'n sŵn. Llan-fi-hangel Genau'r Glyn. Mae'n siŵr mai dyma'r enw pertaf ar bentref yng Nghymru gyfan. Teimlai'n fodlon. Doedd dim byd fel bod ar drên yn gwibio drwy'r wlad cyn i'r byd ddihuno'n iawn; popeth yn ffres, a'r tirlun fel petai'n dal ei anadl, cyn i bobl lychwino perffeithrwydd natur â'u hannibendod a'u mwstwr.

Sgwn i ble mae Gwennan arni, meddyliodd. Yn swatio yn ei gwely o hyd mae'n siŵr. Wedi'r cyfan, roedd Caerdydd dipyn agosach i Lundain. Ond doedd dim gwahaniaeth gan Pam fod y daith o Aberystwyth yn cymryd pum awr; roedd ar ei gwyliau, ac roedd y siwrne drwy'r canolbarth ac i lawr am Lundain yn rhan o hynny. Dyma'r gwyliau cyntaf iddi ei gael ers y tair wythnos ofnadwy yn Nhyddewi. Roedd pedair blynedd ers hynny. Teimlai'n hwy.

Arafodd y trên wrth ddynesu at orsaf y Borth ond doedd neb ar gyfyl yr orsaf fach ben bore fel hyn, a buan iawn y chwythodd y gard ei chwiban. Ffarweliwyd â thai lliwgar y pentref glan môr, a'r rhes o garafannau a osodwyd wrth ymyl y traciau ar gyrion Cors Fochno. Carafannau gwyrdd bob un. Rhyw swyddog cynllunio y tu ôl i'w ddesg yn rhywle, mae'n siŵr,wedi mynnu bod pob un yn wyrdd pys slwtsh, mewn ymgais i ymdoddi i'r tirlun. Go brin eu bod yn llwyddo i wneud hynny. A doedd y gors ddim yn wyrdd beth bynnag. Heddiw roedd rhyw haen o borffor arni. Cododd haid o wyddau oddi ar un o'r afonydd diog a groesai'r gors wrth i'r trên amharu ar eu heddwch, ond nid oedd y defaid na'r ceffylau a borai yno mor sensitif – prin y trafferthodd yr un ohonynt darfu ar ei frecwast. Gwenodd Pam; roedd anifeiliaid, hyd yn oed y rhai twpaf, yn dysgu'n glou iawn.

'Coffeetealightrefreshments?' gofynnodd y dyn wrth wthio'i droli llwythog i gyfeiriad Pam. Rhegodd wrth i'w droli trafferthus gamfihafio.

'Te, plis,' dywedodd Pam.

'Don't speak Welsh,' atebodd yn swta.

Gwenodd Pam arno. 'Is it the "te" or the "plis" you don't understand?'

Edrychodd yn dwp arni, ond cymerodd gwpan papur ac arllwys dŵr berwedig iddo.

'Sugar, milk?'

Ysgydwodd Pam ei phen.

'Tha'll be 75p.'

Rhoddodd Pam y newid cywir iddo gan ychwanegu 'Diolch'.

'Coffeetealightrefreshments,' gwaeddodd y dyn wedyn wrth wthio'r troli tua'r cerbyd nesaf.

Gwenodd Pam. Fel yna mae'n siŵr roedd hi'n swnio ar rai o hysbysebion Radio Ceredigion – fel yr hysbyseb orffwyll y bu'n ei recordio'r diwrnod cynt. Roedd wedi treulio'r prynhawn yn helpu Susan, Swyddog Marchnata Radio Ceredigion. Hi, Pam, oedd y llais. Dro ar ôl tro bu'n rhaid ailrecordio'r hysbyseb ar gyfer un o'r garejys lleol gan fod Mr Morgan, y perchennog, yn benderfynol o gynnwys pob manylyn posib am ei fusnes, a hynny mewn ugain eiliad. Yr unig ffordd o gyflawni hynny oedd cymryd anadl ddofn, dal ei hanadl wedyn, a mynd amdani. Ond dro ar ôl tro, siglo'i phen a wnâi Susan – 5 eiliad drosodd, 2 eiliad drosodd. O'r diwedd roedd pob gair yno – eu hanner yn hollol annealladwy, ond roedd Susan yn hapus. Druan ohoni, roedd ganddi jobyn anodd. Roedd yr orsaf, wrth gwrs, yn dibynnu ar arian yr hysbysebwyr, ond araf iawn oedd busnesau Ceredigion i gydnabod bod radio cymunedol yn ffordd dda o gyrraedd eu cwsmeriaid, ac anos fyth oedd eu perswadio i dalu pris teg am y gwasanaeth.

Gwyliau, ti ar dy wyliau, anghofia am Radio Ceredigion wir, siarsiodd y llais yn ei phen. Erbyn hyn roedd y trên yn dilyn aber afon Dyfi i fyny'r cwm, a phentref bach Aberdyfi hardd ar draws y dŵr yn swatio yng nghesail bryniau Meirionnydd. Gwenodd Pam – roedd hi eisoes yn mwynhau ei hun. Ac roedd deuddydd cyfan o hynny o'i blaen.

Roedd Rhodri'n garedig iawn yn ei gwahodd hi a Gwennan i Lundain i ddathlu eu penblwyddi. Yn ôl Gwennan, roedd e'n gweithio oriau mawr yn un o ysbytai prysuraf y ddinas, felly chwarae teg iddo am estyn y fath groeso. A byddai'n dda ei weld eto. Roedd wedi anfon sawl cerdyn ati yn ystod y flwyddyn ddiwethaf – un o Baris, un arall o Efrog Newydd a'r diweddaraf o St Andrews. Cymaint oedd ei rhyddhad o dderbyn y cerdyn cyntaf hwnnw – o leiaf roedd yn brawf bod Rhodri yn dal i'w hystyried yn ffrind. Wrth gwrs, nid oedd wedi sôn dim am yr hyn ddigwyddodd rhyngddynt noson priodas Gwennan; nid oedd y fath drafod yn gydnaws â lluniau llon o Dŵr Eiffel, adeilad Chrysler a golffwyr buddugol ar Bont Swilken. Ac mae'n siŵr nad oedd Rhodri eisiau trafod beth bynnag; byddai wedi hen anghofio am y gusan na fu.

'The next station is Dyfi Junction, Dyfi Junction your next station stop.'

Erbyn hyn roedd Pam yn pendwmpian.

'The train will then be calling at Machynlleth, Caersŵs, Newtown, Welshpool, Shrewsbury… change at Shrewsbury for all stations to Crewe…'

I Pam, rywle rhwng cwsg ac effro, Carwyn oedd yn rhestru enwau'r gorsafoedd, a'i wyneb gwelw yn llawn bywyd.

Clywodd Gwennan Elin fach yn dechrau anesmwytho yn y cot wrth ymyl y gwely, a throdd at Gareth yn y gobaith y byddai ef yn codi ati. Ond roedd ochr Gareth o'r gwely yn wag, a'r cynfasau lle bu'n gorwedd yn oer. Edrychodd Gwennan ar y cloc – 7.30. Cofiodd wedyn fod ei gŵr wedi dweud y byddai'n gadael am yr ysgol yn fore. Roedd hi'n wythnos chwaraeon ym Mhantyderi, ac fel un o'r athrawon Addysg Gorfforol roedd tipyn o bwysau arno i sicrhau bod yr wythnos yn un lwyddiannus.

Rhoddodd Elin un sgrech ac eisteddodd Gwennan i fyny yn y gwely ac estyn dros y cot.

'Bore da, Elin fach. Barod am frecwast wyt ti?'

Aeth gwaedd yr un fach yn fwyfwy taer yn yr ychydig eiliadau y cymerodd i Gwennan ei chodi a'i rhoi i'w bron. Ac yna bu tawelwch eto, heblaw am sŵn sugno awchus. Roedd fel petai ar ei chythlwng, er gwaethaf cael ei bwydo gwta deirawr ynghynt. Ac fel arfer roedd y fechan yn rhy awyddus ac o fewn eiliadau llithrodd y deth o'i gafael. Rhoddodd Elin waedd ddig cyn i Gwennan lwyddo i annog y geg fach unwaith eto i'r cyfeiriad cywir. Gwingodd wrth i'r babi ailgydio. Pwy fyddai'n credu bod cymaint o nerth gan un mor fach? Roedd ei bronnau mor boenus, yn waeth os rhywbeth yn sgil defnyddio'r pwmp erchyll yna i sicrhau bod digon o laeth i fwydo Elin tra byddai hithau oddi cartref. Ond wiw iddi feddwl am roi'r gorau i fwydo o'r fron; yn ei chylch hi o famau ifanc roedd bwydo o'r botel yn cael ei ystyried bron fel gwenwyno rhai bach. Byddai'n rhaid iddi gael gafael mewn mwy o eli lanolin o rywle heddiw. Llusgodd ei llygaid i ffwrdd o'r groten fach a dyna pryd y sylwodd ar jwg llawn rhosod lliw hufen ar ei bwrdd gwisgo. Chwarae teg i Gareth, roedd wedi cofio. Roedd yna gerdyn a'i henw arno'n pwyso ar y jwg. Byddai'n rhaid aros tan i Elin gael ei gwala cyn darllen hwnnw.

Roedd wedi petruso cyn sôn wrth Gareth fod Rhodri wedi ei gwahodd i Lundain i ddathlu ei phen-blwydd. Ond roedd Gareth wedi mynnu ei bod yn derbyn, wedi dweud y byddai'r wythnos hon yn un brysur iawn iddo fe yn y gwaith beth bynnag, ac y medrent ddathlu pen-blwydd cyntaf eu priodas rywbryd eto. Ac felly roedd hi wedi trefnu bod Siwan Tomos, menyw oedd yn gwarchod plant, yn gofalu am Elin tra oedd Gareth yn y gwaith. Roedd hynny yn beth da beth bynnag, gan fod angen iddynt ddod o hyd i rywun i warchod Elin erbyn i Gwennan ailgydio yn ei swydd ymhen rhai misoedd, ac roedd hwn yn gyfle i weld a oedd Siwan yn addas. Roedd enw da iawn iddi, felly doedd Gwennan ddim yn or-bryderus, er y byddai gadael Elin fach gydag unrhyw un am y tro cyntaf fel hyn yn dipyn o gam. Ond am bedair awr ar hugain yn unig y byddai hi bant, a byddai Gareth gydag Elin am ddeuddeg o'r rheiny, ac Elin yn cysgu am ran helaeth o'r gweddill. Na, doedd dim angen iddi deimlo'n euog. Roedd hi'n haeddu hoe fach. Ac o'i chael byddai'n fam well fyth.

Gwnaeth Elin ryw sŵn gyrglio bodlon a mwythodd Gwennan ei phen bach moel. Ac yna caeodd ei llygaid. Roedd rhythm y sugno cyson yn help iddi ymlacio, ac ar ôl y plycio egnïol cychwynnol roedd Elin yn fwy addfwyn wrth ei bron erbyn hyn. Agorodd Gwennan ei cheg. Mor braf fyddai clwydo am awr neu ddwy. Roedd wedi sôn am y blinder ofnadwy yn ystod ymweliad â'r syrjeri, a'r ymwelydd iechyd wedi rhoi un gair o gyngor iddi – *routine*. Roedd y nyrs wedi ei holi wedyn am batrwm bwydo a chodi Elin, ac roedd Gwennan wedi cyfaddef ei bod yn ateb anghenion y fechan pan fyddai'n crio. Siglodd yr ymwelydd iechyd ei phen a dweud wrthi'n bendant bod angen i'r babi wybod pwy oedd y bòs o'r cychwyn cyntaf.

A dweud y gwir, dyna oedd bwriad Gwennan. Roedd wedi darllen nifer o lyfrau gan arbenigwyr cyn geni Elin, ac wedi penderfynu y byddai hithau'n dilyn eu cyngor – bwydo a newid y babi'n rheolaidd, ond fel arall gadael iddi grio. Ond ar ôl y noson gyntaf o wylo – hithau ac Elin – roedd Mrs Ifans wedi cyrraedd, ac wfftio'r fath drefn. Cofiai Gwennan hi'n dod drwy'r drws, clywed Elin yn crio, a heb aros i dynnu ei chot, codi'r babi'n syth, gan ddweud, 'Ma babi bach yn crio am reswm, Gwennan – angen bwyd, angen ei newid, neu angen cwtsh a chwmni.' Ac felly y bu, ac roedd pawb yn hapusach, er efallai yn fwy blinedig.

Erbyn hyn roedd sugno'r un fach wedi tawelu ac roedd yn amlwg ar fin ildio i gwsg unwaith eto. Tynnodd Gwennan hi'n dyner oddi ar ei bron.

'Nawr 'te, Miss Elin, cewyn glân i ti.'

Agorodd Elin ei llygaid glas a rhyw hanner gwenu arni.

Cododd Gwennan o'r gwely yn ofalus gydag Elin yn ei breichiau.

'Edrych beth ma Dad wedi'u prynu i ni – pert, yn dy'n nhw? Ffefrynne Mami – rhosod lliw hufen.' A gan ddal Elin yn dynn agorodd y cerdyn. Chwifiodd papur £50 i'r llawr. Ar y cerdyn roedd Gareth wedi ysgrifennu, 'Pen-blwydd a phen-blwydd priodas hapus i fy ngwraig annwyl. X.' Gwenodd Gwennan; byddai'n prynu potel o Chanel No. 5 gyda'r arian, jyst y peth i guddio'r arogl llaeth a lynai wrthi'n styfnig.

Gosododd fat newid Elin ar y gwely a'i rhoi i orwedd arno. Byddai'n rhaid iddi gofio rhoi'r eli a phopeth arall yn ôl yn y bag er mwyn mynd ag ef at Siwan. Ar ôl newid Elin aeth y ddwy i lawr y grisiau i'r gegin. Ar y ffrij roedd Gwennan wedi atodi rhestr. Rhoddodd dic mawr coch wrth 'bwydo a newid Elin'. Roedd Gareth wedi ei gwatwar am y rhestr, gan ddweud ei bod yn annhebygol iawn o anghofio bwydo ei merch, a bod Elin yn ddigon tebol i'w hatgoffa beth bynnag. Anwybyddu'r sylw a wnaeth Gwennan gan barhau i ychwanegu at y rhestr. Roedd pymtheg o bethau arni erbyn hyn.

Wrth iddi geisio agor y tap dŵr oer a dal y tegell gydag un llaw, canodd y ffôn. Gadawodd y tegell wrth y sinc, cau'r tap ac edrych ar y cloc. Pum munud wedi wyth. Ei mam fyddai yno siŵr, yn ffonio i ganu 'Pen-blwydd hapus' iddi. Byddai ei mam yn ei chyfarch ar ei phen-blwydd yn yr un ffordd bob blwyddyn. Cododd Gwennan y ffôn ond ni ddaeth y gân.

'Helô, Gwennan?'

Doedd hi ddim yn adnabod y llais.

'Ie?'

'O, Siwan, Siwan Tomos sy'n siarad.'

'O, bore da, Siwan, ma Elin wedi ei bwydo a'i newid ac yn edrych mlân at ddod draw – byddwn ni gyda chi toc wedi deg.'

'Na, sori, dyna pam dwi'n ffonio. Dyw Huw bach ni ddim 'i hunan bore 'ma – gwres mawr a phen tost. Mae brech yr ieir ar sawl un yn ei ddosbarth, ac mae arna i ofn taw 'na beth sy arno fe, er nad oes unrhyw smotiau eto. Ond gwell bod yn saff – bydden i ddim ishe i fabi bach deg wythnos oed ddal y frech.'

Suddodd calon Gwennan.

'Wrth gwrs, Siwan, diolch am roi gwbod. Gobeithio bydd Huw yn well yn glou.'

'Hwyl 'te, a sori eto.'

'Popeth yn iawn, hwyl Siwan.'

Erbyn hyn roedd Elin yn cysgu'n dawel ar ei hysgwydd ac aeth Gwennan â hi yn ôl i'r ystafell wely a'i gosod yn ei chrud. Tynnodd flanced ysgafn drosti a gadael ar flaenau ei thraed rhag tarfu ar ei chwsg. Gydag Elin yn cysgu, o leiaf câi lonydd am ychydig i fwynhau paned o de.

Wrth iddi ddod i lawr y grisiau roedd y ffôn yn canu eilwaith. Rhuthrodd i'w ateb. Ei mam oedd yno y tro hwn, a chlywyd y pennill cyfarwydd yn ei llais alto hyfryd. Ar ôl i'r canu dewi, esboniodd Gwennan nad oedd yn medru mynd i Lundain wedi'r cyfan.

'Nonsens,' meddai ei mam yn syth. 'Fydda i ar y bws nesa lawr, gyda ti whap wedi cinio.'

Ni fyddai Gwennan wedi gofyn, wrth gwrs, ond roedd mor falch o glywed ei mam yn cynnig.

'Ond, Mam, nag y'ch chi fod yn y Co-op?'

'Na, shifft nesa pnawn Llun, felly alla i ddod lawr heddi ac aros am ychydig ddiwrnode os bydde hynny'n help.'

Fedrai Gwennan ddim meddwl am ddim byd gwell. Cael ei mam i garco Elin, ac wedyn cael ei chwmni am y penwythnos hefyd. Yn fwy na hynny, efallai y gallai hi a Gareth fynd allan nos Sadwrn, jyst y ddau ohonyn nhw.

'Bydde hynna'n grêt, Mam, os nad oes ots 'da chi…'

'Ots? Wyt ti'n gall? Cyfle i ga'l fy wyres fach i fi fy hunan. Fydden i wedi cynnig o'r blân ond 'mod i'n gwbod bod ti am roi cynnig ar y Siwan Tomos 'na. Wela i di prynhawn 'ma, Gwennan. Wy'n mynd i baco nawr.'

Ac ar hynny roedd ei mam wedi mynd, cyn i Gwennan fedru diolch iddi'n iawn. Byddai'n rhaid cofio gwneud pan gyrhaeddai. Roedd ei mam yn werth y byd, ac yn hapus i adael popeth er ei mwyn hi. Cronnodd y dagrau diolchgar.

Ar ôl priodi Gareth, tybiai Gwennan y byddai'n fwy annibynnol ar ei mam. Ond nid felly yr oedd. I'r gwrthwyneb a dweud y gwir, yn enwedig ar ôl genedigaeth Elin. Roedd Gwennan yn ymwybodol ei bod yn troi ati fwyfwy, ac roedd rhyw agosatrwydd newydd rhyngddynt. Fel plentyn, a chyn iddi fynd i'r coleg, bu'r ddwy'n agos iawn, ond yna, fel myfyriwr, ceisiodd Gwennan fod yn fwy annibynnol, er y byddai, wrth gwrs, yn croesawu'r ymweliadau cyson a'r basgedi o ddanteithion. Ond roedd genedigaeth Elin wedi newid eu perthynas eto, a hynny er gwell.

Roedd hi'n drueni hefyd na ddaeth dim pellach o'r cyfeillgarwch rhwng ei mam a Tom – roedd y ddau wedi edrych yn ddigon jocôs yng nghwmni ei gilydd yn ei phriodas hi. Roeddent yn amlwg yn dal yn ffrindiau agos, ond doedd dim ôl ohono yn y tŷ yn Ael Dinas pan fu yn Aber ddiwethaf – dim ail frwsh dannedd, dim pâr o sanau dieithr yn y cwpwrdd sychu dillad, na photel o gwrw yn y ffrij. Roedd Gwennan wedi holi a stilio nes i'w mam wneud pwynt o ddweud ei bod hi'n fodlon iawn ar ei phen ei hun, diolch yn fawr, ac nad oedd awydd arni bellach i rannu ei chartref gydag unrhyw ddyn. Ar un ystyr roedd Gwennan yn siomedig, ond wrth gwrs roedd y ffaith nad oedd gan ei mam bartner yn golygu ei bod ar gael i'w helpu hi, Gwennan, ar achlysuron fel hyn.

Aeth at y tegell yr oedd wedi ceisio ei lenwi'n gynharach. Ychwanegodd ragor o ddŵr, ei osod i ferwi a hwylio brecwast iddi ei hun. Cymaint haws oedd gwneud gyda dwy law. Tra ei bod yn aros i'r tegell ferwi ffoniodd Rhodri i'w rybuddio y byddai'n hwyr.

'Croeso i'r ddinas fawr ddrwg,' meddai Rhodri wrth i Pam ddod trwy'r glwyd rhwng y platfform a'r cyntedd eang yng ngorsaf Euston. Rhoddodd wasgiad bach i'w braich cyn cymryd ei bag a'i luchio ar ei gefn. Gwenodd Pam arno'n gynnes. Gwyddai'n syth fod popeth yn iawn rhyngddynt.

'Diolch, Rhodri. Ydy Gwennan wedi cyrraedd 'to?'

'Na, neges oddi wrthi bore 'ma – bach o broblem gyda threfnu gofal i Elin Mai. Felly dim ond fi sy 'da ti'n gwmni pnawn 'ma mae arna i ofn.'

'O, 'na siom.'

Tynnodd Rhodri gimychau.

'O, nage 'na beth o'n i'n feddwl. Sai wedi gweld Gwennan ers sbel a…'

Chwarddodd Rhodri yn uchel. 'Tynnu coes, Pam, fi'n gwbod yn iawn beth o't ti'n olygu.'

Rhoddodd Pam bwniad ysgafn i'w fraich. 'Ti'n gwbod fel odw i, gweud pethe heb feddwl. Ta beth, fi'n falch i ga'l ti ar ben dy hunan achos… o'n i ishe —'

Torrodd Rhodri ar ei thraws. 'A dyw pethe ddim yn siang-di-fang i gyd – bydd hi 'ma mewn pryd i fynd i'r theatr heno.'

Erbyn hyn roeddent yn cerdded drwy ganol gorsaf Euston. Ciledrychodd arno yn cerdded yn bwrpasol wrth ei hymyl. Roedd e'n amlwg wedi torri ar ei thraws yn fwriadol. Iawn, taw piau hi, 'te. Prysurai pobl i bob cyfeiriad a chafodd Pam ei dal yng nghanol ton o gyrff a ddechreuodd symud yn ufudd i ryw neges o'r uchelseinydd. Safodd yn ei hunfan nes i'r llif basio, a phobl yn bytheirio a gwthio yn ei herbyn. Edrychodd am Rhodri, a'i weld yn aros amdani wrth ymyl y grisiau a arweiniai i lawr i'r tiwb, yn chwerthin yn braf. Brysiodd tuag ato'n ffromi.

'O'dd hwnna jyst fel stampîd,' meddai'n chwyrn.

Chwarddodd Rhodri'n uchel.

'Ti yn Llunden nawr, Pam, rhaid i ti symud ar yr un sbid â phawb arall neu gael dy fflato.'

'Sai'n gwbod beth yw'r hast mawr wir,' twtiodd Pam.

'Ocê, Pam; o'n i'n meddwl bydden i'n mynd â ti i weld y *sights* pnawn 'ma, ti'n gêm?'

'Sdim rhaid i ti wir, Rhodri. Siŵr bod gen ti ddigon o waith i neud. Bydda i'n iawn ar ben fy hunan, wir.'

Cododd ei aeliau'n awgrymog. 'Wir? Buest ti bron ca'l dy dramplo funud 'nôl – ma'r strydoedd 'ma'n beryg. Rhaid i ti ga'l rhywun *streetwise* i dy warchod. A ta beth, dwi wedi cymryd diwrnod o wylie i fod yn *guide* – felly dilyn yr ymbarél.'

Cododd Rhodri ei fraich ddi-ymbarél yn yr awyr, a chwarddodd Pam.

'Wel, os ti'n siŵr, bydde hynna'n hyfryd, diolch.'

Nodiodd Rhodri a dilynodd Pam ef ar y grisiau symudol a'u cludai i grombil y ddaear.

'Scuse me,' meddai dyn canol oed mewn siwt streips a thei lachar goch, wrth wthio heibio i Pam.

'Wel wir,' meddai Pam yn uchel.

Chwarddodd Rhodri eto. 'Ti fod sefyll ar y dde fel bo pobl yn medru dy basio di,' meddai dros ei ysgwydd.

Nid atebodd Pam. Gyda Rhodri a'i gefn ati medrai fanteisio a chael golwg iawn arno. Roedd ei wallt golau'n fyrrach na phan welsai ef llynedd, wedi ei dorri'n dwt ar waelod ei wegil. Roedd ei wddf yn llyfn ac ychydig o frychni haul i'w weld o dan goler agored ei grys glas golau. Symudodd ei llygaid i lawr dros ei gorff lluniaidd.

'Pam!'

Clywodd y panig yn ei lais. Ond yn rhy hwyr. Glaniodd yn bendramwnwgl wrth ei draed, a glaniodd rhywbeth trwm, neu yn hytrach rywun, ar ei phen hi. Stryffaglodd hwnnw i'w draed a'i heglu hi i ffwrdd, a throdd Pam i weld llond *escalator* o bobl wedi rhewi ac yn rhythu arni. Teimlodd law Rhodri ar ei braich yn ei helpu i godi. Gwasgodd rhywun fotwm yr *escalator* a daeth y bobl yn fyw unwaith eto.

'Ti'n iawn, Pam, beth ddigwyddodd?' gofynnodd Rhodri wrth ei harwain i'r naill ochr.

Nodiodd. 'O'n i'n amlwg ddim yn edrych ble o'n i'n mynd – yr *escalator* yn fyrrach… dod i stop…' mwmblodd.

'Wel, ti'n iawn? O's poen yn rhywle?'

Wrth gwrs nad oedd hi'n iawn. Roedd hi wedi syrthio a gwneud ffŵl ohoni'i hun, a hynny o fewn pum munud o fod yn ei gwmni. Roedd yn un lwmp o embaras. Pwyntiodd Pam at ei braich chwith, yn falch o dynnu sylw Rhodri oddi ar ei hwyneb fflamgoch.

'Ydy hi'n ocê i fi tsiecio bod dim byd wedi torri?'

Nodiodd Pam a rhedodd Rhodri ei law ar hyd ei braich.

'Cod dy fraich lan,' meddai'n awdurdodol.

Teimlai Pam yn ffŵl. Mae'n rhaid bod y bobl 'ma'n meddwl eu bod nhw'n hanner call a dwl. Edrychodd o'i chwmpas, ond doedd gan neb ddiddordeb yn eu hantics.

'Nawr plyga dy benelin; gwd, a symud dy fraich 'nôl a mlân.'

Nodiodd Rhodri'n gefnogol.

'Garddwrn yn iawn?' gofynnodd.

Yn lle ateb, gwingodd Pam wrth iddo swmpo'r ardal yn dyner.

'Ma bach o gochni 'da ti fan hyn,' meddai Rhodri wedyn.

'Meddwl falle 'mod i wedi'i bwrw hi wrth lanio,' atebodd Pam.

'Cau dy fysedd yn dynn o amgylch fy mysedd i,' gorchmynnodd Rhodri.

Gwnaeth Pam fel y gofynnodd iddi.

'Ydy hynna'n neud dolur?'

Ysgydwodd Pam ei phen, gan ryddhau ei ddau fys.

O'r diwedd gwenodd Rhodri. 'Dim byd wedi torri sai'n credu, ond ti'n crynu tamed bach, sioc mae'n siŵr. Dal yn fy mraich i. Siwrne fer yw hi i lawr i'r afon ar y Northern Line, ac wedyn cawn ni brynhawn bach tawel ar afon Tafwys, a whisgi bach i dy sadio di, a fi. Iawn?'

Edrychai arni'n llawn consýrn. Ond consýrn proffesiynol oedd e, wrth gwrs. Nodiodd Pam a chymryd ei fraich wrth iddynt droi tuag at y platfform.

Hanner awr yn ddiweddarach eisteddai Pam a Rhodri ar y *Thames Princess* yn yfed y Famous Grouse. Roedd yr hylif aur yn llosgi cefn ei gwddf, a doedd hi ddim yn siŵr a oedd yn hoffi'r blas o gwbl, ond roedd Rhodri wedi mynnu ei brynu ac nid oedd am ymddangos yn anniolchgar nac yn sgwâr chwaith. Cymerodd lwnc bach arall. Sipian roedd Rhodri bellach hefyd ar ôl yfed y dwbler cyntaf ar ei dalcen. Caeodd Pam ei llygaid am eiliad i fwynhau gwres y prynhawn a'r awel fwyn a chwythai ar draws yr afon. Roedd ei harddwrn wedi chwyddo ychydig erbyn hyn, a nawr ac yn y man pwysai Rhodri draw ati, cymryd ei llaw a gwasgu'n ysgafn ar y cochni. Medrai Pam symud ei llaw yn ddigon rhwydd, ond doedd hi ddim am ei atal chwaith rhag rhoi'r fath sylw iddi.

'Ti'n feddyg da,' meddai'n dawel, ei llygaid yn dal ynghau.

'Diolch, a ti'n glaf rhwydd i'w drin – ddim fel rhai o'r bobl sy'n dod i *casualty*.'

Agorodd Pam ei llygaid gan synhwyro bod Rhodri ar fin adrodd un o'i storïau.

'Ti'n mwynhau'r gwaith, 'te Rhods?' gofynnodd.

'Wel, dyw e byth yn *boring* ta beth.'

Nodiodd Pam, gan obeithio y byddai hynny'n ddigon iddo ddechrau agor ei lyfrau. Gyda'i phen yn powndio fel hyn byddai'n haws gwrando na siarad.

'Dyfala beth ddefnyddiodd un dyn i geisio atal 'i drwyn rhag gwaedu?' Bu saib dramatig wedyn cyn i Rhodri fwrw ymlaen. 'Wel, digon yw gweud iddo deithio ar y tiwb gyda chortyn bach glas yn hongian o'i ffroene.'

Chwarddodd Pam. 'Ond fentra i wedodd neb ddim byd,' meddai.

143

Nodiodd Rhodri. 'Ti'n iawn. 'Na un o'r pethe da am Lunden – sneb yn becso dam.'

Doedd Pam ddim yn argyhoeddedig bod hynny'n beth da ond doedd ganddi ddim awydd ceisio dal pen rheswm â Rhodri'r funud honno. Caeodd ei llygaid eto. Roedd gwres y dydd, yr alcohol, y ffaith iddi godi'n gynnar a'r gwayw yn ei harddwrn yn gwneud iddi deimlo'n rhyfedd. Eiliad o lonydd a gafodd cyn i Rhodri estyn drosodd a sibrwd yn ei chlust, 'No sleeping on tour.'

Agorodd ei llygaid a gweld Tŷ'r Cyffredin yn llithro heibio.

'Ti moyn galw i gael te gyda dy ffrind Cynog?' gofynnodd Rhodri gan wenu.

Siglodd Pam ei phen.

'Na, wrth gwrs, beth sy'n bod arna i? Wy'n siarad ar fy nghyfer. Ma'r parchus aelode ar eu gwylie glei – ma'n nhw'n ca'l cymaint o wylie ag athrawon.'

'Ac yn haeddu pob munud,' atebodd Pam.

Cododd Rhodri ei aeliau i awgrymu nad oedd yn cytuno.

'A ta beth, pan dy'n nhw ddim yn San Steffan ma'u trwyne ar y maen yn yr etholaeth; cusanu babis, cynnal syrjeris…'

'O ie, a ma syrjeris Aelodau Seneddol yn llawn pobl sy'n gwaedu neu ar fin marw?' meddai Rhodri'n wawdlyd. 'Hy, sgersli bilîf, fel bydde Mam yn gweud.'

Caeodd Pam ei llygaid eto. Rhoddodd Rhodri bwniad bach iddi.

'Pont Vauxhall,' meddai.

'A?' holodd Pam.

'A beth?'

'Rhodri, mae gan bob *tour guide* gwerth ei halen rywbeth i'w weud am bob adeilad, pob pont, pob cerflun. Gobeithio wir bod ti'n well doctor nag wyt ti dywysydd.'

Chwarddodd Rhodri a chytuno. 'A wy yn joio fe lot mwy nag o'n i. 'Na beth sy'n dda am yr hyfforddiant – cyfnod byr wyt ti'n ga'l ar bob ward cyn symud mlân. A ma rhai pethe fwy at ddiléit rhywun na phethe erill.'

Nodiodd Pam eto. Oedd, roedd golwg rhywun bodlon ei fyd arno.

'Ma lot o *buzz* yn A & E.'

Roedd Pam yn hanner gwrando ar y rhiant o'i blaen yn rhestru ffeithiau o'i llyfr tywys. Cododd y fam ei llais i gystadlu â'r gerddoriaeth a oedd yn cael ei bwydo i ymennydd ei meibion drwy'r cyrn gwrando. Medrai Pam glywed bît cadarn honno hefyd.

'Pwyse fydden i'n ei alw fe,' meddai Pam.

'Pawb at y peth y bo,' cytunodd Rhodri. 'Ma'n fishi cofia, gweithio o fore gwyn tan nos, a dim shwd beth â thoriad coffi na chinio.'

'Swnio bach fel Radio Ceredigion,' meddai Pam.

Pwysodd Rhodri'n agosach ati. 'Ti ddim yn cael llawer o amser chware, 'te?'

Am funud meddyliodd Pam ei fod, o bosib, yn pysgota; yn ceisio canfod a oedd ganddi gariad ai peidio.

'Wel, wy yn gwneud ychydig bach o waith garddio gwirfoddol,' meddai gan edrych ar y tonnau bach gwyn a darfai ar lif afon Tafwys.

'Chware teg i ti.'

'Ddim o gwbl; fi sy'n elwa fwya.'

Roedd hynny'n wir. Ar y cychwyn roedd gwirfoddoli fel rhyw fath o benyd. Dechreuodd pan ddaeth yn hollol amlwg nad oedd Gwennan am wneud dim i goffáu Carwyn wedi'r cwbl. Wel, roedd hyn yn rhywbeth y medrai hi ei wneud, heb ganiatâd Gwennan na Rhodri. Erbyn hyn roedd yn mwynhau'r gwaith ac yn edrych ymlaen at ei hymweliad wythnosol â'r ganolfan.

'O'n i'n meddwl bod ti'n edrych yn iach, wir. Ble ti'n garddio, 'te?' gofynnodd Rhodri.

'Rhoserchan.'

'A ble ma 'ny?'

'Fferm yn Capel Seion, lle mae pobl yn mynd i wella. A ma pethe digon rhyfedd yn digwydd fan hynny 'fyd.'

'O ie?'

'Pobl y pentre yn cwyno bod y cleients yn cadw gormod o randibŵ – sdim lot galli di wneud yng nghefn gwlad Cymru heb i rywun gwyno, neu o leia sylwi.'

'Busnesan – 'na beth yw e,' meddai Rhodri gan bwffian chwerthin.

'Nage, Rhodri, cymuned yw e.'

Wrth i'r gwynt godi fymryn tynnodd un o'r cryts o'i blaen hwd ei grys chwys dros ei ben. Gwnaeth ei frawd yr un peth. Cododd eu mam ei llais eto fyth.

'Wel be bynnag ti'n 'i alw e, dyw e ddim at ddant Rhodri Ifans. Lot i weud dros fyw mewn dinas, ti'n gwbod.'

'O ie? Llygredd, sbwriel, crowds...'

'Siope, theatre, sinemâu, amgueddfeydd. Bydde ti'n dwlu, 'se ti'n fodlon mentro.'

'Ma pob un o'r rheina yn Aber hefyd,' atebodd Pam.

'Yn union. Pob un. Ac ar y gair "un" mae'r pwyslais – un sinema, un theatr, un amgueddfa, un siop...'

'Gad dy ddwli wir, Rhodri. Ta beth, ma Woolworths 'da ni – a ma pawb yn gwbod bo nhw'n gwerthu popeth yn Woolworths.'

Am funud bu tawelwch.

'Be ma'r cleifion yn 'i neud, 'te, i ypseto'r *locals* – cynnal *raves*?'

Gwenodd Pam. 'Rantio a rêfio, ie. Rhan o'r driniaeth yw mynd mas i'r ardd a gweiddi nerth dy ben i ga'l gwared â peth o'r tensiwn.'

Closiodd Rhodri eto. 'Allen i wneud â rhyw ollyngdod fel'na.'

'Wel, ma'r bobl sydd yn Rhoserchan 'co – pobl sy'n ymladd

i droi eu cefne ar gyffurie ac alcohol – yn gweud ei fod e'n help mawr. Ma un o'n cwnselwyr ni wedi sgrifennu —'

'A dyma ni – Twˆr Llunden – paid colli dy ben nawr!' torrodd Rhodri ar ei thraws.

'Alla i anfon copi atat ti os ti ishe – *Howl at the Cold Turkey* yw ei enw.'

Anwybyddodd Rhodri'r cynnig.

'Reit, fel *guide* dyma'r perle – joˆc, ti'n deall – perle Twˆr Llunden?'

Gwenodd Pam yn ufudd.

'O ddifri – ti'n gwbod pwy oedd rhai o westeion ola carchar y Twˆr?'

Cododd ei gwar i ddynodi ei hanwybodaeth. 'Un o wragedd Harri'r Wythfed?'

Siglodd Rhodri ei ben yn fodlon. 'Y brodyr Kray yw'r ateb cywir. Ond ddim am eu bod nhw'n *gangsters* – am beidio â chofrestru ar gyfer y fyddin. Ffaith y dydd i ti.'

'Wel wy'n well person o wbod hynna, Dr Ifans, diolch yn fawr.'

'At eich gwasaneth,' meddai Rhodri, gan gowtowio iddi.

Trodd y cwch gan greu cynnwrf ymhlith yr hwyaid oedd yn eu dilyn. Ar ôl eiliad neu ddwy i adfer eu hurddas, trodd yr hwyaid hefyd a dilyn y cwch i fyny'r afon ac yn ôl i'r lanfa.

Am weddill y prynhawn bu'r ddau'n crwydro ar lan yr afon – yn gwylio'r perfformwyr stryd o flaen Festival Hall, yn mwynhau tamaid a diod mewn caffi palmant gerllaw, cyn ymlwybro i gyfeiriad y theatr. Wrth groesi'r ffordd yn Leicester Square roedd Rhodri wedi gafael yn ei llaw dde yn ysgafn, ac roedd yn dal i afael ynddi, fel petai hynny'n ffordd hollol normal i ddau ffrind grwydro ar hyd strydoedd Llundain. Erbyn hyn aeth y poen yn ei llaw chwith yn angof.

'Mae hi wrth y fynedfa,' meddai Rhodri, gan gyflymu nes i Pam orfod trotian wrth ei ymyl er mwyn sicrhau nad oedd ei law yn llithro o'i gafael. Ac yna roedd Rhodri'n cofleidio'i chwaer. Tynnodd Gwennan Pam i'r cylch hefyd. Am eiliad, syfrdanwyd Pam gan y fath groeso, ond yna ildiodd i'r foment a mwynhau'r mwytho. O'r diwedd gollyngodd Gwennan ei gafael a dyna pryd y medrodd Pam edrych arni'n iawn. Rhoddodd yr hyn a welodd gryn sioc iddi.

'Helô chi'ch dau,' meddai Gwennan. 'Sori am orfod newid trefniade.'

'Gwell hwyr na hwyrach,' meddai Rhodri gan ddal ei chwaer hyd braich. Roedd yr wg ar ei wyneb yn dangos ei gonsýrn yntau hefyd.

'Wel o'n i'n meddwl wedyn falle bod hwyrach yn well – yn lle 'mod i'n tarfu ar eich prynhawn chi'ch dau. A ta beth, o'n i ishe esbonio rhai pethe i Mam, a nôl ambell beth o'r dre, a...'

'Iawn, mewn â ni 'te, ferched,' meddai Rhodri, gan ddal y drws ar agor iddynt.

'Fy noson gynta ffwrdd ers geni Elin. A wy'n mynd i joio. Mas draw hefyd,' meddai Gwennan yn benderfynol, gan gamu o dan fraich ei hefaill.

'Siampên amdani, 'te,' chwarddodd Rhodri gan ollwng ei fraich yn ysgafn ar ysgwydd Pam wrth iddi hithau ddilyn Gwennan i mewn i'r cyntedd. Yna cydiodd ym mreichiau y ddwy a'u tywys tua'r bar.

Setlodd y merched wrth fwrdd bach crwn yn y bar moethus. Roedd rhywbeth arbennig am yr hen theatrau yma nad oeddent prin wedi newid ers eu hadeiladu. Edrychodd Pam o'i chwmpas; oedd, roedd rhywbeth gwaraidd iawn yn hyn oll. Roedd nifer yn y bar eisoes, parau gan mwyaf, yn sipian eu jin a thonics, gan furmur siarad â'i gilydd. Am Elin Mai roedd eu sgwrs nhw ill dwy nes i Rhodri ddychwelyd yn cario hambwrdd ac arno dair *flute* a photel mewn bwced o iâ. Arllwysodd yn ofalus.

'"Pen-blwydd hapus i ni" yw'r llwncdestun,' meddai Gwennan yn bendant wrth i Rhodri eistedd wrth eu hymyl.

'A phen-blwydd priodas hapus hefyd,' ychwanegodd Pam.

'A rhwng nawr a bore fory dwi ddim am siarad am fabis, cewynne, llaeth, pigiade na diffyg cwsg,' meddai Gwennan gan anwybyddu atodiad Pam i'r llwncdestun.

Cododd y tri eu gwydrau siampên a chwarddodd Pam. Roedd rhywbeth doniol am fybls.

'Beth yw'r jôc, Pam?' gofynnodd Gwennan.

Siglodd Pam ei phen. 'Dim jôc.'

'Pobl wallgo sy'n chwerthin heb reswm,' meddai Gwennan yn siort.

''Nest ti'm bwrw dy ben bore 'ma, do fe?' gofynnodd Rhodri.

Rhoddodd Pam gic fach iddo. Doedd arni ddim awydd esbonio ei llithriad ar y stâr symudol i Gwennan – byddai hynny'n siŵr o'i gwneud yn gyff gwawd am weddill y noson.

'Dim jôc? Bwrw pen? Ma lot o ddwli plentynnaidd amdanoch chi'ch dau heno. Wir, ma mwy o sens i'w ga'l 'da Elin.'

Sylwodd Pam ar y cwpwl canol oed ar y bwrdd nesaf yn codi eu haeliau. Roeddent yn amlwg yn gwybod bod Gwennan yn dechrau pregethu, er nad oeddent, debyg, yn deall yr un gair o'i genau.

'Dwi ddim wedi bod i'r theatr ers ache – er bod cymaint o ddewis yn Llunden 'ma,' meddai Rhodri.

Gwenodd Pam arno'n ddiolchgar.

'Felly be ti'n wbod am y sioe *Fame* yma, Rhods?' gofynnodd Gwennan ar ôl llyncu llond ceg o'i diod.

Ciledrychodd Pam ar ei ffrind, yn falch taw Rhodri oedd yn cael ei sylw bellach. Roedd hi wedi anghofio cymaint o geffyl blaen y mynnai Gwennan fod, a hefyd cymaint ei hawydd hithau i'w phlesio. Roedd rhywbeth pathetig am hynny – roedd yn chwech ar hugain oed, yn dal swydd, yn byw ar ei phen ei hun, yn aelod digon cyfrifol o'i chymuned, ond yng nghwmni Gwennan roedd yn lasfyfyriwr deunaw oed unwaith eto.

'A, i'r dim,' meddai Gwennan gan ochneidio'n hir. 'Y ddiod gadarn gynta i fi gael ers i fi gwmpo'n feichiog,' esboniodd wedyn gan roi ei gwydr i lawr.

Chwarddodd Rhodri. 'Falch bod ti'n joio'n barod. O'n i 'di clywed pethe da am y cynhyrchiad a feddylies i bydde'r holl ddawnsio a chanu egnïol yn apelio atoch chi'ch dwy.'

'*Fame* – 'run peth â'r gyfres deledu pan o'n i'n groten?' holodd Pam.

Nodiodd Rhodri.

'I'm gonna live forever, I'm gonna learn how to fly,' canodd Gwennan, yn dawel i ddechrau. Magodd hyder wrth i Pam ymuno yn y datganiad.

'I'm gonna live forever, Baby remember my name. Remember, remember, remember, remember, remember.'

Tawelodd y ddwy wrth i nifer o'r llymeitwyr droi i edrych arnynt.

'Yr eironi yw sai'n cofio gweddill y geirie,' meddai Gwennan gan bwffian chwerthin.

'Diolch i'r drefn,' cynigiodd Rhodri, gan ail-lenwi'r gwydrau.

'O'n i'n dwlu ar y rhaglen 'na,' meddai Pam yn frwd. 'A Dad hefyd. O'dd e'n gweld bach o Mr Shorofsky ynddo'i hunan. O'dd e'n dipyn o gerddor 'fyd, chware teg.'

'Pwy, Pam? Dy dad neu Mr Shorofsky?'

'Y ddau,' meddai Pam, gan estyn ei gwydr mewn llwncdestun distaw.

'Ti'n cofio'r ddawns ddysgodd Stacey i ni?' gofynnodd Gwennan.

Chwarddodd Pam yn uchel. 'Y *Fame-fatale*? Odw glei.'

'Fuodd Stacey i *stage school* yn Abertawe,' esboniodd Gwennan i'w brawd cyn troi 'nôl at Pam. 'Wel, weithodd y ddawns i Stacey – y noson ddawnsion ni honna yn yr Angel o'dd y noson fachodd hi Alun Bala. Ti'n cofio, Pam?'

Doedd Pam ddim yn meddwl taw'r ddawns oedd yn gyfrifol am y bachad. Roedd hithau hefyd yn un o'r trŵp dawns y noson honno.

'Sgwn i ble ma Doris a Leroy nawr?' stiliodd Gwennan.

'Sai'n cofio nhw yn Aber,' meddai Rhodri.

'Rhods, ti mor dwp,' dechreuodd Gwennan, cyn sylwi ar y wên ar wyneb ei brawd.

'Danny o'dd 'yn ffefryn i – o'dd e shwt gês,' ychwanegodd Pam.

'Wel ni'n cofio'u henwe nhw ta beth, ond prin fydden i'n nabod nhw 'sen nhw'n cerdded mewn i'r bar 'ma nawr,' meddai Gwennan.

Dros weddill y botel bu'r tri'n trafod enwogrwydd. Roedd Gwennan yn sicr y byddai hi'n mwynhau'r cyfoeth a'r bri a ddeuai yn ei sgil, Pam yn bendant y byddai'r pethau hynny'n hollol wrthun iddi a Rhodri fel arfer yn gweld y manteision a'r anfanteision. Roedd y tri yn amlwg yn mwynhau'r cyfle prin i fod gyda'i gilydd ac i wamalu, a buan y daeth yr amser i ateb yr alwad i'w seddau.

'Wy'n edrych mlân at glywed y caneuon – sai 'di clywed dim byd ond hwiangerddi ers deufis a hanner,' meddai Gwennan gan suddo yn ôl yn y sedd felfaréd goch.

Ddeng munud yn ddiweddarach roedd Gwennan yn cysgu fel babi. Doedd gan Pam ddim o'r galon i'w dihuno. Cysgodd drwy'r egwyl hefyd tra oedd Pam a Rhodri yn llyfu bobo *choc ice*, a phobl yn camu drosti i fynd a dod o'u seddau. Bonllefau'r gynulleidfa ar ddiwedd y perfformiad a'i stwriodd o'i thrwmgwsg.

'Ges i getyn bach,' meddai Gwennan, gan neidio i'w thraed i ymuno yn y clapio.

Daliodd Pam lygad Rhodri a gwenu arno.

'Paid â phoeni dim, Gwennan fach, mae'n gynnar. Wy am fynd â ti a Pam i'r clwb rîli da 'ma – lle ma'r *medics* i gyd yn cwrdd.'

Dylyfu gên oedd ymateb cyntaf Gwennan. 'Gynnar?' meddai'n wan. 'Mae'n hanner awr wedi deg, Rhodri, 'sen i'n ddigon hapus jyst yn mynd i'r gwely. Ti 'di llwyddo trefnu rhywle i Pam a fi aros?'

Rhoddodd Rhodri ei fraich amdani. 'Oes, ma 'na stafell i ti, ac i Pam, yn y *nurses' home*. Ma cwpwl o ffrindie bant ar eu gwylie, *so* ma digon o le yn y llety. Ond ti ddim yn ca'l clwydo 'to – 'co dy noson fawr mas di, cofio?'

Dilynodd Pam ei ffrindiau allan i'r awyr iach. Roedd y dorf a arllwysai o'r theatr, a'r theatrau cyfagos, yn dechrau troi am adre – nifer yn cerdded i gyfeiriad y tiwb, eraill yn sefyll ar y stryd yn disgwyl yn obeithiol am dacsi. Roedd fel canol dydd a dweud y gwir, yn fwrlwm o olau llachar, sŵn ac egni. Gafaelodd Rhodri yn nwylo'r merched a'u harwain ar hyd Shaftesbury Avenue cyn troi i stryd fechan, gul. Ac yna diflannodd, fel petai wedi ei lyncu gan y wal. Dilynodd Pam a Gwennan ef. Wrth i'w llygaid gyfarwyddo â'r gwyll edrychodd Pam o'i chwmpas. Bar oedd e, ond nid bar tebyg i unrhyw far y bu hi ynddo o'r blaen. Roedd fel ffatri. Metal oer ymhobman, a dim arlliw o liw na chyfforddusrwydd. Pwyntiodd Rhodri at fwrdd gwag ym mhen pella'r ystafell a chroesodd y tri tuag ato. Ar ei ffordd yno sylwodd Pam fod nifer yn cyfarch Rhodri, ac yntau'n gweiddi 'nôl, 'Yo'.

'What would you like to drink?' gofynnodd Rhodri.

Trodd Pam i weld at bwy roedd Rhodri'n cyfeirio'i gwestiwn. Ond doedd neb yn sefyll y tu ôl iddynt.

'Ga i beint o seidr a blac plis, Rhods,' atebodd Pam.

'G & T i fi. Fydd e mas o'r system erbyn i fi fwydo Elin nesa,' esboniodd Gwennan.

'Righty-ho then,' meddai Rhodri, gan ruthro tua'r bar.

Rhythodd Pam ar ei ôl. Beth yn y byd mawr oedd yn bod arno?

'Clywed gan Mam bod dim llawer yn newid yn Aber,' meddai

Gwennan gan eistedd ar erchwyn y gadair fetal. 'Braf hynna – gwbod bod rhai pethe'n dal yn union fel y buon nhw.' Swniai Gwennan yn ddigalon.

'Yr ogof ddiamser,' atebodd Pam.

Chwarddodd Gwennan. 'Yr arwr – Waldo?'

Nodiodd Pam. 'Glywest ti am yr halibalŵ tai, do fe?'

Siglodd Gwennan ei phen.

''Na un peth sy angen newid – sicrhau fod tai i bobl leol, ond sdim digon o asgwrn cefn 'da'r cynghorwyr sir 'na.'

Sylwodd Pam fod ei ffrind yn edrych o amgylch yr ystafell, ond bwriodd ymlaen.

'Y funud daflodd rhywun y gair *racist* mewn i'r pair, gethon nhw lond twll o ofn.'

'Ie, ie, difyr iawn,' meddai Gwennan.

'Na, dim difyr, difrifol,' atebodd Pam yn siarp.

Gwelodd Pam y sioc ar wyneb ei ffrind. Efallai fod Gwennan yn rhy flinedig i fedru canolbwyntio.

'Dyw Cyngor llawn cynghorwyr annibynnol yn helpu dim,' meddai wedyn, i geisio cael rhyw fath o adwaith gan Gwennan.

'Mm,' meddai honno.

Rhoddodd dro arall arni. 'Ar bobl Ceredigion ma'r bai, wrth gwrs – prynu cath mewn cwd yw ethol cynghorwyr annibynnol. Neb ag unrhyw syniad beth yw 'u daliade.'

Ond roedd Gwennan yn canolbwyntio ar daith Rhodri a'r hambwrdd diodydd ac ni thrafferthodd ymateb i sylw Pam.

'Diolch,' meddai'r ddwy wrth i Rhodri roi'r gwydrau ar y bwrdd.

'My pleasure,' atebodd.

'Beth yffach…?' dechreuodd Gwennan.

'Mm, falle bo well i ni siarad Saesneg fan hyn, neu bydd pobol yn meddwl bo ni'n od,' sibrydodd, gan dynnu cadair arall at y bwrdd.

Edrychodd y ddwy arno'n hurt. Gwennan oedd y cyntaf i ymateb.

'Wel y Dic Siôn Dafydd i ti, Rhodri – allwn ni ddim siarad Saesneg â'n gilydd, *full stop, end of story*. Bydde Mam yn ca'l haint o glywed y fath nonsens, wir!'

'Shwd ma Mam?' gofynnodd Pam er mwyn ceisio torri ar y tensiwn. Roedd golwg beryglus ar wyneb Gwennan, ei cheg mewn un llinyn main. 'Sai 'di gweld hi na Cymro ers tro byd.'

'Gwd,' atebodd yr efeilliaid ar yr un pryd. 'Mae'n Anti Eunice i blant bach Ael Dinas i gyd erbyn hyn,' ychwanegodd Gwennan.

'A beth am Gareth? Shwd ma'r tad newydd yn ymdopi?' gofynnodd Pam wedyn.

Ar hyn, gwthiodd Rhodri ei gadair yn ôl a chydio yn ei whisgi. 'Pobl o'r gwaith,' meddai gan bwyntio i gyfeiriad grŵp oedd newydd ymgasglu wrth y bar.

Sylwodd Pam arno'n mynd yn syth at ferch dal, denau, â gwallt melyn yn hongian dros ei hysgwyddau. Chwarddodd ar rywbeth a ddywedodd Rhodri wrthi, ac edrych i gyfeiriad Pam a Gwennan.

'Mm, ma Gareth yn ocê – wel, o leia fi'n credu 'i fod e. Dyw e ddim fel tase fe adre lot y dyddie 'ma.'

Llyncodd Gwennan yn hir o'r jin a thonic.

'Gwaith?' holodd Pam.

'Ie, ie. Mae'n neud yn dda ofnadw. Dau ddyrchafiad yn y flwyddyn ddiwetha.'

Sylwodd Pam nad oedd y cwpwl ar y bwrdd nesaf yn siarad â'i gilydd o gwbl bellach. Roedd y dyn yn pwyso tuag atynt. Tybed a oedd yn deall eu sgwrs?

'Bydd e'n ddirprwy cyn bo hir, gei di weld, ac wedyn allwn ni symud i dŷ yn fwy, yn y Fro falle – i'r plant gael mynd i ysgol neis.'

'Plant?' Clywodd Pam y syndod yn ei llais ei hun. 'O's newyddion 'da ti i fi?'

Ysgydwodd Gwennan ei phen gan wenu. 'O na, ddim cweit 'to, wy'n dal i fwydo Elin fach.'

'Wel, druan fach, bydd hi ar glemio erbyn i ti gyrraedd gatre, 'te.'

Am eiliad bu tawelwch tra siglai Gwennan ei phen mewn anobaith. 'Pam, sai'n galler credu bod ti mor ddi-glem. Fi wedi ecsbreso.'

Daliodd Pam lygaid y dyn drws nesaf. Sythodd hwnnw a chodi ei wydr gan fwmian rhywbeth wrth ei bartner.

'Wy wedi gadael ffîds yn y ffrij i Elin. Mae'n ddigon hapus cymryd o'r botel, diolch byth.'

'A,' meddai Pam, yn ymwybodol nad oedd unrhyw beth yn y byd y medrai gyfrannu ar y pwnc.

Sipiodd ei seidr.

'Ond ie, dyna'r bwriad, cael y ddau yn agos i'w gilydd; bydd hynna mas o'r ffordd wedyn a galla i ganolbwyntio ar fy ngyrfa.'

Nodiodd Pam. Gyda'r seidr yn rhoi rhywfaint o hyder iddi gofynnodd, 'Ti'n siŵr bod ti ishe cael un arall mor glou?'

Nid arhosodd Gwennan i feddwl. 'Odw, wrth gwrs, ca'l dau o'dd y bwriad erio'd.'

'Ie, ond falle bod ishe i ti ennill bach o gryfder gynta. Ti'n 'itha tene nawr a —'

'Slim, nid tene, Pam,' meddai Gwennan yn uchel. 'Wy 'di rhedeg am orie 'da'r bygi. Sai'n deall y merched 'ma sy'n gweud nag y'n nhw'n gallu colli'r *baby fat*. Talcen caled, ody, amhosib, nadi.'

Gwagodd Gwennan ei gwydr G & T a'i daro 'nôl ar y bwrdd yn fuddugoliaethus. Roedd y dyn yn y dici-bô yn amlwg yn clustfeinio eto. Doedd e ddim yn edrych fel Cymro chwaith. Ond 'na fe, falle fod Cymry Llundain yn edrych yn wahanol. Mwy o fodd, mae'n siŵr. Trodd Pam gan esgus edrych am dŷ bach er mwyn rhoi cip ar ei wraig. Roedd honno'n olau a main â chlustlysau drudfawr yn hongian i'w hysgwyddau. Ar yr eiliad honno cyrhaeddodd Rhodri gyda rownd arall.

'Ocê?' gofynnodd wrth roi'r gwydrau i lawr. Ond nid arhosodd am ateb cyn crwydro 'nôl at y bar a'r flonden.

Sylwodd Pam ar y düwch o dan lygaid Gwennan.

'Trueni bo Gareth ac Elin ffaelu dod gyda ti, i chi ga'l bod gyda'ch gilydd i ddathlu eich pen-blwydd priodas cynta,' meddai Pam, gan lyncu'r seidr. Roedd angen rhywbeth i'w hymlacio.

Cododd Gwennan ei hysgwyddau. 'Ma Gareth yn gorfod gweithio fory,' meddai'n swta. Gafaelodd yn ei hail wydraid o jin ac yfed ei hanner ar ei ben. 'Ac mae e wastad 'di pego mas. Gallet ti feddwl mai fe sy'n codi bob awr o'r nos gyda'r un fach – a gofalu amdani drwy'r dydd. Mae e'n fusnes blinedig iawn, ti'mod?'

Nodiodd Pam ei phen. Doedd hi'n amlwg ddim yn gwybod, ond os oedd magu babi'n ddigon i lethu Gwennan, gallai gredu ei fod yn waith caled iawn.

'A bwydo…! Ond ma hwnnw'n help hefyd. Yr un fach sy 'di sicrhau 'mod i'n deneuach na wy 'di bod erio'd. Felly dyw e ddim yn ddrwg i gyd, cofia.'

'Mae'n siŵr,' cytunodd Pam.

'Smo Gareth yn gwbod ei eni – er ei gwyno. Sai'n siŵr sut bydd hi arnon ni pan a' i 'nôl i'r gwaith.'

Cymerodd Pam lymaid da o'i pheint. Seidr fyddai diod Gwennan hefyd ers talwm. Byddai'n well iddi na jin, glei.

'*Mother's ruin* ma'n nhw'n galw hwnna, cofia,' meddai Pam wrth i'r hylif clir ddiflannu lawr y lôn goch.

Chwarddodd Gwennan yn sych. 'Cant ac ugain calori yn hwn, Pam fach. Dwbwl hynna yn dy Bow and Black di.'

Chwarddodd Pam hefyd. 'Cenedlaetholgar ond tew fydda i, 'te.'

Chwifiodd Gwennan ei gwydr gwag i gyfeiriad y bar lle'r oedd Rhodri'n dal i gloncan. Gwyddai Pam nad oedd Gwennan wedi clywed ei sylw diwethaf. Roedd mor bell ei meddwl heno rywsut.

Rhoddodd dro arall arni. 'Ti'n gwbod pam fod Bow and Black yn ddewis cenedlaetholgar?'

'Wy'n anobeithiol 'da jôcs, Pam,' meddai Gwennan, gan ddal i geisio dal llygad ei brawd.

'Dim jôc yw e.'

'O?'

'Ma Strongbow wedi'i enwi ar ôl Iarll Penfro. Fe oedd y Strongbow gwreiddiol.'

'Ma Gareth yn yfed digon o'r stwff sha'r clwb rygbi i fod y pen-cenedlatholwr, 'te,' meddai Gwennan gan wgu.

'Ody Gareth yn dal i chware rygbi, 'te?'

Cododd Gwennan ei haeliau fel petai'n synnu i Pam ofyn cwestiwn mor dwp. 'Nag yw, glei. O'n i'n bwriadu gwahardd e unwaith i Elin ga'l 'i geni – gêm beryglus os fuodd un – ond doedd dim angen i fi weud dim. Benderfynodd e gwpla o'i wirfodd. Smo hynna 'di'i gadw fe rhag hala lot o amser yn y bar, yn diota 'da'r bois, cofia.' Cododd Gwennan yn sydyn. 'Dere, ewn ni i'r bar. Ma'r brawd 'na sda fi wedi anghofio amdanon ni.'

'Excuse me,' meddai'r dyn yn y dici bô, wrth i Pam godi hefyd.

'Yes,' atebodd, wedi ei synnu braidd.

'I hope you don't mind me asking, but my wife and I have been trying to decide what language you're speaking…'

Na, dim Cymro oedd hwn felly. Roedd ganddo acen Seisnig de Lloegr.

'Welsh,' meddai Pam.

Chwarddodd y dyn. 'Oh, we thought it might be Finnish or Dutch perhaps.'

'But you don't look Scandinavian,' ychwanegodd y wraig gyda gwên.

'More's the pity,' cytunodd Pam, wrth ffarwelio â'r ddau.

'Fydde hynna ddim yn digwydd i Eidalwyr yn Ffrainc, nac i Almaenwyr yng Ngwlad Pwyl,' meddai Pam wrth Gwennan.

Ond doedd gan honno ddim diddordeb.

'Awn ni draw i gwrdd â rhai o ffrindie Rhods,' meddai Gwennan, 'ma'n amlwg nad yw e'n awyddus iawn i ddod â nhw draw i gwrdd â ni. Dere,' meddai, gan gydio'n dynn yn llaw boenus Pam a brasgamu ar draws yr ystafell.

Gwthiodd Gwennan ei phen rhwng Rhodri a'r flonden. Safodd Pam y tu ôl i Gwennan gan obeithio na fyddai neb yn sylwi arni. Y peth diwethaf roedd hi ei eisiau oedd gorfod sgwrsio â'r ferch yma oedd yn amlwg yn gariad i Rhodri. Roedd yn ei chasáu yn barod, a hynny heb dorri'r un gair â hi.

'O hi, sis – this is Katie; Katie, this is my sister Gwen.'

Tra bod Gwennan a Katie yn cyfarch ei gilydd tynnodd Rhodri Pam tuag ato. 'And this, Katie, is Gwen's friend, Pam, I was telling you about.'

Cododd gwrid ar wyneb Pam. Beth yn y byd oedd e wedi bod yn ei ddweud wrth hon amdani hi?

Edrychodd Katie i lawr ar Pam. 'Hi,' meddai mewn llais isel, diog.

'Katie works with me in A & E, and Katie's father, Professor Jeffrey Smythe-Grey, is one of the surgical consultants.'

Nodiodd Gwennan a Pam.

'I thought Pam possibly had a Colles' fracture of her wrist,' esboniodd Rhodri.

Nodiodd Katie ei phen pert.

'Probably better to go for a spirit rather than a pint then, Pam,' meddai Katie, gyda rhyw hanner gwên.

'Oh, is a spirit going to make me better more quickly than cider?' gofynnodd Pam.

Daliodd yr edrychiad rhwng Katie a Rhodri.

'I merely meant that a spirit glass would be a lighter load

for your injured hand,' meddai Katie, yn araf nawr, fel petai'n esbonio rhywbeth i blentyn bach.

Gwyddai Pam fod ei bochau'n fflamgoch erbyn hyn. Gallai deimlo'r gwres yn tarddu ohonynt. Ystyriodd esbonio ei bod yn medru dal ei pheint yn ei llaw dde ac mai'r llaw chwith a anafwyd, ond cyn iddi gychwyn ar yr esboniad trodd dau ddyn arall o'r bar i ymuno yn eu sgwrs.

'Who have we here then, Rodney?' gofynnodd yr un gyda chrafat sidan lliwgar gan edrych ar Pam a Gwennan.

'Jezza, Alex – this is my sister Gwen, and this is Pam.'

'Relation?' holodd Jezza, gan bwyntio at Pam.

'No, just a friend,' esboniodd Rhodri.

'Where are you from?' gofynnodd Alex.

Sylweddolodd Pam fod Gwennan fel petai'n cysgu ar ei thraed. Byddai'n rhaid iddi hi ateb felly.

'From Aberystwyth – on the seaside, in the middle of Wales,' atebodd Pam.

Chwarddodd y lleill yn uchel. Doedd Pam ddim yn deall y jôc, a hithau y tro hwn yn ei chanol.

'Say that again,' meddai Jezza, ar ôl i'r pwl o chwerthin beidio.

'Aberystwyth,' meddai Pam.

'Sheep country,' meddai Alex, a chwarddodd pawb eto.

'And wellingtons,' ychwanegodd Jezza.

'And what do you do in Aberithtwith?' gofynnodd Katie.

'I present a radio programme,' atebodd Pam.

Tawelwch am eiliad. 'Oh,' meddai Katie o'r diwedd.

'Mega,' nodiodd Jezza.

'How do you know our Rodney then?'

Pam yn y byd nad oedd Rhodri yn eu cywiro ynglŷn â'i enw? O wel, pwy oedd hi i siarad ar ei ran? Roedd yn berffaith abl i wneud hynny ei hun.

'I went to university with his sister,' atebodd Pam, gan droi i weld ble'r oedd Gwennan wedi mynd. Roedd hi'n gorwedd ar ei hyd ar fainc galed yn cysgu'n braf.

Nodiodd Jezza ac Alex yn araf bwyllog, fel y ddau gi oedd ar ffenest gefn Ford Escort ei thad flynyddoedd yn ôl.

'Were you the first generation of your family to go to university?' gofynnodd Alex wedyn.

Nodiodd Pam, ond teimlodd rhyw hen ddiflastod yn corddi. Efallai taw hi oedd y cyntaf o'i theulu i gael y cyfle i fynd i brifysgol, ond pwy oedd hwn i feiddio cymryd rhywbeth felly yn ganiataol, i ryw awgrymu bod addysg uwch yn rhywbeth dieithr i'r Cymry, eu bod yn byw yn oes yr arth a'r blaidd?

'Rodney here is Welsh, of course – doesn't let us forget it on St David's Day, and when your lot are playing rugger – but thank goodness he's not too Welsh.'

Cytunodd y lleill â Jezza.

'You're either Welsh or you're not,' meddai Pam yn bendant. 'There are no degrees of Welshness,' ychwanegodd gan edrych i fyw llygaid Rhodri.

'Go on, say something in Welsh,' gorchmynnodd Jezza.

'Rhywbeth,' meddai Pam yn swta.

'I think I'd better take these girls home, my sister is obviously absolutely exhausted, poor thing,' meddai Rhodri gan gymryd braich Pam a symud i gyfeiriad y fainc lle'r oedd Gwennan yn chwyrnu'n dawel. Dihunwyd hi, a rhyngddynt llwyddodd Pam a Rhodri i'w chodi ar ei thraed.

'OK, guys, see you tomorrow,' gwaeddodd Rhodri i gyfeiriad y bar.

'Sweet,' gwaeddodd Alex a Jezza yn ôl yn unsain.

Taflodd Katie gusan i'w cyfeiriad. Gwelodd Pam hyn ond roedd cefn Rhodri at y bar wrth iddo arwain ei chwaer at y drws. Doedd ar Pam ddim awydd bod yn llatai dros Katie, wir.

6

Dydd Sadwrn, 13 Gorffennaf 1996

Teimlai Pam yn sic. Dylai, wrth gwrs, o leiaf fod wedi llowcio darn o dost a phaned o de, ond roedd hi'n hwyr yn codi ac wedi sgidadlu am y bws. Roedd y TrawsCambria'n orlawn a bu'n rhaid iddi eistedd tua'r cefn, wrth ymyl dyn ifanc nad oedd wedi gweld bath ers rhai wythnosau. Ac roedd y gyrrwr ar frys, a'r bws mawr yn rholio'n feddw ar hyd ffyrdd troellog Ceredigion. Erbyn cyrraedd Llambed roedd Pam yn ystyried o ddifri rhoi'r gorau i'r trip i Gaerdydd, disgyn o'r bws, mynd am goffi llaeth i gaffi Conti's a dal bws mwy hamddenol yn ôl i Aberystwyth. Byddai hynny'n ffordd ddigon derbyniol o ddathlu ei phen-blwydd yn saith ar hugain.

Ond roedd wedi addo i Gwennan. Ac felly roedd yn dal i eistedd yn ei sedd pan groesodd y TrawsCambria dros afon Teifi, yng Nghwm-ann, i Sir Gâr. Na, nid oedd yn opsiwn siomi Gwennan ar ôl y llythyron a dderbyniodd oddi wrthi yn yr wythnosau diwethaf. Llythyron anhapus. Roedd hi'n hollol amlwg bod rhywbeth mawr o'i le, ond er i Pam ei holi trwy lythyr, a'i ffonio hefyd, nid oedd Gwennan yn barod i ymhelaethu. 'Mae'n gymhleth. Wna i esbonio pan wela i di.'

A beth bynnag, roedd yna reswm arall dros aros ar y bws. Roedd hi'n awyddus i weld Rhodri hefyd. Prin roedd wedi ei weld ers y noson y bu yn Llundain gydag ef a Gwennan flwyddyn yn ôl; peint sydyn yn y Cŵps noson cyn Dolig, a phaned yn y Pengwin adeg y Pasg. Ond dim ond am noson y bu Rhodri yn Aberystwyth ar y ddau achlysur, ac yn amlwg roedd disgwyl iddo dreulio'r rhan fwyaf o'r amser prin hwnnw gyda'i fam. Wel, heno, câi gyfle i gael sgwrs iawn ag e, a gan fod Gwennan wedi eu siarsio i ddod draw erbyn hanner awr wedi chwech, byddai'n noson hir a hamddenol.

Twriodd am losin, a chanfod un finten yn llechu yng ngwaelod y bag. Tynnodd rhyw fân fflwcs a chwythodd arni, ac yna'i sugno'n araf i gael gwared ar y blas cas yn ei cheg. Ymhen milltir neu ddwy dechreuodd chwilota eto a chanfod hanner bar o siocled. Tynnodd y ffoil oddi arno, ddernyn wrth ddernyn bach. Gwyddai fod ei chymydog yn ei gwylio, ond anwybyddodd y ple tawel am siâr. Fe gymerodd oesoedd iddi waredu pob dernyn o'r papur arian a oedd ymhleth yn y siocled; mae'n rhaid ei fod wedi toddi a chaledu'n ôl eilwaith. Dim gwahaniaeth, roedd yn blasu'n iawn, er bod yr ansawdd ychydig yn rhyfedd. Wrth i'r siwgr fwrw'i stumog dechreuodd Pam deimlo rywfaint yn llai shimpil.

Wrth bellhau o adre cododd ei chalon hefyd. Sylweddolodd nad oedd wedi gadael y dref am chwe mis – ers mynd â thusw o flodau i fedd ei rhieni yng Nghaerfyrddin adeg y Nadolig. Ac er ei bod yn dwlu ar Aberystwyth, yn mwynhau byw mewn lle a oedd yn gymanfa o bobl y dref a'r wlad, academyddion a myfyrwyr, Cymry a phobl o ledled y byd, bu'r misoedd diwethaf yn rhai anodd. Roedd yr holl gwympo mas yn Radio Ceredigion wedi effeithio arni. Nid ei bod hi wedi cweryla â neb, ond roedd yr holl gythrwfl am berchnogaeth yr orsaf a'r wleidyddiaeth fewnol wedi effeithio ar bawb. Ac arian, neu ddiffyg arian, i sicrhau dyfodol yr orsaf oedd y drwg yn y caws. Roedd yn colli cwmni nifer o'i chyd-weithwyr oedd wedi eu sacio, neu wedi ymddiswyddo, un ar ôl y llall. A bellach roedd y gwirfoddolwyr yn cilio hefyd a hynny, wrth gwrs, yn golygu bod mwy a mwy o waith i'w ysgwyddo gan yr ychydig oedd yn weddill. Oedd, roedd angen iddi ddianc am ysbaid.

Cyrhaeddodd y TrawsCambria orsaf Caerdydd ychydig cyn un o'r gloch. Paned a brechdan, yn y caffi awyr-agored yn yr Aes, dyna oedd ei angen i ddechrau. Roedd wedi eistedd mewn bws am ddigon hir – câi fwynhau ei phaned yn yr awyr iach. Roedd yn ddiwrnod braf a chynnes ac ymlwybrodd Pam tua chanol y ddinas. Roedd yn brysur wrth y caffi bach. Talodd am ei the a'i brechdan gaws a thomato a mynd i eistedd wrth un o'r byrddau plastig. Glaniodd hanner dwsin o golomennod disgwylgar wrth ei thraed.

'Baglwch bant, wir,' meddai gan glapio'i dwylo i'w gwaredu. Ond roedd y rhain, fel gwylanod barus Aberystwyth, yn hen gyfarwydd â phobl, ac am fyr amser yn unig y ciliodd y giwed cyn dychwelyd o un i un i geisio'u lwc drachefn. Wel, doedd Pam ddim am rannu â'r rhain chwaith, a brathodd i mewn i'r tocyn gydag awch. Byddai'n gwylltio'n gacwn wrth bobl a fwydai'r gwylanod ar y prom. Y bobl hynny oedd wedi gwneud yr adar yn bla, yn fyddin ymosodol a reibiai bob bin sbwriel, ac a adawai eu budreddi ar y ceir, y ffenestri a'r palmentydd.

Gyferbyn â'r caffi – y tu allan i Neuadd Dewi Sant – roedd bachgen ifanc yn canu ac yn chwarae gitâr. Roedd ganddo lais digon swynol, ond mwythodd Pam ei mŷg o de yn ddigon hir i sylweddoli taw tair cân oedd yn ei *repertoire*. Pan ddechreuodd ar 'Delilah' am y trydydd tro penderfynodd Pam ei bod yn hen bryd iddi symud. Cerddodd heibio i'r llanc a thaflu punt i gasyn agored ei gitâr. Gwenodd arni wrth iddo ladd y clasur.

Hanner awr wedi un – roedd ganddi ddigon o amser i brynu ffrog newydd. Crwydrodd i'r ganolfan siopa. Roedd yn oer braf yno, a phiciodd i mewn i'r siop yma a'r llall. Ond roedd cymaint o ddewis, gormod o ddewis; teimlai'n hollol ddiymadferth i wneud unrhyw fath o benderfyniad. Mentrodd i un o'r siopau llai; efallai y byddai'n haws cael hyd i rywbeth addas yn rhywle felly. Roedd yn tin-droi pan glywodd y llais.

'Would madam like some help?'

Trodd Pam i weld model o fenyw.

'What is it that you're looking for – formal, work-wear,

smart-casual, casual, or our new cruise collection has just arrived?'

'Mmm…' meddai Pam gan syllu arni. Doedd dim blewyn allan o'i le. Gwallt lliw cneuen goncyr wedi'i dorri'n fedrus ac yn gorwedd yn dwt ar ei hysgwyddau main. Siwt o las tywyll gyda'r sgert bensel yn gorffen ar ei phen-lin, crys gwyn a sodlau uchel.

'Perhaps if you could tell me the occasion it might help,' cocsiodd wedyn.

'Party,' meddai Pam, gan edrych o'i chwmpas. Roedd yna fwrdd coffi ar ganol y llawr ac arno fowlen o siocledi mewn papurau amryliw a chylchgronau swmpus. Roedd y ddwy gadair esmwyth o bobtu i'r bwrdd yn edrych yn hynod groesawgar hefyd.

'Tea-party, dinner party, cocktail party, party in a club?' gofynnodd y fenyw.

Oedodd Pam am eiliad. Edrychodd ei chroesholwr arni'n ddisgwylgar. O mam fach, roedd hyn fel holwyddoreg y Gymanfa Bwnc ers talwm.

'Supper,' meddai o'r diwedd.

'In a restaurant, hotel, private house?'

Doedd dim terfyn ar y cwestiynu. Sut gallai prynu ffrog fod mor gymhleth?

'Friend's house.' Rhoddodd Pam yr ochenaid leiaf o ryddhad. Roedd hi'n amlwg wedi llwyddo i gyfleu digon o wybodaeth gan fod y fenyw nawr yn gwenu.

'Formal or kitchen?'

Teimlodd Pam y cyhyrau yn ei hysgwyddau yn tynhau eto.

'I don't know,' atebodd.

Crychodd talcen y fenyw.

'Sorry,' ychwanegodd Pam, wrth sylweddoli iddi ei siomi unwaith yn rhagor.

'Special occasion?' gofynnodd wedyn.

'Birthday,' atebodd Pam yn bendant.

'Host's birthday or yours?'

'Yes.'

'Yes?'

'Yes, both, and there's Rhodri,' esboniodd Pam.

Roedd y fenyw yn amlwg wedi clywed digon a throdd a cherdded tua chefn y siop, gan amneidio ar Pam i'w dilyn.

'If madam would like to go into the changing room here, I'll bring some things she might like. Size 10,' meddai'n bendant. Yna tynnodd y llenni gyda'r geiriau 'My name is Tracey.'

Roedd yr ystafell newid yn foethus. Llenni trwm, papur wal blodeuog a drych o'r nenfwd i'r llawr ar ddau bared. Ond gwell fyth, roedd 'na gadair esmwyth yn y gornel. Eisteddodd Pam a thynnu ei threinyrs, sanau, jîns a chrys T, ac aros. Bu'n aros am funudau gan deimlo'n fwyfwy anghyfforddus. Roedd ei hadlewyrchiad yn dannod iddi na fyddai wedi gwisgo dillad isaf llai pyglyd. Yna chwipiwyd y llenni ar agor a daeth Tracey i mewn gyda llond braich o ddillad. Ceisiodd Pam blygu'n fach, fach i guddio'i noethni. Hongiwyd y dillad ar fachyn a chyda, 'I'm sure we'll find something suitable here. I'll just be outside if you need me,' diflannodd Tracey gan dynnu'r llenni ar ei hôl.

Cododd Pam ac edrych yn ddrwgdybus ar y ffrog ar dop y pentwr.

'Please try everything. My clients often find that the very thing they think is the least suitable actually looks best of all,' awgrymodd Tracey o du draw i'r llen.

Roedd clywed hynny'n frawychus, fel petai Tracey yn medru darllen ei meddwl. Tynnodd y ffrog gyntaf dros ei phen, ond cyn iddi gael ei breichiau i mewn daeth llais o'r tu allan.

'How are you getting on?'

'OK, thank you,' gwaeddodd Pam mewn panig. Y peth diwethaf roedd hi eisiau oedd i Tracey ddod mewn nawr a hithau a'i breichiau yn yr awyr, yn dangos ei nicer yn ei holl ogoniant. Gyda'i phen a'i breichiau i mewn, rhoddodd blwc egr i'r ffrog i'w thynnu dros ei chluniau. Estynnodd am y sip. Wel roedd y maint yn gywir – ond dyna'r cyfan. Roedd yn edrych fel cimwch. Y pinc yn clasho'n berffaith gyda'i gwallt coch a'i hwyneb brychlyd.

'Are you in yet?' gofynnodd Tracey.

'Yes, but…' Ond cyn iddi fynd ymhellach agorodd Tracey y llenni.

'Oh, that's perfect,' meddai honno, 'complements your skin.' Cuchiodd Pam.

'The yellow next perhaps. This particular shade is really in this year.'

Stryffaglodd Pam allan o'r pinc ac i mewn i'r melyn. Ac yna i'r piws a'r gwyrdd. Bob nawr ac yn y man deuai braich Tracey drwy'r llenni yn cynnig pilyn arall.

'Oh, that is perfect,' meddai Tracey wrth sefyll yn ôl a'i phen ar un ochr, fel bronfraith yn gwrando am fwydod.

'Julia, Simon, come and see…' Erbyn hyn roedd dau o gydweithwyr Tracey yn sefyll wrth y llenni yn ei hedmygu.

'Not everyone can carry off that green, but on you, perrrrrr-fection,' meddai Simon, gan daflu sws o'i wefus i'w law, ac yna taflu ei fysedd yn ddramatig agored i'r awyr.

'Shows off your cleavage, tiny waist and skims the hips – the cut is perfect for you,' meddai Julia.

'So fluid, sooooo sexy,' meddai Simon wedyn.

'Yes it really is so —'

'Thank you,' torrodd Pam ar draws Tracey a chau'r llenni. Roedd yr wyneb a syllai arni o'r drych yn gochddu. Tynnodd y ffrog, edrych ar y tocyn ac ochneidio. O wel, nid oedd wedi prynu dim ers hydoedd, ac oedd, roedd hi'n edrych yn ocê ynddi. Beth bynnag, allai hi ddim wynebu mynd drwy'r un pantomeim mewn siop arall, a doedd hi ddim am fynd i'r dathliad heno yn ei jîns. Pipiodd allan; roedd Tracey'n dal yno.

'I'll take the green one please.'

'A wise choice,' cytunodd Tracey.

Roedd Pam yn amau taw'r un fyddai'r sylw pa ffrog bynnag fyddai ei dewis.

'If you pass it out to me I'll wrap it up while you get dressed.'

'No, thank you, I'll wear it now.'

'As you wish,' meddai Tracey, ei thôn yn awgrymu bod y fath ymddygiad yn bur anarferol. 'I'll just cut the label off then,' meddai.

Stwffiodd Pam ei sanau, jîns a chrys T i'w bag. Daeth Tracey yn ei hôl ac ailwisgodd Pam y ffrog werdd a'i threinyrs. Wrth dalu gwelai Simon yn edrych ar ei thraed yn awgrymog. Daro, byddai'n rhaid iddi brynu sgidiau.

Allan â hi i'r ganolfan siopa unwaith eto. Erbyn hyn roedd mwy o bobl fyth yn crwydro'r rhodfeydd. Wrth fynedfa un o'r siopau mawrion roedd mam yn dwrdio ei thri phlentyn mân, a'r bachgen bach ifancaf yn llefain y glaw. Beth yn y byd oedd yn bod ar bobl yn dod â phlant i siopa ar un o ddiwrnodau cynhesaf y flwyddyn? Byddai bywyd pawb yn well – y fam a'r plant – petaent yn chwarae yn y parc neu fracso yn y môr, wir. 'Sens bisgïen,' chwedl ei thad. Ymlwybrodd tuag atynt, ei meddwl bellach ar ganfod sgidiau addas.

'We've got to find you something, Damian. Granny would want you to look smart for the funeral.'

Roedd y fam yn ei chwrcwd erbyn hyn yn dal llaw yr un bach. Gwridodd Pam a'u pasio'n frysiog.

Efallai fod Rhodri'n iawn wedi'r cwbl. Busneslyd, dyna oedd natur pobl cymunedau bychain. Pawb yn gwybod yn well, neu'n meddwl eu bod nhw. Arhosodd wrth y stâr symud. Doedd hi ddim yn awyddus iawn i fentro ar hon chwaith. Ond doedd dim dewis. Roedd y sgidiau ar y llawr cyntaf. Petrusodd am eiliad gan aros am y darn lletaf o'r gris, ac yna camodd ar y cludydd a dal y canllaw'n dynn. Y tro hwn cerddodd yn dwt oddi ar yr *escalator*.

Yn yr adran sgidiau aeth y bachgen hawddgar yn ôl ac ymlaen o'r stordy yng nghefn y siop deirgwaith cyn i Pam setlo ar bâr o sandalau glas tywyll a sawdl o gorcyn iddynt. Roedd ei thraed wedi chwyddo a phopeth yn ei maint pedwar arferol yn teimlo'n rhy dynn ac anghyfforddus ar ôl ei threinyrs maddeugar. Gwthiodd ei thraed i mewn i'r sgidiau glas. Gorau po gyntaf y do i i arfer, meddyliodd yn benderfynol.

Wrth basio'r cownter colur ar ei ffordd allan o'r siop rhoddodd un o'r merched sgwyrtiad o White Linen ar ei harddwrn. Mmm, hyfryd.

'If you have a few minutes to spare I could give you a quick makeover,' meddai'r ferch â'r botel bersawr. Tina oedd ei henw yn ôl y bathodyn swyddogol ar ei chot ddoctor wen.

Chwarddodd Pam. 'It'll take longer than that to make me beautiful.'

'Not at all – you have lovely skin,' meddai Tina, gan arwain Pam at sedd uchel wrth ymyl y cownter.

Edrychodd Pam arni. Roedd yn hollol oren. Ei hwyneb dan fasg o golur trwm.

'Erm, I like to look very natural,' meddai Pam.

'Of course, don't we all,' atebodd y ferch. '"Less is more", I always say.'

Roedd Pam yn amheus. Doedd y got wen yn gwneud dim i ennyn ei hymddiriedaeth.

'As I said, you've lovely skin. I think you could get away with just a little moisturiser, primer, a light foundation, a blend of eyeshadows, a touch of mascara, a little shading of the eyebrows, a little concealer under the eyes, a black kohl pencil to make your eyes stand out, a lip liner and a slick of lipstick. That's all you need. And, of course, a little blusher and a translucent powder to keep it all looking matt – so important in hot weather.'

Llyncodd Pam a rhoddodd y ferch ei llaw yn ysgafn ar ei

braich, gyda'r bwriad, mae'n siŵr, o'i chadw yn y stôl. Doedd dim dianc nawr.

'Erm, I was thinking perhaps just a little mascara,' mentrodd Pam.

Twt-twtiodd y ferch.

'Let me show you, it will make a whole lot of difference,' meddai Tina gan wenu arni.

Ie, i 'mhoced i, meddyliodd Pam. Ond nodiodd beth bynnag; roedd gormod o embaras arni i anghytuno.

Gweithiodd y ferch ar ei hwyneb am yr hanner awr nesaf, yn tylino, yn paentio, yn llenwi. O wel, byddai jyst rhaid iddi fynd i'r tŷ bach a golchi'r holl fochyndra i ffwrdd, meddyliodd Pam. Yn y cyfamser roedd rhywbeth yn braf iawn am gael Tina'n mwytho'i hwyneb. Wrth gau ei llygaid fe'i tarodd mor brin oedd unrhyw gyffyrddiad corfforol rhyngddi hi a bod dynol arall.

O'r diwedd daliodd Tina ddrych bach yn frawychus o agos i wyneb Pam.

'So, what do you think?' gofynnodd.

Gwenodd Pam ar ei hadlewyrchiad. Rhaid cyfaddef, er ei bod yn teimlo bod haenau lawer ar ei hwyneb, roedd Tina wedi gwneud jobyn da. Roedd ei llygaid gwyrdd yn edrych yn fwy disglair nag arfer, a'r minlliw ar ei gwefusau yn gwneud iddynt edrych yn llawnach.

'Lovely, thank you,' atebodd Pam.

'So what would you like to purchase today?' gofynnodd Tina.

Gadawodd Pam y siop gyda llond bag o golur.

Deng munud wedi pedwar. Digon o amser. Byddai paned arall yn dda. Roedd ar ei ffordd yn ôl tua'r Aes pan ddaliodd gip arni hi ei hun mewn ffenest siop. Gwelai'r wyneb coluriedig, a'r ffrog a lynai'n ddel wrth ei chorff, a'r sandalau newydd, ond ar ei gwallt afreolus y canolbwyntiai. Byddai'n rhaid iddi brynu rhywbeth i'w ddofi. Cerddodd drwy'r Aes tua Heol Eglwys

Fair. Yn ffenest HeadOffice roedd pob math o boteli yn addo gwyrthiau. Mentrodd drwy'r drws mawr gwydr.

'How can I help?' gofynnodd y ferch y tu ôl i'r ddesg. Roedd ganddi wallt piws.

Pwyntiodd Pam at ei gwallt ei hun a gwenodd y ferch yn garedig.

'Yes, I can see the problem,' meddai, 'follow me and Craig will come and sort you out.'

Gosodwyd hi i eistedd mewn cadair ledr ddu, a chlymodd y ferch gwallt piws glogyn yn rhy dynn am ei gwddf. Ac yna cyrhaeddodd Craig yn agor a chau ei siswrn yn fygythiol. Byseddodd ei gwallt yn ewn.

'Who cut this for you last?' gofynnodd. Roedd e'n gwgu. Codai un darn ac yna ddarn arall o'i gwallt hir cyrliog cyn ei ollwng yn ddiseremoni.

'It's been a long time…' mwmiodd Pam.

'Well, not to worry, you're in safe hands now,' meddai Craig, gan dynnu'n sydyn ar ryw fotwm nes bod Pam yn gorwedd ar ei hyd. Ac yna clywodd sŵn y dŵr.

Ddwy awr yn ddiweddarach disgynnodd Pam o'r bws ar gornel Parc Fictoria a cherdded tuag at Stryd Ethel. Wrth lwc, roedd Gwennan wedi rhoi cyfarwyddiadau manwl iddi ar sut i gyrraedd ei chartref, mor fanwl a dweud y gwir nes y teimlai Pam ei bod wedi bod yno ddegau o weithiau o'r blaen, er na fu erioed ar gyfyl y lle tan heddiw. Teimlai'r gwynt ysgafn yn oeri ei gwegil. Roedd hyn yn deimlad anghyfarwydd iddi. Wyth oed oedd hi, a newydd golli ei thonsils, pan gafodd y fath gropad ddiwethaf; ei mam yn credu bod angen sicrhau bod ei holl nerth yn mynd i gryfhau ei chorff yn hytrach nag i ychwanegu modfeddi i'w gwallt gwyllt. 'Samson' roedd ei thad yn ei galw am fisoedd wedyn. Roedd ar fin gwasgu cloch rhif 114 pan agorodd y drws.

'Ssshhhh,' meddai Gwennan gan ddal bys o flaen ei gwefus a phwyntio i'r llofft.

Caeodd Pam y drws ar ei hôl a dilyn Gwennan i'r gegin yng nghefn y tŷ.

'Mae Elin newydd fynd i gysgu – o'r diwedd,' esboniodd, gan gau drws y gegin ar eu holau.

'Pen-blwydd hapus, a phen-blwydd priodas hapus, Gwennan,' meddai Pam gan estyn anrheg iddi o'i bag. Roedd Pam wedi ei dewis gan feddwl y byddai llyfr o straeon ffeithiol yn fwy addas i Gwennan flinedig na nofel hir. A beth bynnag, roedd Gwennan wrth ei bodd gydag Eigra Lewis Roberts.

'Pen-blwydd hapus i ti hefyd, a diolch am hwn. Llyfr?'

Nodiodd Pam, a tharodd Gwennan yr anrheg i lawr ar y seld heb ei hagor. 'Er dwi prin yn cael amser i ddarllen dim heblaw polisïau addysg di-ben-draw. A sori, dwi ddim wedi moyn anrheg i ti, dwi wedi bod mor brysur, dim cyfle...' meddai Gwennan wedyn gan godi bag Pam a'i osod yn dwt ar fachyn cefn drws.

'Dim angen anrheg, Gwennan, ti'n cwcan swper, mae hynna'n ddigon,' torrodd Pam ar ei thraws, gan roi cwtsh i'w ffrind. Am eiliad yn unig y caniataodd iddi ei dal, ond roedd yn ddigon hir i Pam sylweddoli bod Gwennan yn deneuach eto fyth.

'Lico'r gegin, lliwie cynnes, cyfforddus,' meddai Pam gan edrych o'i chwmpas.

Gwenodd Gwennan. 'Diolch. Gei di weld y tŷ i gyd fory, pan fydd Elin ar ddi-hun. Waw! Ti'n edrych yn hollol ffab, Pam – ddim fel ti dy hunan o gwbl.' Trodd Gwennan i dwtio'r llyfrau coginio ar y silff ar bwys y ffwrn.

'Diolch,' meddai Pam, ddim yn hollol siŵr ai dyna oedd yr ymateb priodol.

'Dylai Rhodri fod yma unrhyw funud. Wy'n mynd i ffenest y stafell fyw i edrych mas amdano fe – rhag iddo ganu'r gloch a deffro Elin; ishte lawr a gwna dy hunan yn gyfforddus.'

A gyda hynny roedd Gwennan wedi ei gadael gan gau drws y gegin ar ei hôl.

Eisteddodd Pam ar un o'r cadeiriau wrth y bwrdd. Roedd Gwennan wedi mynd i ymdrech, chwarae teg iddi. Y bwrdd wedi ei osod – lliain gwyn, llestri Botanic Garden Portmeirion, gwydrau gwin crisial, ac roedd y rhes o gyllyll a ffyrc yn awgrymu bod gwledd o'u blaenau. Gosodwyd y bwrdd i dri. Rhyfedd, meddyliodd Pam. Doedd bosib nad oedd Gareth yn ymuno â nhw? Nid yn unig roedd ei wraig yn dathlu ei phen-blwydd – roedden nhw'n dathlu pen-blwydd eu priodas. Trueni hefyd; roedd Pam wedi edrych ymlaen at gael ei gwmni, i ddod i nabod gŵr ei ffrind gorau yn well. Edrychodd o amgylch yr ystafell. Roedd yn union fel y'i dychmygodd – yn gysurus, taclus a lliwgar. Roedd nythu yng ngwaed Gwennan.

Yr hiraf yr eisteddai yno, y mwyaf nerfus y teimlai. Roedd hyn, wrth gwrs, yn wirion. Pam yn y byd y dylai deimlo'n nerfus? Dim ond ffrind arall oedd Rhodri. Roedd nifer o gardiau pen-blwydd ar y seld a chododd Pam i fusnesu. Cerdyn oddi wrth Mrs Ifans, oddi wrth ryw Siân, un arall oddi wrth Rhys a Nia, ac un mawr yn dweud 'I Mam' oddi wrth Gareth ac Elin Mai. Roedd hynny'n rhyfedd. Gareth, yn amlwg, oedd wedi dewis ac ysgrifennu'r cerdyn, a doedd Gwennan ddim yn fam iddo fe. Ond, dyna fe, roedd rhieni ifanc yn gwneud pethau rhyfedd. Cododd gerdyn yn dweud 'Awydd cynhenid i lamineiddio? Yna mae dysgu i chi.' Heb edrych y tu mewn, gwyddai taw cerdyn oddi wrth Rhodri oedd hwn. Roedd yn union y math o hiwmor a apeliai ato. Agorodd y cerdyn am gadarnhad. 'I fy annwyl chwaer, cariad mawr, Rhods a Katie xx.' Lluchiodd Pam y cerdyn yn ôl ar y seld ac aeth i eistedd wrth y bwrdd. Doedd hi ddim yn nerfus bellach. Siom, dyna a deimlai nawr. Tynnodd y *Western Mail* o'i bag, a throdd y tudalennau heb wneud unrhyw ymdrech i ddarllen yr adroddiadau.

'Dim sôn am Rhodri,' meddai Gwennan yn grac wrth ddychwelyd i'r gegin. 'Fi mor sori am adael ti ar ben dy hunan fel hyn, ond ti'n edrych yn ddigon hapus fanna. Licen i 'sen i'n ca'l amser i ddarllen y papur.'

'Dyw Gareth ddim yn ymuno â ni ar gyfer y dathliad dwbl?' gofynnodd Pam.

'Na, mae rhywbeth arall wedi dod ar ei draws mae arna i ofn.' Edrychodd Gwennan ar ei horiawr. 'Mae wedi troi saith – sai'n deall ble mae Rhodri; o'dd 'i drên e fod cyrraedd am ddeg munud wedi whech.'

Croesodd at y ffôn a phwyso'r botymau bach yn benderfynol, gwrando ac yna gollwng y ffôn yn ôl yn ei grud. Ochneidiodd. 'Mae'i ffôn bach e *off*. Beth yn y byd yw pwynt ca'l ffôn os nag yw e byth yn ei droi e mlân?' Trodd i agor y ffwrn.

'Well i ni ddechre, Pam, neu bydd y *soufflés* 'ma'n hollol fflat.'

Daeth chwa o arogl hyfryd i'w ffroenau. Roedd amser maith ers y frechdan yna yn yr Aes.

'Alla i helpu?'

Chwarddodd Gwennan. 'Ti, yn helpu yn y gegin? Sai'n credu, wir. Ond allet ti agor y gwin – mae e ar y dreser. Saint-Émilion. Potel dda, yn ôl Gareth.'

Nodiodd Pam, codi i nôl y botel, ei hagor a llenwi eu gwydrau, tra oedd Gwennan yn gosod dysglau'r *soufflés* ar y platiau bach o'u blaenau.

'Iechyd da a phen-blwydd hapus i ni.' Eisteddodd Gwennan gyferbyn â Pam.

Tinciodd y gwydrau ac yfodd y ddwy.

'Mmm, hyfryd,' meddai Pam.

'Dwi angen hwn,' ychwanegodd Gwennan.

Yn ystod y cwrs cyntaf bu'r ddwy'n trafod gwaith Gwennan. Broliai y staff, y plant a rhieni'r 'ysgol orau yn y byd'. Oedd, roedd wrth ei bodd, ac roedd pethau'n argoeli'n dda am ddyrchafiad yn y blynyddoedd nesaf gan fod y dirprwy bennaeth yn tynnu at oed ymddeol. 'Ond wrth gwrs, mae'n bwysig peidio rhoi gormod o goel…'

'Ti'n teimlo bod ti wedi bwrw dy brentisiaeth erbyn hyn 'te?' gofynnodd Pam.

Nodiodd Gwennan gan wenu.

Felly nid gwaith oedd y broblem, meddyliodd Pam. Penderfynodd aros i'w ffrind yfed ychydig mwy o win cyn ceisio mynd at wraidd y diflastod amlwg a fynegwyd yn ei llythyron diwethaf.

'Wel, roedd hwnna'n ffein iawn, diolch,' meddai Pam gan grafu gwaelod dysgl wag y *soufflé*.

Cododd Gwennan a chlirio llestri'r cwrs cyntaf. Symudodd y cyllyll a'r ffyrc a osodwyd ar gyfer Rhodri hefyd. Teimlodd Pam ail don o siom yn ei bwrw.

'Falle daw e ar drên hwyrach,' meddai'n obeithiol.

Ysgydwodd Gwennan ei phen. 'Bydde fe 'ma nawr 'se fe'n dod. Ond mae e wedi gwneud hyn gyment o weithie dros y flwyddyn ddiwetha – addo dod, ac yna…'

Gwelodd Pam y dagrau'n cronni. Felly, dyna oedd yn ei phoeni.

'Ma'n siŵr fod 'i shiffts e'n newid ar fyr rybudd.' Clywodd Pam ei hun yn ceisio gwneud esgusodion dros Rhodri.

Siglodd Gwennan ei phen. 'Katie – dyna'r rheswm,' meddai'n bendant.

Suddodd calon Pam ymhellach.

'Ma'n nhw'n seriws, 'de?' gofynnodd yn dawel.

Nodiodd Gwennan. 'Ddim bod Rhodri wedi gweud hynna'n bendant, ond mae e gyda hi byth a hefyd – edrycha ar y pentwr o gardie post 'ma.'

Estynnodd swp o gardiau o'r seld. Cardiau o Jersey, Ynys Manaw, Saint-Tropez, Tenerife, Ynysoedd Cayman.

'A ma gyda'i thad hi *yacht*. Ma'n nhw ar honno rownd y ril.

Sai'n gwbod shwt ma Rhodri – na Katie – yn ca'l amser i weitho, wir.'

Roedd Pam yn deall yn iawn nawr pam y bu Gwennan mor ddiflas dros y misoedd diwethaf. Roedd hi'n hen gyfarwydd – erioed, a dweud y gwir – ar fod yn ben ar Rhodri. A bellach roedd wedi ei disodli. Nid hi, Pam, felly, oedd yr unig un oedd yn ddig wrth Katie. Rhoddodd Gwennan ddysgl fawr o *lasagne* ar ganol y bwrdd ac aeth i nôl powlen bren yn llawn dail.

'*Lasagne* llysieuol Ffrengig,' meddai, gan estyn y platiau Portmeirion. Rhoddodd dipyn mwy ar blât Pam nag ar ei phlât hi ei hun.

'Ffrengig?' holodd Pam. Roedd sawr y pryd yn ddigon i wneud iddi lafoerio, ond roedd y gwres amlwg a godai'n darth o'r plât yn ddigon i'w rhybuddio i oedi ychydig cyn blasu.

'Taragon yn lle oregano,' esboniodd Gwennan.

'Mmm, mae e'n arogli'n hyfryd ta beth.'

'Ti'n gwneud tipyn o gwcan, Pam?' Torrodd Gwennan ei bwyd yn ddarnau mân. Roedd gwên fach amheus ar ei hwyneb.

'Odw,' meddai Pam yn amddiffynnol.

Cododd Gwennan ei haeliau'n awgrymog.

'Wel, os ti'n galw neud taten bob a chaws neu dowlu popeth sy yn y ffrij i ffreipan… yn gwcan.'

Lledaenodd gwên Gwennan.

'A ma sos coch yn mynd 'da popeth,' ychwanegodd Pam gan chwerthin.

Crychodd Gwennan ei thrwyn. 'Allai ddim credu bo ti ddim yn dilyn rysáits.'

'Mmmm,' aeth y llond fforc lwythog gyntaf i geg Pam. 'Ffein.'

'Mmm. Mae e'n ocê,' meddai Gwennan, yn or-wylaidd.

'Mwy na ocê,' atebodd Pam yn ôl y disgwyl.

Nodiodd Gwennan yn fodlon. 'Neis ca'l rhywun i werthfawrogi'n ymdrechion i am unwaith.'

Edrychodd Pam arni; roedd Gwennan yn canolbwyntio ar ei phlât. Roedd hwnna'n sylw digon od. Ond gwyddai'n well na phwmpio'i ffrind am wybodaeth; os oedd Gwennan am fwrw'i bol, hi fyddai'n penderfynu pryd i wneud, a neb arall. Ni cheisiodd Pam lenwi'r tawelwch chwaith, er mwyn rhoi'r cyfle i Gwennan arwain y sgwrs.

'Bydda i'n rhoi tro ar rysáit newydd bob nos Wener,' meddai Gwennan mewn ychydig.

'Siŵr bod Gareth yn gwerthfawrogi,' mentrodd Pam.

Cnodd Gwennan yn araf iawn. 'Ydy, pan mae e 'ma. Blasu'r cinio'n eildwym nos Sadwrn mae e'n amlach na pheidio.'

Ystyriodd Pam hyn am funud. Wiw iddi gynnig y byddai'n fwy buddiol i'r ddau ohonynt petai Gwennan yn coginio ar nos Sadwrn felly.

'Ma'r cypyrdde 'ma'n llawn o bob math o gynhwysion wy prin yn ddefnyddio, cofia. Ond 'na fe, rhaid dilyn rysáit yn fanwl gywir – 'na beth yw'r gyfrinach, Pam. Dylet ti drial e.'

Nodiodd Pam yn ufudd er nad oedd ganddi fwriad yn y byd dilyn cyngor ei ffrind.

'Alli di fenthyg rhai o'r llyfre 'ma sda fi. Wy wedi rhoi marc mas o ddeg ar y rhai wy wedi'u coginio.'

Na, yn sicr, doedd Pam ddim am gario pentwr o lyfrau na fyddai hi byth yn eu hagor yr holl ffordd 'nôl i Aber.

'Diolch i ti, Gwennan, ond amser yw'r peth…'

'Ti'n dal yn fishi yn y gwaith, 'te?' gofynnodd Gwennan, gan edrych arni dros ymyl ei gwydr gwin.

'Mae fel lladd nadredd 'co,' atebodd Pam.

'Radio Ceredigion yn neud newyddion yn hytrach na'i ddarlledu yn ddiweddar, Pam,' meddai Gwennan wedyn gan wthio'r *lasagne* o amgylch ei phlât.

'Yn anffodus,' cytunodd Pam.

'Wel, mae e'n rhyw farc o lwyddiant bod Radio Cymru yn clustnodi rhaglen *Stondin Sulwyn* gyfan i drafod gorsaf fach leol maen nhw, tan nawr, wedi mynnu ei bod hi'n amherthnasol.'

Chwarddodd Pam yn sych a chymryd llwnc o'r gwin cyn ateb. 'Ma'n nhw'n rhoi sylw am fod 'na brobleme 'co, a hynny'n fêl ar fysedd y Bîb.'

Torrodd Gwennan ddarn o letysen yn fân.

'Mae'n stori dda, cofia, dau gar heddlu yn olau glas i gyd, yn saethu ar hyd Ffordd Llanbadarn i adeilad un o sefydliade mwya parchus Cymru – yr Urdd ddilychwin,' cytunodd Pam.

'Pwy fydde'n dychmygu bod llond dwrn o Gymry Cymraeg y pethe yn gallu creu shwd drafferth? Tipyn o ddrama,' meddai Gwennan.

'Panto, nid drama,' atebodd Pam yn siort.

'Beth yw'r broblem, 'te?' gofynnodd Gwennan.

Siglodd Pam ei phen. 'Y gwir yw, sai'n gwbod a sdim amser i holi.'

Edrychodd Gwennan yn syn arni. 'Wel, ma rhaid i ti neud amser. Shwd alli di fod mor ddi-asgwrn-cefn? Ma dy ddyfodol di'n dibynnu ar y tipyn gorsaf 'na.'

Sipiodd Pam y gwin. 'Sdim ishe bod cweit mor ddramatig â 'na, Gwennan. A ta beth, sai moyn gofyn cwestiyne lletchwith… creu trwbwl.'

''Na beth wedodd ffrind Seithenyn hefyd…' meddai Gwennan yn ddrwgdybus.

Ail-lenwodd Gwennan eu gwydrau.

'Arian yw gwraidd y drwg?' gofynnodd wedyn.

Siglodd Pam ei phen. 'Nage. Ei ddiffyg e. 'Na'r broblem. Problem oesol…'

''Na beth o'n i'n feddwl,' atebodd Gwennan yn ddihiwmor. 'Felly beth yw'r cysylltiad rhwng y prinder arian a chloi'r bobl 'na mas o'r cyfarfod?'

Rhoddodd Pam ei gwydr i orwedd ar un o'r matiau bach llechi a oedd yn gwarchod y lliain gwyn.

'Wir, Gwennan, sai'n siŵr. 'Na i gyd wy'n wbod yw bod cyfarfod cyffredinol eithriadol wedi'i alw, a rhai tu fewn y fangre sanctaidd yn gweud nad oedd gan y rhai ar y tu fas hawl i'w fynychu. Rhyw reol bod rhaid bod yn aelod am gyfnod penodol cyn ca'l mynychu, rhywbeth fel'na…'

'Democratiaeth yn beth peryg. Be sy ishe yw arweinydd cadarn,' awgrymodd Gwennan wedyn. Roedd y gwin coch wedi gadael staen du o gylch ei gwefusau main a wnâi iddi edrych yn sinistr.

'Unben, ti'n feddwl,' gwawdiodd Pam.

Roedd gwydr Gwennan yn wag unwaith eto ac fe'i llenwodd i'r top. 'Rhaid i ti…'

Caeodd Pam ei chlustiau i'r gorchymyn nesaf. Roedd wedi dod yr holl ffordd i Gaerdydd i fwynhau cwmni Gwennan a Rhodri, ac i ddianc rhag trafferthion Radio Ceredigion, ac nid fel hyn roedd hi wedi dychmygu'r noson o gwbl. Roedd swnian diddiwedd Gwennan yn hala colled arni'n barod.

'Mae'n hen bryd i ti symud mlân, Pam, sdim gobaith am ddyrchafiad fanna o's e?'

Ni thrafferthodd Pam ateb ond gwelodd ei hadlewyrchiad anghyfarwydd yn siglo'i phen yn y drych wrth ymyl y seld. Roedd staen piws fel clais o gylch ei gwefusau hithau hefyd.

'Y BBC, 'na dy le di. Beth am geisio am jobyn lawr fan hyn yng Nghaerdydd – bydde'n grêt ca'l ti'n agosach, a bydde Elin yn falch o weld mwy o Anti Pam.'

Nodiodd Pam. 'Bydden i'n lico gweld Elin yn amlach, bod yn rhan o'i magu, ond ma lot i gadw fi yn Aber – Rhoserchan, a nawr bo fi'n gynghorydd tre…'

Chwarddodd Gwennan yn uchel. 'Beth yn y byd 'nath godi yn dy ben di i sefyll fel cynghorydd?'

Meddyliodd Pam am funud. Doedd hi ddim yn sicr.

'Cyfuniad o bethe,' meddai'n ofalus.

A dweud y gwir, doedd hi ddim yn hollol siŵr sut roedd wedi

cael ei hun mewn sefyllfa lle'r oedd yn treulio oriau yn trafod y gwylanod egr a thrafferthion parcio, heb obaith datrys y naill broblem na'r llall.

'Pa bethe?' pwysodd Gwennan, gyda golwg anghrediniol ar ei hwyneb.

'Wel, ti'n gwbod, un peth yn arwain i'r llall…'

Roedd Gwennan yn dal i siglo'i phen. Byddai'n rhaid iddi geisio cyfiawnhau ei thwpdra.

'Es i i gyfarfod agored i drafod sut roedd darparu mwy o bethe i bobl ifanc wneud, ac o'dd yr holl hen *fogies* 'ma – cynghorwyr o'dd wedi bod yn eu swyddi ers blynydde, ac o'n nhw mor negyddol. Ac ar ben hynny yn gwrthod gadael i bobl rannu syniade – rhyw *point of order* a *protocol* di-ben-draw; ac mor wrth-Gymreig byddet ti'n meddwl taw mewn tre fach yn Kent o'n ni, wir. Ac wedyn dros beint roedd criw ohonon ni'n cwyno amdanyn nhw, a medde Huw Ffynnon-Isa – ti'n cofio fe? Flwyddyn yn fengach na ni yn Aber…?'

Siglodd Gwennan ei phen. 'Na, sai'n credu. Cofio'r rhan fwya oedd yn hŷn na ni…'

'O ochre Dinas Mawddwy…'

Eto siglodd Gwennan ei phen.

'Wel, ta beth, roedd Huw yn mynnu taw'r unig ffordd i newid pethe oedd sicrhau fod criw newydd, brwdfrydig, ifanc, Cymraeg yn cael eu hethol. Ac fel ma'n nhw'n gweud, "the rest is history".'

'Felly ti a'r hen *fogies* sy'n cynrychioli pobl dda tre Aberystwyth nawr 'te, ife?'

Chwarddodd Pam. 'Ie, ti'n itha reit, ond mae 'na un cynghorydd ifanc Plaid Cymru arall wedi ei ethol – Rhys ap Guto – ti'n cofio fe yn y coleg? Mae e'n gyfreithiwr nawr, newydd symud 'nôl i Aber.'

'Rhys Pys – crwn, sbectol, trwser rib brown?'

'Ie, 'na fe, ond 'i fod e erbyn hyn yn gyhyrog – *gym* tair gwaith yr wythnos – yn gwisgo contact lensys, siwt a thei.'

Edrychodd Gwennan ar Pam dros ei gwydr gwin. 'Mmm, swnio'n addawol. Wyt ti a fe…?'

Siglodd Pam ei phen. 'Na… dim eto ta beth,' ychwanegodd yn frysiog. Byddai'r awgrym, gobeithio, yn ddigon i atal Gwennan rhag holi mwy am ei bywyd carwriaethol. Fel arfer doedd gan Pam ddim newyddion i'w adrodd, ond doedd hi ddim am roi'r cyfle i Gwennan ddechrau awgrymu eto beth ddylai hi ei wneud i geisio canfod sboner. Ymuno â dosbarthiadau nos neu gôr oedd ei chynigion arferol. A byddai hyn bob gafael yn arwain at stori am ffrind i ffrind i ffrind yn cwrdd â'i phartner mewn dosbarth trwsio ceir neu Sbaeneg. Doedd gan Pam ddim car nac unrhyw chwant teithio chwaith.

'Mmm, swnio'n addawol,' meddai Gwennan wedi ei bodloni'n ddigonol, a sipiodd Pam ei gwin.

'O ie,' meddai Gwennan wedyn gan godi, 'bron i fi anghofio.'

Aeth i ddrôr mawr y seld a thynnu llyfr nodiadau a thonnau glas a choch fel marblis ar ei glawr caled.

Adnabu Pam ef yn syth. 'O na, o'n i'n meddwl bod hwnna wedi'i gladdu unwaith ac am byth,' meddai, gan duchan wrth i Gwennan eistedd a'i agor yn ofalus. Llithrodd y dudalen gyntaf o'r rhwymiad brau.

'Ti'n jocan. Wy'n mynd i gadw hwn tra bydda i. A phan fyddi di'n DJ enwog ar Radio 1, wel…'

'Wna i dalu arian mawr i ti waredu fe nawr,' meddai Pam gan chwerthin.

'Sori, Pam – ma perle amhrisiadwy fan hyn,' atebodd Gwennan, gan ddal y llyfryn o'i gafael. 'Ti'n cofio hyn? Ti – yn un o diwtorials yr Athro Gilbert – yn gofyn ai aderyn oedd Tequila?'

'Tequilamockingbird,' adroddodd y ddwy yn unsain gan bwffian chwerthin.

'O ie, o't ti'n mynnu galw *War and Peace* yn "fat book".'

Chwarddodd Pam. 'Cyfieithiad da iawn o "lyfr trwchus" 'sen i'n gweud.'

Trodd Gwennan y dudalen gan wenu. 'Druan o'r Athro Gilbert. Gwranda, ma hyn yn anfarwol. Fi'n cofio fe nawr, ti'n cyrraedd 'i stafell fach e yn Adeilad Hugh Owen – ti'n cofio'r holl lyfre 'na wedi'u pentyrru lan yn uchel?'

'Un cyffrad a bydde'r cwbl lot wedi'n claddu ni,' ychwanegodd Pam.

'A ti'n gweud, "Sorry I wasn't here last week, did I miss anything?"'

'A fe'n ffrwydro,' ychwanegodd Pam, 'a dweud, "Girl, I like to believe there is something of value in each of the tutorials I spend, on average, six hours preparing." Neu rywbeth fel'na!'

Roedd Gwennan yn chwerthin cymaint nawr nes i'r dagrau ddechrau llifo i lawr ei gruddiau.

Caeodd Gwennan y llyfr. 'Dim mwy,' meddai'n wan, 'sdim cweit cymaint o reolaeth 'da fi ers i Elin Mai gael ei geni. Well i ni stopio nawr neu bydd rhaid i fi newid fy nicers.'

Gwenodd Pam arni. 'O'n nhw'n ddyddie da, Gwennan.'

Nodiodd Gwennan a chymryd llwnc o'i gwin. Am funud bu'r ddwy yn dawel. Oeddent, roedden nhw'n ddyddiau da, meddyliodd Pam. Ond gallen nhw fod yn well. O edrych yn ôl gwyddai iddi boeni gormod, iddi fod yn rhy swil a rhy letchwith i gael y gorau allan o brifysgol.

'Ti wedi ca'l digon o *lasagne*, Pam? Ma mwy i ga'l,' gofynnodd Gwennan o'r diwedd.

'Dim diolch, ond o'dd hynna'n hyfryd iawn. Ma Rhodri wedi colli gwledd, wir.'

Twt-twtiodd Gwennan wrth godi, clirio'r llestri a mynd â nhw i'r sinc.

'Reit, os wnei di ôl y *tiramisu* o'r ffrij, wna i'n siŵr bod Miss Elin yn iawn.'

'Ti am i fi fynd i roi pip arni?' holodd Pam yn obeithiol.

'Well i fi fynd, rhag ofn iddi ddihuno a cha'l ofn. Cei di ddigon o gyfle i'w gweld hi yn y bore. Ben bore 'fyd – tua hanner awr wedi pump os y'n ni'n lwcus. A' i lan â hwn tra 'mod i wrthi,' meddai gan gydio ym mag Pam a chau'r drws yn ofalus ar ei hôl.

Tra oedd Gwennan yn y llofft aeth Pam at y seld er mwyn cael golwg agosach ar y ffotograffau oedd wedi'u gosod rhwng y llestri gleision. Roedd un hyfryd o Elin yn y bàth, yn swigod i gyd… un o Gareth, Gwennan ac Elin ar lan y môr yn rhywle… un o Mrs Ifans yn bwyta hufen iâ ar y prom… ac un o Rhodri yn ei got wen a stethosgop yn hongian o amgylch ei wddf. Cydiodd yn y llun. Roedd yn syllu yn syth at y camera ac yn chwerthin yn braf. Fel petai'n chwerthin am ei phen.

'Mae e'r un mor ddrygionus ag erioed,' meddai Gwennan gan ddychwelyd i'r gegin heb i Pam sylwi.

Gwenodd Pam a rhoi'r ffoto yn ôl ar y seld gyda'r lleill. Roedd yn amlwg o lais Gwennan i Rhodri gael maddeuant, diolch i'r gwin lleddfol. Ond roedd Pam yn awyddus i newid y pwnc; doedd hi ddim am feddwl mwy am Rhodri, a'r hyn oedd yn ei gadw draw heno.

'Elin fach yn iawn?' gofynnodd.

'Yn cysgu fel angel,' atebodd Gwennan yn fodlon. 'Wedi blino'n lân ar ôl diwrnod arall o stranco a galw am Dadad.'

'A ble yn union ma "Dadad" heno, 'te?' holodd Pam wrth agor y ffrij a chludo'r treiffl Eidalaidd i'r bwrdd.

Anwybyddodd Gwennan y cwestiwn ac estyn llwy fawr i Pam cyn eistedd yn llipa wrth y bwrdd. Cododd Pam ychydig o'r pwdin i fowlen fach.

'Dim i fi diolch, Pam, fi'n llawn, ond rho fwy i dy hunan, wir.'

Llenwodd Gwennan eu gwydrau.

'Gareth mas 'da'r bois rygbi?' gofynnodd Pam wedyn gan eistedd yn ôl.

'Mas 'da rhywun,' meddai Gwennan yn awgrymog.

Oedodd Pam; roedd hi'n amlwg bod mwy i ddod.

'Dyw e byth adre. Sai'n gwbod, ond… fi'n credu bod rhywun arall.'

Roedd Gwennan yn sibrwd erbyn hyn. Am funud meddyliodd Pam ei bod wedi camddeall. Ond roedd yr olwg ar wyneb Gwennan yn cadarnhau'r hyn a glywodd. Rhoddodd ei llaw dros law grynedig Gwennan.

'Beth sy'n neud i ti feddwl hynna?' gofynnodd Pam yn dawel.

Roedd y dagrau'n llifo i lawr gruddiau Gwennan erbyn hyn. Anadlodd yn ddwfn a chau ei llygaid am eiliad. Yna edrychodd yn syth i wyneb Pam.

'Do's 'da fe ddim diddordeb yn'a i, Pam. Byth yn cyffwrdd yn'a i ragor, byth… ti'n gwbod…'

Estynnodd Pam am y bocs hancesi, rhoi un i Gwennan a rhoi'r bocs ar y ford. Sychodd Gwennan ei dagrau yn flin, fel petai'n grac wrthynt am ddangos ei gwendid.

'Ac o'n i wedi cynllunio ca'l ail fabi yn syth ar ôl Elin. Dyna pam 'nes i orffen ei bwydo hi fy hunan ar ôl pedwar mis, er mwyn… symud pethe mlân yn glou, ca'l y ddau gyda'i gilydd… ac wedyn bod yn rhydd i ganolbwyntio ar fy ngyrfa. Ond nawr, ma'r cynllun 'na wedi strywo…'

Chwythodd Gwennan ei thrwyn yn ffyrnig cyn llyncu dracht hir o'i gwin. Gosododd ei gwydr yn ofalus ar y bwrdd gan siglo ei phen yn ôl ac ymlaen fel petai hynny'n mynd i waredu'r tristwch a'r anobaith. Pan ddechreuodd siarad eto roedd yn swnio'n fwy crac na thrist. 'A ta beth, pan mae e 'ma, mae e fel clwtyn llestri. Yn gintach i gyd 'i fod e wedi blino.'

Edrychai Gwennan mor ddiobaith. Roedd yn rhaid i Pam gynnig rhywbeth cadarnhaol. Help, roedd yn amlwg yn rhaid i Gareth gael help proffesiynol; ie, 'na fe, pasio'r broblem ymlaen i rywun arall fyddai'n gwybod beth i wneud, dyna'r peth call.

'Falle dyle fe weld meddyg, Gwennan.'

'Sdim ishe meddyg i weud bydde yfed a galifanto llai yn 'i helpu fe,' meddai Gwennan yn ddig.

Gwthiodd Pam y bowlen dreiffl i ffwrdd. Doedd arni ddim o'i eisiau bellach. Ac yna clywodd sŵn wrth y drws ffrynt.

'Wedi meddwi 'to, methu cael yr allwedd fewn i'r clo,' meddai Gwennan.

Ar ôl rhai munudau cynigiodd Pam fynd i agor y drws iddo ond gwthiodd Gwennan hi'n ôl yn ei chadair. Bu'r ddwy'n aros mewn tawelwch am funudau wedyn cyn clywed Gareth yn dod ar hyd y pasej cyfyng a thua'r gegin. Clywodd Pam e'n bwrw yn erbyn y wal cyn agor y drws a cherdded yn araf tua'r bwrdd.

'Pen-blwydd hapus, Pam, neis dy weld di,' meddai gan gydio yng nghefn ei chadair i sodro ei hun ac estyn i lawr i blannu cusan ar ei boch.

'Diolch i ti, Gareth,' atebodd Pam. Nid oedd yn arogli o alcohol o gwbl. Fodca, felly, oedd ei ddiod mae'n rhaid.

'Ma Pam a fi'n mynd i'r gwely,' meddai Gwennan yn swrth. 'Pam, ti yn y stafell fach ar dop y stâr a ma'r stafell molchi drws nesa i ti.'

'Ma'n siŵr bo chi'ch dwy wedi blino – olcha i'r llestri,' meddai Gareth gan estyn am un o'r gwydrau.

'Paid ti â meiddio,' meddai Gwennan fel bwled, 'neu bydd dim un o'r gwydre 'ma'n gyfan erbyn bore fory.'

Anwybyddodd Gareth y dicter yn llais Gwennan.

'Dim Rhodri, 'te?' gofynnodd, gan eistedd ar un o'r cadeiriau sbâr wrth y bwrdd.

'Ma hynny'n amlwg,' atebodd Gwennan yn fyr. 'Wel, wy'n mynd i'r gwely ta beth – siawns y ca i ddwy awr cyn i Elin ddihuno. Gallu dibynnu arni, Pam: dau, pedwar, hanner awr wedi pump. Ond fydde Gareth ddim yn gwbod dim am hynny.'

A chyda hynny aeth i'w llofft gan adael Pam a Gareth yn

eistedd wrth fwrdd y gegin. Ni ddywedodd y naill na'r llall ddim am funud. Teimlai Pam fod angen ychydig o dawelwch i eiriau gwenwynig Gwennan ddisbyddu. O'r diwedd dechreuodd glirio'r llestri o'r bwrdd. Rhoddodd y treiffl yn ôl yn y ffrij, llenwodd y sinc gyda dŵr poeth a swigod a golchi'r llestri. Eisteddai Gareth yn dawel wrth y bwrdd, ei ben yn ei blu. Sychodd Pam ei dwylo ar glwtyn llestri Portmeirion a'i hongian yn daclus drachefn ar y bachyn ger y ffwrn.

'Wel, nos da, Gareth,' meddai, wrth gyrraedd drws y gegin.

'Sai'n siŵr 'mod i'n lico hi rhagor hyd 'n o'd.'

Clywodd Pam y geiriau tawel. Am eiliad ystyriodd droi yn ei hôl ac eistedd eto gyda Gareth wrth fwrdd y gegin. Ond roedd hi eisoes wedi gwrando ar Gwennan yn difrïo Gareth. Doedd hi ddim am gael ei dal yn y canol. Ac wedi'r cyfan, Gwennan oedd â'r hawl i'w theyrngarwch; ffrind gorau Gwennan oedd hi. Os nad atebai, byddai Gareth yn meddwl na chlywodd hi. Ac efallai y byddai e'n falch o hynny, yn sylweddoli o ddweud y geiriau allan yn uchel mor ddamniol oeddent.

Cerddodd Pam ar hyd y coridor a dringo'r grisiau i'r ystafell sbâr.

Roedd hi'n un ar ddeg o'r gloch y nos ar Rhodri'n gorffen ei shifft, ar ddiwrnod pan nad oedd i fod i weithio o gwbl. Ond roedd yr Adran yn brysur, nifer o staff ar eu gwyliau a dau feddyg wedi ffonio i ddweud eu bod yn sâl. Roedd rheolwr yr Adran Ddamweiniau wedi pledio arno i ddod i helpu, ac yntau wedi cytuno i wneud hynny am rai oriau, ond gan bwysleisio y byddai'n rhaid iddo adael am dri o'r gloch ar yr hwyraf. Ond roedd tân difrifol mewn stordy cyfagos wedi gwneud hynny'n amhosib – yr Adran yn orlawn o bobl yn dioddef llosgiadau ac effaith anadlu mwg.

Wrth gerdded trwy fynedfa'r ysbyty tynnodd y ffôn o'i boced

ac yna cadwodd ef. Roedd yn rhy hwyr i ffonio Gwennan i ymddiheuro nawr – byddai'n cysgu, mae'n siŵr, ac yntau mewn mwy o drwbl fyth o'i dihuno hi ac Elin. Byddai'n rhaid iddo gofio ei ffonio ben bore fory. Ac nid Gwennan yn unig fyddai'n flin. Byddai Katie hefyd yn ddig, mae'n siŵr, ond byddai'n deall. Wedi'r cyfan, roedd hi'n feddyg ei hun ac yn gwybod nad oedd modd troi cefn ar ystafell aros yn llawn o bobl oedd angen help ar fyrder. Roedd wedi bwriadu mynd â Katie i Gaerdydd gydag ef heno, er mwyn i Gwennan a Pam gael cyfle iawn i ddod i'w hadnabod. Wedi'r cyfan, ychydig o eiriau yn unig a fu rhyngddynt pan gyflwynwyd hwy flwyddyn yn ôl. Yn ystod munud brin yn gynharach heno, pan ddihangodd i'r tŷ bach, roedd wedi gyrru neges destun at Katie yn dweud na fyddent yn mynd i Gaerdydd wedi'r cwbl. Gwell fyddai ei ffonio nawr. Arhosodd wrth y fynedfa i'r tiwb, troi'r ffôn ymlaen a deialu ei rhif.

'Hi, babe, it's me.'

'What kept you, hun, I've missed you.'

Er gwaethaf cynhesrwydd y geiriau clywodd Rhodri'r oerni yn ei llais ac anadlodd yn ddwfn.

'I told you, there was a fire. Cas was chocker all evening – I've just left there now.'

Arhosodd eiliad am ei hymateb ond ni ddaeth yr un.

'I'm sorry, Katie. Believe me, I'd much rather be celebrating my birthday with you and the others in Cardiff than listening to a cacophony of coughing, but I had no choice.'

'Of course you had a choice – and you chose to let me down. Again.'

Am eiliad ystyriodd Rhodri roi terfyn ar yr alwad. Roedd wedi cael llond bol ar Katie a'i chintach cyson, ond petai'n gwneud byddai'n gorfod ymddiheuro fory, drannoeth a thradwy – gwyddai hynny o brofiad.

'Oh for goodness' sake…' Arafodd menyw ar ei thaith tua'r trenau gan wgu arno.

'Babe… I'll make it up to you,' meddai Rhodri, yn dawelach nawr.

'Great, now's your chance. Come over, I've got a little birthday surprise lined up for you.'

Roedd wedi blino'n rhacs, ar glemio, a bron marw angen peint. Doedd dim chwant noson hwyr arno, ac roedd y daith i fflat Katie yn un ddiflas a olygai newid trên ddwywaith a cherdded milltiroedd dan ddaear yng ngorsaf King's Cross.

'I'm sorry, Katie, I can't, I just can't, I'm totally bushed.'

'Won't, you mean,' atebodd Katie fel bollt. 'Well, if you won't, I'll find someone else who'll be glad of my company.'

'You do that,' meddai Rhodri, gan bwyso'r botwm coch. Ac yna diffoddodd ei ffôn; doedd arno ddim awydd siarad â Katie eto heno.

Cerddodd Rhodri i lawr y grisiau i berfeddion y ddaear. Roedd Katie'n medru bod yn dipyn o sguthan. Meddyliodd am Pam a Gwennan yng Nghaerdydd a chododd hiraeth sydyn arno.

7

Dydd Sul, 13 Gorffennaf 1997

Gwasgodd Pam y casét glas i mewn i'r peiriant a chlywodd jingl cyfarwydd Radio Ceredigion drwy'r cyrn gwrando. Gwthiodd hwy i lawr i hongian o amgylch ei gwddf. Diolch byth, câi ddwy neu dair munud nawr i roi trefn ar y caneuon y bwriadai eu chwarae yn ystod hanner awr olaf ei rhaglen. Edrychodd yn betrusgar drwy'r gwydr. Na, doedd dim sôn amdano. Tynnodd y daflen froliant o CD cerddoriaeth Bizet. O wel, byddai'n rhaid iddi rwdlan am stori'r Pysgotwyr Perl. Darllenodd yn frysiog. Ie, 'na fe, stori am ddau ddyn yn caru'r un ferch – jyst y math o beth oedd wrth fodd cynulleidfa ganol bore Sul. Diolch byth na chyhoeddodd ar dop y rhaglen y byddai ganddi westai yn y stiwdio'r bore 'ma. Roedd profiad wedi dysgu iddi beidio – rhag ofn siomi'r gynulleidfa. Rhyfedd hefyd; roedd wedi siarsio Mrs Ifans i'w ffonio pe na byddai Rhodri'n cyrraedd o Lundain ar y trên olaf neithiwr. Roedd hyn, wrth gwrs, yn ddigon posib – nid dyma fyddai'r tro cyntaf iddo newid ei gynlluniau ar y funud olaf. Ond doedd hi ddim wedi clywed gair gan Mrs Ifans – ac roedd honno, beth bynnag am ei mab, yn rhywun y medrech ddibynnu arni.

Roedd yr hysbyseb olaf wrthi'n brolio bwydlen un o'r gwestai ar y prom pan welodd y llygaid glas cyfarwydd yn gwenu arni. Gwnaeth ei stumog rhyw dro bach annisgwyl, ond doedd ganddi ddim amser nawr i geisio dehongli hynny – roedd ganddi jobyn o waith i'w wneud. Ailwisgodd ei chyrn gwrando ac amneidio arno i ddod i mewn i'r stiwdio gan roi ei bys dros ei gwefus wrth i'r jingl ddod i ben yn bwt.

'Croeso 'nôl. Ie fi, Pam Smith, sy'n cadw cwmni i chi'r bore 'ma – ac yn rhan ola'r rhaglen byddwn yn parhau â'r gyfres "Deg cwestiwn i ddod i nabod rhywun yn well". A'r rhywun yna heddiw yw Dr Rhodri Ifans. Mae e'n dipyn o dderyn, ond cyn cwrdd ag e, cân fach gan Datblygu: "Ugain i Un".'

'Wel helô, gredet ti ddim mor falch ydw i o dy weld di,' meddai Pam wrth i Rhodri eistedd yr ochr draw i'r ddesg sain. 'Bydda i'n dod atat ti mewn dwy funed a 35 eiliad.'

Nodiodd Rhodri. 'Iawn,' sisialodd.

Chwarddodd Pam. 'Mae'n ocê, Rhodri, sneb yn medru clywed ni eto, mae'r meics ar gau.'

'Iawn,' meddai Rhodri wedyn.

'Jyst i ti ga'l gwbod, mae hon yn gyfres sy wedi bod yn rhedeg ers tipyn – ma pawb yn ca'l yr un deg cwestiwn. 'Na gyd sy angen i ti neud yw eu hateb nhw – ond os alli di neud yr atebion yn ddifyr, gore i gyd! Hyd yn hyn mae wedi bod yn rhaglen ddigon diflas.'

Gwenodd Rhodri. 'Dim o gwbl, joies i'r cyfweliad gyda'r ddynes sy'n cerdded ar draws Cymru gyda'i donci.'

A, felly, roedd wedi bod yn gwrando. Allai Pam ddim peidio â gwenu eto.

'O'n i'n disgwyl gweld y donci yn y stiwdio,' meddai Rhodri gan wneud cleme i fynegi ei siom.

'*Pre-record*,' eglurodd Pam.

'Rhyfeddode technoleg fodern,' chwarddodd Rhodri'n ysgafn.

Felly, doedd e ddim wedi bod yn gwrando'n astud iawn wedi'r cwbl; roedd wedi esbonio'n ddigon plaen ei bod wedi recordio'r eitem ar fferm Glanystwyth yng nghwmni Daff y Donci.

'Reit, gwisga'r cyrn 'na, a dere damed bach yn agosach at y meic. Jyst gwed un, dau, tri, i fi ga'l tsiecio'r lefele.'

Ufuddhaodd Rhodri. 'Grêt, perffaith, ewn ni amdani.'

Wrth i'r gân drist am y ceffyl ddod i ben plannodd Pam

wên ar ei hwyneb. Teimlai fod hyn bob amser yn sionci ei llais.

'O Daff y Donci i geffyl tost David R Edwards ac i rywun sy'n medru gwella pawb – Dr Rhodri Ifans yw fy ngwestai yn y stiwdio'r bore 'ma ar gyfer y deg cwestiwn. Croeso i Radio Ceredigion, Rhodri.'

'Diolch,' meddai Rhodri'n dawel.

Roedd yn edrych yn nerfus, meddyliodd Pam. Wel, pwy fyddai wedi meddwl wir?

Winciodd Pam arno.

'Sdim ishe bod ofn o gwbl, Rhodri, byddwch yn medru ateb pob un o'r cwestiyne yma heb ddim problem. Ond ateb nhw'n onest yw'r dasg.'

Chwarddodd Rhodri. Roedd yn chwerthin ar ei defnydd o 'chi', mae'n siŵr. Ond roedd rhaid iddi wneud. Roedd hi am fod yn broffesiynol – trin Rhodri fel unrhyw westai arall.

'Felly, y cwestiwn cynta: radio lleol i bobl leol yw Radio Ceredigion – beth yw eich cysylltiad chi, Rhodri, â'r sir?'

Pesychodd Rhodri. 'Wel, Pam, fe ges i fy ngeni 'ma yn Ysbyty Bronglais – wyth mlynedd ar hugain yn ôl i heddi, fel mae'n digwydd, a fy magu wedyn yn Llambed.'

'Wel, diwrnod arbennig i chi felly, Rhodri,' meddai Pam. Ceisiodd swnio fel petai newydd gael gwybod ei bod yn benblwydd arno. Nid oedd am i'w gwrandawyr sylweddoli ei bod yn hen gyfarwydd â Rhodri, ei bod yn gwybod yr atebion cyn holi'r cwestiynau. Byddai hynny'n eu dieithrio. Gofyn y cwestiynau y byddai'r gwrandawyr yn eu gofyn petaen nhw yn y stiwdio oedd ei rôl hi, ac i wneud hynny'n iawn roedd rhaid iddi drin pob gwestai fel dieithryn. 'Pen-blwydd hapus iawn i chi.'

'Ac i —'

'Ac i'r ail gwestiwn,' meddai Pam gan dorri ar ei draws. 'Ble y'ch chi'n galw'n gatre erbyn hyn, Rhodri?'

Saib byr. 'Wel, ateb yn onest oedd y gorchymyn yndife?

Mae'n anodd – achos wy'n byw yn Llunden ers wyth mlynedd, ac mae Mam wedi symud o Lambed i Aberystwyth, a chartre fy mhlentyndod wedi ei werthu. Felly'r ateb onest, Pam, yw bod gen i rywle i fyw – sef fflat yn Llunden – ond dyw e ddim yn gartre chwaith.'

Cododd lwmp yng ngwddf Pam. Swniai Rhodri mor fregus. Nid dyma'r Rhodri roedd hi'n gyfarwydd ag e. Ei greddf oedd gofyn mwy; dyma gyfle prin i ddod i adnabod y Rhodri go iawn, y Rhodri tu hwnt i'r cleber a'r tynnu coes. Ond ni allai wneud hynny, gyda channoedd o bobl eraill yn gwrando ar y sgwrs. Ac roedd hi wedi addo cês i'w gwrandawyr. Am nawr roedd angen iddi symud mlân, codi ychydig o hwyl.

'Beth am eich gwaith, Rhodri?'

Gwenodd Rhodri.

Roedd Pam wedi anghofio am y pant yn ei foch chwith.

'Jyst wedi gorffen stint yn A & E a nawr newydd ddechre ar chwe mis fel SHO – Senior House Officer – ar ward plant yn Ysbyty'r Brifysgol yng nghanol Llunden, ac yn mwynhau'r gwaith yn fawr iawn. Lot o hwyl.'

Roedd Rhodri yn amlwg ar dir mwy cysurus nawr.

'Unrhyw droeon trwstan?' gofynnodd Pam.

Chwarddodd Rhodri eto. 'A & E yn fridfa troeon trwstan 'sen i'n gweud, Pam. Nifer ohonyn nhw ddim yn weddus i sôn amdanyn nhw ar y radio. Allet ti ddim dychmygu'r pethe rhyfedd sy'n mynd yn sownd mewn llefydd… gawn ni weud… preifet.'

Cododd Pam un ael awgrymog arno.

'Oes unrhyw beth sydd *yn* weddus sôn amdano – gan ystyried ein bod yn agosach at naw y bore na naw y nos?'

Nodiodd Rhodri ac ymlaciodd Pam rywfaint. Gwyddai'n iawn fod angen ambell stori fach hwyliog i gadw diddordeb ei gwrandawyr yng nghanol yr holl hysbysebion.

'Wel, alla i rannu un ddelwedd heb ymhelaethu rhagor. Fe

ddaeth un dyn mewn gyda rhywbeth yn styc yn… rhywle – a'r esboniad oedd ei fod wedi bod yn pilo fale yn y bath.'

Chwarddodd Pam yn uchel. 'Wy'n rhyw feddwl taw yn y gegin mae'r rhan fwya o wrandawyr Radio Ceredigion yn pilo fale.'

'Llawer mwy diogel,' cytunodd Rhodri. 'Oes, ma lot o sbort i ga'l.'

Synhwyrodd Pam fod Rhodri yn dechrau agor ei lyfre a nodiodd a gwenu i'w gefnogi.

'Un o'r pethe ma pob meddyg ifanc yn ei ddysgu yw bod rhai meddygon hŷn yn cael modd i fyw drwy wneud i gyw-feddygon edrych yn dwp. Mae gen i un bòs fel'na nawr.'

'Ydych chi am ei enwi, Rhodri?'

Chwarddodd Rhodri. 'Na, 'se'i ar ben arna i wedyn. Ond wy wedi dysgu sut i ga'l y gore ohono fe 'fyd. Pan fydd e'n gwneud *ward round* gyda chriw ohonon ni feddygon ifanc mae e byth a hefyd yn pregethu a dwrdio a bytheirio. Ond ma gen i got wen arbennig fydda i'n ei gwisgo ar ei *rounds* e. A phan fydd e'n troi ei gefn bydda i'n agor y got ac ar y tu fewn mae 'na air ychydig bach yn anweddus sy'n gwneud i'r meddygon eraill chwerthin. Mae 'na lot o *camaraderie* ar y ward; lot o chwerthin.'

Chwarddodd Pam hefyd. 'Diddordebe, Rhodri – oes gennych chi amser i wneud unrhyw beth heblaw gweithio?'

'Wel wy'n lico teithio, chware ychydig o golff, gwrando ar gerddoriaeth.'

'Pa fath o gerddoriaeth?' pwysodd Pam.

'Fe chwaraeaist ti Datblygu yn gynharach, Pam. Wy'n hoff iawn ohonyn nhw – ac nid fi, wrth gwrs, yw'r unig un.'

Cochodd Pam; roedd e'n cofio ei bod hi wrth ei bodd â'r grŵp.

'Ma John Peel, un o DJs mwya dylanwadol y byd, yn ffan – yn chware eu caneuon ar Radio 1,' ychwanegodd Rhodri.

Wrth gwrs, dim ati hi roedd e'n cyfeirio. Roedd hi'n dwp i feddwl y byddai'n cofio rhyw fanylyn bach fel'na amdani.

'Ffrind annwyl iawn roddodd fi ar ben ffordd o ran miwsig Datblygu – nifer o flynyddoedd 'nôl nawr – a wy wedi bod yn ffan ers hynny. Trueni mawr i'r grŵp chwalu,' meddai Rhodri wedyn gan wenu arni.

Diolch byth. Oedd, mi oedd e'n cofio. Gwenodd yn ôl ato.

'Wel, mae'n siŵr bod nifer fawr o wrandawyr Radio Ceredigion o'r un farn, Rhodri. Gwnaeth Datblygu gyfraniad enfawr i'r sin roc Gymraeg, ei symud yn ei blân. A mlân â ninne – y cwestiwn nesa. Eich hoff le yn y byd?'

'Prom Aberystwyth.'

Nodiodd Pam. 'Dim angen esboniad – mae'n siŵr y bydd nifer fawr o wrandawyr Radio Ceredigion yn gweud "Amen" i hynna.'

Tybed a oedd e'n cofio'r tro trwstan hwnnw rhyngddynt o flaen y Marine, noson priodas Gwennan? Ni allai ddychmygu holi'r cwestiwn hwnnw fyth, er cymaint yr oedd am wybod y rheswm iddo droi i ffwrdd oddi wrthi ar y funud olaf.

Beth oedd yn bod arni? Roedd yn gamgymeriad elfennol, gadael i'w meddwl grwydro wrth gyfweld rhywun. Edrychodd mewn panig ar y sgript o'i blaen.

'Ym… y pryd gore gawsoch chi erioed?'

'Cawl tomato,' atebodd Rhodri yn bendant. 'Y pryd cynta wrth ddechre gwella ar ôl ca'l y frech goch pan o'n i'n saith oed. Ie, cawl tomato gyda Mam yn cadw cwmni wrth erchwyn y gwely, yn bendant – wy'n gallu ei flasu fe nawr. Llawer gwell na *caviar* neu *oysters* neu unrhyw stecen wy wedi eu cael ers hynny.'

Gwenodd Pam. Byddai Mrs Ifans wedi ei phlesio hefyd.

'A beth y'ch chi fwya balch ohono?'

'A. Nawr mae hynna'n fwy anodd, Pam.' Meddyliodd Rhodri am eiliad cyn cynnig, 'Pasio'n feddyg falle?'

'A beth y'ch chi'n difaru fwya?'

Am eiliad, daliodd Pam ei hanadl. Petai rhywun yn gofyn y cwestiwn iddi hi, fyddai dim amheuaeth. Ond siawns na fyddai hi'n ddigon dewr i gyfaddef yr hyn a wnaeth i Carwyn i unrhyw un bellach. Edrychodd Rhodri arni'n herfeiddiol. Ac yna meddai'n araf, 'Wy'n difaru sawl peth, rhai pethe wy wedi eu neud heb ystyried y goblygiade – pethe fydden i byth bythoedd yn eu neud pe bai modd ail-fyw'r foment honno. A wy'n difaru rhai pethe na wnes i hefyd…' Ac yna stopiodd.

Rhythodd Pam arno. Ond roedd yn amlwg nad oedd am ddweud mwy. Gwyddai Pam y byddai ei gwrandawyr yn disgwyl, ac yn dymuno, iddi ofyn am esboniad – ond ni feiddiai wneud.

'Wel dyma ni, Rhodri – wedi cyrraedd y cwestiwn olaf. Beth yw eich gobeithion ar gyfer y dyfodol?'

'Wel, Pam, dwi ddim yn un sy'n neud trefniade hir dymor. Ond fy ngobeth am heno yw ca'l rhannu pryd o fwyd i ddathlu'r pen-blwydd gydag un sy'n meddwl y byd i fi.'

Roedd yn cyfeirio at ei fam, meddyliodd Pam, neu wrth gwrs, roedd yna esboniad arall posib – ei fod wedi dod â Katie adre gydag ef. Teimlodd ddiflastod cyfarwydd yn ei bygwth. Ond doedd dim amser i holi ymhellach – pymtheg eiliad yn unig oedd yn weddill o'r rhaglen.

'Diolch yn fawr iawn, Dr Rhodri Ifans, am alw i mewn i Radio Ceredigion y bore 'ma. A diolch hefyd i chi, wrandawyr – bydda i 'nôl am naw bore fory, cyfle arall i roi'r byd yn ei le. Ond nawr, mae'n tynnu at ganol dydd ac fe ewn ni draw i'r stafell newyddion at Guto Glyn. Hwyl am y tro.'

Gwasgodd fotwm y jingl newyddion, cau'r ddau feicroffon a diosg y cyrn gwrando am fore arall.

'Diolch yn fawr iawn i ti, Rhodri.'

'Oedd hynna'n ocê?' gofynnodd Rhodri. Swniai'n ansicr.

'Jyst y peth, diolch,' meddai, gan godi a rhoi gwasgiad bach i'w fraich.

Gwenodd arni. 'Felly wnei di?'

'Neud beth?' gofynnodd Pam gan wasgu'r botwm i ryddhau'r casét hysbysebion ac yna'r CD olaf o'r peiriant.

'Ca'l swper gyda fi?'

Roedd hi'n ymwybodol ei bod yn gwenu fel gât ond doedd ganddi mo'r help.

Nodiodd ac, yn ei brwdfrydedd, clywodd ei hun yn dweud, 'Ond fydd nunlle ar agor heno. Aberystwyth fel y bedd ar nos Sul. Dere draw i'r fflat, wna i swper bach i ni. Chwech o'r gloch yn iawn?'

Beth yn y byd oedd yn bod arni? Sawl gwaith glywodd hi ei thad yn pregethu, 'Meddwl cyn agor dy geg, Pam fach?' Ac eto, dyma hi wedi gwahodd Rhodri i swper. Nid oedd wedi coginio i neb ers blynyddoedd.

'O, bydde hynna'n grêt. Diolch,' meddai Rhodri'n frwd. 'Wy'n mynd i ga'l cinio 'da Mam nawr, wela i di wedyn, 'te.'

Plannodd sws gyflym ar ei boch a chau drws y stiwdio ar ei ôl. Eisteddodd Pam yn ôl yn ei sedd. Roedd yn dal i eistedd yno pan ddaeth cyflwynydd y rhaglen nesaf i mewn a'i gwneud yn hollol glir ei bod yn amser iddi ei heglu hi o'r stiwdio, wir.

Cydiodd yn ei CDs a'i nodiadau, gadael y stiwdio a cherdded yn ôl i'w desg. Roedd honno mewn ystafell agored lle'r oedd pum desg arall. Ond roedd yr ystafell yn wag. Fisoedd yn ôl, cyn y cwympo mas mawr a welodd Gadeirydd y Bwrdd Rheoli yn ymddiswyddo, roedd pethau'n wahanol. Bryd hynny roedd rhaid rhannu desgiau; a phan fyddai Pam yn dychwelyd o'r stiwdio, yr adrenalin yn dal i lifo, byddai yna dynnu coes, a chwerthin, a syniadau am eitemau difyr yn hedfan dros y lle. Bryd hynny roedd ganddi gyfres o wirfoddolwyr i'w helpu i ymchwilio a dod o hyd i gyfranwyr, ond erbyn hyn ei rhaglen hi, a hi yn unig, oedd hi. Hi oedd yn ymchwilio, cyfweld, cyflwyno a chynhyrchu. Gwyddai Pam fod hynny'n ffaeledd. Yn sicr, doedd ei rhaglenni ddim cystal â phan oedd ganddi help, ac amser i ystyried a chynllunio. Bellach doedd dim o hynny; dod o hyd i westeion ar gyfer y rhaglen nesaf un oedd yn bwyta'i hamser erbyn hyn. Roedd dyddiau'r cabanau dros dro, a'r bwrlwm, a'r brwdfrydedd, a Cyril wedi hen fynd. Roedd y pennaeth newyddion wedi ymddiswyddo'n hollol ddirybudd ac wedi symud yn ôl i'r De, heb hyd yn oed ffarwelio â hi. A hithau wedi meddwl eu bod yn gymaint o ffrindiau. Methiant y cwmni i'w dalu'n ddeche oedd wrth wraidd yr ymadawiad disymwth yn ôl rhai; roedd Pam ei hun yn amau bod mwy i'r stori na hynny. Gwyddai'n iawn ei bod yn edrych yn ôl gyda dogn go lew o nostalgia, ond byddai'n rhoi unrhyw beth i rannu caban myglyd gyda Cyril eto, yn hytrach nag eistedd fan hyn ar ei phen ei hun mewn glendid dienaid. Roedd cartref newydd yr orsaf radio, wrth gwrs, yn adeilad hwylus, ond roedd rhywbeth mawr wedi ei golli.

'Deuparth gwaith ei ddechre,' meddai'n uchel. Agorodd ei llyfr nodiadau ac mewn llythrennau bras ysgrifennodd "Rhaglen Gorffennaf 14". Trodd at ei chyfrifiadur – tybed a oedd yn ddiwrnod rhywbeth arbennig yfory? Sganiodd drwy'r rhestr o ddiwrnodau 'cenedlaethol'. Gwgodd. Roedd cymaint ohonyn nhw mor chwerthinllyd o ddi-werth – yn arf marchnata a dim arall. Beth yn y byd oedd pwynt cael Diwrnod Cŵn Poeth, Diwrnod Cenedlaethol Ysgytlaeth, Diwrnod Cenedlaethol *Caviar*? Gorffennaf 14 – Diwrnod Cenedlaethol Noethlymunwyr. Gwenodd er ei gwaethaf. Bwriad cyfeirio at y fath restr, wrth gwrs, oedd rhoi syniad am thema i'w rhaglen – ac o gael thema, haws wedyn oedd meddwl am siaradwyr perthnasol. Ond go brin y byddai unrhyw Gardis yn fodlon cyfaddef eu bod yn noethlymunwyr.

Diwrnod Bastille yn Ffrainc – wel, roedd hynna'n welliant, a doedd radio lleol ddim yn gorfod bod yn blwyfol. A fyddai'r testun o ddiddordeb i'w chynulleidfa? Hynny oedd ei maen prawf hi, a doedd dim un o'r bosys yn dangos digon o ddiddordeb yn ei rhaglenni i osod unrhyw ganllawiau eraill. Ystyriai fod eu difaterwch yn rhyw fath o glod. Petai cynnwys ei rhaglenni'n annerbyniol mae'n siŵr y byddent yn ddigon clou i'w galw i gownt. O fewn munudau roedd y ddalen wag o'i blaen yn llawn nodiadau bach – Ffrancwr/Ffrances sy'n siarad Cymraeg? Rhywun sydd wedi byw yn Ffrainc? Rysáit Ffrengig? Gwers Ffrangeg? Gwin? Agorodd becyn o greision caws a wynwns a photel o sudd oren o'r gelc a gadwai yn nrôr ei desg. Ac yna dechreuodd ddeialu.

Erbyn chwarter i chwech roedd ganddi raglen. Roedd wedi trefnu gwesteion – roedd perchennog un o'r gwestai lleol yn galw draw i roi rysáit *tartiflette* a sôn am ei gyfnod fel *chef* yn un o westai sgio gorau'r Alpau; roedd Pam eisoes y pnawn hwnnw wedi gwneud cyfweliad ar y ffôn gydag arbenigwr ar win Ffrengig; ac roedd un o ddarlithwyr y Brifysgol wedi cytuno bod yn gwmni iddi drwy gydol ei rhaglen er mwyn rhoi gwersi Ffrangeg munud o hyd bob nawr ac yn y man. Nawr, yr unig beth ar ôl oedd ceisio dewis caneuon addas. 'Gwin Beaujolais' – ychydig bach yn rhy amlwg falle, ond roedd yn hen ffefryn gyda'i gwrandawyr, a 'Rue St Michel' Meic Stevens. Byddai wedi hoffi gofyn i'w gwrandawyr am geisiadau. Petai wedi bod yn fwy trefnus, ac wedi cael amser i feddwl a chynllunio ynghynt, gallai fod wedi eu gwahodd i ffonio gyda'u hawgrymiadau; roedd cynnwys y gynulleidfa yn y modd yma yn gweithio'n dda, ond bellach roedd yn rhy hwyr. Byddai'n rhaid cael gair gyda'r rheolwr, gofyn am help cyflogedig. Ond gwyddai na fyddai hynny'n digwydd. Roedd gwirfoddolwyr, wrth gwrs, yn werth y byd, ond anodd oedd cadw'r rhai da rhag porfeydd breision y BBC. Roedd wedi treulio tipyn o'i hamser prin yn meithrin rhai ohonynt, i'w colli bron yn syth wedyn, ac roedd y rhai gwannach yn fwy o helbul nag o help. Gwyddai mewn gwirionedd taw'r unig ateb oedd iddi hi gael mwy o drefn ar ei phethau. Caeodd ei llyfr nodiadau. Roedd yn rhaid iddi fynd, neu byddai Rhodri'n sefyll ar y rhiniog yn disgwyl amdani. Wrth iddi gyrraedd drws y swyddfa canodd y ffôn. Heb feddwl ddwywaith, trodd yn ôl at ei desg.

'Helô, Radio Ceredigion, Pam yn siarad…'

'Helô, ie, ie, fi angen help. Ma Meg ar goll. Ar goll ers nithwr. Ac mae'n ofnadw o ifanc, dod lan at ei dwyflwydd dydd Ffair Dalis. A sai'n gwbod ble i droi, a…'

Roedd y fenyw'n snwffian yn uchel.

'Arhoswch funud nawr. Beth yw'ch enw chi i ddechre?' gofynnodd Pam yn dawel.

'Joyce, Joyce Llain Wen.'

'A ble ma Llain Wen, Joyce?'

'Rhwng ffermydd Bryn Gwyn a Bryn Glas.'

'Yn…?'

'Wel, Lledrod wrth gwrs,' meddai Joyce.

'Iawn, Joyce, a chi yw mam Meg?'

Roedd Joyce yn crio eto.

'Chi wedi cysylltu gyda'r heddlu siŵr o fod…?' gofynnodd Pam wedyn.

Cymerodd Joyce anadl ddofn. 'So nhw'n becso dim, rhy fishi'n dal pobl yn sbido.'

'Alla i ddim credu nad yw'r heddlu mas yn eu cannoedd yn edrych am ferch fach ddwyflwydd oed,' meddai Pam yn chwyrn. Roedd ias oer yn cerdded ei chefn.

Am funud bu tawelwch. 'Ast yw Meg, 'chan, nage merch,' meddai Joyce yn ddig.

'O, fi'n gweld!' Teimlai Pam y rhyddhad yn llifo drosti.

'Ast fach ddu a gwyn, ci defed perta weloch chi erio'd. Mae'i hwyneb hi gwmws fel wyneb mochyn daear – trwyn gwyn a'r gweddill ohoni'n ddu bitsh, a ma peder pawen wen 'da hi, a ma fel petai blanced ddu drwchus ar ei gwar hi. A'r llyged bach, bywiog 'na…' Roedd y snwffian wedi ailddechrau.

'Pryd weloch chi Meg ddiwetha, 'te?'

Estynnodd Pam am ddarn o bapur a phensel a dechrau cofnodi'r manylion.

'Welodd Jac Sadler hi wrth ymyl ffarm Navy Hall ar y ffordd i Dregaron nithwr. A pam yn y byd 'nath e'm stopo a dod â hi gatre 'ma? Ar ormod o hast i fynd i'r Talbot i botian – 'na'r gwir amdani. A wedes i ddigon wrth Wil bod ishe fe drwsio'r twll 'na yng nghlaw' Ca' Gwaelod – ond 'nath e ddim, a nawr ma Meg fach wedi jengid a mynd mas ar yr hewl fowr, a chi'n gweld, Pam, mae'n greadur mor bert ma rhywun wedi cymryd ffansi ati ac wedi'i dwgyd hi. A fi'n becso, sai 'di galler byta dim ers nithwr. A so'n nyrfs i'n gryf ta beth. O'dd Mam 'run peth, a bennodd hi lan yn y seilem. A 'na le bydda i 'fyd os na cha i Meg fach 'nôl. Fi'n becso ch'wel…'

'Wrth gwrs 'ych bod chi.' Llwyddodd Pam i dorri ar draws y llif o'r diwedd. ''Na fe, wna i'n siŵr bod hys-bys yn mynd mas yn gofyn am wybodaeth am Meg. Beth yw'ch rhif ffôn chi yn Llain Wen, Joyce?'

'Lledrod, 261909. O diolch i chi, bach.'

'Dim problem o gwbl, dyna pam ni 'ma. Radio lleol i bobl leol. Croesi bysedd bydd Meg 'nôl gyda chi yn Llain Wen yn glou iawn. A diolch am ffonio, Joyce.'

Ysgrifennodd Pam neges frysiog yn Gymraeg a'i rhoi ar ddesg cyflwynydd cyntaf y bore gan danlinellu'r pennawd 'Ci defaid ar goll yn ardal Lledrod'. Yna cyfieithodd y neges i'r Saesneg a mynd â hi mewn i'r stiwdio i'r ddau fyfyriwr oedd yn gyfrifol am raglenni gweddill y nos.

Wrth adael ei gwaith a chroesi Ffordd Alexandra edrychodd i fyny ar gloc mawr yr orsaf. Deng munud wedi chwech. Dechreuodd redeg. Byddai Rhodri wedi bod ac wedi mynd erbyn hyn. Wel, doedd ganddi neb i'w feio ond hi ei hun – hi oedd yn gadael i'w gwaith reoli ei bywyd. Doedd neb yn ei gorfodi i weithio shifft ddeg awr, hi oedd yn dewis gwneud. A dyna, wrth gwrs, pam nad oedd ganddi fywyd cymdeithasol. Ei gwrandawyr oedd ei ffrindiau. Am sefyllfa drist. Roedd hi'n bathetig. Wrth droi'r gornel wrth y Cabin ni allai edrych i gyfeiriad ei fflat rhag cael ei siomi. Yn hytrach, edrychodd ar ei wats. Bron yn chwarter wedi chwech. Doedd dim disgwyl y byddai wedi aros amdani. O'r diwedd, tua hanner can metr o'r fflat, mentrodd edrych i lawr y stryd. Roedd Rhodri yn sefyll ar y palmant yn edrych i fyny tuag at ei llofft. Yn un llaw roedd potel o win a thusw o flodau haul yn y llall. Cyrhaeddodd ei ymyl yn gochddu a'i gwynt yn ei dwrn.

'O, sori 'mod i'n hwyr, Rhodri, sai'n gwbod ble a'th yr amser wir.'

'Ti wedi bod yn y gwaith yr holl amser 'ma?' gofynnodd gan roi'r blodau a'r gwin ar y llawr er mwyn dal ei bag a'i gwneud yn haws iddi dwrio am ei hallweddi yn ei waelodion.

Nodiodd Pam.

'A finne'n meddwl byddet ti wedi bod yn slafo dros ffwrn dwym drwy'r prynhawn,' meddai Rhodri gan godi'r anrhegion a'i dilyn i mewn i'r tŷ ac i fyny'r grisiau.

Dyna pryd cofiodd Pam ei bod wedi ei gwahodd i swper. Daro, dylai fod wedi mynd i siop y gornel amser cinio – doedd braidd dim yn y ffrij. Roedd hi'n byw ar gaws neu ffa pob ar dost, yn enwedig nawr gyda'i hamser hamdden prin yn cael ei dreulio ar yr ymgyrch.

'Sori, sori, sori, Rhodri, nawr fi'n cofio 'mod i wedi addo swper i ti.'

Chwibanodd Rhodri yn uchel wrth gamu mewn i'r ystafell fyw. Sylweddolodd Pam fod papurach ymhobman. Dylai fod wedi dod adre yn gynharach, tacluso rhyw ychydig. Pam nad oedd hi'n medru gwneud dim yn iawn?

'O, sori am y cowdel, ni ar ganol yr ymgyrch "Ie" a ma'r bocsys o daflenni 'ma'n aros i gael eu plygu. Daro fe, nawr wy'n cofio 'mod i wedi addo i Siôn y bydden nhw'n barod erbyn nos yfory.'

'Ymgyrch "Ie"?' gofynnodd Rhodri wrth roi'r gwin a'r blodau i lawr ar ben un o'r bocsys.

'"Ie dros Gymru", Rhods, ble ti wedi bod yn byw?'

'Yn Llunden,' atebodd gan eistedd ar yr unig ddarn clir o'r soffa.

Chwarddodd Pam. 'Ie, wrth gwrs, a dyw gwleidyddiaeth Cymru'n cael fawr o sylw yn y papure nac ar y teledu yn Lloegr siawns.'

'Na, dim rhyw lawer,' cytunodd Rhodri.

Symudodd Pam ychydig o'r papurach i un gornel o'r ystafell fach, casglu'r blodau a'r gwin a mynd â nhw i'r gegin. Cododd Rhodri a'i ddilyn.

'Ga i agor y gwin tra bo ti'n rhoi'r blodau 'na mewn dŵr?' gofynnodd.

Nodiodd Pam.

'Gwin gwyn ddes i, o'n i ddim yn siŵr beth o't ti'n bwriadu'i gwcan.' Chwarddodd yn uchel. 'Ond o'dd dim ishe i fi fecso na fydde'r gwin yn mynd gyda'r bwyd, achos do's dim bwyd i fynd gyda'r gwin ta beth!'

Chwarddodd Pam hefyd ac estyn dau wydr o'r cwpwrdd.

'Diolch am y blode, Rhodri, ma'n nhw'n hyfryd,' meddai gan edrych o'i chwmpas. Nid oedd ganddi'r fath beth â fas. Tarodd ei llygaid ar y poteli glas Tŷ Nant a oedd yn eistedd wrth y bin yn disgwyl cael eu cludo i'r banc ailgylchu. Wel am lwc nad oedd wedi dod i ben â'u gwaredu. Llenwodd dair ohonynt â dŵr, rhoi blodyn haul ym mhob un a'u gosod yn rhes ar y silff ffenest.

'Falch dy fod ti'n hoffi nhw – wy wastad yn meddwl bod nhw'n edrych yn hapus, a ma'n nhw'n fy atgoffa i o wylie ges i yn y Dordogne llynedd.'

'W, ma hynna'n syniad, alla i ofyn i'r gwrandawyr ffonio mewn i weud pa ddelwedd sy'n gweud "Ffrainc" wrthyn nhw.'

Crychodd Rhodri ei aeliau.

'Sori, Pam, ti'n siarad mewn damhegion – neu rywbeth.'

'Rhaglen fory, mae'n ddiwrnod Bastille yn Ffrainc – a wy am roi blas Ffrengig i'r rhaglen.'

Gwgodd arni. 'Ti'n meddwl gallet ti anghofio'r gwaith am heno? Pam o't ti'n gweithio ar ddydd Sul ta beth?'

'Y cyflwynydd arferol *off* ar wylie – felly mygins fuodd mewn yn ei le fe.'

'Ca'l dy orfodi neu wirfoddoli?' gofynnodd Rhodri gan arllwys y gwin i'r gwydrau.

Anwybyddodd Pam y cwestiwn. Hi oedd wedi gwirfoddoli, ond doedd hi ddim am gyfaddef hynny i Rhodri. Byddai ychydig o gydymdeimlad prin neu gydnabyddiaeth o'r oriau hir a weithiai yn dderbyniol iawn.

'Iechyd da a phen-blwydd hapus i ni,' meddai Pam gan godi ei gwydr.

Cododd Rhodri ei wydr yntau a'i daro'n ysgafn yn erbyn ei gwydr hithau.

'Ti'n edrych yn well yn wyth ar hugain na phan gwrddes i â ti gynta.'

Teimlai Pam y gwres yn ei bochau. 'Mmm, ma hwn yn ffein,' meddai.

'Sauvignon Blanc o ardal Marlborough yn Seland Newydd, un o fy ffefrynne i. Ond bydde fe'n well fyth ychydig bach yn oerach.'

'Ti'n *wine buff* a chwbl nawr wyt ti, Dr Ifans?' meddai Pam.

Aroglodd Rhodri'r gwin. 'Wedi dysgu tipyn gan dad Katie,' atebodd, cyn swilio'r gwin o gwmpas y gwydr a chymryd llwnc ohono.

Roedd wedi cymryd llai na phum munud iddo gyfeirio at Katie, yn anuniongyrchol efallai, ond roedd wedi llwyddo i'w chynnwys yn y sgwrs. Waeth iddo fod wedi dod â hi gydag ef; roedd ei chysgod yno yn y gegin fach, meddyliodd Pam yn swrth.

'Wy'n dipyn o gogydd y dyddie 'ma 'fyd – beth os wna

i gwcan rhywbeth i swper i ni?' meddai Rhodri gan agor y ffrij.

'Wel byddi di'n *Masterchef* os alli di gwcan pryd i ddau o'r cynhwysion prin sy 'da fi.'

Chwarddodd Rhodri. 'Wel dwi ddim wedi methu sialens fel'na 'to. Cer di i blygu'r taflenni 'na, ac fe fydd swper ar y bwrdd o fewn chwarter awr – wel, ar dy lin, gan nad oes bwrdd bwyta i ga'l 'da ti.' A chyda hynny rhoddodd wthiad bach iddi allan o'i chegin ei hun.

'Clatsha bant 'te, Rhods,' meddai gan groesi'r cyntedd bach i'r ystafell fyw.

Eisteddodd yn y gornel lle'r oedd wedi pentyrru'r taflenni a chymerodd lwnc o'r gwin. Rhaid cyfaddef bod Rhodri wedi dewis yn dda. Dechreuodd blygu. Dros yr wythnosau diwethaf roedd wedi plygu cannoedd, os nad miloedd, o daflenni'r ymgyrch, ac roedd miloedd eto i'w gwneud. Ond byddai'n werth yr ymdrech. Roedd yn siŵr o hynny. Clywai Rhodri'n clindarddach llestri yn y gegin ac am eiliad caniataodd iddi ei hun ddychmygu mai fel hyn roedd ei bywyd bob dydd. Hithau'n dod adre o'r gwaith, Rhodri'n coginio iddi, sŵn a sgwrs a chwerthin yn llenwi'r fflat bach. Am y chwarter awr nesaf plygodd a sipiodd yn hapus ei byd.

'Supper is served, mademoiselle,' meddai Rhodri, gan osod dau blât ar un o'r bocsys.

'Une omelette aux champignons avec un peu d'oignon et du fromage. Mae omlet madarch a winwns a chaws yn swnio llawer mwy egsotig yn Ffrangeg,' ychwanegodd, gan amneidio arni i eistedd ar y soffa cyn taenu lliain sychu llestri glân ar ei harffed ac estyn y plât iddi. Yna casglodd gyllyll a ffyrc, ei wydr a'r botel win o'r gegin cyn eistedd ar y llawr wrth ei hymyl.

Roedd yr arogl yn hyfryd a sylweddolodd Pam fod awch bwyd go iawn arni. Nid oedd wedi cael pryd iawn ers dyddiau.

Cymerodd gegaid o'r omlet a chaeodd ei llygaid i werthfawrogi'r blas yn iawn.

'Mmmm, hyfryd,' meddai o'r diwedd.

'Wyau – y *fast food* gwreiddiol.' Dechreuodd Rhodri fwyta.

Bu tawelwch wedyn am funud neu ddwy.

'Ti 'di siarad â Gwennan heddi?' gofynnodd Pam ar ôl llowcio tri neu bedwar cegaid, a'i hawch am fwyd yn dechrau cael ei ddiwallu.

'Na, ond roedd 'na gerdyn pen-blwydd oddi wrthi yn fy nisgwyl yn nhŷ Mam.'

Nodiodd Pam. 'Ie, ges i gerdyn ddoe hefyd, a llythyr hir.'

'Unrhyw beth difyr gan fy chwaer fawr i weud, 'te?'

'Elin fach yn prifio, ond am unwaith dim sôn am y gwaith, a dim cwyno am Gareth. Druan â fe.'

'Druan â Gwennan ti'n feddwl,' meddai Rhodri'n syth. 'Mae'n conan fod e mas byth a hefyd, a phan mae e adre mae e'n hollol ddidoreth.'

Barnodd Pam mai dweud dim fyddai orau ar y pwnc arbennig hwnnw. Wel, byddai clywed am rai o orchwylion cynghorydd tref yn siŵr o'i ddifyrru. Tra bu'r ddau'n bwyta felly, adroddodd hanes y dyn a ofynnodd iddi ddechrau ymgyrch difa gwylanod, yr hen wreigan oedd am i'r cyngor tref blannu *petunias* pinc yn lle *geraniums* coch, ar y sail bod y blodau cochion yn ypseto Siwgr Candi, ei chath, a'r myfyriwr a ofynnodd iddi sicrhau nad oedd clychau Eglwys Sant Mihangel yn ei styrbio ar fore Sul.

Chwarddodd Rhodri'n uchel.

'A'r peth mwya chwerthinllyd yw bod y cyngor tre'n cael yr holl geisiade 'ma, ond sdim pŵer 'da ni i neud dim byd. Y penderfyniad pwysica naethon ni yn y cyfarfod diwetha oedd beth i fwydo'r criw sy'n dod draw o'n gefeilldre mis nesa – rhoi sosej rôls yn lle *vol-au-vents*.'

'A dyna pam ti mor frwd dros ga'l Cynulliad i Gymru, ife – gweld ffordd o gipio pŵer go iawn?'

Nodiodd Pam. 'Fel ma'r hys-bys yn gweud – "Time to take over the remote control."'

Gwenodd Rhodri. 'Clefer. Rhyw berson marchnata wedi'i gweld hi fanna.'

'Mae'n hen bryd dod â grym yn nes at y bobl.' Cymerodd Pam ddracht o'i gwin a phwysodd Rhodri draw i ail-lenwi ei gwydr.

'Ti wir yn credu bod y werin datws ishe pŵer? Bo nhw'n becso pwy sy'n rheoli, pwy sy'n dwyn eu harian nhw?' wfftiodd Rhodri.

'Odw, mi odw i,' meddai Pam yn fwy hyderus nag a deimlai mewn gwirionedd. Roedd pethau'n mynd yn dda, ac roedd tipyn o ddiddordeb yn y wasg, ond ar lawr gwlad doedd pobl ddim mor frwd. Ond doedd hi ddim am gyfaddef hynny. Rhaid oedd bod yn bositif. Dyna natur unrhyw wleidydd gwerth ei halen.

Rhoddodd Pam ei phlât ar y llawr. 'Diolch, Rhodri, dyna'r omlet gore i fi flasu erio'd.'

'Falch bod ti 'di joio. Fi'n cymryd taw ar ddydd Llun wyt ti'n siopa gan fod y ffrij mor wag.'

Nodiodd Pam a chymryd llwnc arall o'i gwin. Mewn gwirionedd, doedd ganddi ddim diwrnod siopa. Prynu ambell beth pan fyddai'n cofio a wnâi, ond doedd hi ddim yn awyddus i gyfaddef i hynny chwaith. Doedd hi ddim am i Rhodri feddwl ei bod yn hollol chwit-chwat.

'Sut ma'r ymgyrch yn mynd, 'te?' gofynnodd Rhodri.

'Mynd yn dda, wy wir yn credu y bydd pobl Cymru'n neud y peth iawn tro 'ma.'

'Dy'ch chi ddim am ga'l cosfa debyg i '79, 'te?'

Gwenodd Pam arno. Roedd ganddo fwy o ymwybyddiaeth a mwy o ddiddordeb yng ngwleidyddiaeth Cymru nag oedd e'n cyfaddef; mae'n amlwg taw rhyw sioe fawr oedd esgus bod yn rhy fetropolitan i ymddiddori mewn rhywbeth mor lleol.

'Ma lot o bethe o'n plaid ni tro hyn, Rhods – ac mae'n grêt

bod gwahanol grwpie yn dod mas a datgan cefnogaeth. Ma 'Artistiaid yn dweud Ie', 'Defnyddwyr Rheilffordd yn dweud Ie', 'Gweithwyr Iechyd yn dweud Ie' – a ma lot o selébs yn mynd i gefnogi ni 'fyd.'

'A ma selébs yn deall gwleidyddiaeth?' gofynnodd gan godi ei aeliau'n awgrymog.

'Rhai ohonyn nhw, Rhodri. A ta beth, ma gan selébs hawl i bleidleisio a datgan barn fel pawb arall. A ma clywed bod Cerys Matthews a Giggs o blaid yn mynd i ddylanwadu ar filoedd. Ond beth dorre'r ddadl yn bendifadde i ti fydde i Maggie Thatcher ddod 'ma… i ymgyrchu… yn erbyn.'

Chwarddodd Rhodri. 'Ma Mrs T mor boblogaidd ag erio'd yng Ngwlad y Gân, 'te?'

'Cymru yn TFZ, Rhods.'

'TFZ?'

'*Tory Free Zone* – ers etholiad mis Mai,' meddai Pam gan daro'i gwydr yn erbyn un Rhodri.

Siglo ei ben wnaeth Rhodri. 'Anghofia am Blaid Cymru – dim ond y Blaid Lafur all gadw'r Toris mas.'

Rhoddodd Pam bwniad iddo. 'Ti'n hen sinig, Rhodri – fi'n gweud wrthot ti, pan gewn ni Gynulliad bydd popeth yn newid. Bydd diwedd ar yr holl gwmpo mas babïaidd 'ma – y panto mawr dyddiol 'na sha San Steffan. Bydd gwleidyddion Cymru'n cyd-dynnu. A chyda'r Brenin Ron yn arwain y Blaid Lafur bydd popeth yn iawn.'

'Ti ddim wir yn credu bydd Blair yn fodlon i Ron arwain yng Nghymru, wyt ti? Mae e'n ormod o *loose cannon*, ychan.'

Estynnodd Pam bentwr o daflenni i Rhodri. 'Plyga'r rhain – dy gyfraniad di i'r achos.'

Rhoddodd Rhodri'r taflenni ar y llawr a chodi i fynd â'r platiau gwag yn ôl i'r gegin. Am eiliad, meddyliodd Pam ei fod wedi diflasu ac am ei throi hi am adre. Ond yna daeth yn ôl, gwthio papurau o'r neilltu i wneud lle ar y soffa, eistedd wrth ei hymyl, cydio yn y pentwr taflenni a dechrau plygu. Am rai munudau ni ddywedodd y naill na'r llall ddim.

'Ma'r ymgyrch yn genedlaethol yn ofnadwy o ara – lwcus bod bach o siâp ar Siôn, sy'n gyfrifol am swyddfa Plaid Cymru 'ma, neu bydde dim taflenni 'da ni o hyd. Ymgyrch Ceredigion sy wedi printo'r rhain,' meddai Pam yn frwd.

'Mm,' oedd unig ateb Rhodri, gan barhau i blygu.

'Ma Siôn yn hynod o effeithiol – trefnu rotas ffôn, timoedd dosbarthu, timoedd eraill i gnocio ar ddryse.'

'Swno fel tipyn o deyrn i fi,' atebodd Rhodri gan ganolbwyntio ar y daflen yn ei law.

Gwenodd Pam. 'Bydde unrhyw un yn neud unrhyw beth i Siôn – ma 'da fe ffordd mor neis o ofyn, ac ar ben hynna mae e'n barod iawn i dorchi llewys.'

'Tipyn o foi yn amlwg,' atebodd Rhodri'n sych.

Tawelwch wedyn am sbel.

'Ti'n gweld lot o'r Siôn boi 'ma, 'te?'

Oedd Rhodri'n pysgota?

'Mm, bron yn ddyddiol,' meddai Pam, gan feddalu ei llais yn fwriadol.

'Ody ei bartner e'n Bleidwraig hefyd?'

Oedd, roedd e'n bendant yn pysgota.

'Does dim partner,' meddai Pam. Doedd hi ddim am ychwanegu bod y glaslanc yn ddeunaw oed ac yn hoyw.

'Shwd ma pethe 'da ti, 'te?' gofynnodd Pam wedyn, yn awyddus i adael y trafod am Siôn cyn iddi gael ei themtio i ddweud celwydd noeth.

'Ocê,' atebodd Rhodri.

'Swno fel 'set ti'n ca'l eitha hwyl ar y wardie, yn ôl be wedest ti bore 'ma.'

Nodio yn unig wnaeth Rhodri a stopio'r plygu am eiliad i gymryd llwnc o win.

Cododd Pam ei golygon o'r pamffledi er mwyn edrych arno.

'Wel, beth yw'r gair sydd wedi'i sgrifennu tu fewn i'r got wen, 'te? Y gair na allet ddatgan i'r genedl ar y rhaglen bore 'ma?'

Chwarddodd Rhodri. '*Bollocks*,' meddai. 'A *bollocks* i'r plygu diddiwedd 'ma hefyd. O's potel arall 'da ti rywle?'

Pwyntiodd Pam i gyfeiriad y gegin.

Yng Nghaerdydd eisteddai Gwennan ar ei soffa hithau – soffa gordyrói goch o Maskreys a gydweddai'n berffaith â gweddill *decor* y lolfa dwt. Yn ei llaw roedd y chwe cherdyn pen-blwydd a dderbyniodd – un oddi wrth Rhodri, cerdyn gan Rhys a Nia, un arall gan ei mam, cerdyn cartŵn oddi wrth Pam, cerdyn wedi ei baentio yn y feithrinfa gan Elin Mai, a cherdyn oddi wrth Gareth. Edrychodd ar y llawysgrifen sigledig a lluchiodd gerdyn ei gŵr i'r llawr. 'Pen-blwydd hapus' sgrechiai'r gorchymyn ar flaen y cerdyn blodeuog. Sut yn y byd allai hi gael pen-blwydd hapus?

Cofiodd ddathliad llynedd. Bryd hynny roedd pethau'n ddigon tymhestlog rhyngddi hi a Gareth, ond roedd y boddhad a gâi o fod yn fam i Elin, ac yn ei gwaith fel athrawes, wedi ei chynnal. Ers hynny roedd wedi ei phenodi'n Bennaeth yr Adran Iau, ac roedd wrth ei bodd gyda'r dyrchafiad. Y cyfrifoldeb yn ei siwtio, ei gwaith a'i harweiniad yn ennyn parch amlwg yr athrawon eraill, a'r Pennaeth yn ei sicrhau bod dyfodol disglair o'i blaen; wedi dweud ei bod hi'r union fath o berson i arwain un o ysgolion ifanc Cymraeg Caerdydd. Byddai ef, meddai, yn synnu'n fawr pe na byddai, ymhen deng mlynedd, yn bennaeth ar ei hysgol ei hun. Ond dyna fe, bu'n dipyn o ffefryn gyda Mr Jarman o'r cychwyn cyntaf, ac efallai na fyddai unrhyw fwrdd llywodraethol yn cytuno ag ef.

Ond newidiwyd pethau dros nos. Roedd y Pennaeth wedi ei daro'n wael tra oedd yn bwrw'r Nadolig gyda'i ferch yn yr Almaen, ac wedi ymddiswyddo. Erbyn y Pasg roedd y Llywodraethwyr wedi penodi olynydd. Cafodd siom yn hynny.

Roedd Cynan Jones yn ifanc, a siawns y byddai'n Bennaeth ar Ysgol Pantyderi tan y byddai'n ymddeol. Pam yn y byd y byddai unrhyw un am symud o'r ysgol orau yng Nghaerdydd? Golygai hynny, wrth gwrs, y byddai'n rhaid iddi hi symud ysgol os oedd hi am gael ei phenodi'n bennaeth. Yn yr ystafell staff yr oedd hi pan gyflwynwyd hi i Mr Cynan Jones gan gadeirydd y Llywodraethwyr. Roedd wedi siglo ei law. Bryd hynny meddyliodd fod rhywbeth cyfarwydd amdano, ond nid oedd yn ymwybodol iddi ei gyfarfod o'r blaen chwaith. Roedd wedi ei siomi o'r ochr orau wedyn, a'r mis cyntaf hwnnw wedi bod yn fis mêl bron. Roedd Cynan Jones yn bennaeth hwyliog, brwdfrydig, llawn syniadau arloesol, ac ar ben hynny'n berson dymunol dros ben.

Yn yr wythnosau'n dilyn penodiad y Pennaeth newydd roedd Gwennan yn fwyfwy prysur, ac yn fwyfwy hapus hefyd – yn mwynhau'r sialensau dyddiol a'r heriau a werthai Cynan Jones fel cyfleon iddi hi a'r staff hŷn eraill. Dim ond yn achlysurol y gwnâi Gwennan amser i fynd i'r ystafell staff. Roedd Mr Jarman, y cyn-bennaeth, wastad wedi ei chymell i wneud hynny, i gadw cysylltiad â'r staff eraill, i ddangos eu bod i gyd, yn athrawon a rheolwyr, yn un tîm unedig. A dweud y gwir, doedd ganddi ddim lot o amynedd, ond gwyddai fod ganddo bwynt. Ac felly, ar y bore dydd Gwener olaf cyn hanner tymor mis Mai, rhwng diweddaru'r targedau ar gyfer cynnydd sgiliau ieithyddol Cymraeg Blwyddyn 7 a thywys grŵp o ddarpar ddisgyblion o amgylch yr ysgol, brysiodd i'r ystafell staff am goffi.

Eisteddodd wrth ymyl Jen Thomas, yr athrawes ymarfer corff. Roedd yn hoffi Jen drwsiadus, ddi-lol. Hi oedd yr unig un y medrai ei galw'n 'ffrind'; cyd-weithwyr oedd y lleill. Roedd yn cofio'r sgwrs air am air.

'Ti a'r Prif yn dod mlân yn dda iawn 'sen i'n gweud, Gwennan – pawb wedi sylwi.'

Roedd wedi ciledrych ar Jen. Oedd hi'n awgrymu rhywbeth?

'Mae e'n ysbrydoliaeth i ni i gyd, ac yn foi ffein iawn,' atebodd Gwennan yn bendant.

'Wy'n falch drostot ti,' meddai Jen wedyn, 'yn enwedig gan fod pethe'n… galed gatre.'

Oedd, mi oedd hi'n awgrymu rhywbeth. Wel doedd hi, Gwennan, ddim yn mynd i wneud unrhyw sylw a fyddai'n debygol o roi mwy o destun trafod i ffyddloniaid yr ystafell staff.

'Mae e'n bennaeth da, ac yn ddyn neis. A 'na ben arni,' meddai Gwennan.

'Odi, ma fe. Fi'n nabod e o gatre t'wel – 'i deulu fe yn un o hen deuluo'dd Crymych. Chwech o gryts – a phob un wedi ca'l enw'n dechre 'da C.'

'O ie.' Yfodd Gwennan ei choffi'n ddidaro.

Symudodd Jen yn nes ati a gostwng ei llais.

'Druan â nhw – pan o'n ni yn yr ysgol fach o'dd pawb yn 'u galw nhw'n "Bois y Cocs".'

Yn sydyn roedd Gwennan yn gwybod yn union pam roedd wyneb Cynan Jones yn gyfarwydd. Teimlodd chwys oer yn brechu o dan ei cheseiliau wrth i Jen barhau i brepian.

'Cynan – fe yw'r hyna, wedyn ma Clem Cocos, Cynyr Cocos, Cai Cocos, Cadog Cocos… a Carwyn o'dd yr ifanca. Cannwyll llygad ei fam, druan â hi. Fuodd hi byth 'run peth wedyn.'

Cofiai Gwennan iddi deimlo awydd sydyn i chwydu.

'Ti'n ocê?' gofynnodd Jen. 'Ti'n edrych fel taset ti wedi gweld ysbryd.'

Nodiodd Gwennan yn fud. Tawodd Jen am funud ac yfed ei phaned. Ac yna trodd at Gwennan.

'Yn Aber buest ti yndife? Falle bod ti'n cofio fe – Carwyn?'

Ysgwyd ei phen wnaeth Gwennan, gadael ei choffi ar ei hanner a gwneud rhyw esgusodion am domen o waith.

Y noson honno roedd wedi troi a throsi, ac yn oriau mân y bore wedi ildio a sleifio lawr stâr i ysgrifennu'r llythyr. Am bum munud wedi wyth y bore wedyn roedd yn sefyll y tu allan i swyddfa Cynan Jones â'r llythyr yn ei llaw.

'Bore da, Gwennan,' meddai'n gynnes, gan estyn tomen o bapurach iddi eu dal tra'i fod e'n datgloi'r drws. 'Dere miwn.'

Ufuddhaodd yn fud. Gwenodd y Pennaeth arni wrth gymryd y papurau a'u hychwanegu at y pentyrrau taclus oedd eisoes ar ei ddesg. 'Beth alla i neud i ti bore 'ma, 'te?'

Estynnodd Gwennan yr amlen iddo. Eisteddodd Cynan, gan amneidio arni hithau i wneud yr un peth. Wrth iddo ddarllen canolbwyntiodd Gwennan ar ffoto ar ei ddesg o ferch fach gwallt melyn yn dal hufen iâ, a thipyn o hwnnw'n blastar eisoes ar draws ei gên a'i bochau cochion.

'Y rheswm?' gofynnodd yn dawel, y syndod yn dangos yn glir yn ei wyneb.

Siglodd Gwennan ei phen. 'Amser am newid,' meddai'n araf.

Roedd Cynan yn edrych arni a brwydrodd yn erbyn y reddf i edrych ar ei harffed neu ar y llawr – rhywle, mewn gwirionedd, ond i fyw ei lygaid.

'Wyt ti 'di ca'l cynnig lle gwell?' gofynnodd Cynan wedyn.

Gadawodd i'w llygaid grwydro 'nôl i'w ddesg. Roedd yna ddyn bach metal yn balansio'n ansicr ar golofn denau, ffon hir yn ei law. Un gwthiad a byddai'n syrthio'n bendramwnwgl, meddyliodd Gwennan.

'Na, sdim byd pendant mewn golwg eto,' meddai Gwennan.

'Wel o leia arhosa nes bod rhywbeth at dy ddant di'n codi. Mae'n llawer haws ca'l jobyn pan ma un i ga'l 'da ti'n barod,' meddai Cynan wedyn, 'ac erbyn hynny falle…'

'Na. Wy wedi penderfynu…'

'Fy mai i yw hyn – dy yrru di'n rhy galed, rhoi gormod o bwyse ar dy sgwydde… ond o'n i'n meddwl…'

'Na, nid eich bai chi, ddim o gwbl,' torrodd Gwennan ar ei draws.

'Allwn ni ddod i ddeall ein gilydd yn well, Gwennan, gwed ti beth sy'n dy lethu a…'

Roedd hi wedi codi wedyn. Roedd ei garedigrwydd yn ormod; roedd hi'n cael gwaith dal rhag ildio i'r dagrau.

'Plis ailystyria,' plediodd Cynan wrth iddi ddianc drwy'r drws a rhedeg ar hyd y coridor i'r tŷ bach.

Ond er mor wrthun iddi oedd gorfod gadael Pantyderi, roedd yn rhaid iddi ymddiswyddo. Sut gallai hi weithio gyda brawd Carwyn gan wybod beth oedd ei rhan hi yn y drasiedi deuluol? Byddai rhywun, maes o law, yn siŵr o ddatgelu iddo ei bod hi a Carwyn nid yn unig yn yr un flwyddyn yn y coleg, ond yn ffrindiau; a datgelu hefyd eu bod yng nghwmni ei gilydd ar y diwrnod olaf tyngedfennol hwnnw. Wedi'r cyfan, roedd llond gwlad wedi eu gweld ar y trên i Bontarfynach, ac yn y Cŵps wedi hynny. Roedd gormod o staff yr ysgol yn gyn-fyfyrwyr o'r Coleg Ger y Lli iddi fedru celu'r gyfrinach am yn hir. Unwaith y dôi'r rheiny i wybod bod Cynan yn frawd i Carwyn byddai rhywun yn bownd o'i bradychu i'r Pennaeth.

Wrth gwrs, bu'n rhaid pentyrru celwyddau. Yn sydyn, heb unrhyw fath o rybudd, ac yn hollol groes i'r graen, roedd yn rhaid iddi honni ei bod am newid cyfeiriad, am gael saib bach, am adael byd addysg uwchradd, am fentro i faes newydd. Roedd nifer o'r staff wedi ceisio ei darbwyllo, wedi dweud iddi gael ei geni i ddysgu, ei bod yn amlwg wedi blodeuo ers ei phenodi'n Bennaeth yr Ysgol Iau. Wrth gwrs, roeddent yn iawn. Ond doedden nhw ddim yn gwybod y gwir i gyd. A gwnâi hi bopeth i sicrhau na fyddent fyth yn dod i wybod chwaith. Doedd dim amdani ond gadael er mwyn diogelu ei henw da, a hynny ar frys.

Gorfu iddi raffu celwydd adre hefyd. Roedd Gareth wedi gwylltio'n lân, wedi dannod iddi am fod mor hunanol, wedi gresynu iddi wneud y fath benderfyniad heb drafod ag e. Roedd wedi ei hatgoffa drosodd a throsodd gymaint yr oeddent yn dibynnu ar ei chyflog, gan fynnu na ddylai ystyried gadael swydd dda cyn cael hyd i un arall. Roedd Gwennan yn deall ei ddadleuon; roedd yn llygad ei le. Ond bellach roedd yn fwy amlwg fyth pam ei fod wedi colli ei limpin yn llwyr yn sgil y bygythiad y byddai'n rhaid iddo gynnal y teulu cyfan ar ei gyflog ef.

Tra oedd hi'n gweithio'i notis roedd popeth wedi mynd yn drech na hi, a'r meddyg teulu wedi bodloni darparu nodyn i ddweud ei bod yn dioddef o *stress*. Ac felly, bu adre ers wythnosau. Yn fam a gwraig. Nid bod angen mam lawn-amser ar Elin erbyn hyn. Roedd hi'n dod yn fwyfwy annibynnol bob dydd, yn prifio'n frawychus o glou. Roedd yn yr Ysgol Feithrin bob bore, ac yn ddieithriad fe'i gwahoddid i gartref un o'i ffrindiau bach am ginio ac i chwarae drwy'r prynhawn. Ac roedd cynlluniau Gwennan i gael ail fabi wedi dod i ddim. Bellach teimlai nad oedd gobaith cael brawd neu chwaer fach i Elin.

A Gareth. Roedd eu perthynas wedi newid cymaint mewn cwta bum mlynedd, a nawr roedd newid enfawr o'u blaenau. Ers iddo ddod adre ddwy awr yn ôl a thorri'r newyddion erchyll iddi roedd ei meddwl wedi bod ar chwâl. Roedd wedi llefain yn ddireolaeth i ddechrau, yna wedi cynddeiriogi, ond nawr roedd yn hesb, wedi ei llethu gan dristwch. Roedd bywyd mor annheg. Neu efallai nad oedd. Carma oedd hyn. Cosb am ei drygioni.

Chwythodd ei thrwyn yn uchel a chydio yn y ffôn. Roedd yn rhaid iddi dorri'r newyddion i'w mam a Rhodri – o leiaf am Gareth. Byddai'n rhaid iddi ddweud wrthynt am ei phenderfyniad i adael Ysgol Pantyderi hefyd – ond nid heno. Roedd wedi celu'r newyddion am wythnosau yn barod, gan ofni eu holi a'u stilio. Gallai gadw'r daranfollt honno oddi wrthynt am ychydig eto. Pwniodd y botymau'n galed ond cyn clywed y ffôn yn canu yn lolfa ei mam yn Ael Dinas teimlodd y dagrau'n cronni eto, a thorrodd y cysylltiad rhwng Caerdydd ac Aberystwyth. Udodd i galon y glustog goch felfaréd. Gwnâi unrhyw beth i droi'r cloc yn ôl, i beidio â bod yn surbwch wrtho dros y misoedd diwethaf. A bu'n ddiserch eto heno. Llifodd y dagrau wrth iddi gofio pob eiliad o'u sgwrs.

'Ti'n hwyr. Lle ti 'di bod?' Dyna oedd ei chyfarchiad rheolaidd erbyn hyn.

Nid atebodd Gareth, ac ar ôl munudau o dawelwch cododd ei golygon o'r pentwr dillad roedd hi wrthi'n eu smwddio. Gwyddai'n syth fod rhywbeth mawr o'i le. Roedd ei gŵr talsyth fel petai wedi crebachu ers gadael y tŷ y bore hwnnw. Suddodd Gareth i ddyfnderoedd y soffa a rhoddodd Gwennan yr haearn smwddio i lawr ac eistedd wrth ei ymyl.

'Be sy'n bod?' gofynnodd yn dawel.

Bryd hynny roedd wedi estyn am ei llaw; teimlai'n oer a llaith.

'Ble ma Elin?' gofynnodd Gareth, ei lais yn torri.

'Yn saff yn ei gwely,' sicrhaodd Gwennan ef.

Tawelwch wedyn, ac er bod calon Gwennan yn curo fel gordd roedd rhywbeth yn ei rhybuddio i beidio â phwyso, i ddal 'nôl. O'r diwedd gwasgodd Gareth ei llaw yn dynn, dynn, a dweud yn ddigyffro bron, 'Dwi 'di bod at y doctor.'

Saib. 'O Gareth, o'r diwedd. Diolch byth,' meddai'n obeithiol. Beth bynnag oedd yn bod ar Gareth byddai modd cael help nawr. Dyna oedd gwerth diagnosis, dyna oedd y cam cyntaf tuag at welliant.

'MS,' meddai'n hollol noeth.

Roedd dwy lythyren yn ddigon i ddwyn eu dyfodol.

'*Multiple sclerosis*,' meddai Gareth wedyn i'r tawelwch. Nid bod angen. Roedd hi'n gwybod yn iawn beth oedd MS, a'i effaith creulon. Roedd tad un o'r merched ar staff yr ysgol yn gaeth i'w wely, wedi colli pob rheolaeth ar ei gyneddfau i gyd ers deng mlynedd.

'Ti'n siŵr?' oedd ei chwestiwn twp.

'Ma'r doctor yn siŵr,' atebodd Gareth, yn fflat.

Daeth y dagrau'n syth, a Gareth wedi ei dal yn dynn. Fe oedd wedi bod yn gefn iddi hi. Fel arall y dylai fod.

'Y sbasms… a'r lletchwithdod… a finne wedi bwrw'r bai ar y cwrw… wedi bwrw bai arnat ti,' meddai Gwennan drwy ei dagrau.

Am hydoedd wedyn swatiodd y ddau ym mreichiau'i gilydd ac ni wyddai Gwennan ai ei dagrau hi ynteu rhai Gareth a deimlai ar ei boch. Cyfuniad o'r ddau mae'n siŵr. Roeddent wedi cwtsho felly tan i'r haearn smwddio boeri stêm gyda'r fath nerth sbeitlyd nes eu rhwygo ar wahân. Cododd Gwennan a diffodd y pŵer i'r haearn.

'Mae'n flin 'da fi dy siomi di,' meddai Gareth, ei lygaid yn goch, wrth iddi eistedd eto yn ei ymyl.

Nid Gareth oedd wedi ei methu, ond ffawd, neu Dduw, neu…

Ffromodd wedyn wrth i Gareth ateb ei chwestiynau'n dawel. Na, nid oedd yn etifeddol; na, doedd dim esboniad pendant o pam roedd y salwch wedi effeithio arno. A'r na mwyaf damniol oll: na, doedd dim gwella.

'Ond ma bownd o fod triniaeth,' mynnodd Gwennan.

'Ma 'na rai pethe y medran nhw drial,' meddai Gareth, gan geisio'i orau glas i wenu.

'Wel fe awn ni i Merica,' dywedodd Gwennan yn wyllt reit.

'Ma rhai pobl yn mynd mewn i *remission*. Ddim yn gwaethygu ar ôl y cyfnod cynnar,' meddai Gareth wedyn, 'y rhai lwcus.'

'Lwcus…? Lwcus?!' Cododd Gwennan a cherdded o amgylch y lolfa fel anifail gwyllt mewn caets.

Ac yna roedd wedi suddo i'r soffa eto a Gareth wedi rhoi ei freichiau amdani'n dynn. Teimlodd y cryndod yn ei freichiau cryf ac ildio i'r dagrau unwaith yn rhagor. Ni wyddai am ba hyd y buont felly, wedi'u rhewi gan erchyllltra'r sefyllfa, nes daeth cri o'r llofft. Am unwaith ni neidiodd Gwennan i ateb galwad ei merch.

'Gad i fi fynd,' meddai Gareth yn dawel, gan godi'n drwsgl o'r soffa.

Roedd awr a hanner ers hynny, a Gwennan wedi bod i waelod y stâr droeon i wrando. Clywodd Gareth yn darllen i Elin a hithau'n chwerthin, a'r ddau wedyn yn canu 'Mi welais Jac y Do' drosodd a throsodd. Ac wedyn tawelwch. Ar ôl sbel, roedd ofn wedi'i meddiannu ac roedd wedi cripiad i'r llofft. Efallai nad oedd Gareth mor gall wedi'r cyfan. Efallai… Ond o bipo mewn i ystafell Elin roedd wedi cael hyd i'r ddau yn cysgu'n drwm, Tedi wedi cael ffling i'r llawr a braich chwith Elin wedi ei thaenu'n feddiannol ar draws brest ei thad. Ac roedd y ddau'n dal i gysgu.

Teimlai Gwennan fel clwtyn llestri, ond roedd angen iddi dorri'r newyddion i'w theulu. Esbonio i Rhodri, dyna fyddai orau, a gofyn iddo fe esbonio i'w mam. Ond gwyddai o hir brofiad nad oedd dim pwynt ffonio rhif symudol ei brawd. Teclyn i ganiatáu iddo ef gysylltu ag eraill pan ddymunai wneud, a bryd hynny yn unig, oedd y ffôn symudol i Rhodri, ac felly prin y byddai ymlaen ganddo. Ymwrolodd a deialu rhif ei mam, yn llawn y tro hwn, a chanfod bod Rhodri yn fflat Pam am damaid o swper. Roedd ei mam yn awyddus i wybod a oedd Gwennan yn meddwl bod siawns o garwriaeth rhwng y ddau nawr bod Katie'n hen hanes. Torrodd Gwennan ei sgwrs yn fyr drwy esgus bod rhywun wrth y drws. Doedd ganddi ddim awydd i drafod hyn heno, a beth bynnag, fyddai ei mam fawr o dro cyn deall bod rhywbeth wedi ei bwrw oddi ar ei hechel. Deialodd rif Pam.

'Helô, Radio Cer… o, na, sori, helô, m, Pam…'

'Helô, Pam. Gwennan sy 'ma. Ody Rhodri 'na, plis?'

'Ody… ond ti wedi anghofio rhywbeth…? Falle pen-blwydd hapus, Pamela?'

'Alla i jyst siarad gyda 'mrawd i plis?'

Heb air arall estynnodd Pam y ffôn i Rhodri.

'Dy chwaer sy ar y ffôn a ma hi mewn strop,' esboniodd Pam, heb drafferthu ceisio atal Gwennan rhag clywed y cyflwyniad.

Cododd Rhodri a chymryd y ffôn. 'Helô, *sis*, ti'n ocê?'

Gwrandawodd Rhodri am ychydig cyn eistedd ar fraich y soffa.

'O, fi'n gweld… sori, Gwennie… o's rhwbeth alla i neud?'

Tawelwch eto tra oedd Rhodri'n gwrando. O ddrws agored y dafarn ar y stryd islaw codai sŵn hwyliog *karaoke*; roedd rhywun yn bloeddio canu 'The Winner Takes It All'. Druan, nid oedd yn yr un cae ag Agnetha.

'Falle nad yw pethe mor wael â ti'n meddwl… ambell waith ma 'na gyfnod o —'

Roedd Gwennan yn amlwg yn siarad eto.

'Gewn ni help arbenigwr…'

Sylwodd Pam ar ddau grych dwfn ar draws talcen Rhodri.

'Ie, ie, wrth gwrs, alwa i ar y ffordd 'nôl i Lunden… Dim problem, Gwennie, alla i ddal y TrawsCambria ac wedyn y trên o Gaerdydd i Lunden. Y peth pwysig nawr yw dy fod ti a Gareth ac Elin fach yn cael pob cefnogaeth. Wela i di fory, 'de… a thria beidio becso. Ma ishe i ti fod yn ddewr, i Gareth ac Elin hefyd cofia.'

Rhoddodd Rhodri'r ffôn yn ôl yn ei grud a throi at Pam.

'Ma *multiple sclerosis* ar Gareth, ma'n nhw wedi cael y diagnosis heddi,' meddai'n dawel.

Ni allai Pam ddweud dim.

'Y diffyg balans, a'r slyrio – a'r symptomau eraill mae Gwennan wedi'u beio ar alcohol – dyna'r esboniad. Pam na feddyliais i am hynna?'

'Pryd welest ti Gareth ddiwetha, 'te?' holodd Pam yn dawedog.

Siglodd Rhodri ei ben. 'Blwyddyn… mwy, mae'n siŵr. O'dd e ddim gatre y ddwywaith ddiwetha i fi alw i'w gweld nhw, a weles i mo fe Nadolig chwaith, o'n i'n gweithio… Dylen i fod wedi neud mwy o ymdrech, ond…'

Claddodd Rhodri ei ben yn ei ddwylo a heb aros i ystyried rhoddodd Pam ei breichiau amdano.

'Druan â Gwennan,' meddai Rhodri'n dawel i mewn i'w brest.

'A druan â Gareth,' ychwanegodd Pam.

'Ie, wrth gwrs, druan â Gareth.'

8

Dydd Llun, 13 Gorffennaf 1998

Lluchiodd Gwennan y sgidiau o waelod y cwpwrdd dillad i ganol yr ystafell. Rhaid ei fod yma, dyma oedd ei le. Wrth i'r bŵts gaeaf lanio ar y pentwr roedd yn amlwg nad oedd. Rhuthrodd yn wyllt o amgylch ei hystafell wely yn gwacáu droriau ac yn edrych o dan y gwely, y tu ôl i'r bwrdd gwisgo, ac mewn mannau hollol anaddas i guddio bocs hefyd. Edrychodd eilwaith a thrydedd cyn derbyn nad oedd yn yr ystafell.

Yr ystafell molchi oedd y nesaf i'w throi'n bendramwnwgl, er bod synnwyr cyffredin yn dweud wrthi na fyddai byth wedi rhoi'r bocs mewn ystafell a oedd yn aml yn damp a mwll. Efallai fod Elin wedi dod o hyd i'r bocs yn ei guddfan ac wedi mynd ag ef i'w hystafell hi. Ond na, doedd dim sôn amdano ymysg y doliau a'r llyfrau. Gwyddai nad oedd pwynt chwilio amdano yn yr ystafell sbâr, lle'r oedd Gareth yn cysgu, wedi ymlâdd ar ôl ymdrech y brecwasta a'i olchi a'i newid. Roedd yr ystafell wedi ei chlirio i wneud lle i'r hanfodion – gwely, hoist, cadair a chwpwrdd i ddal ei foddion. Ac roedd ystafell Gareth bellach yn ystafell gyhoeddus gyda gofalwyr a nyrsys yn mynd a dod. Na, fyddai hi byth wedi celu'r bocs yno.

Aeth drwy bob twll a chornel o'r gegin a'r ystafell fyw fel menyw o'i cho, a chyda phob methiant cynyddai ei phanig. Pryd y bu hi'n ei drin a'i drafod ddiwethaf? Ni allai gofio. Rhaid bod chwe mis a mwy ers hynny. Trodd yn ei hunfan ar ganol llawr yr ystafell fyw, ei llygaid yn sganio'r gofod yn wyllt, yn y gobaith bod rhywle ar ôl iddi chwilmentan. Na, doedd nunlle. Ildiodd, wedi chwythu'i phlwc yn llwyr, a gorwedd ar ei hyd ar y soffa. Tynnodd glustog i'w mynwes a'i gwasgu'n dynn a cheisio anadlu'n ddwfn ac yn araf. Sut gallai hi fod wedi ei golli? Doedd hi byth yn colli dim; lle i bopeth a phopeth yn ei le oedd ei hadnod. A hynny'n bwysicach fyth ers i salwch Gareth ddatblygu i'r fath raddau fel na fedrai esbonio i'w ofalwyr ble y cedwid hyn a'r llall. Roedd Mandy, wrth gwrs, yn gwybod ble'r oedd popeth yn byw, ond roedd gofalwyr eraill yn mynd a dod, ac felly roedd cadw tŷ taclus yn bwysicach nag erioed. A nawr roedd y tŷ'n anniben tost, a'r bocs ar goll. Am unwaith ni cheisiodd atal y dagrau. Doedd neb yno i'w siarsio i wneud chwaith, a hynny'n rhyddhad. Mae'n siŵr ei bod wedi cysgu wedyn, y nerfau a'r blinder llethol wedi cael y gorau ohoni, nes i gloch y drws ffrynt ei dihuno'n ddisymwth.

Cododd gan syllu'n ddiddeall ar y llanast o'i chwmpas. Faint o'r gloch oedd hi? Toc wedi canol dydd meddai cloc Gareth. Wrth gwrs – Elin. Rhuthrodd i ateb y drws.

'Helô, Gwennan, dyma ni, ac mae gan Elin anrheg i ti,' meddai Siân Gruffudd, un o'r rheiny fyddai'n dod ag Elin adre o'r Ysgol Feithrin yn rheolaidd.

Gwthiodd ei merch baentiad porffor i'w llaw.

'Diolch, hyfryd,' meddai wrth i Elin fwytho'i choesau. 'A diolch i ti, Siân,' meddai Gwennan gan hanner cau'r drws.

'Ti'n iawn?' Roedd llais Siân yn llawn consýrn.

Nodiodd Gwennan.

'Siŵr?' pwysodd Siân.

'Siŵr,' cadarnhaodd Gwennan gan gau'r drws a dilyn ei merch i'r ystafell fyw.

Roedd Elin yn sefyll ar ganol y llawr yn rhythu o'i chwmpas.

'Meth,' meddai'n gyhuddgar.

Nodiodd Gwennan gan godi pentwr o bapurach o'r llawr.

'Meth mawr,' pwysleisiodd Elin wedyn.

'Helpa fi i dacluso, 'te,' awgrymodd Gwennan.

Cododd Elin rai o'r llyfrau a'u gosod ar y silff isaf. Gwyliodd

Gwennan hi'n codi un llyfr ar ôl y llall nes ffurfio un pentwr peryglus.

'Hoffet ti wylio *Sam Tân*, tra bo Mam yn rhoi cinio i Dad, ac wedyn fe gawn ni'n dwy ginio bach cyn tacluso'r tŷ gyda'n gilydd?'

'*Sam Tân* a bisged,' mynnodd Elin.

'Bisged ar ôl brechdan,' esboniodd Gwennan, fel y gwnâi bron yn ddyddiol.

'Dim ishe brechdan,' atebodd Elin yn bwdlyd.

'Dim brechdan, dim bisged,' atebodd Gwennan.

O nunlle cododd sgrech erchyll, sydyn, fel petai rhyw anghenfil wedi brathu'r un fach.

Gwasgodd Gwennan y bwtwm ar y teledu nes bod y gân gyfarwydd yn cystadlu â chynddaredd ei merch, ac yna caeodd y drws ar y randibŵ.

Daeth y dagrau eto wrth i Gwennan baratoi bwyd llwy i'w gŵr.

Roedd Pam ar ras wyllt. Roedd angen trefnu rhaglen drannoeth ac wedyn brysio i'r prom. Un o'r gloch oedd yr hwyraf y byddai wrth y bandstand, dyna ei haddewid i Siôn, ac nid oedd am ei siomi. Roedd wedi bod mor dda wrthi, a byddai ei angen fwyfwy dros y misoedd nesaf. A dweud y gwir, roedd yn dibynnu arno.

Sganiodd y papur dyddiol. Roedd un o'r Aelodau Seneddol wedi codi'r hen ddadl – y dylid cyfreithloni canabis. Byddai eitem ar hynny yn newid o drafod boreau coffi a theithiau cerdded codi arian. Roedd yn rhwydd dod o hyd i siaradwyr ar gyfer pethau felly, wrth gwrs, ac yn sgil diffyg amser roedd hi'n llawer haws codi eitemau o'r hysbysebion a ddoi i'r fei, neu o'r datganiadau i'r wasg diddiwedd a anfonid gan wahanol sefydliadau. Ond nid da gormod o bwdin; roedd angen rhywbeth go iawn i gnoi arno o bryd i'w gilydd.

Cododd y ffôn a deialu rhif Canolfan Rhoserchan, y ganolfan a oedd yn gefn i gyn-ddefnyddwyr cyffuriau. Roedd hi'n dal i wirfoddoli'n gyson yn yr ardd yno, a gwyddai y byddai'r ganolfan yn falch o helpu, ac yn falch o'r cyfle i sôn am beryglon pob cyffur. Cytunodd Ann Jenkins, y rheolwraig, yn syth gan gadarnhau y byddai'n siarad yn erbyn unrhyw fath o gyfreithloni.

Wrth gwrs, roedd nifer yn honni y dylid caniatáu defnyddio'r cyffur er lles meddygol – byddai hynny'n ongl wahanol. Cododd y ffôn ar Dr Sara Morris. Roedd Sara, chwarae teg, bob amser yn fodlon cyfrannu i'w rhaglen, ac yn bencampwraig ar esbonio pynciau meddygol mewn iaith bob dydd. Ond doedd Sara ddim yn ateb ei ffôn a gadawodd Pam neges a'i rhif ffôn symudol gan ofyn i'r meddyg ei ffonio 'nôl.

Ffoniodd swyddfa Cynog Dafis wedyn. Byddai, byddai'r Aelod Seneddol yn hapus i fynegi barn ar ei rhaglen, ond byddai'n rhaid gwneud y cyfweliad ar y ffôn gan y byddai wedi dychwelyd i San Steffan erbyn bore fory.

Eisteddodd Pam yn ôl yn ei chadair. Roedd y swyddfa'n dawel, a neb arall ar gyfyl y lle i drafod syniadau. Wel, roedd ganddi dri pherson proffesiynol; roedd profiad yn dweud wrthi fod angen rhywun a fedrai rannu ei stori bersonol o ddefnyddio canabis. Stori'r unigolyn oedd y stori orau bob tro, y stori a afaelai yn ei gwrandawyr. Ond, wrth gwrs, roedd y cyffur yn anghyfreithlon, ac nid peth hawdd fyddai dod o hyd i rywun a siaradai Gymraeg ac a fyddai'n fodlon cyfaddef ei fod yn ddefnyddiwr. Sugnodd ar ei phensel wrth feddwl. Ac yna edrychodd ar y cloc. Chwarter i un – byddai'n rhaid iddi fynd.

Gwennan. Wrth gwrs. Dyna pwy fyddai'n medru siarad am ddefnyddio canabis. Perffaith. Byddai ei stori, heb os, yn ennyn cydymdeimlad. Nid bod Gwennan ei hun yn defnyddio, ond mi oedd Gareth yn cael budd mawr o'i smygu; y ddeilen yn lleddfu ei boen, ond yn fwy na hynny yn llacio'r cyhyrau ac yn lleihau'r sbasmau difrifol a glymai ei gorff a'i gwneud yn amhosib iddo symud bron. Yn anffodus, erbyn hyn, nid oedd lleferydd Gareth yn ddigon clir i neb ond Gwennan ei ddeall. Byddai'n rhaid iddi hi wneud y siarad drosto felly.

Deialodd ac yna gwrando ar y ffôn yn canu am yn hir. Roedd Pam yn gwybod y byddai ei ffrind adre. Doedd Gwennan ddim yn gweithio ar ddydd Llun ac ni fyddai byth yn gadael Gareth ar ei ben ei hun. O'r diwedd, cododd y ffôn.

'Heia, Gwennan, fi sy 'ma, popeth yn ocê? O't ti oesoedd cyn ateb.'

'Sori, Pam, o'n i'n bwydo Gareth. Diolch am y garden pen-blwydd.'

'Diolch i ti hefyd – a chofia ddiolch i Elin am y cerdyn arbennig. Gwed wrthi 'mod i wrth fy modd gyda'r gath binc, y blodyn pinc, y pilipala pinc a'r ci pinc hefyd.'

'Ceffyl oedd e.'

Chwarddodd Pam. 'Ie, wrth gwrs, ceffyl oedd e, fi sy'n dwp. Ta beth, gwranda, wy angen ffafr enfawr.'

Cyn i Pam ddod i ddiwedd ei hesboniad torrodd Gwennan ar ei thraws.

'Ti'n gall? Allen i golli'n job tase rhywun yn gwbod bo fi'n prynu canabis i Gareth.'

'Ond ti'n casáu dy jobyn ta beth,' atebodd Pam, 'a radio lleol yw hwn – sneb yng Nghaerdydd yn mynd i glywed be ti'n weud. Bydde clywed eich hanes chi'n medru helpu pobl eraill…'

'Hy, paid â bod mor naïf, Pam. Tasen i'n siarad ar Radio Ceredigion am hyn bore fory, cyn nos bydde rhywun yn cnocio ar fy nrws i yma yng Nghaerdydd. Alla i ddim cymryd y risg. Fi yw'r unig un sy'n ennill cyflog yn y tŷ 'ma nawr – ma rhaid i fi gadw'r jobyn er 'mod i'n casáu bob munud yn y coleg 'co. Sdim diddordeb 'da cyw adeiladwyr a thrydanwyr a *hairdressers* mewn pwnc fel Cyfathrebu.'

Meddalodd Pam ei llais er mwyn ceisio darbwyllo'i ffrind. 'Fydde dim rhaid i ni weud dy enw di na dim, jyst gweud dy stori. Fydd neb yn gorfod gwbod pwy wyt ti, na Gareth.'

'Na, sori Pam, alla i ddim. Wy wedi ca'l cwpwl o ddiwrnode ofnadw, alla i ddim meddwl neud unrhyw beth ychwanegol. Ffwl stop.'

'Gareth yn wa'th nag arfer, druan?'

'Na, 'run peth, ond ar ben popeth, ma rhywun wedi dwyn pethe o'r tŷ.'

'Beth, rhywun wedi torri mewn?'

'Na, sai'n credu. Dim ôl torri mewn yn unman, ond ma rhai o'r gofalwyr sy'n dod 'ma bach yn ddidaro am gloi'r drws cefn. Ond na, mae arna i ofn taw un ohonyn nhw sy wedi dwyn pethe.'

Clywodd Pam lais ei ffrind yn torri. Druan, roedd dan straen mawr rhwng popeth. Ddylai hi, Pam, ddim fod wedi gofyn iddi wneud cyfweliad o gwbl.

'O druan â ti, ti 'di colli pethe gwerthfawr?'

'Na... wel do... a bocs Dad.'

'Yr un derw gyda'r darne bach *mother of pearl*?'

Gwyddai Pam fod y bocs yn meddwl y byd i Gwennan. Ei saer o dad oedd wedi ei wneud iddi pan oedd hi'n ferch fach. Roedd hi wedi cadw'r bocs wrth ei gwely'r holl amser roedd y ddwy'n rhannu fflat yn Aberystwyth. Ac er nad oedd Pam erioed wedi pipio i weld beth oedd ynddo, rywsut roedd yn gwybod mai yno y cadwai Gwennan ei phethau pwysicaf.

'O'dd 'na bethe gwerthfawr yn y bocs?' gofynnodd Pam, yn ofalus nawr.

'Gwerthfawr i fi,' atebodd Gwennan yn herciog rhwng ei dagrau, 'ond nid i neb arall – jyst breichled ges i'n anrheg am fod yn forwyn fach ym mhriodas cyfnither i Mam, modrwy ddyweddïo Mam-gu, a... rhai llythyron. Na, wedi ffansïo'r bocs 'ma pwy bynnag... sy wedi ei ddwyn.'

Roedd y dagrau'n amlwg yn llifo erbyn hyn, ac yna clywodd Pam sŵn clindarddach yn y cefndir.

'Be sy'n digwydd, Gwennan – ody popeth yn ocê?'

Roedd hynna'n gwestiwn twp, dwrdiodd Pam ei hun. Yn amlwg roedd pethau ymhell o fod yn iawn.

'Rhaid i fi fynd, sori…'

Ac ar hynny aeth y ffôn yn farw.

Cododd Pam o'i desg, gafael yn ei bag a brysio allan i ganol traffig amser cinio Aberystwyth. Roedd yn brysur, y farchnad Ffrengig a'r arddangosfa gelf yn y Bandstand yn amlwg wedi denu pobl i'r dref. Pum munud oedd ganddi i gyrraedd y prom. Dechreuodd redeg. Erbyn hyn, rhedeg oedd yr unig ffordd o gyrraedd unrhyw le yn y dref heb i rywun geisio ei stopio am sgwrs. Roedd wedi bod yn gynghorydd tref ers sawl blwyddyn bellach, a'r nifer a ddôi a'u problemau ati yn cynyddu fwyfwy. A nawr taw hi oedd ymgeisydd Plaid Cymru ar gyfer sedd Ceredigion yn y Cynulliad roedd mwy fyth yn ei hadnabod. Pregeth feunyddiol Siôn oedd bod yn rhaid i'w llun ymddangos yn y *Cambrian News* yn wythnosol – ac yn ddelfrydol ar fwy nag un tudalen. Yr anfantais, wrth gwrs, oedd na allai bellach fynd i unman heb i rywun geisio tynnu sgwrs â hi.

Heblaw pan fyddai'n canfasio. Pan wisgai ei rosét a sefyll ar y stryd yn gwahodd pobl i ddod i drafod eu gofidion, roedd y mwyafrif, yn llythrennol, yn croesi i'r ochr arall. A dyna pam, heddiw, y byddai'n cael cwmni Gwynfor i ganfasio. Un o syniadau Siôn oedd hynny, wrth gwrs. Wrth droi'r gornel wrth ymyl Llys y Brenin daeth chwa o wynt i'w bwrw 'nôl. Stopiodd, cydio'n dynn yn ei ffrog a cherdded tua'r Bandstand. Wrth agosáu gwelai Siôn a Gwynfor wrth stondin wedi ei haddurno â phosteri melyn a gwyrdd. Chwifiai pentwr o falŵns yn y gwynt a rhuthrai Siôn o un ochr i'r llall yn ceisio achub y taflenni rhag cael eu chwythu i ebargofiant.

'Un o'r gloch ar ei ben,' meddai Pam yn fuddugoliaethus gan bwyntio at ei horiawr.

'Llongyfarchiade,' meddai Siôn, 'tro cynta i bopeth.'

Anwybyddodd Pam y coegni a throi at Gwynfor.

'Wel shwd wyt ti, boi? Lico'r rosét, ti'n ddigon o ryfeddod, wyt wir.'

Plygodd a mwytho ei wddf meddal.

'Mae e'n gorjys, Siôn. Ti'n hollol iawn – os na fydd y cyhoedd moyn siarad gyda fi, byddan nhw'n siŵr o siarad â Gwynfor.'

Cydiodd Pam mewn pentwr o daflenni a datod tennyn y ci o'r fainc. Roedd yna gwpwl canol oed yn cerdded ling-di-long ar hyd y prom tuag ati. Byddai'r rhain yn rhai da i dynnu sgwrs â nhw gan nad oeddent ar frys.

'Pnawn da,' meddai Pam, gan wenu'n gynnes.

'Oh my goodness, what a gorgeous puppy! Chocolate Labs are my absolute favourite. What's your name, you lovely little chappy?'

'Gwynfor, his name's Gwynfor,' meddai Pam.

Edrychodd y pâr yn gwestiyngar ar Pam.

'After one of my heroes – the first Plaid Cymru MP, Gwynfor Evans.'

Plygodd y wraig i fwytho'r ci ac edrychodd y dyn arni'n gwneud.

'Sheila lurves her dogs, don't you, Sheila?'

Nodiodd y fenyw.

'Erm, I'm canvassing for the Welsh Assembly election in May,' meddai Pam, gan sylwi bod Siôn yn gwneud cimychau arni i fwrw ati.

'How old is he?' meddai'r fenyw wedyn.

'Four months. But about the elections —'

'Injections? I hope he's had them?'

'Yes, I'm representing Plaid Cymru and —'

'Oh, we don't have a vote, love, we're on our 'olidays 'ere.'

'My last Lab he had a terrible time…'

Teimlodd Pam law Siôn dan ei phenelin.

'Oh, excuse me, I must carry on,' meddai Pam gan roi plwc bach ar dennyn Gwynfor.

Hanner awr a saith ymwelydd i'r ardal yn ddiweddarach, penderfynodd Siôn taw dieithriaid oedd yn cael eu denu i'r arddangosfa gelf ar y prom a bod angen iddynt ail-leoli i ganol y dref, gan obeithio y byddai mwy o bobl leol yno. Treuliwyd hanner awr arall yn datgymalu'r stondin a chollwyd chwe balŵn i'r gwynt. Cerddodd Pam a Siôn yn llwythog ar hyd Rhodfa'r Môr a Gwynfor yn trotian yn ufudd wrth eu cwt.

'O gyda llaw, daeth eich ffrind heibio, y neges yw "welith e chi nes ymlaen"', meddai Siôn gan roi plwc i'r balŵns anystywallt. Roedd llais ac osgo Siôn yn dynodi nad oedd yn edmygydd mawr o'r ffrind hwnnw.

'A sut ydw i'n gwbod pa ffrind wyt ti'n sôn amdano?' gofynnodd Pam gan chwerthin.

'Un ffrind sydd gyda chi,' atebodd Siôn yn dart.

'A dwyt ti ddim yn ei hoffi,' meddai Pam.

'Anghywir. Ddim yn hoffi'r ffaith nad oes ganddo gydwybod cymdeithasol da ydw i. Mae'r dyn yn brolio nag yw e erioed wedi pleidleisio.'

Siglodd Siôn ei ben i bwysleisio trasiedi'r fath agwedd.

Erbyn hyn roeddent wedi cyrraedd sgwâr Siop y Pethe. Daro fe, roedd y Lib Dems hefyd wedi synhwyro y byddai'r dref yn brysur heddiw, ac wedi penderfynu codi stondin. Tybiasai Pam mai dim ond Siôn fyddai'n ddigon brwd i fynnu eu bod yn canfasio ar ddydd Llun, a hynny fisoedd cyn yr etholiad. Ond na, roedd y gystadleuaeth yno hefyd ac wedi dwyn y lle gorau o flaen y siop; byddai'n rhaid iddyn nhw fodloni ar gornel Chalybeate Street felly. Nodiodd Pam ar y criw oren – wedi'r cwbl, gwleidyddiaeth gonsensws oedd y ffordd ymlaen, atgoffodd ei hun, gan ychwanegu 'diawled' dan ei hanadl.

Wrth iddi hi a Siôn stryffaglu i ailosod eu stondin, cadw gafael ar y papurach, y ci a'r balŵns, clywodd Pam lais cyfarwydd.

'Gormod o wynt twym ar y prom, Miss Smith?' gofynnodd Rhodri gan gymryd y balŵns oddi arni.

'Helô, Rhods, pen-blwydd hapus,' meddai gan estyn Gwynfor iddo hefyd.

Rhoddodd Rhodri gusan ar ei boch. 'Pen-blwydd hapus i ti 'fyd.'

Ar ôl mwytho a chwarae gyda'r ci bywiog am funud neu ddwy, ymddiheurodd Rhodri wrth Gwynfor a'i glymu wrth bostyn. Yna aeth ati i helpu Siôn i gael trefn ar y stondin tra oedd Pam yn ceisio dal pen rheswm â rhywun oedd am iddi gefnogi ailfabwysiadu'r gosb eithaf. Ceisiodd Pam esbonio peryglon cynhenid y ddeddf, ac na fyddai'r fath benderfyniadau'n cael eu gwneud gan y Cynulliad beth bynnag, gan mai San Steffan fyddai'n parhau i ddeddfu. Am eiliad gadawodd Pam i'w llygaid grwydro o wyneb taer y dadleuwr a oedd yn amlwg yn dechrau cynhyrfu. Gwelodd Rhodri yn rhoi hanner dwsin o sticeri ar ei grys, cydio mewn taflenni a mynd ati i dynnu sgwrs â rhai o siopwyr Aberystwyth. Gwenodd cyn sylweddoli bod y dyn a oedd yn pregethu wrthi'n rhythu'n syn. Pesychodd wrth i'r dyn restru'r bobl y dylid eu crogi, a hynny'n gyhoeddus ac yn ddiymdroi. Nodiodd Pam gan obeithio ei bod yn cyfleu ei bod yn gwrando yn hytrach na chytuno, a cheisiodd glywed peth o sgwrs Rhodri – wedi'r cyfan, doedd e erioed o'r blaen wedi mynegi unrhyw gefnogaeth i Blaid Cymru. Ond roedd Siôn wrth ei ymyl, ac yn gwenu, felly mae'n siŵr bod Rhodri'n gwneud jobyn go dda o ddadlau drosti hi a thros y Blaid.

A dyna lle bu'r tri (a Gwynfor, a brofodd yn atyniad heb ei ail) drwy'r prynhawn – yn sgwrsio a dadlau a gwenu. Am hanner awr wedi pedwar, a'r stryd yn tawelu, penderfynodd Siôn ei bod yn bryd pacio'r stondin, a'i fod am ei throi hi am y swyddfa er mwyn ysgrifennu rhai llythyron a dal y post olaf. Ar ôl diolch iddo, a rhoi cwtsh ffarwél i Gwynfor, cynigiodd Pam ei bod hi a Rhodri yn mynd am ddiod i'r Llew Du.

'Bydde'n well gen i baned yng Nghaffi Morgan,' atebodd Rhodri.

Cyn iddi fedru mynegi ei syndod roedd wedi gafael yn ei braich ac yn ei harwain heibio i'r nythaid o Lib Dems a oedd yn dal i loetran wrth Siop y Pethe.

Agorodd Rhodri ddrws y caffi gan gamu o'r neilltu i Pam fynd i mewn o'i flaen.

'Dwy baned o goffi gwyn a dau ddarn o dost os gwelwch yn dda,' meddai Pam wrth y ferch y tu ôl i'r cownter. Roedd y caffi'n wag bron ac eisteddodd y ddau wrth y bwrdd ger y ffenest.

'Ti'n gwbod beth yw un o'r pethe gwaetha am fod yn ymgeisydd? Ti'n gorfod bod yn neis i bawb, a gwenu nes bod dy geg yn brifo,' meddai Pam ar ôl iddynt setlo.

Chwarddodd Rhodri. 'Mae'n siŵr bod lot o bethe gwa'th na hynna am fod yn ymgeisydd?'

'Ti'n iawn – boreau coffi. Whech cwpaned o goffi – 'na faint gorfes i yfed bore Sadwrn diwetha – a hynny mewn whech bore coffi gwahanol.'

Gwenodd Rhodri. 'Ma bywyd darpar AC yn un *glamorous* iawn. Sai'n deall pam ti ishe bod yn WAG ta beth.'

'Bydda *i* ddim yn WAG – y sefydliad yw'r WAG,' meddai Pam.

'Wel fel yr "hen WAGs" fydd pawb yn cyfeirio atoch chi, gei di weld.'

Cyn i Pam fedru ateb canodd ei ffôn bach.

'Helô,' meddai, gan feimio 'sori' tawel wrth Rhodri.

'Ie, grêt, canabis, bore fory, deg o'r gloch?'

Edrychodd y ferch a ddaeth â'r coffi a'r tost i'r bwrdd yr eiliad honno arni'n syn.

'Grêt... diolch yn fawr iawn, Sara... Hwyl.'

Chwarddodd Rhodri.

'Beth?' holodd Pam.

'O dim byd. Jyst ti yn bod yn ti.'

Brathodd Pam y tost a'i gnoi'n frwd. Jyst fel roedd hi'n ei hoffi, gyda lot o fenyn iawn.

'Wy'n mynd i wahardd caffis rhag defnyddio marjarîn pan fydda i'n AC,' meddai gan wthio gweddill y dafell dost i'w cheg.

'A dyna dy brif bolisi di, Miss Smith?' gofynnodd Rhodri gan chwerthin eto.

'O, Rhodri bach, dim ond dechre wdw i. Bydda i'n gwahardd y tagie dwl 'na sy ar goleri popeth – ma'r blwmin pethe yn cosi, a phan wy'n torri nhw bant wy'n rhwygo'r pilyn bob tro.'

'Ma hynna'n siŵr o ennill pleidleisie i ti,' meddai Rhodri yn goeglyd.

'Aros, aros, ma mwy: gwahardd postmyn rhag gollwng bandie lastig coch bobman, banio *carnations* – ma'n gas gen i *carnations* – siope tships sy'n mynnu rhoi halen a finegr ar dy tships yn hytrach na gadael i ti neud dy hunan, pobl sy'n sgrifennu "chwi", gyrwyr tacsis sy'n galw pob menyw yn "love"…'

Er boddhad iddi, roedd Rhodri'n chwerthin. 'Ma dy bolisïe di bron mor gall â rhai Screaming Lord Sutch – fi'n credu mai'r un gore sydd gyda fe yw byrhau'r gaeaf drwy gael gwared ar Ionawr a Chwefror. Tase fe'n sefyll bydden i'n bendant yn bwrw pleidlais.'

Cododd Pam ei llaw ar bâr oedrannus oedd yn sefyll ar y stryd tu allan ac yn chwifio'n wyllt arni gan godi'u bodiau cyn mynd ar eu hynt.

'Pwy oedd rheina?' gofynnodd Rhodri cyn cymryd llwnc o'i goffi.

Siglodd Pam ei phen. 'Dim syniad, ond fi'n credu bo nhw'n gefnogol yn ôl y stumie.'

Am rai munudau bu'r ddau'n bwyta ac yn yfed eu coffi mewn

tawelwch gan edrych allan o'r ffenest fawr ar y bobl diwedd dydd yn mynd heibio. Ambell fenyw a'i bagiau siopa'n llawn, un neu ddau ddyn mewn siwt, grwpiau swnllyd o ddisgyblion Penweddig yn tynnu coes, dyn ifanc a babi anfoddog iawn mewn bygi, ac un hen ddyn a basiodd y ffenest deirgwaith.

'Pwy sy'n mynd i gael y top job, 'te, unwaith bydd y chwe deg ohonoch chi'n un dyrfa hapus lawr sha Caerdydd 'na?' gofynnodd Rhodri.

Clywodd Pam y tinc drygionus yn ei lais.

'Dafydd Wigley, yn bendifadde,' atebodd yn syth.

'O dere mlân, Pam, gyda fi ti'n siarad nawr. Alli di anghofio'r propaganda am funud – dwyt ti ddim wir yn credu gall Plaid Cymru gipio mwyafrif y seddi, wyt ti?'

Rhoddodd Pam dro i'w choffi a llwytho'i llwy â'r ffroth gwyn oedd yn glynu o amgylch y cwpan.

'Ma unrhyw beth yn bosib, Rhodri, wy wir yn credu hynna. Bydd pobl yn pleidleisio'n wahanol yn etholiade'r Cynulliad i shwd ma'n nhw'n pleidleisio yn lecsiwn San Steffan.'

Nodiodd Rhodri. 'Wel rhyngoch chi a Llafur fydd hi.'

'Ti ddim angen bod yn Vaughan Roderick i weitho hynna mas, Rhods.'

'Pwy?'

'O, Rhods. Ti 'di bod ffwrdd o gatre'n rhy hir, hen bryd i ti ddod 'nôl, ody wir.'

'Dim gobaith caneri, Pam fach, gole'r ddinas yn rhy ddisglair.'

'Digon llachar i dy ddallu di, Rhodri,' meddai Pam yn sych. 'A ta beth, ma angen meddygon sy'n galler siarad Cymra'g yng Nghymru.'

Cododd Rhodri ei aeliau. 'Wyt ti'n ca'l gweud pethe fel'na nawr? Rhaid i ti fod yn ofalus cofia…'

'O ca' lan, Rhodri. Fi'n ca'l digon o hynna wrth Siôn.'

Bu distawrwydd wedyn am sbel fach. Pasiodd rhai o griw

canfasio'r Lib Dems – ar eu ffordd i'r orsaf, mae'n siŵr, a chododd Pam ei llaw arnynt.

'Nhw yw'r bygythiad 'ma yng Ngheredigion,' meddai Pam.

'Ond y cochion yw'r gelyn cenedlaethol.'

Nodiodd Pam.

'A gweda bod y bois mewn coch yn digwydd achub y blaen ar y Blaid gysegredig sanctaidd, pwy ti'n obeithio fydd yn 'u harwen nhw, 'te – Rhodri neu Ron?'

'Dim jyst bois mewn coch, Rhodri – bydd 'na gynrychiolaeth deg o ferched yn y Cynulliad, a rhaid cyfadde taw i'r Blaid Lafur ma'r diolch am hynny.'

Cododd Rhodri ei ddwylo'n amddiffynnol. 'Pwynt teg, Smith, wy'n syrthio ar fy mai.'

Anwybyddodd Pam y sylw. Roedd hi wrth ei bodd yn cael cyfle i drafod gydag e fel hyn, yn falch ei fod yn dangos diddordeb mewn rhywbeth oedd mor bwysig iddi.

'O ran arweinydd, Ron ddyle ga'l e – fe sy wedi bod yn gwthio'r Blaid Lafur tuag at ddatganoli ers blynydde…'

Torrodd Rhodri ar ei thraws. 'Wel, wel, wel, fi'n synnu a rhyfeddu…'

'At beth?'

'Atat ti, Pam Smith, yn derbyn nad y Cymro Cymraeg yw'r gore bob tro.'

Rhoddodd Pam gic fach iddo dan y bwrdd. 'A gweud y gwir wrthot ti, bydde'n well 'da fi weld rhywun fel Alun Michael yn ca'l 'i enwebu – bydde ca'l Prif Ysgrifennydd amhoblogaidd o fantais i ni yn y Blaid.'

Chwarddodd Rhodri'n uchel. 'Rwyt ti, Miss Smith, wedi newid yn barod. Ti ddim wedi dy ethol 'to a ma ryw agenda fach gudd 'da ti – gwleidydd go iawn, chware teg.'

Chwarddodd Pam hefyd. Roedd e'n iawn, roedd hi wedi newid.

Tynnodd Rhodri gerdyn post a beiro allan o'i boced.

'I bwy wyt ti'n anfon cerdyn post o brom Aberystwyth?' gofynnodd Pam. Ac yna difaru gofyn yn syth. Roedd hi wedi mwynhau cael cwmni Rhodri gymaint drwy'r prynhawn, a nawr roedd hi wedi rhoi rhwydd hynt iddo sôn am ei gariad ddiweddaraf.

'I Gwennan. Wy'n anfon cerdyn post ati bob tro dwi'n mynd bant. A beth bynnag, ma newyddion 'da fi fydd yn ei phlesio gobeithio.'

Cododd Pam ei haeliau, ond anwybyddodd Rhodri ei chwestiwn mud a mynd ati i ysgrifennu. Ysgrifennai'n gyflym er gwaethaf y ffaith nad oedd yn clymu un llythyren wrth y llall. Os nad oedd yn ysgrifen ddengar roedd o leiaf yn ddealladwy. Gwthiodd Rhodri'r cerdyn ati.

'Torra dy enw fanna – falle bydd y cerdyn werth ffortiwn pan fyddi di'n arwain sha'r Cynulliad 'na.'

'Fydda i byth yn arwyddo dim heb ei ddarllen gynta,' meddai Pam.

Sganiodd y cerdyn a gwenodd arno, cyn ychwanegu ei henw i'w enw yntau.

'Wel ma hynna'n newyddion da, Rhodri, pryd fyddi di'n dechre?'

'Ymhen y mis. Dwi am fynd lawr i Gaerdydd penwythnos nesa, dechre edrych am fflat – rhywle'n weddol agos at Gwennan.'

Edrychodd Pam arno tra chwiliai ef yn ei waled am stamp.

'Ti'n symud o Lunden i Ysbyty'r Waun er mwyn bod yn gefn i Gwennan?'

Llyfodd Rhodri'r stamp, ei lynu wrth y cerdyn ac wedyn rhoi tap bach iddo â'i ddwrn er mwyn sicrhau ei fod yn aros yn ei le.

'Ma angen cefnogaeth arni,' meddai'n ddifrifol, ac wedyn gwenodd yn llydan. 'A beth bynnag, byddi di yno hefyd o fis Mai mlân. Dyw'r Cardis ddim yn dwp.'

Roedd Pam yn ymwybodol bod ei hwyneb yn fflamgoch. Nid

yn aml y byddai Rhodri o ddifri, ac er mor falch oedd hi o'i glywed yn ei brolio, eto teimlai'n lletchwith.

'Bydd rhaid i ti dreulio tipyn o amser yn y ddinas fawr ddrwg cofia,' meddai Rhodri wedyn. 'Ffwrdd o Aber, o dy Fro Gymraeg. Reit 'de, rhaid i fi fynd, wy wedi addo mynd â Mam lawr i Lambed i weld ffrind iddi heno.'

Cododd Rhodri, pocedu'r cerdyn post a rhoi cusan ar ei boch.

'Wyt ti am ei throi hi 'fyd, Pam?'

'Na, fi'n credu ga i goffi arall. Ma Siôn yn mynnu 'mod i'n mynd i ryw gyngerdd yn y Neuadd Fawr heno – angen ca'l fy ngweld yn cefnogi gwahanol bethe, medde fe, felly wy angen mwy o gaffein i neud yn siŵr bo fi'n aros ar ddi-hun.'

Nodiodd Rhodri. 'Ocê. Wela i di whap.'

'Diolch am dy help di heddi, Rhodri, a chofia fi at dy fam.'

Ac yna roedd wedi mynd. Archebodd Pam baned arall o goffi. Erbyn hyn roedd y stryd y tu allan i'r caffi'n wag bron. Crwydrodd ei llygaid i fyny i'r adeiladau uwchben lefel y stryd. Roedd nifer ohonynt o arddull bensaernïol ddiddorol – yn enwedig yr adeilad Art Deco yr ochr arall i'r sgwâr. Sylweddolodd mor ddall oedd hi mewn gwirionedd. Roedd yn cerdded y strydoedd yma'n ddyddiol bron ers dros ddeng mlynedd, ond rhuthro a wnâi, gan edrych i lawr. Trodd at ei choffi a gadael i'w meddwl grwydro 'nôl at yr hyn a ddywedodd Rhodri. Oedd hi wir yn gwneud camgymeriad wrth geisio cael ei hethol i'r Cynulliad? Roedd e'n iawn: byddai'n chwith iawn treulio cymaint o amser i ffwrdd o Aber. Wel doedd dim pwynt meddylu am y peth nawr, roedd hi wedi ei dewis fel ymgeisydd, roedd posteri a thaflenni wedi eu paratoi, roedd nifer fawr o bobl eisoes wedi rhoi oriau i gefnogi ei hymgyrch. A sut yn y byd fedrai hi wynebu Siôn, ei hasiant taer, petai'n tynnu 'nôl nawr? Tynnodd un o'r taflenni y bu'n eu dosbarthu'n gynharach y prynhawn hwnnw o'i phoced. Syllai ei hwyneb ei hun yn ôl arni, a'r slogan mewn print mawr, 'No Ifs, or Buts, just Pam.' Gwgodd ar ei llun ac yfed ei choffi.

'Diolch am ffonio. Cofiwch ddod i roi tro amdanon ni cyn bo hir – neu bydd Elin fach wedi colli nabod arnoch chi.'

Arhosodd Gwennan am eiliad i'w mam yng nghyfraith ddweud rhywbeth, ond dim ond chwerthin yn ysgafn a wnaeth.

'Diolch eto 'te, am y cardie. Nos da nawr, a cofiwch fi at Bryn.'

Roedd Gwennan yn falch o roi clo ar y sgwrs. Yr un hen gwestiwn a ofynnai ei mam yng nghyfraith – 'Ydi Gareth ychydig bach yn well?' Gorfodai Gwennan ei hunan i beidio gweiddi, 'Na, dyw e ddim tamed gwell, fydd e byth yn well. A tasech chi'n trafferthu dod i'w weld yn gyson byddech chi'n sylweddoli hynny. Fyddech chi ddim yn gofyn cwestiwn mor dwp 'se chi'n gweld y dirywiad wy'n gorfod ei wynebu bob dydd.' Dychmygai ei mam yng nghyfraith yn ei chegin a'r rhesi o botiau jam a chatwad a ffrwythau wedi'u piclo yn rhesi destlus o'i chwmpas, holl ofid ei bywyd ar ei hwyneb caredig ac yn ei chefn gwargam. Roedd Gwennan yn falch hefyd o roi taw ar y sgwrs am fod ei llais ei hun yn swnio'n rhy uchel wrth atseinio o amgylch ei chartref tawel.

Yr unig sŵn yn y lolfa oedd sŵn rhythmig y cloc ar y pentan, a rhyw siffrwd a wnâi hwnnw hefyd. Roedd ei symudiad fel un merch ifanc mewn gŵn taffeta, yn llithro'n ysgafndroed ar hyd y llawr – swish, swish. Wyth o'r gloch meddai'r cloc bach aur nawr – y cloc a gafodd Gareth gan ei gyd-weithwyr pan adawodd yr ysgol. Am anrheg ansensitif. Amser – dyna'r un peth nad oedd gan ei gŵr; ond roedd ganddi hi ormod ohono. Ar ddyddiau fel heddiw roedd hi'n amau a oedd y cloc yn cerdded o gwbl. Min nos oedd yr amser gwaethaf – Elin yn ei gwely ar ôl diwrnod arall o brysurdeb teirblwydd, a Gareth hefyd yn cysgu, wedi ymlâdd ar ôl eistedd yn ei unfan drwy'r dydd. Heno roedd Gareth wedi gwrthod bwyta'r rhan fwyaf o'i swper, yr ymdrech i geisio cadw ei ben i fyny er mwyn iddi ei fwydo wedi mynd yn drech nag ef. Ildiodd Gwennan i'w bledio tawel, i'r edrychiad hwnnw a ymbiliai arni i'w gludo o'r gadair i'r gwely. Felly roedd hi bellach, Gareth yn mynd i'w wely yn gynt a chynt, ac Elin yn pledio am gael aros i fyny'n hwyrach ac yn hwyrach. Ac roedd yn demtasiwn ildio i'w phledio hithau hefyd, gan fod hynny'n haws na dadlau â'i merch fach benstiff. Ond roedd Gwennan am wneud ei gorau dros Elin a gwyddai'n iawn nad ildio i bob ple oedd y ffordd i wneud hynny.

Nesaf at y cloc roedd eu llun priodas. Pedair blynedd i heddiw. Roedd y pâr a syllai 'nôl arni yn ddieithr. Cofiodd ddweud wrth Pam y byddai'n aildynnu'r llun unwaith iddi golli pwysau. Roedd hi'n falch na wnaeth y fath beth, yn falch bod ganddi'r llun yn dyst i sut yn union yr oeddent y diwrnod hwnnw.

Llusgodd ei hun o'r soffa ac eistedd yng nghadair Gareth. Fel yna ni fyddai'n rhaid iddi edrych ar y gadair hyll. Roedd yn ei chasáu, fel roedd yn casáu'r lifft ar y stâr, a oedd mewn gwirionedd yn gymorth mawr. Heb honno ni fyddai modd cael Gareth o'i lofft o gwbl. Ond roedd y lifft a'r gadair bwygilydd yn cynrychioli anabledd cynyddol ei gŵr. Cadair uchel oedd hon, cadair â modur iddi, a'r sedd a'r cefn yn symud er mwyn ei helpu i godi. Ond doedd yr help hwnnw ddim yn ddigon erbyn hyn. Doedd gan Gareth ddim rheolaeth dros ei goesau, a byddai hi'n rhyw hanner ei lusgo o'r gadair hon i'w gadair olwyn er mwyn ei gludo i'r tŷ bach neu i'w wely. Rhwbiodd ei hysgwydd. Roedd pob gewyn yn brifo. Am ba hyd fedrai hi ymdopi, ni wyddai. Ond am y tro doedd dim dewis. Yr unig opsiwn arall oedd rhoi Gareth mewn cartref – lle byddai'n eistedd mewn cylch gyda llond ystafell o hen bobl, o amgylch teledu a fyddai'n darlledu *soaps* yn ddi-baid. Roedd yn gas gan Gareth raglenni o'r fath. Sut gallai hi wneud hynny iddo tra'i bod hi'n medru gofalu amdano gartre? Aeth cryndod trwyddi wrth ddychmygu ei hun yn mynd ag Elin i ymweld â'i thad yn y fath le.

Efallai y dylai ofyn i rieni Gareth a oedd unrhyw fodd iddynt ei warchod yn amlach, er mwyn iddi hi gael cyfle i dorri ei gwallt neu gwrdd â ffrind dros baned. Methai gofio pryd roedd hi wedi gwneud y naill na'r llall ddiwethaf. Roedd pob eiliad o'i bywyd y tu allan i'w chartref wedi'i chlustnodi ar gyfer gwneud y pethau angenrheidiol – gwaith, siopa, casglu presgripsiynau. Ond roedd hi'n anodd ar rieni Gareth hefyd – roedd gofal tad-cu Gareth yn pwyso'n drwm arnynt. Roedd Gwennan yn amau bod yna reswm arall hefyd pam na fyddent yn teithio yn amlach o Lanelli i'w gweld. Roedd yn amlwg bod y ddau yn ei chael hi'n anodd derbyn salwch eu mab. Gwyddai Gwennan yn iawn nad diofal oedden nhw; roedd un neu'r llall ar y ffôn byth a beunydd. Ond roedd yr M4 fel petai'n eu diogelu rywfaint rhag realiti'r sefyllfa.

Cododd i edrych am gardiau post Rhodri. Roedd y brawddegau prin arnynt bob amser yn codi ei chalon. Daro, roedd un o'r gofalwyr wedi eu symud. Roedd hi'n siŵr iddi eu rhoi mewn pentwr o dan y bwrdd coffi. Y ferch gwallt coch pigog gyda'r tatŵs oedd wedi eu symud debyg. Yr un a fynnai alw Gareth yn Gazza, ac a wnâi jôc o bopeth. Doedd Gwennan ddim yn hoffi'r ffaith bod y gofalwyr yn dod i'w chartref tra oedd hi yn y gwaith, yn mynd drwy ei phethau, yn symud popeth, yn rhoi'r llaeth yn ôl yn y lle anghywir yn y ffrij, yn gadael drws y gegin ar agor. Ond 'na fe, doedd dim dewis. Wel oedd, roedd yna ddewis – medrai aros adre yn llawn amser i ofalu am Gareth. Na, doedd hynny ddim yn opsiwn. Roedd angen ei chyflog arnynt, a beth bynnag, byddai wedi mynd o'i cho' petai adre drwy'r dydd, bob dydd. Roedd hi'n wir nad oedd yn hoffi ei swydd, ond o leiaf roedd yn medru dianc o'r tŷ, dianc rhag salwch Gareth am gyfnod, cael rhyw fath o fywyd normal rhwng hanner awr wedi wyth y bore a phump y prynhawn, ddydd Mawrth i ddydd

Gwener. Fel arall roedd hi'n gaeth i'r tŷ, yn gaeth i Gareth, yn gaeth i'w salwch.

Agorodd un drôr ar ôl y llall yn y cwpwrdd cornel. Ble'r oedd y cardiau yna? Oedd rhywun wedi dwyn rhain hefyd? O feddwl, doedd hi ddim yn cofio eu gweld wrth edrych am y bocs nac wrth dacluso'n drylwyr yn sgil hynny. Llifai'r dagrau i lawr ei gruddiau erbyn hyn. Gwyddai, wrth gwrs, fod y fath ymateb i gardiau coll yn afresymol, ond roedd hi'n naw ar hugain, yn gaeth i'w hamgylchiadau, yn unig. Roedd ffrindiau Gareth wedi tyrru i'r tŷ pan gafodd y diagnosis, cymaint yn galw nes ei orflino ef a hithau. Ond o un i un ciliodd yr ymwelwyr. Ni allai weld bai arnynt. Anodd oedd eistedd yno yn siarad â Gareth heb gael unrhyw ymateb dealladwy, heb hyd yn oed sicrwydd ei fod yn eu deall. Roedd Gwennan wedi eu hannog i sgwrsio ag ef, ond roedd y synau anifeilaidd a ddôi o'i enau yn embaras i'r mwyafrif, ac ar ôl y cyfarchiad cyntaf, a phwt am y tywydd, eistedd yno mewn tawelwch a wnaent. Ac wedyn, yn raddol bach aeth yr ymweliadau wythnosol yn rhai misol, ac yna'n brinnach fyth. Ond roedd hi ac Elin yn dal i siarad â Gareth, a pharabl di-baid Elin yn cynyddu'n ddyddiol. 'Porcyn' oedd ei gair mawr yr wythnos hon, neu yn fanwl gywir 'pofcyn', gan nad oedd Elin hyd yma yn medru rowlio'i Rs.

Yn y pumed drôr roedd y cardiau. Wel, fyddai hi byth wedi eu rhoi yn y fan honno. Byddai'n rhaid iddi gymryd gwell gofal o'i phethau o hyn ymlaen. Nid bod yna ryw berlau mawr wedi eu mynegi yn y cardiau yma, ond nawr bod y bocs wedi diflannu, dyma'r unig ohebiaeth bersonol oedd ganddi. Roedd llythyron caru Gareth wedi mynd, y llythyron a ysgrifennodd ei mam ati tra oedd hi yn y coleg, llythyron Rhodri o Lundain, a'r llythyr a ysgrifennodd Pam ati pan oedd hi a Rhodri a'u mam yng Nghanada. Pam yn y byd oedd hi wedi cadw'r llythyr hwnnw? Roedd wedi bwriadu ei waredu'n ddiogel, ond am ryw reswm doedd hi erioed wedi gwneud. Petai'r llythyr yn syrthio i'r dwylo anghywir byddai pob math o oblygiadau – iddi hi, yn sicr, ond i Rhodri a Pam hefyd. Byddai'r tri'n colli eu swyddi, wrth gwrs, ond yn waeth na hynny byddai yna achos llys... a charchar. Beth ddôi o Gareth ac Elin fach a hithau yn y carchar? Roedd y ddau'n dibynnu arni. Byddai'n rhaid iddi holi'r gofalwyr ben bore fory am hynt y bocs, a hynny heb eu tynnu i'w phen. Gadael nodiadau fyddai hi iddynt gan amlaf, ond fory byddai'n rhaid iddi fod ychydig yn hwyr i'w gwaith er mwyn eu taclo. Byddai hynny yn ei mwydro am y diwrnod cyfan, wrth gwrs, ond doedd dim amdani, roedd rhaid iddi gael hyd i'r bocs.

Wrth adael y swydd a garai yn Ysgol Pantyderi roedd wedi meddwl y byddai ei haberth yn ddigon i'w harbed, i'w diogelu hi ei hunan a'i theulu. Yr eironi nawr oedd iddi adael swydd a oedd wrth ei bodd, a symud i swydd a oedd yn artaith ddyddiol iddi, i ddim pwrpas o gwbl. Nawr, gyda'r llythyr allan yna yn rhywle roedd yna berygl newydd. Roedd y rhwyd yn cau amdanynt a doedd dim y gallai hi wneud am y peth. Dim ond aros, a disgwyl, a byw ar ei nerfau.

Am yr eilwaith y diwrnod hwnnw, taflodd Gwennan ei hun ar y soffa goch a beichio crio. Roedd yn llwyddo i ffrwyno ei theimladau fel arfer, yn cadw gwên benderfynol ar ei hwyneb. Ond roedd wedi bod yn ddiwrnod ofnadwy a'r dagrau'n agos iawn drwy'r dydd, ac ildiodd eto. Am gyfnod byr. Ar ôl ychydig funudau, eisteddodd i fyny a chwythu ei thrwyn. Doedd maldodi ei hun fel hyn ddim yn llesol. Cydiodd yn y cardiau a bodio trwyddynt. Yn eu plith roedd un o Amsterdam oddi wrth Rhodri a Fran, o Frankfurt oddi wrth Rhodri a Gemma, o San Francisco oddi wrth Rhodri a Felicity. Enwau yn unig oedd y merched yma i Gwennan, ond gwyddai, heb eu cyfarfod, fod gan bob un wallt golau, eu bod yn dal ac yn denau. Roedd gan Rhodri ei deip. Casglodd Gwennan y cardiau at ei gilydd a mynd â nhw i fyny i'r llofft gyda hi.

Ar ei ffordd i'r gwely tarodd i mewn i ystafell fechan Elin.

Roedd hi'n cysgu'n dawel, ei thedi dan ei braich a'i bawd yn ei cheg. Tynnodd Gwennan ei bawd, gwthio cwrl bach melyn o'i llygaid a rhoi cusan ysgafn ar ei boch feddal. Anadlodd yn ddwfn o lendid ei merch fach. O, am ei chadw'n ddiogel fel hyn am byth. Gwyddai Gwennan o'r holl ymchwil a wnaeth ers i Gareth gael y diagnosis fod yna siawns y byddai Elin hefyd yn datblygu'r salwch. Siawns fach, atgoffodd ei hun. Llai o siawns mae'n siŵr na bod mewn damwain, neu gael cancr neu... Nid oedd hynny'n gysur a theimlodd y dagrau'n pigo eto. Rhoddodd gusan arall ar foch ei merch cyn codi a cherdded wysg ei chefn o'r ystafell yn dawel bach.

Yn ôl ar y landin safodd Gwennan am funud yn edrych i mewn i ystafell Gareth. Roedd e hefyd yn cysgu. Yng ngolau gwan y lamp wrth ymyl ei wely medrai weld ei wyneb. Yn ei gwsg ymddangosai'n ddi-boen, yn debycach o lawer i'r Gareth a adwaenai gynt, er yn deneuach o lawer. Camodd yn dawel i'r ystafell, plygu a'i gusanu'n ysgafn ar ei wefusau. Daeth rhyw sŵn bach o'i enau ond nid agorodd ei lygaid.

'Nos da, cariad,' meddai Gwennan yn dawel gan dynnu'r cwilt ysgafn i fyny at ei wegil.

9

Dydd Mawrth, 13 Gorffennaf 1999

Safai Pam wrth ffenest ei llofft yn edrych allan ar doeau llwyd Treganna. Roedd ar ddi-hun ers oriau, wedi deffro am chwech i sŵn hapus dwy ferch fach bedair blwydd oed yn chwerthin. Roedd cael gweld Elin yn prifio a datblygu o ddydd i ddydd yn fendith arall a ddaeth yn sgil ennill sedd yn y Cynulliad. Am y tro cyntaf ers blynyddoedd maith teimlai Pam yn rhan o deulu. Chwarae teg i Gwennan am gynnig cartref iddi rhwng nos Lun a phrynhawn Iau pan oedd ei dyletswyddau yn y siambr yn golygu bod rhaid iddi aros yn y brifddinas. Ond roedd wedi cadw'r fflat bach yn Aberystwyth, a phob prynhawn Iau dilynai'r lluoedd allan o'r brifddinas. Tu hwnt i Ferthyr gadawai'r traffig ar ei hôl a theithio dros unigedd y Bannau ac wedyn Pumlumon cyn disgyn i Fae Ceredigion.

Tŷ teras digon twt, tair ystafell wely oedd cartref Gwennan, ac roedd Pam yn amau i gychwyn a fyddai digon o le i'r pedwar ohonynt yno, heb fynd dan draed ac ar nerfau ei gilydd. Roedd Mrs Ifans yn ymwelydd cyson hefyd, ond ar benwythnosau roedd hynny. Ond roedd Gwennan wedi ei sicrhau y byddai popeth yn iawn ac wedi symud i rannu ystafell wely â Gareth, er mwyn gwneud lle iddi. Roedd Gwennan wedi bwriadu gwneud hynny beth bynnag gan na fedrai Gareth bellach alw amdani, ac felly roedd angen bod wrth law rhag ofn y byddai angen rhywbeth arno yn ystod y nos. Roedd y cysgodion tywyll o dan lygaid ei ffrind yn dweud cyfrolau. Synnai Pam ei bod yn medru cysgu o gwbl gyda'r matras aer i warchod Gareth rhag briwiau yn canu grwndi'n gyson, a'r gofal oedd ar Gareth. Cysgu ci bwtsiwr ydoedd ar y gorau.

Mewn gwirionedd, dim ond y tair ohonyn nhw oedd yn defnyddio'r ystafelloedd ar y llawr isaf. Bellach nid oedd Gareth yn ddigon cryf i dreulio amser hir mewn cadair, ac roedd yr ymdrech i'w gael i mewn ac allan o'r gwely, ac ar y gadair symudol a'i cludai i fyny ac i lawr y grisiau, wedi mynd yn drech na'r gofalwyr a Gwennan. Cododd awel sydyn gan chwythu dail yr onnen a blannwyd yn y pafin. Roedd ffenest llofft Pam ar yr un lefel â'r brigau uchaf, a bu Pam wrth ei bodd ers cyrraedd yma ym mis Mai, yn gwylio'r dail yn blaguro, y gwyrdd tryloyw wedyn yn troi'n wyrdd dyfnach, sicrach. Siglodd Pam ei phen mewn anobaith. Pan oedd popeth fel petai'n mynd yn iawn, roedd wastad rhywbeth yn llechu rownd y gornel, yn barod i dorri crib rhywun. A nawr y llythyr oedd hwnnw.

Roedd y post yn cael ei agor yn ofalus ym mhob swyddfa yn y Cynulliad. Ac yn fwy felly yn sgil yr hoelion a ganfuwyd ym mhost Val Feld ac eraill – protest beryglus a chas yn erbyn penderfyniad y Blaid Lafur i sicrhau bod merched yn cael eu dewis yn ymgeiswyr mewn rhai etholaethau. Ond roedd yr amlen a dderbyniodd Pam yn edrych yn hollol ddiniwed, yn edrych fel y degau o lythyron a dderbyniai'n ddyddiol oddi wrth ei hetholwyr, yn gofyn am gymorth i sicrhau cartrefi addas, rheoli traffig byrbwyll, gochel rhag estyn oriau agor tafarndai, comhopo cymdogion trafferthus a hawlio budd-daliadau. Cyrhaeddodd yr amlen wen ddydd Mercher diwethaf, wedi ei chyfeirio ati hi wrth ei henw, a'r geiriau 'Private and completely confidential' mewn beiro las ar y top. Roedd ei hysgrifenyddes, Delyth, wedi rhoi'r amlen iddi heb ei hagor, ac yn ystod y bore roedd Pam wedi palu trwy ei phost a chyrraedd yr amlen, oedd ar waelod y pentwr.

Y tu mewn roedd un ddalen wedi ei theipio.

I KNOW WHAT YOU'VE DONE.
Contact whiter.than.white@hotmail.com
and we'll come to some arrangement.

Ei greddf oedd torri'r ddalen yn ddarnau mân a lluchio'r conffeti i'r bin. Ond gwyddai na fyddai hynny'n gwaredu'r broblem. Doedd dim amheuaeth yn ei meddwl at beth yn union roedd yr e-bost yn cyfeirio chwaith. Dyma roedd wedi ei ofni, wrth gwrs, ond wrth i'r blynyddoedd fynd rhagddynt dechreuodd ganiatáu iddi ei hun gredu bod modd celu'r gwir am byth. A nawr, pan oedd pethau'n mynd yn dda iddi, pan oedd ganddi swydd wrth ei bodd, 'teulu' o'i chwmpas, etholwyr oedd yn dibynnu arni, parch a statws, roedd un camgymeriad ofnadwy yn bygwth popeth. Ac nid yn unig ei bywyd hi, ond enw da ei phlaid hefyd, plaid a oedd o'r diwedd yn cael ei chymryd o ddifri gan bobl Cymru. Wrth i'r holl oblygiadau wawrio arni teimlodd y cochni arferol yn ymledu'n frech ar ei bron a'i hwyneb. Wrth gwrs, byddai'r gwir am farwolaeth Carwyn yn dinistrio Rhodri hefyd, ac yntau yn y blynyddoedd nesaf yn gobeithio cael ei benodi'n Feddyg Ymgynghorol. A Gwennan – roedd hithau druan dan gymaint o straen yn barod, yn dal swydd darlithydd mewn coleg addysg bellach, yn magu Elin ar ei phen ei hun i bob pwrpas, ac yn gofalu am Gareth.

Ond sut yn y byd roedd hyn wedi dod i'r amlwg nawr? Roedd hi'n bendant na fyddai Gwennan na Rhodri wedi sôn wrth neb, ac yn sicr nid oedd hi wedi gwneud. Cofiodd Gwennan yn mynnu nad oedd yn ddiogel trafod ar y ffôn, ac roedd yn sicr nad oedd dim byd damniol wedi ei ddatgelu bryd hynny. Ceisiodd gofio'r achlysuron prin eraill y bu iddi drafod marwolaeth Carwyn â Rhodri a Gwennan. Y noson honno yn y Cŵps gyda Rhodri. A fu rhywun yn clustfeinio ar eu sgwrs? Na, roedd hynny'n annhebygol iawn; byddai wedi sylwi ar y pryd. A gwyddai'n bendant mai tawedog fu'r trafod rhyngddynt. Felly hefyd ei sgwrs â Gwennan yn Gannets. Roedd yn dal i eistedd yno'n syllu'n ddall ar y llythyr o'i blaen pan ddaeth ei hysgrifenyddes i mewn i'w hatgoffa am gyfarfod.

Nid oedd Pam yn cofio llawer am y cyfarfod hwnnw. Diolch byth taw rhywun arall oedd yn arwain y drafodaeth, a taw gwrando oedd ei rôl hi. Ond ni fedrai ganolbwyntio. Troi a throi a wnâi'r un cwestiwn yn ei phen – pwy arall oedd yn gwybod, a sut?

Y cadeirydd gynigiodd yr ateb, rywle tua diwedd y cyfarfod. 'Gweler y manylion yn llythyr 6.2,' meddai yn ei lais awdurdodol. Fel y lleill, roedd hi wedi shifflo'r pentwr papurau o'i blaen a bwrw golwg dros y llythyr gan etholwr yn mynegi gofid am ehangu ffermydd gwynt yng nghanolbarth Cymru. 'Mae'r llythyr yn amlygu'r peryglon yn glir – y dystiolaeth yma mewn du a gwyn,' meddai'r cadeirydd wedyn. Ni ddarllenodd Pam ymhellach.

Wrth gwrs. Y llythyron a gollodd Gwennan flwyddyn yn ôl, llythyron a ddiflannodd gyda'r bocs hwnnw roedd hi mor ofalus ohono. Dyna'r unig esboniad posib. Rhaid bod y llythyr ysgrifennodd hi at Gwennan a Rhodri, yn manylu ar farwolaeth Carwyn ac yn pledio arnynt i fynd gyda hi at yr heddlu i gyfaddef popeth, yn y casgliad a gollwyd. Dyna'r unig beth a ysgrifennodd hi erioed am y noson erchyll honno yn Aberystwyth, ac anodd credu y byddai un o'r lleill wedi bod mor ffôl â rhoi gair ar bapur. Ceisiodd feddwl pa mor ddamniol oedd ei geiriau. Yn hollol ddamniol, penderfynodd. Byddai hi wedi torri ei henw ar waelod y llythyr, a byddai wedi cyfarch Gwennan a Rhodri wrth eu henwau wrth gychwyn y llith. Bu'n aflonydd drwy weddill y cyfarfod gan ennyn edrychiad od oddi wrth yr Aelod a eisteddai wrth ei hymyl. Gwthiodd hwnnw ei gyrn gwrando yn dynnach i'w glustiau a thwt-twtian yn uchel wrth i rywun arall eto siarad yn Gymraeg.

Drwy'r prynhawn bu'n eistedd yn llipa wrth ei desg, y drws rhyngddi a'i hysgrifenyddes ar gau, yn ceisio meddwl a oedd yna unrhyw eglurhad arall posib, ond ni ddaeth gwelediageth. Ac erbyn iddi gyrraedd tŷ Gwennan y noson honno, gwyddai, er gwaethaf holl ofidiau eraill Gwennan, fod yn rhaid iddi ofyn iddi, yn blwmp ac yn blaen, a oedd y llythyr i Ganada ymysg y llythyron a ddygwyd. Ofnai y byddai codi hen ofid yn ddigon i fwrw ei ffrind dros ddibyn a oedd yn amlwg yn beryglus o agos, ond doedd ganddi ddim dewis.

Arhosodd nes oedd Elin yn ei gwâl a hithau a Gwennan yn y gegin yn hwylio swper.

'Ti'n cofio'r bocs aeth ar goll?'

Peidiodd Gwennan ar hanner tynnu haen o groen oddi ar y winwnsyn yn ei llaw, a throi i wynebu Pam.

'Ti wedi'i ffindo fe?' gofynnodd yn obeithiol.

Siglodd Pam ei phen gan weld y siom yn ymledu dros wyneb gwelw Gwennan.

'O'dd y llythyr anfones i atat ti i Ganada yn y bocs?'

Am eiliad roedd wyneb Gwennan yn hollol ddifynegiant. Yna nodiodd, a throdd y siom yn ofn amlwg.

Estynnodd Pam i'w bag i nôl y nodyn bygythiol. Darllenodd Gwennan yn dawel y tro cyntaf, ac yna ei ailddarllen gan fwmian y geiriau, fel petai hynny'n help i'w deall, yn union fel y gwnâi Elin fach.

'Wyt ti'n gwbod pwy?'

Siglodd Pam ei phen.

'Gallai hyn fod yn ddigon i Gareth,' meddai Gwennan o'r diwedd gan roi'r ddalen yn ôl i Pam a dal yn dynn yn ymyl y cownter gwaith.

'Bydd e'n fêl ar fysedd rhai pobl,' meddai Pam.

Edrychodd Gwennan arni'n syn. 'Hy, sai'n gallu credu bod ti'n meddwl am dy yrfa boliticaidd a bywyde pobl yn y fantol,' ffromodd.

'Dim dyna…' dechreuodd Pam. Ond stopiodd yn sydyn. Roedd Gwennan yn llygad ei lle – dyna oedd ei blaenoriaeth hi… wel, un ohonynt.

Malodd Gwennan y winwnsyn yn ddarnau mân gan stopio am eiliad i sychu'r dagrau yn chwyrn â chefn ei llawes. Loetrodd Pam wrth osod y bwrdd swper i ddwy. Dewisodd y gwydrau dŵr yn hytrach na'r rhai gwin arferol.

'Be ddylen ni neud?' gofynnodd Pam ar ôl munudau o dawelwch heblaw am sŵn llafn cyllell Gwennan yn taro'n ddidrugaredd yn erbyn gwydr y briwfwrdd.

Cododd Gwennan ei hysgwyddau main cyn taflu'r winwns i wres y badell ffrio. Poerodd yr olew, a neidiodd Gwennan yn ôl gan sgrechen.

'Rho dy law dan y tap,' mynnodd Pam, gan ruthro at y sinc a rhedeg y dŵr oer.

'Ti'n iawn?' holodd wedyn, wrth ddiffodd y fflam dan y badell ffrio. Doedd dim chwant bwyd arni ta beth.

Anwybyddodd Gwennan y cwestiwn.

'Bydda i a Rhodri siŵr o dderbyn yr un llythyr,' meddai wrth gau'r tap.

'Falle,' cytunodd Pam.

'Ffonia Rhodri yn syth bin,' meddai Gwennan, tôn ei llais a'i hosgo yn dweud ei bod wedi laru. Lapiodd gadach sychu llestri tamp o amgylch ei llaw ac eistedd wrth y bwrdd.

Dros y misoedd diwethaf roedd Pam wedi sylwi bod Gwennan yn troi fwyfwy at Rhodri, ac mai ef bellach, yn hytrach na Gwennan, oedd yn arwain a phenderfynu. Petai hi'n onest, roedd Pam yn falch bod Gwennan wedi awgrymu'n syth y dylent rannu'r broblem â Rhodri; roedd e wedi bod yn gefn cyson iddi hithau hefyd wrth iddi ymgodymu â mwstwr y byd gwleidyddol. Fe oedd wedi ei hatgoffa gymaint o lythyron o ddiolch a dderbyniai pan oedd hi'n canolbwyntio ar un llythyr o gŵyn; fe oedd wedi ei hannog i ddal ei thir dros annibyniaeth i Gymru yn erbyn beirniadaeth rhai o'i phlaid ei hun a'r cyhuddiad bod y fath radicaliaeth yn dychryn etholwyr; fe oedd wedi ei ddarbwyllo nad oedd yr un ffarmwr a waeddodd nerth ei geg ym mart Tregaron 'Blydi fejis fel chi sy'n lladd cefn gwlad' yn cynrychioli barn y rhelyw o ffermwyr y sir.

Pan ffoniodd roedd Rhodri newydd orffen shifft ddeuddeg awr.

'Helô, Rhodri. Pam sy 'ma.'

'Wel, helô. Shwt ma pethe yn y pwerdy o frêns a meddylie aruchel 'na yn y Bae?'

'Iawn.'

Roedd Rhodri yn amlwg wedi blino, ond yn dal yn fodlon ymdrechu i watwar a thynnu coes. Ac roedd angen hynny arni. Gwyddai, wrth gwrs, mai gohirio'r anorfod yr oedd hi.

'A ti'n nabod yr ysgrifenyddes newydd sy 'di ymuno â'r staff. Ti'n cofio Carys?' meddai, er mwyn dal gafael ar y pryfocio cyfarwydd am ychydig yn hwy.

'Carys pwy?'

'Carys oedd yn y coleg yn Aber 'da Gwennan a fi.'

Chwarddodd Rhodri. 'Miss Wet T-shirt?'

'Yr union un. Ond mae wedi newid, cofia. Fyddet ti fyth yn ei nabod hi – gwallt byr, sbectol, sgidie call.'

Pesychodd Gwennan yn awgrymog a gwneud stumiau arni i drafod y llythyr bygythiol.

'Ble aeth y gwallt hirfelyn tesog? Y —'

'Rhodri, gwranda —'

'Y colur, y jingilarins —?'

'Na, Rhodri, o ddifri, gwranda, ma llythyr...'

Am funud neu ddwy bu Rhodri'n hollol dawel, yn gwrando'n astud ar Pam yn adrodd ei gofid, cyn cadarnhau nad oedd ef wedi derbyn yr un llythyr. Mynnodd na ddylai Pam gysylltu â'r anfonwr ar unrhyw gyfrif, ac addawodd ystyried beth i'w wneud am y gorau, os unrhyw beth. Ond roedd wedi blino ar ôl ei shifft hir, yn methu meddwl yn glir, a byddai'n cysylltu â hi ar ôl cael cyfle i ystyried.

Roedd bron i wythnos ers hynny, ac roedd Rhodri'n dal heb ffonio. Gwyddai iddo fod ar y shifft nos, ac wedyn i ffwrdd yn Iwerddon dros y penwythnos, ond er hynny, roedd ei dawelwch yn ei synnu. Mae'n rhaid nad oedd wedi derbyn llythyr neu mae'n siŵr y byddai wedi rhoi gwybod iddi. Ac nid oedd Gwennan chwaith wedi cael unrhyw beth tebyg, hyd yn hyn.

Clywodd Pam gloch y drws ffrynt. Roedd hi'n hanner awr wedi wyth. Cydiodd yn ei thywel a mynd i'r ystafell ymolchi. Byddai'n rhaid iddi frysio os oedd am gerdded i'r gwaith yn ôl ei harfer ar ddiwrnod braf.

Yn y gegin roedd Gwennan newydd gymryd dwy dabled pen tost. Roedd Elin a'i ffrind Megan wedi ei chadw'n effro tan oriau mân y bore, ac wedyn wedi ei dihuno cyn chwech. Ond chwarae teg, roedd yn rhywbeth amheuthun i Elin gael cwmni ffrind bach yn y tŷ, ac roedd wedi ecseitio'n lân. Roedd Elin wedi pledio a phledio ers wythnosau i gael Megan, merch fach a oedd newydd ddechrau yn yr ysgol, i aros dros nos, ac yn y diwedd ildiodd Gwennan. Digon prin oedd y pethau y gallai hi eu caniatáu i Elin; anaml y medrai fynd â hi i unman: i nofio, i'r parc, i lan y môr – er, ers i Pam fod gyda nhw am dair noson yr wythnos roedd pethau yn sicr yn haws. Yn ystod un o'r nosweithiau hynny byddai Rhodri hefyd fel arfer yn galw draw, a dôi ef ar benwythnos yn aml i ddarllen i Gareth ac i fynd ag Elin allan i rywle. Ond doedd hi ddim wedi ei weld ers bron i wythnos ac roedd yn ei golli. Diolch byth bod ei mam yn dod i fwrw'r penwythnos nesaf 'ma gyda nhw.

Cafodd noson reit dawel o ran Gareth. Tua thri y bore roedd wedi codi i roi llwnc o ddŵr iddo. Nid am ei fod wedi gwneud unrhyw ystum bod angen diod arno, ond roedd hi'n gofidio ei fod yn sychedig ond heb yr ewyllys i ofyn am ddiod, gan fod llyncu unrhyw beth mor anodd iddo. Cymerai oriau iddi hi, neu'r gofalwyr yn ystod y dydd, ddal ei ben a'i annog i dynnu ar welltyn. Ond yn y nos bodlonai Gwennan ar roi diferyn neu ddau ar ei wefl. Am sbel roedd Gareth wedi ceisio ei thwyllo, wedi esgus ei fod yn yfed mwy nag yr oedd drwy arllwys ychydig ar y llawr a rhyw driciau felly. Ond doedd dim arlliw o'r Gareth drygionus hwnnw ers misoedd bellach.

Ar y dechrau, hyd yn oed ar ôl iddynt gael y diagnosis, roedd hi weithiau'n fyr ei hamynedd gydag ef. Ac wrth iddo ymddwyn fel babi – gwneud llanast wrth geisio bwydo ei hun, cwympo, torri pethau, gwlychu a baeddu – roedd yn aml yn teimlo'n grac ag ef. Doedd ganddo mo'r help, wrth gwrs, ond ar ôl diwrnod hir yn y gwaith a chyda phentwr mwy o waith tŷ a magu yn ei disgwyl ar ôl cyrraedd adre, doedd hi ddim bob amser yn hawdd cofio hynny. Ond nawr ei fod yn hollol ddibynnol arni, yn anabl i wneud dim, roedd ei bywyd hi mewn un ffordd yn haws. Roedd hi'n ei fwydo yn effeithiol a dilanast, ac o leiaf roedd yn medru rheoli hynny. A bellach, a Gareth yn rhy wan i fedru smygu, nid oedd rhaid iddi fyw gyda'r ffenestri led y pen ar agor er mwyn gwaredu arogl digamsyniol canabis, na mentro i'r tŷ drewllyd hwnnw yn Nhrelái i brynu cyflenwad ohono. Ond rhoddai'r byd am gael yr hen Gareth trwsgl a lletchwith yn ôl. Ni fyddai byth yn caniatáu i'w hunan ddychmygu cael Gareth yn holliach eto; roedd hynny'n rhy boenus.

Rhoddodd lestri brecwast y merched yn y sinc. Byddai Mandy, y gynorthwywraig â'r tatŵs, yn fwy na bodlon eu golchi ar ôl iddi roi brecwast i Gareth, ei newid a sicrhau ei fod yn gyffordus. A dweud y gwir, roedd Mandy a hithau wedi dod yn dipyn o ffrindiau yn ystod y flwyddyn ddiwethaf, y ddwy yn caru Gareth yn eu ffyrdd gwahanol. Canodd cloch y drws ffrynt. Cyflymodd calon Gwennan. Na, nid y postman oedd yno. Roedd e eisoes wedi bod gan adael pentwr o amlenni.

Cardiau pen-blwydd oedd y mwyafrif, roedd hynny'n amlwg o'u hamlenni lliwgar. Roedd wedi eu codi o'r llawr a'u gadael ar y bwrdd bach yn y cyntedd ar ôl eu sganio'n gyflym i sicrhau nad oedd amlen amheus yn eu plith. Y gloch eto. Wrth gwrs, tad Megan fyddai yno. Roedd mam Megan wedi addo y byddai ef yn codi'r merched a mynd â nhw i'r ysgol. Roedd Gwennan wedi cwrdd â mam Megan am y tro cyntaf y prynhawn cynt, er iddi siarad â hi'n frysiog rai nosweithiau cyn hynny i wneud y trefniadau. Ac roedd hi'n ymddangos yn ddynes hyfryd. Roedd Gwennan yn siŵr y byddai tad Megan yn ddyn dymunol hefyd, ond roedd yn falch o'r cyfle i'w gyfarfod cyn gadael i Elin fynd gydag ef yn y car.

Symudodd yn gyflym ar hyd y cyntedd ac agor y drws ffrynt led y pen. Rhewodd y wên ar ei hwyneb o weld Cynan Jones yn sefyll yno. Ei greddf oedd cau'r drws yn glep arno, ond llwyddodd i ddal rhag gwneud.

'Wel, wel, Gwennan, do'n i ddim yn sylweddoli mai ti oedd mam Elin,' gwenodd Cynan yn llydan.

'Na finne chwaith, mai chi oedd tad Megan,' atebodd Gwennan, ei choesau'n bygwth rhoi oddi tani. Galwodd i gyfeiriad y llofft, 'Elin, ma tad Megan wedi cyrraedd i fynd â chi i'r Ysgol Feithrin.'

Trodd yn ôl at Cynan Jones. 'Ym, ma'n nhw'n barod. Wedi ca'l brecwast; wy wedi rhoi banana ym mocs bwyd Megan, gobeithio bod hynna'n iawn?'

Gwenodd Cynan Jones eto ac edrych dros ei hysgwydd i mewn i'r tŷ.

'Brysiwch chi'ch dwy,' gwaeddodd Gwennan wedyn.

'Ni'n gweld dy ishe di yn yr ysgol. A gweud y gwir ma 'na olwg o jobyn Is-bennaeth. Alla i ddim addo dim, wrth gwrs, ond tase diddordeb 'da ti…'

'Na.' Gwelodd Gwennan e'n encilio o'i hymateb swrth. 'Ymm, na, dim diolch o'n i'n feddwl.'

Clywodd Gwennan ddau bâr bach o draed yn dod i lawr y grisiau a throdd at y merched.

'Da iawn. Wel, diolch am ddod, Megan.' Plygodd i roi cusan i Elin ac estyn y bocsys bwyd iddynt o'r bwrdd bach.

'Megan, oedd cardigan 'da ti?' gofynnodd Cynan.

'O, sili bili,' chwarddodd y plentyn gan ddiflannu i fyny'r grisiau eto gydag Elin wrth ei chwt.

Clywodd Gwennan y toiled yn cael ei fflysio, dŵr yn rhedeg a drws yr ystafell ymolchi'n agor. Pam yn paratoi i fynd i'w gwaith. Roedd rhaid iddi gael gwared ar Cynan cyn i Pam ddod lawr stâr. Byddai honno'n siŵr o sylweddoli pwy yn union oedd Cynan, yn enwedig nawr bod Carwyn unwaith eto ar flaen ei meddwl. Ac wedyn byddai'n sylweddoli pam roedd Gwennan wedi gadael yr ysgol, yn gwybod i Gwennan ddweud celwydd wrthi. Dylai, wrth gwrs, fod wedi bod yn onest â Pam o bawb, ond byddai cyfaddef y gwir reswm iddi adael Ysgol Pantyderi yn wahoddiad i Pam bigo ar hen grachen, i swnian eto fyth am fynd at yr heddlu.

'Megan, Elin, odych chi wedi ca'l hyd iddi?' gwaeddodd Gwennan i fyny'r grisiau.

'Dod, Mam,' gwaeddodd Elin, wrth i'r ddwy fach redeg i lawr y grisiau eto.

'Dad Elin yn gwisgo bib,' meddai Megan wrth ei thad, wrth gyrraedd y cyntedd a stryffaglu mewn i'w chardigan.

'Napcyn,' meddai Elin fel bollt. 'Yndife, Mam?'

Edrychai Cynan Jones yn anghyfforddus ac meddai'n uchel, 'Iawn 'de, ferched, mewn â chi i'r car.'

Wrth frysio'r ddwy i'w Audi mawr roedd yn dal i barablu, 'Popeth 'da chi, bocsys bwyd? Ti wedi diolch i mam Elin am gael aros, Megan?'

Ac yna gwnaeth sioe o addasu gwregys Elin, cau'r drysau a chodi ei law arni cyn ymuno â rhuthr traffig boreol Caerdydd.

Trodd Gwennan yn ôl i'r cyntedd.

'Pen-blwydd hapus, Gwennan.'

Neidiodd mewn braw.

'Ti'n ocê?' gofynnodd Pam. 'Ti'n edrych yn eitha simsan – ti ddim wedi cael un o'r llythyron 'na wyt ti?'

Gwenodd Gwennan arni gan siglo'i phen a chydio yn y post. 'Na; bilie, tair carden i fi, a wy'n nabod y llawysgrifen ar y tair – Mam, rhieni Gareth, a'm hannwyl frawd. A ma hon i ti.'

Rhoddodd amlen i Pam gan ychwanegu, 'Credu 'mod i'n nabod y llawysgrifen ar honna hefyd.'

Cychwynnodd Gwennan i fyny'r grisiau. 'Reit, rhaid i fi fynd, cip bach ar Gareth nawr, dyle Mandy fod yma unrhyw funud; swper toc wedi wyth yn iawn i ti, Pam? Rhods yn gweithio tan saith, felly erbyn iddo fe ddod adre, newid a cherdded draw bydd hi'n wyth siŵr o fod.'

'Perffaith,' atebodd Pam ar ei ffordd allan o'r drws ffrynt.

Ar ben y grisiau safodd Gwennan am eiliad y tu allan i'w hystafell wely. Roedd yn crynu. Y funud yr oedd un bygythiad yn cilio dôi un arall i'w llorio. Sut ar wyneb y ddaear oedd hi'n mynd i ddarbwyllo Elin i ddewis ffrind bach arall? Byddai'n rhaid iddi ei gwahanu hi a Megan rywsut. Allai hi ddim wynebu Cynan Jones yn gyson fel hyn am flynyddoedd. Gan fod Elin a Megan yn yr un ysgol gynradd byddai'n naturiol iddynt fynd i'r un ysgol uwchradd wedyn. Byddai hi'n gorfod wynebu Cynan ym mhob noson rieni, cyngerdd a mabolgampau, heb sôn am adegau fel heddiw. Byddai'n rhaid iddi symud Elin i ysgol arall. Dyna oedd yr unig ateb. Teimlai'n sic. Roedd digon o ansicrwydd ym mywyd ei merch fach heb ei rhwygo o blith ei ffrindiau a'i gorfodi i setlo mewn ysgol newydd. Anwiredd y tadau yn effeithio ar eu plant, meddyliodd yn sur. Edrychodd ar ei horiawr. Roedd yn rhaid iddi ei heglu hi.

Plannodd wên ar ei hwyneb, agor drws yr ystafell ac eistedd ar erchwyn y gwely yn mwytho llaw Gareth ac yn siarad yn dawel ag ef. Soniodd am y diwrnod gwaith oedd o'i blaen, y siopa amser cinio, coginio pryd pen-blwydd i Rhodri a Pam, gwneud cacen gaws a chadw siâr iddo fe. Agorodd Gareth ei lygaid y mymryn lleiaf, ac roedd Gwennan yn siŵr iddo wenu arni.

Cerddodd Pam yn sionc ar hyd Cowbridge Road tuag at ganol y ddinas. Câi daro mewn i Howells ar ei ffordd i'r gwaith i brynu anrhegion pen-blwydd i Gwennan a Rhodri. Gwyddai'n union beth roedd am brynu i Rhodri. Tei – un arall i'w gasgliad. Roedd wrth ei fodd â theis ac yn manteisio ar y cyfle i'w gwisgo i'r gwaith bob dydd tra medrai – protest dawel yn erbyn rheol Iechyd a Diogelwch arall a oedd ar fin cael ei mabwysiadu. Ac fe gafodd hyd i'r un berffaith – tei felen ac arni stethosgopau bach amryliw yn dawnsio'n llon. Gwyddai Pam fod Rhodri'n hoffi teis ychydig yn wahanol; roeddent yn cynnig testun sgwrs parod i'w gleifion, yn ffordd o dorri'r iâ cyn iddynt drafod problemau mwy dwys. Wel, byddai'r dei yma'n gwneud hynny i'r dim.

Prynodd sgarff sidan liwgar i Gwennan, rhywbeth i'w mwytho a chodi ei chalon gobeithio. At hynny ychwanegodd botelaid o Chanel No. 5. Byddai wedi hoffi crwydro i'r llawr cyntaf i edrych am rywbeth newydd i'w wisgo heno, ond penderfynodd beidio – roedd ganddi waith darllen cyn cyfarfod cynta'r dydd. Felly ar ôl aros i'r merched lapio'r anrhegion a thalu am ei nwyddau, gadawodd y siop, troi i lawr Heol Eglwys Fair, dan y bont ddu a cherdded yn gyflym tua'r Bae. Roedd hi'n hoffi cerdded, a'r wâc foreol i'r gwaith oedd ei hunig ymarfer corff rheolaidd. Hyd yma roedd fel petai'n ddigon i'w hamddiffyn rhag effaith y domen o fara brith a phice bach yr oedd disgwyl iddi eu bwyta ar ei rowndiau Sadyrnol o foreau coffi, ac roedd ei jîns yn dal yn ddigon cyfforddus.

Roedd y Bae yn ddisglair i gyd y bore 'ma ac arafodd ei cham wrth agosáu at ei swyddfa. Er hynny, cyflymodd ei chalon.

'Bore da, Delyth,' cyfarchodd ei hysgrifenyddes a oedd yn edrych drwy un o'r papurau newydd a ffurfiai bentwr ar ei desg.

Cododd Delyth ei golygon a gwenu arni.

'Oes sôn amdana i yn un o'r papurau heddi?' gofynnodd Pam.

Siglodd Delyth ei phen ac anadlodd Pam ychydig yn haws.

'Na, yn anffodus, bydd rhaid i ni feddwl am rywbeth dadleuol i chi weud neu neud, neu bydd Siôn yn dwrdio,' atebodd Delyth, gan ychwanegu '"There's no such thing as bad publicity," medden nhw yndife?'

Doedd Pam ddim yn cytuno.

'Unrhyw bost diddorol?' gofynnodd yn betrus.

'Na, dim byd anarferol,' atebodd Delyth. 'Wy wedi agor popeth – ac mae'r rhai sydd angen i chi eu darllen yn y pentwr yna, a'r rhai sydd angen eu hateb yn y pentwr 'co.'

Cododd Pam y llythyron ac aeth â nhw gyda hi i'w hystafell fechan. Caeodd y drws ar ei hôl a thywallt gwydraid o ddŵr o'r botel ar ei desg. Ar ôl eistedd tynnodd y cerdyn o'i bag. Roedd wedi edrych ymlaen at ei agor. Wrth sleifio'r cerdyn o'r amlen gwenodd yn llydan. 'Po hynaf y sinsir, poethaf y sbeis' bloeddiodd y pennawd uwchben llun o Jessica Rabbit. Ar y tu fewn roedd Rhodri wedi ysgrifennu, 'Pen-blwydd hapus, Miss Smith, oddi wrth Dr Ifans MB LLB (London) x'.

Rhoddodd y cerdyn i sefyll ar ei desg ac aeth ati i ddarllen drwy'r ohebiaeth fel y siarsiodd Delyth hi i'w wneud. Roedd rhywun eisiau iddi gefnogi lleihau cyflymder traffig drwy bentref Bow Street; etholwr arall yn gofyn iddi geisio gwneud mwy i gefnogi'r diwydiant pysgota ym Mae Ceredigion; ac un arall yn gofyn i'r gwrthwyneb – eisiau iddi arwyddo deiseb i sicrhau nad oeddent yn gor-bysgota'r moroedd ac yn peryglu'r stoc. Byddai'n rhaid iddi gael barn rhywun oedd yn deall mwy am hyn. Crwydrodd i lawr i'r ffreutur; byddai'n siŵr o ddod o hyd i rywrai a fyddai'n hapus iawn i drin a thrafod yn y fan honno. Fel hyn roedd hi'n teimlo yn nyddiau cynnar Radio Ceredigion, ac roedd hi mor falch o'r cyfle i fod yn rhan unwaith eto o rywbeth newydd a chyffrous. Er y gwleidydda, roedd yma ymdeimlad cryf o rannu ac o gyd-dynnu, hyd yn oed rhwng y pleidiau. Ac er bod ymddiswyddiad disymwth Ron Davies, yr oedd disgwyl iddo fod yn ben *honcho*'r Cynulliad, wedi bod yn sioc ac yn glec i bawb, roedd hynny wedi eu clymu'n agosach rywsut, a'r Blaid Lafur yn dawel ddiolchgar i Blaid Cymru am beidio â cheisio gwneud elw gwleidyddol o foment wan Ron. Oedd, roedd hi wrth ei bodd yma, ond yn boenus o ymwybodol, fel y digwyddodd i Ron druan, y gallai hyn i gyd lithro o'i gafael fory nesaf. Gallai'r rhywun dienw yna gipio popeth oddi arni. Prysurodd ei cham a cheisio anwybyddu'r llais bach oedd yn ei hatgoffa mai hi ei hun oedd i'w beio am y sefyllfa – hi, a Rhodri a Gwennan.

Wrth iddi wthio drws y ffreutur ar agor clywodd don o chwerthin yn codi o'r gornel bellaf. Heb edrych, gwyddai taw'r Aelod dros Flaenau Gwent fyddai yno'n difyrru. Casglodd ei choffi a chrwydro draw at y chwech neu saith oedd wedi setlo o amgylch y bwrdd mawr crwn.

'Hello, Pam,' meddai un ohonynt, 'we're just talking about scams.'

Nodiodd Pam a rhoi ei choffi ar y bwrdd. Tynnodd rhywun arall gadair iddi a setlodd i lawr i wrando. Roedd wrth ei bodd yn y ffreutur lle'r oedd aelodau o bob plaid a'u staff yn siarad yn rhwydd â'i gilydd, yn tynnu coes ond yn trafod problemau gwirioneddol ddyrys hefyd.

'Have you heard the latest one going round?' gofynnodd aelod o Glwyd. 'One of the young members from North Wales got a letter last week saying ominously "I know what you've done" and telling him to contact an email address.'

Chwarddodd nifer o'r grŵp, ond nid Pam.

'That's the oldest one in the book,' meddai un o'r dynion hŷn, un a fu'n AS yn Llundain ers blynyddoedd, cyn ei ethol i'r Cynulliad, gan ychwanegu, 'When I was a young journalist that was one of the first tricks this old hack I was working with taught me. I remember him saying, "Go fishing, young boy. You never know what you'll catch."'

Chwerthiniad eto. Sipiodd Pam ei choffi ac yn araf bach gwawriodd arni yn union beth a olygai hyn. Doedd neb heblaw hithau, a Rhodri a Gwennan, yn gwybod wedi'r cwbl. Cyd-ddigwyddiad oedd bod y llythyrwr wedi ei thargedu hi, ymhlith eraill mae'n amlwg. Siglai'r cwpan yn afreolus yn y soser ac estynnodd Pam am ddiogelwch y bwrdd. Roedd y criw yn dechrau paratoi i symud cyn iddi adfer digon o reolaeth ar ei theimladau i holi eu barn am y diwydiant pysgota ym Mae Ceredigion.

Cyn pen dim roedd hi'n ddiwedd y prynhawn. Teimlai'n ysgafnach, yn benysgafn o ddiofid, ac roedd wedi hwylio drwy'r domen o waith papur ar ei desg. Llwyddodd hyd yn oed i ddarllen adroddiad hirfaith ar reolau cynllunio trefol. Nawr roedd sŵn pobl yn paratoi i fynd adre yn atsain drwy'r adeilad, pobl yn cloi drysau, galw 'Nos da' a sŵn ceir yn symud o'r maes parcio islaw. Drws nesaf roedd Carys yn sgwrsio â Delyth wrth i honno gloi'r cabinet ffeilio a phwyso'r botymau i ddihuno'r peiriant ateb. Penderfynodd Pam ei bod hithau am adael yn gynnar hefyd fel y medrai godi potel o siampên o'r *off-licence* yn Stryd Pontcanna ar ei ffordd adre, a helpu Gwennan i baratoi swper, neu i roi bath i Elin a'i pherswadio i fynd i'r gwely. Siawns y byddai honno wedi blino'n lân ar ôl prin gysgu o gwbl neithiwr. Cydiodd yn ei bag, cloi ei hystafell ac ymuno â Delyth a Carys.

'O'n i jyst yn siarad amdanoch chi,' meddai Delyth.

Tynnodd Pam wyneb. 'Drwg neu dda?'

Chwarddodd y ddwy arall. 'O'n i jyst yn gweud wrth Delyth

bo ti'n mynd yn fwy a mwy *glam* wrth fynd yn hŷn,' meddai Carys.

'Wel diolch yn fawr, Carys, wna i gymryd hynny fel *compliment*, yn hytrach na sylw ar y ffaith 'mod i'n anniben tost pan o'n i'n ifancach.'

Gwenodd Carys. 'Jyst neithiwr o'n i'n dangos llun ohonot ti i 'mrawd yng nghyfraith. Ti'n cofio'r llun yna dynnwyd yn y Cŵps, noson dy ben-blwydd di a Gwennan, ar ôl i ni fod lan i Bontarfynach ar y trên?'

Rhewodd y wên ar wyneb Pam. Wrth gwrs ei bod yn cofio tynnu'r llun. Roedd hi'n cofio pob eiliad o'r noson erchyll honno, wedi bod dros bob manylyn dro ar ôl tro ar ôl tro.

'Ti'n siŵr taw'r noson honno oedd hi?' meddai Pam.

Chwarddodd Carys. 'Am unwaith o'n i wedi sgrifennu'r dyddiad ar y cefn.'

'Deunydd ysgrifenyddes effeithiol ynot ti bryd hynny,' tynnodd Delyth ei choes.

'Falle dyle fod gwobr am Ysgrifennydd y Flwyddyn,' meddai Carys.

'Fyddech chi'n ei henwebu, Pam?' pryfociodd Delyth.

'Mmm,' ymatebodd Pam, ei meddwl ymhell.

Bu eiliad o anesmwythdod cyn i Carys fwrw ymlaen. 'Ta beth, fel o'n i'n gweud, o'dd Rob, fy mrawd yng nghyfraith, yn ffaelu credu taw ti o'dd hi. Wy wedi rhoi benthyg y llun iddo fe. Ti 'di gweld yr erthygle mae e'n sgrifennu i *Golwg*?'

Ysgydwodd Pam ei phen.

'Wel mae e wedi sgrifennu proffil ar rai o'r chwe deg Aelod sy yn y Cynulliad 'ma, rhoi cip ar beth o'dd yr aelode'n arfer ei neud, bach o fusnesu i'w hanes. Pawb yn lico dod i nabod y person tu ôl i'r siwt.'

'Ma'n nhw'n dda iawn,' ychwanegodd Delyth, gan estyn copi cyfredol o *Golwg* iddi. 'Christine Gwyther sy dan y chwyddwydr wythnos 'ma.'

Byseddodd Pam y cylchgrawn. Teimlai'n sic eto. Ar dudalen chwech roedd erthygl o dan y pennawd 'Ein Hysgrifennydd dros Amaethyddiaeth' a nifer o luniau – un o Christine Gwyther yn ferch fach ar asyn ar lan y môr, un arall ohoni yn ei harddegau mewn cit hoci, un ohoni yn ei hugeiniau yn syllu'n daer i'r camera, ac un diweddar.

'Falle taw ti fydd ar dudalen chwech wythnos nesa,' meddai Carys dan wenu. 'Byddai hynna'n plesio Siôn.'

Fyddai hynny ddim yn plesio Siôn, meddyliodd Pam, neu o leiaf ni fyddai effaith cyhoeddi'r llun yn ei blesio. Hyd yn oed pe na byddai brawd yng nghyfraith Carys yn manylu ar y stori tu ôl i'r llun, beth petai teulu Carwyn yn ei weld? Byddent yn sylweddoli ei bod hi yn ei gwmni'r diwrnod hwnnw er nad oedd hi erioed wedi cydnabod hynny. A fydden nhw'n gweld hynny'n od? Dechrau holi a stilio? Estynnodd Pam y cylchgrawn yn ôl i Delyth a ffarwelio'n frysiog â'r ddwy.

'Mwynhewch y dathliad pen-blwydd,' galwodd Delyth ar ei hôl.

Wrth gerdded at gartref Gwennan ceisiodd Pam resymu â'i hun. Beth oedd y llun yn ei ddatgelu na wyddai'r teulu eisoes? Ei bod hi, a Gwennan a Rhodri, Carys a Stacey, wedi bod gyda Carwyn ar ei noson olaf. Roedd hi'n gwbl naturiol y byddent am wybod pob manylyn am y diwrnod olaf hwnnw, hyd yn oed ar ôl blynyddoedd fel hyn, ac o'r pump ohonynt, hi oedd y wyneb mwyaf adnabyddus, a'r hawsaf i gael gafael ynddi. Roedd ei manylion cyswllt ar wefan y Cynulliad ac ar gael i bawb. Beth petaen nhw'n dod i lobi'r Cynulliad, mynnu ei gweld, creu randibŵ? Gwibiodd un senario gythryblus ar ôl y llall drwy ei meddwl nes iddi orfodi ei hun i anadlu'n araf a dwfn. Canolbwyntiodd ar ei hanadl a dim arall. Gwnaeth hynny dair gwaith, nes teimlo iddi adfer rhywfaint o reolaeth. Doedd dim pwynt mynd i banig; roedd yn amlwg beth oedd rhaid ei wneud, yr hyn y dylai hi a Gwennan a Rhodri fod wedi'i wneud wyth mlynedd yn ôl. Ac ar fyrder, cyn i'r rhifyn nesaf o *Golwg* fynd i'w wely. Ond beth wedyn? Achos llys? Carchar? Ceisiodd ganolbwyntio ar ei hanadl eto, ond am eiliadau yn unig y llwyddodd i dawelu ei hofnau.

Roedd ei phen yn powndio erbyn iddi gyrraedd y tŷ. Yn y cyntedd arhosodd yn ei hunfan a gwrando. Roedd Elin yn amlwg yn y bath yn barod. Clywai sŵn dŵr yn sblasio, Elin yn chwerthin a Gwennan yn rhyw hanner dwrdio. Yn droednoeth, gan gario ei sgidiau, dringodd y grisiau yn dawel a sleifio i'w llofft. Tynnodd y llenni'n ofalus, gan geisio osgoi gwneud unrhyw sŵn a ddatgelai ei bod adre, ac yna clwydodd.

Y peth nesaf a glywodd oedd Gwennan yn ei hysgwyd yn ysgafn.

'Pam, dihuna, mae'n hanner awr wedi saith.'

Agorodd Pam ei llygaid ac eistedd i fyny'n siarp. Roedd yn dal yn ei dillad gwaith. 'Hanner awr wedi saith? Y bore neu'r nos?' gofynnodd.

'Nos. Noson ein pen-blwydd, cofio?'

Gwthiodd Pam ei gwallt afreolus o'i llygaid. Ie, wrth gwrs.

'Sori, Gwennan, wnes i roi fy mhen lawr am bum munud a...'

'Dim problem, mae popeth yn barod. Well i ti newid, bydd Rhodri 'ma wap.'

Tynnodd Gwennan y llenni a llifodd haul diwedd dydd i mewn i'r ystafell.

'Wel, ma ishe dwsto 'ma,' meddai Gwennan, gan dynnu ei bys ar hyd y bwrdd gwisgo ar ei ffordd allan o'r ystafell.

Roedd hi'n amlwg mewn hwyliau gweddol – roedd yna ryw adlais o'r hen Gwennan yn y sylw. Sylweddolodd Pam nad oedd wedi ei chlywed yn dweud dim byd tebyg ers misoedd. Lluchiodd y dillad gwely yn ôl, codi a mynd i'r gawod. Yna dewisodd ffrog werdd ysgafn o'r cwpwrdd dillad, codi peth o'i gwallt a sicrhau'r grib fechan wrth gefn ei phen gan adael i weddill y cwrls coch gwympo o amgylch ei hwyneb. Rhoddodd ychydig o golur ar ei llygaid, casglodd yr anrhegion o'i bag ac roedd ar ben y grisiau pan glywodd gloch y drws ffrynt. Arhosodd yn ei hunfan. Er taw dyma oedd ei chartref bellach am hanner yr wythnos, tŷ Gwennan oedd hwn, a gwyddai ei bod yn bwysig i Gwennan taw hi oedd yn ateb y drws a taw hi fyddai'r cyntaf i estyn croeso. Pipodd i mewn i ystafell Gareth a Gwennan; roedd llygaid Gareth ynghau. Doedd hynny ddim yn golygu ei fod e o reidrwydd yn cysgu. Gorweddai felly am oriau. Roedd hynny'n llai o ymdrech. Roedd drws ystafell Elin ar gau, felly roedd hi'n bendant yn cysgu. Gwelodd Gwennan yn brysio i agor y drws ffrynt gan dynnu Rhodri a'i botel i mewn i'r cyntedd, ei siarsio i fod yn dawel a'i brysuro tua'r gegin.

Safodd Pam yn gwylio'r ddramodig. Roedd Gwennan wedi mynnu tawelwch unwaith yr âi Elin i gysgu erioed, ac oherwydd hynny roedd y fechan yn dihuno o glywed y smic lleiaf. Tynnodd Pam ei sodlau er mwyn sicrhau na fyddai'n gwneud dim sŵn wrth fynd i lawr y grisiau. Eisteddodd ar y ris isaf wedyn i ailwisgo'i sgidiau ac i roi munud neu ddwy i'r brawd a'r chwaer gyda'i gilydd cyn ymuno â nhw. Ac yna aeth tua'r gegin.

'Pen-blwydd hapus, Rhodri,' meddai Pam, gan gau'r drws ar ei hôl ac estyn yr anrheg iddo.

Gwenodd Rhodri, rhoi ei freichiau amdani a'i chusanu ar ei boch. Roedd yn arogli o sebon a theimlodd ysfa i'w ddal yn dynn am eiliad yn hwy nag oedd yn weddus i ffrindiau. Roedd yn ymwybodol iddi gochi, ond doedd Rhodri ddim wedi sylwi diolch byth – roedd wrthi'n brysur yn datgymalu'r rhubanau ar y parsel bach.

'Wyt ti'n rhy dwym, Pam?' gofynnodd Gwennan gan droi o'r ffwrn lle bu'n cymysgu rhywbeth mewn sosban.

Siglodd Pam ei phen. 'A ma hwn i ti, Gwennan,' meddai gan estyn ei hanrheg hithau iddi.

Rhwygodd Gwennan y papur lapio. 'O, Pam, ti wedi mynd dros ben llestri 'to,' meddai Gwennan gan fwytho'r sgarff. 'A fy hoff bersawr, diolch,' meddai gan roi cwtsh clou iddi.

'Mae rhywbeth yn arogli'n hyfryd fan hyn hefyd,' meddai Pam.

'Cyrri gwyrdd, gobeithio bydd e'n ocê. Resipi newydd,' esboniodd Gwennan gan fynd 'nôl at y ffwrn.

Erbyn hyn roedd Rhodri wedi gwisgo'i dei newydd. 'Wel, be chi'n feddwl?'

'Smart iawn,' meddai Gwennan, 'ma honna'n bloeddio darpar gonsyltant.'

Gwenodd Rhodri. 'Fi'n credu bod blwyddyn neu ddwy eto cyn cyrraedd y brig – ond y newyddion da yw 'mod i wedi cael cynnig jobyn fel Senior Registrar yn Ysbyty'r Waun, dechre mis nesa. Felly ma pump rheswm i ddathlu heno – tri phen-blwydd, un pen-blwydd priodas a dyrchafiad.' Cododd y botel o siampên y daeth â hi gydag ef a gwneud sioe o'i hagor, a llenwi dau o'r gwydrau grisial ar y bwrdd. Estynnodd wydr yr un i Pam a Gwennan cyn agor potel o Shloer a thywallt llond gwydraid iddo'i hun.

'Iechyd,' meddai, a chododd y tri eu gwydrau i gydnabod y llwncdestun.

'Mmm, ma hwn yn ffein,' meddai Pam. 'Ma'n flin gen i, Gwennan, o'n i wedi meddwl prynu potel ar y ffordd adre, ond rhwng popeth…'

'Paid â phoeni, Pam, doedd dim angen, ma digon o win yn y ffrij. Nawr, fy anrhegion i i chi'ch dau. Rhaid i chi eu hagor nhw ar yr un pryd gan taw'r un anrheg sydd i'r ddau 'noch chi. Ma'n nhw draw fan'co, Rhods – cer i ôl nhw wnei di?' Pwyntiodd at ddau barsel wedi eu lapio mewn papur pinc golau ar ben pella'r cownter paratoi bwyd.

'Sori am y papur lapio – dewis Elin,' esboniodd.

'Unrhyw beth ma Elin wedi ei ddewis yn berffaith,' meddai Rhodri gan wenu, a rhoi un o'r parseli i Pam.

'Barod, 'te? Un, dau, tri – ffwrdd â chi,' meddai Gwennan.

Roedd y wên a wisgai Pam yn dechrau brifo. Doedd dim hwyl arni ac roedd y chwarae plant yma'n boenus. Byddai'n rhaid iddi ddatgelu'r bygythiad diweddaraf i Gwennan a Rhodri. Ond ddim eto. Roedd Gwennan wedi mynd i'r fath ymdrech heno, roedd yn haeddu cael ychydig o bleser o'u gweld hwythau'n mwynhau'r achlysur a'r wledd.

Rhwygodd Rhodri'r papur lapio a dilynodd Pam ei esiampl. Yn guddiedig mewn haen arall o bapur sidan pinc roedd llun o Elin yn chwerthin yn braf ar siglen yn y parc. Roedd Gwennan wedi gosod y llun mewn ffrâm o goed derw. Diolchodd y ddau iddi gan roi'r fframiau yn ofalus ar y gadair wag wrth ymyl y bwrdd.

'A nawr fy rhodd i i chi'ch dwy. Un anrheg rhyngoch,' meddai Rhodri gan dynnu amlen o'i boced a'i rhoi i Gwennan.

'Rhannu anrheg? Wel 'na beth yw Cardi,' meddai Gwennan yn ddig.

Agorodd Gwennan yr amlen a rhoddodd sgrech cyn lluchio'i hun i freichiau ei brawd. Cymerodd Pam yr amlen o'i dwylo. 'Penwythnos i ddwy yn Champneys Henlow Spa Resort,' meddai'r cerdyn hufennog drud.

'O Rhodri, ma hyn yn tu hwnt o hael,' meddai Pam yn gynnes.

Yn dyner iawn rhyddhaodd Rhodri ei hun o afael ei chwaer.

'Ody wir, Rhods, pocedi dwfn a breichie hir 'da ti,' meddai Pam wedyn.

Cododd Rhodri ei war. 'O, ti'n gwbod pa mor anobeithiol odw i am ddewis rhywbeth – taflu arian at y broblem yw'r unig ateb.'

Er gwaetha'r hyn a honnai Rhodri, gwyddai Pam yn iawn

fod tipyn o feddwl y tu ôl i'w ddewis – roedd Rhodri'n gwybod mai ychydig o hamdden o'i gofalon oedd yr hyn a ddeisyfai Gwennan fwyaf.

'Meddwl falle yr hoffech chi'ch dwy ychydig o bampyro tra 'mod i'n cadw cwmni i Gareth ac Elin rhyw benwythnos,' meddai gan estyn hances i'w chwaer.

'Dere mlân, Gwennan fach, mae anrheg fod i dy neud yn hapus nage'n drist,' meddai wedyn.

'Hapus odw i,' gwenodd Gwennan. Ond roedd y dagrau'n dal i redeg i lawr ei bochau.

'Diolch, Rhodri, byddwn ni'n dwy yn edrych mlân,' meddai Pam, gan roi ei braich o amgylch Gwennan. Teimlai esgyrn ei hysgwydd yn bigog o dan ei blows ysgafn. Roedd mor fregus, ym mhob ffordd.

Trodd Gwennan yn ôl at y cyrri a rhoi tro arall iddo â'i llwy bren.

'Iawn, dewch at y bwrdd, ma swper yn barod,' meddai gan ddiffodd y nwy ac arllwys y cyrri i lestr Portmeirion a'i gludo i'r bwrdd. Yna estynnodd y reis, y bara naan a'r platiau o'r ffwrn lle'r oeddent yn cadw'n dwym.

Eisteddodd y tri, ac o dipyn i beth, wrth i'r bwyd a'r diod eu helpu i ymlacio, aeth y trafod yn storïa a'r chwerthin yn uwch ac yn uwch. Bob nawr ac yn y man pwyntiai Gwennan at y larwm babi a oedd wedi ei osod yn y plwg wrth ymyl y bwrdd ac ymdawelai'r tri. Ond am hydoedd ni ddaeth siw na miw o'r teclyn. Ac yna clywyd rhochian isel. Daliodd Pam lygad Rhodri, ond cyn i'r naill na'r llall ddweud dim dywedodd Gwennan, 'Gareth yn chwyrnu.' Dyna pryd y sylwodd Pam fod yna larwm babi arall yn y plwg ger y ffwrn – hwnnw oedd larwm Elin.

Roedd chwyrnu Gareth wedi tewi eu cleber a'u chwerthin. Nawr oedd ei chyfle. Byddai'n rhaid iddi ddweud wrthynt yn hwyr neu'n hwyrach. Felly cymerodd lwnc arall o'r siampên a bwriodd ati i esbonio ei bod wedi darganfod mai sgam oedd y llythyr 'I know what you've done'. Gwelodd y rhyddhad ar wynebau'r ddau arall a byddai wedi rhoi'r byd am fedru tewi bryd hynny. Ond doedd hynny ddim yn bosib, a bwriodd ymlaen cyn iddynt fedru dechrau mynegi eu rhyddhad.

'Ond, mae gan Carys lun ohonon ni – noson ein pen-blwydd, wyth mlynedd yn union i heno, ni'n tri, Carys, Stacey a Carwyn – wedi'i dynnu yn y Cŵps.'

Doedd yr olwg ar wyneb Gwennan heb newid, ond rhoddodd Rhodri ei wydr i lawr ac eistedd yn ôl yn ei gadair, yn amlwg yn gweld y bygythiad newydd yn syth.

'Ond sdim problem gyda'r ffoto oes e?' meddai Gwennan wrth i Pam ymbalfalu am y geiriau i esbonio'i gofidion. 'Doedd dim un ohonon ni'n torri'r gyfraith na dim,' meddai Gwennan wedyn.

'Na, ond mae'n profi ein bod ni gyda Carwyn y noson olaf hynny a —'

'Ond o'dd digon o bobl yn gwbod hynny o'r blân…' dechreuodd Gwennan.

'Ond o'dd teulu Carwyn ddim yn gwbod,' atebodd Pam yn fflat.

Gwelodd Pam fod oblygiadau hynny yn treiddio'n araf drwy niwl yr alcohol.

'Ond bydd teulu Carwyn yn annhebygol o weld y llun – dy'n nhw ddim yn nabod Carys, y'n nhw?' meddai Rhodri'n bwyllog, yn amlwg yn dechrau meddwl nad oedd pethau cyn waethed wedi'r cyfan.

Gwyddai Pam y byddai ei geiriau nesaf yn llorio'r ddau.

'Mae Carys wedi rhoi'r llun i'w brawd yng nghyfraith – sy'n newyddiadurwr. Ar gyfer erthygl yn *Golwg*.'

Am eiliad ni ddywedodd neb ddim. Chwyrnai Gareth yn ysgafn wrth eu traed.

'Cynan Jones,' meddai Gwennan yn wyllt, 'os welith e'r llun, bydd e draw yma'n syth a…'

'Pwy?' holodd y ddau arall gyda'i gilydd.

'Brawd Carwyn. Pennaeth Pantyderi,' atebodd Gwennan. Roedd golwg orffwyll arni, fel anifail a gornelwyd. Cododd a dechrau lluchio'r llestri brwnt i'r sinc, ac yna dechreuodd feichio crio. Cododd Rhodri hefyd a rhoi ei freichiau yn dynn amdani, gan ei siglo'n ôl ac ymlaen am hydoedd, fel petai'n blentyn bach, a sibrwd drosodd a throsodd, 'Bydd popeth yn iawn, paid â becso.'

Ni allai Pam oddef mwy. Roedd Rhodri'n dweud celwydd; ni fyddai popeth yn iawn. Byddai'n rhaid i'r tri wynebu hynny.

'Bydd rhaid i ni benderfynu beth i wneud,' mentrodd Pam.

Achosodd ei geiriau i'r igian dawelu a cheisiodd Gwennan ddweud rhywbeth. Ond roedd fel petai'n ymladd am ei hanadl ac atal dweud difrifol arni, ac ildiodd eto i grio'r glaw.

'Does dim dewis ond…' dechreuodd Pam eto cyn ildio o weld Rhodri'n siglo'i ben a golwg chwyrn ar ei wyneb. Roedd yn amlwg nad oedd gobaith trafod yn gall heno. Gadawodd y gegin gan deimlo bod y brawd a'r chwaer unwaith eto yn uno yn ei herbyn. Dringodd y grisiau yn ddig a lluddedig i dreulio noson arall yn troi a throsi, a dychmygu'r gwaethaf.

Caeodd Rhodri'r drws ffrynt ar ei ôl yn dawel rhag dihuno Elin, a throi am adre. Roedd strydoedd Treganna ar y cyfan yn dawel, er bod sŵn ambell deledu i'w glywed gan ei bod yn noson gynnes a ffenestri nifer o'r tai ar agor. Roedd yn falch o fod allan yn yr awyr iach, ac yn falch o fod ar ei ben ei hun. Teimlai bryder Pam a gofalon Gwennan yn pwyso arno'n drwm.

Roedd yn derbyn, wrth gwrs, na allai wneud dim i wella Gareth. Roedd e dan ofal arbenigwyr erbyn hyn. Yr unig beth ymarferol y gallai ei wneud oedd bod yno'n gwmni i'w frawd yng nghyfraith ac yn gefn i Gwennan ac Elin, ac fe wnâi hynny'n hapus. Roedd yn falch nawr iddo benderfynu gadael

Llundain a symud i Gaerdydd er mwyn bod wrth law i helpu. Ni fu'n benderfyniad rhwydd; o ran ei yrfa nid oedd yn beth synhwyrol i'w wneud o gwbl, wrth gwrs, ond doedd e'n difaru dim. Bonws oedd cael mwynhau mwy o gwmni Pam yn sgil y symud.

Ond nid oedd mor hawdd derbyn na allai wneud dim am y bygythiad i ddatgelu'r gwirionedd am farwolaeth Carwyn. Wedi'r cyfan, roedd person wrth wraidd y bygythiad hwnnw, nid Duw, neu natur, neu beth bynnag oedd yn gyfrifol am gyflwr Gareth. Roedd wedi ceisio mynd i'r afael â'r broblem. Yn syth ar ôl i Pam ddatgelu iddi dderbyn y llythyr roedd wedi cysylltu â dau ffrind iddo. Un a oedd yn arbenigwr cyfrifiadurol, er mwyn ceisio darganfod pwy oedd perchennog y cyfrif e-bost 'whiter than white', a'r llall yn gyfaill coleg a oedd bellach yn feddyg teulu yn Aberystwyth. Roedd ymateb y cyntaf wedi bod yn llai na gobeithiol – mae'n debyg ei bod bron yn amhosib canfod pwy oedd yn gyfrifol am anfon yr e-bost.

Ond roedd Dr Rhys Phillips wedi codi ei obeithion. Wedi dod 'nôl ato'n syth i gadarnhau bod Carwyn Jones yn gyn-glaf yn y feddygfa lle'r oedd Rhys nawr yn feddyg ac y byddai'n anfon copi o'r post-mortem rhag blaen. Anadlodd Rhodri'n haws wedyn – yn falch iddo, ar ôl blynyddoedd o din-droi, fentro gofyn am weld yr adroddiad. Gwyddai'n iawn fod cais o'r fath yn bur anarferol ond diolch byth roedd Rhys wedi llyncu ei stori am wneud gwaith ymchwil i farwolaethau sydyn ymysg pobl ifanc. Teimlai'n euog o ddweud y fath gelwydd, a gwyddai'n iawn petai y GMC, y corff oedd yn sicrhau safonau o fewn y proffesiwn, yn clywed am ei dwyll, y byddai mewn dyfroedd dyfnion iawn.

Ond wedyn, ymhen deuddydd, ailgysylltodd Rhys i ddweud, yn anffodus, gan fod wyth mlynedd ers marwolaeth Carwyn, nad oedd ei nodiadau meddygol bellach yn y feddygfa, a'u bod wedi eu hanfon i'r archifdy ym mhencadlys yr awdurdod iechyd, ac felly nad oedd modd iddo gael gafael ar yr adroddiad post-mortem. Nid oedd Rhodri'n adnabod unrhyw un yn yr archif, ac ni allai feddwl am reswm digonol dros wneud cais i weld nodiadau meddygol Carwyn. Ac felly ni ddaeth dim o'i ymdrechion, ac ni feiddiai wneud dim pellach i beri i rywun amau bod rhywbeth yn rhyfedd yn ei ddiddordeb sydyn mewn marwolaeth a ddigwyddodd wyth mlynedd ynghynt.

Am eiliad heno, pan ddatgelodd Pam taw sgam oedd y llythyr bygythiol, roedd fel petai cwmwl mawr wedi cilio. Ond am eiliad yn unig y bu hynny. Os rhywbeth, roedd y ffoto'n fwy o fygythiad. Ni fyddai ganddynt yr opsiwn o dawelu'r newyddiadurwr. Mewn sgŵp fyddai diddordeb hwnnw, nid mewn arian.

Trodd y gornel i Erddi Plasturton. Gan fod nifer o'r tai erbyn hyn yn fflatiau roedd amryw wedi eu goleuo o'r llawr gwaelod i'r pedwerydd llawr a llifai gwawr gynnes drwy'r llenni caeedig. Teimlai'n ddig wrthynt; y bobl ddiwyneb hyn oedd yn mwynhau eu hunain yn ddiofal ac yn ddibryder ar y noson berffaith hon o haf. Oedodd am eiliad wrth ddrws ei gartref ac yna rhoddodd yr allwedd yn ôl yn ei boced. Nid oedd yn barod eto i gael ei gloi o fewn pedair wal. Medrai feddwl yn gliriach, datrys problemau'n haws, yn yr awyr agored.

Roedd yn rhaid iddo feddwl am rywbeth; ni allai ystyried siomi Gwennan ar adeg pan oedd hi ei angen fwyaf. Hi oedd wedi gwneud cymaint drosto, wedi gofalu amdano fel ail fam. Fflachiodd darlun o'i flaen. Roedd ef a Gwennan yn eistedd ar gadeiriau isel wrth ddesg yn nosbarth Miss Hughes, yn yr ysgol gynradd. Eu hail ddiwrnod yn yr ysgol oedd hi. Cofiai gyffro'r diwrnod cyntaf – ei fam wedi bod yn dweud wrth y ddau ohonynt ers wythnosau gymaint y byddent yn mwynhau'r ysgol, y byddai yna blant a theganau newydd i chwarae â nhw, athrawon hyfryd i ddarllen stori, canu a phaentio. Ac roedd yn dweud y gwir. Roedd Rhodri wedi mwynhau'r diwrnod cyntaf, ond doedd ganddo fawr o awydd mynd yn ôl eto'r diwrnod canlynol. Roedd wedi cael blas ar beth oedd ysgol erbyn hynny, ac roedd hynny'n ddigon, diolch yn fawr. Ond mynnodd ei fam a Gwennan. Cofiai eistedd wrth y ddesg yn beichio crio – a Gwennan yn eistedd wrth ei ymyl a'i breichiau tewion yn ei wasgu'n dynn, ac yn dweud drosodd a throsodd 'Bydd Mam yn dod i ôl ni, paid â becso.'

Dyna'i atgof cyntaf bron. Bod yn bedair blwydd oed a Gwennan yn ei gysuro. Ac roedd wedi ei gysuro droeon ar ôl hynny. Roedd wedi eistedd ar ymyl ei wely y noson cyn angladd eu tad, yn gwybod yn iawn, er cymaint ei ymdrech i fod yn ddewr, i fod yn ddyn, fod angen cwmni arno. Roedd wedi bod yno y noson cyn eu canlyniadau Lefel A hefyd – yn deall yn iawn ei fod yn poeni nad oedd wedi gwneud digon o waith i ennill y graddau roedd arno'u hangen i wneud meddygaeth. A phwy ond Gwennan fyddai wedi meddwl rhoi angel bach gwarcheidiol ymhlith ei ddillad pan fentrodd, yn ddeunaw oed, i Ganada i weithio? Nawr ei dro ef oedd ceisio ei hamddiffyn hi.

A Pam. Pam a fu'n ffrind triw i Gwennan, ac iddo yntau hefyd. Gwnaeth Pam ddyfodol o'i phen a'i phastwn ei hun, a nawr roedd ar fin colli popeth. A doedd dim bai arni. *Fe* brynodd y dabled, *fe* wthiodd y lleill i chwarae'r gêm wirion, ac wedyn *fe* wrthododd gefnogi Pam pan oedd wedi dadlau'n daer dros fynd at yr heddlu i gyfaddef. Petai ganddo ddigon o asgwrn cefn i gefnogi Pam bryd hynny byddai'r tri ohonyn nhw wedi hen dalu am eu ffolineb erbyn hyn. Ond na, roedd wedi bod yn llwfr, yn gachgi.

A nawr roedd yn rhaid talu. A thalu'n ddrud. Byddai'n rhaid i'r tri fynd o flaen eu gwell – ond yn waeth na chanlyniadau hynny hyd yn oed, byddai wedi siomi ei fam, a cholli ei enw da. A gwyddai'n iawn fel meddyg fod enw da yn bopeth.

Brasgamodd Rhodri ar hyd Heol y Gadeirlan, ar draws caeau

Pontcanna a thua'r afon. Roedd honno'n fwll gydag ambell bwll disglair o dan lewyrch y lampau oren yma a thraw. Cerddodd ar hyd y llwybr gan fwmian siarad â'i hun, nes o'r diwedd cyrraedd y Bont Ddu. Bu'n sefyllian yno am oes yn syllu i'r düwch oddi tano.

Sgrech dau neu dri car heddlu, ac yna seiren un ambiwlans ar ôl y llall a'i llusgodd yn ôl. Roedd rhywbeth mawr wedi digwydd. Yn reddfol edrychodd i gyfeiriad y sŵn. Dychmygodd y llif yn rhuthro ar hyd Heol y Gogledd, dros gylchfan Gabalfa ac yna i glos Ysbyty'r Waun. Ond problem doctoriaid eraill oedd y gyflafan heno; roedd ganddo ef ei broblemau ei hun. Peidiodd y sgrechian a sylwodd ar y synau eraill o'i amgylch nad oedd wedi eu clywed cynt. Siffrwd wrth i ambell anifail bach – llygod efallai – sgidadlu drwy'r dail, rhochian dyfrgi ychydig i lawr yr afon, rhybudd iasol tylluan a chanu hapus digamsyniol robin bach o ddiogelwch perth neu goeden ochr draw'r afon. Clywai ambell nodyn cerddorol yn dod o gyfeiriad y castell, nodau ar gyfeiliorn, nad oeddent yn ddigon cyson i Rhodri allu dyfalu beth oedd y darn. Y tu hwnt i waliau llwyd Gerddi Bute roedd golau croesawgar y ddinas. Dychmygodd gerdded i mewn i far cynnes, bywiog, archebu peint ac yfed yn hir. Trodd yn ôl at y dŵr. Na, os oedd am fyw ni fyddai byth eto'n medru blasu chwerwder y cwrw na brathiad y whisgi – roedd yr arbenigwr wedi gwneud hynny'n berffaith glir iddo. Cododd garreg o'r llwybr a'i thaflu i'r dŵr. Clywodd hi'n disgyn ac wedyn rhyw gythrwfl sydyn wrth iddi styrbio rhyw dderyn neu anifail a oedd yn llechu gerllaw.

'Sori, sori, o'n i ddim wedi bwriadu… ddim wedi meddwl y bydde…'

Beth oedd yr iws? Doedd ei esgusodion yn golygu dim. Stopiodd siarad, a dechrau cerdded drachefn.

Dydd Mercher, 14 Gorffennaf 1999

Roedd Rhodri'n disgwyl amdani pan adawodd y tŷ. Cyn iddi nesu at ei gar roedd wedi lluchio drws ochr y teithiwr ar agor. Eisteddodd wrth ei ymyl a thaflu cip arno. Roedd yn edrych yn anarferol o anniben, heb eillio ac wedi cysgu, os cysgu hefyd, yn y dillad a wisgai'r noson cynt. Taniodd Rhodri'r injan a gyrru i gyfeiriad Parc Fictoria heb yngan gair.

'Neis cael fy ngharïo i'r gwaith,' meddai Pam o'r diwedd.

'Sdim cyfarfodydd 'da ti tan pnawn 'ma, 'na be wedest ti neithiwr.'

Nodiodd Pam. 'Nago's, ond ti'n gwbod 'mod i'n lico ca'l gwared o'r gwaith papur…'

'Eith hwnnw nunlle, Pam, bydd e'n dal i aros yn amyneddgar amdanat ti pryd bynnag gyrhaeddi di.'

'Sdim gwaith 'da ti, 'de?'

Siglodd Rhodri ei ben. 'Shifft brynhawn.'

'Ble ni'n mynd, 'te?' gofynnodd wrth i Rhodri droi trwyn y car i gyfeiriad Treláï.

'At yr heddlu,' meddai, ei lais yn hollol ddigynnwrf, fel petai newydd ddweud eu bod yn mynd i siopa i Tesco.

Am eiliad roedd Pam yn fud. Dyma y bu'n dyheu amdano ers blynyddoedd, ond nawr ei fod ar ddigwydd teimlai'n ansicr.

'Beth am Gwennan?' gofynnodd. Roedd yn amlwg i Pam fod Rhodri'n ceisio celu hyn oddi wrth ei chwaer, neu pam arall y byddai wedi aros amdani yn y car yn hytrach na'i chasglu o'r tŷ?

'Awn ni'n dau i ddechre. Bydd rhaid i Gwennan gael ei holi, wrth gwrs, ond ddim eto. Gwell i ni fraenaru'r tir.'

Breciodd Rhodri yn sydyn wrth i gar dynnu allan o'i flaen, ond ni fytheiriodd na gwneud mosiwns fel y byddai'n arfer gwneud.

'Ydy Gwennan yn fodlon i ni —?'

Torrodd Rhodri ar ei thraws. 'Ti'n gwbod dy hunan, Pam, dyw Gwennan ddim mewn unrhyw gyflwr i neud penderfyniad…'

'Alli di ddim gweud hynna, Rhodri,' meddai Pam yn chwyrn. 'Mae'n fregus, ody, ond mae yn 'i llawn bwyll.'

Nodiodd Rhodri.

Felly, roedd yn bosib y medrai ei berswadio i aros am ychydig, iddi gael hel ei meddyliau.

'Beth os awn ni at yr heddlu heno, 'te? Ar ôl dy shifft di. Y tri ohonon ni, gyda'n gilydd?'

Ond roedd Rhodri'n siglo'i ben.

'Mae wedi ymbil arna i i neud rhywbeth, Pam. Allwn ni ddim byw gyda'r ansicrwydd 'ma – dim un ohonon ni. Dylen ni fod wedi gwrando arnat ti, a chyfadde flynydde 'nôl.'

Teimlodd Pam gryd oer yn lledu drwy ei chorff. Roedd wedi ymarfer beth fyddai'n ei ddweud wrth yr heddlu droeon, ond nawr ni fedrai gofio'r un gair. A doedd dim amser i gytuno ar eu stori.

'Ond beth y'n ni'n mynd i ddweud, Rhods?' gofynnodd, wrth i Rhodri barcio'r car yn y maes parcio eang.

'Y gwir, Pam – 'na beth.'

Camodd Rhodri o'r car gan ei gadael yn eistedd yno. Ond ddim am yn hir. Agorodd ei drws hithau ac estyn am ei braich. Cymerodd Pam hi'n ddiolchgar. Roedd ei choesau'n bygwth rhoi oddi tani, ac eto fyth teimlai'n sic.

Gwenodd Rhodri y wên leiaf. 'Iawn?' gofynnodd, cyn gwasgu'r botwm i geisio mynediad drwy'r drws cadarn.

'Iawn,' atebodd, er y dylai fod yn hollol amlwg iddo nad oedd.

'Yr heddlu'n diogelu eu hunen yn dda rhag y cyhoedd anystywallt,' meddai Rhodri, wrth aros i'r porth agor.

10

Dydd Iau, 13 Gorffennaf 2000

Eisteddai Pam ar falconi ei fflat newydd yn y Lanfa, Aberystwyth, yn gwneud dim. Ceisiodd gofio pryd yr eisteddodd i lawr ddiwethaf heb swp o lythyron neu bapurau'r Cynulliad ar ei chôl. Roedd yr hin yn dal yn gynnes er bod yr haul yn suddo'n araf y tu ôl i'r Clwb Cychod ar ochr draw'r harbwr, gan adael awyr lachar ar ei ôl. Estynnodd am ei gwydraid o win gwyn oer a chau ei llygaid am funud. Dim ond bryd hynny y clywodd dincial ysgafn y mastiau wrth iddynt gael eu mwytho gan yr awel ysgafn. Agorodd ei llygaid. Roedd y rhan fwyaf o'r cychod yn bert – y *Meri Jên*, yr *Happy Dayz* a'r *Jack Pots*, a'u hadlewyrchiad lliwgar yn crynu yn y dŵr. Ond roedd y cychod bach gweithio, y rhai a rwymwyd wrth ochr bellaf hen wal yr harbwr, yr *AB104* a'r *AB32*, yn ei phlesio'n fwy. Bu ymhlith y rhai a fynnodd fod yr harbwr yn dal i gynnig lloches i'r pysgotwyr a oedd yma ymhell cyn i'r ardal gael ei harddu, ac roedd y ffaith bod yr hen a'r newydd, yr ymarferol a'r hamdden yn medru cyd-fyw'n hapus yn rhoi boddhad mawr iddi.

'Mae jyst fel bod ar y Med,' meddai Rhodri, gan gyffwrdd â'i hysgwydd wrth ei phasio ac eistedd wrth ei hymyl ar y balconi.

'Yn well,' meddai Pam, gan wenu arno.

Cymerodd Rhodri sip o'i sudd. 'A sut wyt ti'n gwbod hynny?'

'Ma hyn yn berffaith, Rhodri, a do's dim gwella ar berffeithrwydd. Felly dyna ni.'

Chwarddodd Rhodri'n uchel. 'Du a gwyn yw pethe i chi wleidyddion y Bae.'

'A ry'n ni mewn cwmni da,' atebodd Pam yn ddiog.

'Hitler, Mussolini, Thatcher?'

'O'n i'n meddwl am dy arwr di – nage John Wayne wedodd "If everything isn't black and white, I say why the hell not?"'

'Touché, Miss Smith, touché.'

Teimlai Rhodri'n edrych arni, ond caeodd ei llygaid eto. Roedd y gwres a'r gwin yn ei gwneud yn ddiog. Roedd y teithio yn ôl ac ymlaen o Gaerdydd, a'i hamserlen brysur, yn dechrau dweud arni hefyd, ac edrychai ymlaen yn fawr at ddiwedd y tymor seneddol. Wrth gwrs, dros yr haf, byddai disgwyl iddi fynd i bob sioe amaethyddol yn y sir. Cydnabyddai ei bod yn hollol hanfodol dal gafael ar bleidlais y ffermwyr, ac roedd Siôn byth a hefyd yn pregethu bod rhaid iddi weithio'n galetach i sicrhau hynny gan ei bod yn llysieuwraig, er, heblaw ychydig o dynnu coes diniwed, pur anaml roedd y pwnc hwnnw'n codi'i ben. Y prisiau a gaent am eu gwartheg ac ŵyn a'u llaeth, ac annhegwch yr archfarchnadoedd mawr, oedd gofid y ffermwyr gan amlaf. Ar y cyfan roedd yn mwynhau'r sioeau, a'r cyfle am glonc anffurfiol gyda'i hetholwyr. Dyna'i siawns i gadw cysylltiad, i ddeall yn union beth oedd yn bwysig i bobl Ceredigion. Roedd eisoes yn clywed ambell un yn grwgnach nad oedd deiliaid Bae Caerdydd yn deall beth oedd y pryderon ar lawr gwlad, ac roedd hi'n benderfynol na fyddai modd i bobl ei beirniadu hi am fod felly.

'Ti'n edrych wedi blino,' cyffyrddodd Rhodri â'i braich noeth.

'Mmm,' meddai, a'i llygaid yn dal ar gau.

Ni ddywedodd yr un o'r ddau ddim am funudau wedyn.

'Falle 'mod i flwyddyn yn hŷn, ond wy'n teimlo flynydde'n ifancach nag o'n i amser hyn llynedd. Gofid yn heneiddio rhywun,' meddai Pam yn dawel o'r diwedd.

'Cytuno'n llwyr,' atebodd Rhodri.

Teimlodd Pam e'n symud ei gadair yn agosach ati.

'Wy am neud llwncdestun ffurfiol.' Rhoddodd Rhodri ysgytwad ysgafn i'w braich.

Agorodd Pam ei llygaid a chodi ei gwydr.

'I ni,' meddai Rhodri, yn llawn egni a oedd yn gwneud iddi deimlo'n fwy blinedig byth.

'I ni, ac i'r newyddiadurwr dygn yna,' atebodd Pam, wrth i'w gwydrau ddod ynghyd.

'Ti'n iawn,' meddai Rhodri wedyn. 'Dylen i fod wedi ceisio cael gafael yn y post-mortem yna flynydde 'nôl, ond os nage ti yw'r meddyg, mae bron yn amhosib...'

'Ac o'dd ofn arnat ti, fel finne, godi crachen,' meddai Pam gan orffen y frawddeg drosto.

Nodiodd Rhodri. 'Diolch byth fod y newyddiadurwr 'na wedi mynnu pigo arni.'

Gollyngodd Rhodri ochenaid hir cyn bwrw ymlaen. 'Bydde gwbod nad y gêm dwp 'na 'nath arwain at farwolaeth Carwyn wedi arbed lot o boen meddwl.'

'O'n ni'n haeddu poeni,' meddai Pam heb oedi o gwbl.

'Wrth gwrs, wrth gwrs ein bod ni,' meddai Rhodri'n frysiog. 'Ti yn llygad dy le, Pam, alla i ddim credu mor dwp o'n i...'

Bu'r ddau yn dawel am rai munudau wedyn. Hyd yn oed nawr, bron i flwyddyn gron ers deall nad y dabled a laddodd Carwyn, roedd Pam yn dal i fethu atal yr olygfa o amgylch y bwrdd, a hithau'n estyn y diodydd i'r tri arall, rhag melyd arni'n gyson.

'Anghofia i fyth eiriau'r inspector 'na. "Don't you think we've enough to do without the likes of you two trying to admit to a crime that hasn't been committed?"'meddai Rhodri gan ddynwared acen Caerdydd yr heddwas.

Caeodd Pam ei llygaid. Anghofiai hithau fyth ddwyster yr emosiynau a'i gyrrodd i ben ei thennyn bron flwyddyn union yn ôl – yr ofn, yna'r rhyddhad, ac yna rhyw dristwch mawr a'i meddiannodd am wythnosau. Roedd wedi ceisio dadansoddi'r

tristwch hwnnw ond roedd ei theimladau'n gymysg oll i gyd –
tristwch dros Carwyn, am na chafodd ond blas byr ar fywyd, na
chafodd y cyfle i fwynhau gyrfa, i syrthio mewn cariad, i weld yr
injan y bu'n swnian amdani ar eu trip i Bontarfynach, y Maybach
rhywbeth. Ffieiddiai ati hi ei hun am beidio â chofio rhif yr
injan roedd wedi deisyfu ei gweld – arwydd arall o'i methiant fel
ffrind oedd hynny. A thristwch hefyd y bu sgileffeithiau'r bilsen
ddiniwed mor ddinistriol – wedi achosi i Gwennan roi'r gorau
i swydd roedd yn ei charu, wedi gyrru Rhodri i geisio cysur y
botel. A beth amdani hi? Beth oedd yr effaith arni hi? Yn sicr,
roedd wedi treulio bron i ddegawd yn poeni, yn ofni y byddai
rhywun yn canfod y gwir am noson olaf Carwyn, ond yn waeth
na hynny roedd wedi teimlo fel llofrudd, ac ar adegau wedi casáu
ei hun.

'Ro'dd y deuddydd rhwng mynd at yr heddlu a chlywed i
Carwyn farw o effeithie naturiol yn teimlo fel oes,' ychwanegodd
Rhodri i'r tawelwch.

'Mmm,' meddai Pam gan sythu rhywfaint yn ei chadair. Roedd
wedi eistedd am amser erbyn hyn ac yn dechrau anesmwytho.

'Sai'n credu bydde hynna'n digwydd heddi, ti'n gwbod.'

'Beth fydde ddim yn digwydd?' gofynnodd Pam gan giledrych
arno.

'Wel heddi, gydag e-bost a'r we, ma gwybodaeth yn cael
ei rhannu mor glou… bydde unrhyw un oedd am wbod be
laddodd Carwyn wedi medru canfod y ffeithie.'

Siglodd Pam ei phen. 'Dyw gwybodaeth feddygol pobl ddim
ar ga'l, Rhodri – dy'n ni ddim yn galler busnesan fel'na, o's
bosib?'

'Na, ti'n iawn, Pam, ond heddi bydde'r ffaith i fachgen
ifanc farw'n ddisymwth o glefyd y galon yn destun siarad, yn
wybodaeth gyhoeddus yn y Gymru fach glòs 'ma rwyt ti mor
falch o fod yn rhan ohoni, ac yn cyrraedd ymhell tu hwnt i'r dre
lle digwyddodd hynny.'

'Ti'n iawn, Rhods. Ma pethe wedi newid lot mewn degawd.'

'A dim ond dechre yw hyn – pethe mawr yn digwydd ym myd cyfrifiaduron yn Asia a Merica,' meddai Rhodri.

Cilwenodd Pam wrth wylio cwch bach llond mecryll yn pwffian i'w angorfa. Oedd, roedd yn falch bod hwn yn harbwr gweithio, er gwaetha'r gymysgedd ddieflig o ddrewdod diesel a hen bysgod a darfai arni pan chwythai'r awel o gyfeiriad arbennig.

'O'dd e ddim yn edrych yn dost o gwbl, druan â fe.' Daliodd Pam i syllu ar y cwch. Erbyn hyn roedd haid o wylanod swnllyd wedi heidio i'w groesawu 'nôl, pob un â chymhelliad arall wrth gwrs.

'Fel'na weli di, yn rhy aml – dyw pobl sy wedi'u geni â gwendid ar y galon ddim yn gwbod bod dim byd o'i le nes ei bod yn rhy hwyr. Ma *cardiomyopathy* yn llofrudd sy'n gweithio yn y dirgel mae arna i ofn.'

Nodiodd Pam. 'Carwyn bach. Ond dyna fe, falle mai gwell peidio gwbod, neu bydde rhywun yn becso byth a beunydd.'

Roedd un o'r pysgotwyr wrthi'n taflu cortyn i'w gyfaill ar y lan er mwyn sodro'r cwch i'r wal.

'Bydde'r rhan fwya o feddygon yn anghytuno â ti fanna, Pam – ma statins a newid ffordd o fyw yn gallu neud byd o wahaniaeth.'

Ceisiodd Pam benderfynu a fyddai hi eisiau gwybod petai ganddi broblem angheuol, ond cyn iddi drefnu'r dadleuon yn daclus o blaid ac yn erbyn yn ei meddwl roedd Rhodri'n siarad eto.

'Tasen i ond wedi gweld y PM a gwbod nad oedd unrhyw gyffur yng nghorff Carwyn byddet ti a finne, wel…'

Ochr draw'r harbwr roedd y gwylanod yn sgrechian eu cynddaredd.

'Ishe i ni gyfri'n bendithion sy, Rhodri,' meddai Pam yn bendant.

'Cytuno,' meddai Rhodri'n dawel.

Taflodd un o'r pysgotwyr beth bwyd ar y wal er mwyn gwaredu'r giwed swnllyd. Plymiodd yr haid i lawr a hedodd y rhai llwyddiannus i ffwrdd â'r lleill yn eu hymlid a'u heclo.

Gwthiodd Pam ei chorff i feddalwch y sedd. A'r cwch bellach wedi diffodd ei injan a'r gwylanod wedi eu diwallu am y tro roedd modd ymlacio eto. Lapiai'r môr y wal oddi tanynt, ei sŵn yn rhythmig gysurlon.

'Ma angen mwy o hyn – arafu a neud dim, jyst bod,' meddai Pam.

'Ody'r Aelod anrhydeddus dros Geredigion wedi cael digon sha'r Bae 'na'n barod?' gofynnodd Rhodri'n gellweirus.

'Dim o gwbl, Dr Ifans, wy wrth fy modd, ti'n gwbod hynny, ond wy wedi ca'l llond bol ar y cecru – Alun a Rhodri, Nick a Rod – a'r dullie dan din i geisio ca'l gwared ar Christine.'

Cymerodd Rhodri lwnc hir o'i ddiod. 'Wel sai'n credu bod penodi Ysgrifennydd Amaethyddiaeth sy'n feji a gorfodi'r Blaid Lafur i ddewis dyn Blair fel eu harweinydd wedi helpu'r achos, do fe?'

Nodiodd Pam. 'Cofia, 'nath Alun Michael ddim drwg i Blaid Cymru – arweinydd amhoblogaidd Llafur yn talu ar ei ganfed i ni.'

'Ond ma pawb siŵr o fod yn hapusach bod Rhodri wrth y llyw?'

Ochneidiodd Pam yn uchel. 'Wel ma pobl Llafur yn hapusach ta beth. Y trueni nawr yw na ddaw cyfle arall i Ron. O'dd Alun byth yn mynd i fod yn y swydd am yn hir, ac o'n i wedi gobeithio bydde Ron yn cael ail gyfle…'

Gadawodd Pam y frawddeg ar ei hanner; roedd hi wedi cael hen ddigon ar wleidydda.

Edrychodd allan dros yr harbwr. Roedd cofgolofn ryfeddol Rutelli o'r fenyw yn estyn allan i'r môr yn dywyll ddramatig yn erbyn yr awyr goch. Roedd yn rhaid iddi gadw pethau mewn persbectif, meddyliodd. Oedd, roedd hi wedi blino ar y cecru, ond beth oedd hynny mewn gwirionedd? Petai wedi ei geni hanner canrif ynghynt byddai wedi gorfod byw drwy ryfel go iawn.

'Faint o'r gloch ma'r teulu'n cyrraedd?' gofynnodd Pam wrth orffen ei gwydraid gwin.

Edrychodd Rhodri ar ei oriawr a chodi'n sydyn. 'Byddan nhw 'ma mewn hanner awr – well i ni symud. Wy wedi dod â stêc i ni'n pedwar a madarch wedi'u stwffio gyda chnau i ti. Iawn?'

'Swnio'n hyfryd,' meddai Pam wrth daro un olwg arall allan i'r môr cyn ei ddilyn i'r gegin.

'Meddwl bydden i'n neud salad a tships 'fyd, gan fod Elin yn dwlu ar tships,' meddai Rhodri gan agor y rhewgell, gafael mewn bag ohonynt ac arllwys dogn da i'r tun coginio.

Ail-lenwodd Pam eu gwydrau a throi'r radio ymlaen.

'Oes olew olewydd 'da ti?' gofynnodd Rhodri.

Pwyntiodd Pam at un o'r cypyrddau.

'Wy 'di dod â rhosmari a Halen Môn – meddwl 'i fod e'n ormod i obeithio bydde rheina 'da ti 'fyd,' meddai'n gellweirus.

'Ti'n 'yn nabod i'n rhy dda, Rhodri, neu ddylen i weud Dudley?' atebodd Pam wrth ei wylio'n malu'r rhosmari'n fân a'i daenu dros y sglodion.

'Sglods posh,' meddai Pam, gan ddawnsio o amgylch y gegin, gwydr yn ei llaw. Trodd y radio'n uwch. 'Ma hon yn mynd â fi reit 'nôl i '94,' chwarddodd. 'A dyna chi fo, yn rebal wicend go iawn, efo'i stic-on tatŵ a'i dun baco herbal yn llawn,' bloeddiodd Pam yn uchel. 'Steddfod Castell-nedd – 'na ble glywes i hi gynta… Ac ysbryd gwrthryfel yn berwi 'mhob diferyn o'i waed…'

''Nôl yn y ganrif ddiwetha,' chwarddodd Rhodri.

'Clasur erbyn hyn,' meddai Pam, 'ma'n nhw'n 'i chware hi byth a hefyd.'

'Ti'n dal yn driw i Radio Ceredigion, 'te.' Twriodd Rhodri nes dod o hyd i'r drôr cyllyll a ffyrc.

'Mae'r metamorffosis drosodd am wythnos fach arall...'

Arhosodd Pam tan i Bryn orffen ac yna tawelodd y radio. 'Ma'r holl fiwsig min nos ma'n nhw'n chware yn iawn fel cefndir, ond sai'n credu bod safon rhaglenni'r dydd cystal ag o'n nhw.'

Chwarddodd Pam wrth i Rhodri wneud arwydd i ddynodi ei bod yn ben mawr.

'Achos pendant o syndrom sbectol binc, weden i,' meddai Rhodri, wrth osod y bwrdd.

'Wel, Dr Ifans, fel arbenigwr A & E rhaid i fi blygu i dy wybodaeth helaethach ar bob peth meddygol,' meddai Pam gan foesymgrymu.

Agorodd Rhodri becyn o ddail a'u golchi.

'Gwatwar di faint fynni, Miss Smith, ond ddim am lawer hirach. Ma 'na job *consultant* yn dod lan, a ma'r bòs wedi awgrymu y dylen i fynd amdani.'

Rhoddodd Pam ei gwydr o'r neilltu er mwyn rhoi platiau, gwydrau a halen a phupur ar y bwrdd.

'*Consultant* yn Adran Ddamweiniau'r Waun – bydde hynna'n gyfrifoldeb mawr ar ysgwydde ifanc, Rhods. Ti'n siŵr bod ti ishe mynd amdani?'

Rhoddodd Rhodri ysgytwad i'r dail a'u tywallt ar bapur cegin i'w sychu.

'Odw, wy'n siŵr 'mod i am roi tro arni, ond ddim yn sicr o'i cha'l, cofia. Nawr, ma ishe symud rhain o'r sinc. O's jwg 'da ti?'

Twriodd Pam yn un o'r cypyrddau am lestr addas i'r tusw mawr o rosod melyn roedd Rhodri wedi'i luchio i'w dwylo wrth gyrraedd ddwy awr ynghynt, a llenwi'r jwg wydr â dŵr. Tybed a oedd e'n cofio y tro diwethaf iddo brynu blodau iddi? Blodau haul oedd y rheiny, a fu'n eistedd yn y poteli Tŷ Nant ar ffenest ei fflat yn Stryd y Wig am oesoedd, hyd yn oed ar ôl i'r blodau melyn hapus wywo gan adael dim ond wyneb mawr trist o hadau brown. Roedd tair blynedd ers hynny. Na, mae'n siŵr nad oedd yn cofio. Wrth iddi dorri coesau hirion y rhosod canodd y gloch. Rhoddodd yr olaf o'r rhosod yn y jwg, sychu ei dwylo'n frysiog a gwasgu'r botwm ar yr intercom. Daeth llais Elin yn glir fel cloch.

'Agorwch y drws, dyna'r peth gore a wnewch.'

Gwasgodd Pam yr ail fotwm i ryddhau drws allanol yr adeilad. Gan wenu a throi at Rhodri meddai, 'Glywest ti hynna? Ma Elin fach wedi dod i ddweud ei Rs yn iawn.' Agorodd ddrws y fflat i groesawu Mrs Ifans, Gwennan ac Elin a oedd a'i dwylo'n llawn anrhegion.

'I ti, Anti Pam,' meddai Elin, gan luchio pecyn mawr pinc i'w dwylo. Rhedodd heibio iddi at y ffwrn lle'r oedd Rhodri'n coginio'r stêc, 'Ac i ti, Wncwl Rhodri.' Roedd ei becyn ef hefyd yn binc.

'Wel diolch yn fawr iawn i ti, Elin,' meddai'r ddau.

'O'n i'n meddwl mai'r cytundeb oedd dim anrhegion pen-blwydd, a'n bod ni i gyd yn mynd mas am noson i'r bwyty newydd Ffrengig 'na yn y Bae?'

'Ti'n iawn, Pam. A wy'n dishgwl mlân,' meddai Gwennan. 'Ma Mandy'n hapus i warchod Gareth ac Elin unrhyw bryd. Ond fe fynnodd Elin...'

'Agorrrrrwch nhw, agorrrrrrwch nhw,' meddai'r ferch fach yn daer, gan neidio o un goes i'r llall.

Eisteddodd Gwennan a Mrs Ifans ar y soffa, pob ystum yn awgrymu mai cyfrifoldeb Pam a Rhodri nawr oedd y bwndel pum mlwydd o egni.

Gyda help brwdfrydig Elin rhwygodd Pam a Rhodri'r papur lapio i ddatgelu dwy gwningen binc, flewog.

'Wel diolch yn fawr, cariad,' meddai'r ddau, gan edrych dros ysgwydd Elin at Gwennan.

Roedd honno'n gwefuso'r gair 'sori'.

'Enwau?' gofynnodd Elin, gan sefyll o'u blaenau yn edrych yn daer.

'Pinky a Perky?' awgrymodd Rhodri gan droi 'nôl at y stêcs.

Roedd yn amlwg o wyneb Elin nad oedd wedi ei phlesio.

'Bwni Un a Bwni Dau?' awgrymodd Pam gan estyn dau wydraid o win i Gwennan a Mrs Ifans.

Dilynodd Elin hi yn cario'r ddwy gwningen wrth eu clustiau.

'Sudd oren, Elin?' gofynnodd Pam.

Nodiodd y ferch fach. 'Ma Elin a Megan yn enwe da i gwningod,' meddai gan ddilyn Pam i'r ffrij.

'Sut wyt ti'n gwbod taw merched y'n nhw?' gofynnodd Rhodri.

Edrychodd Elin arno fel petai'n dwp. 'Ma'n nhw'n binc, Wncwl Rhodri,' meddai'n bendant.

'Wrth gwrs,' cytunodd Rhodri.

'Wy'n meddwl bod Elin a Megan yn enwe gwych, Elin. Ti ishe rhoi nhw i ishte ar y soffa nawr i ti allu dal dy sudd?' gofynnodd Pam.

Siglodd Elin ei phen. 'Amser gwely i Elin a Megan,' meddai a llusgo'r ddwy gwningen tuag at yr ystafell wely.

'Sori, ddim yn mynd gyda'r *décor*,' meddai Gwennan, 'ond a'th hi bron yn rhyfel rhyngon ni'n dwy yn y siop degane...'

'Ac Elin enillodd, mae'n amlwg,' atebodd Rhodri.

'Beth o't ti'n wneud yn mynd i siop degane i ddewis anrhegion pen-blwydd i Pam a Rhodri ta beth?' gofynnodd Mrs Ifans.

Edrychodd Gwennan arni, y blinder yn amlwg yn ei hwyneb. 'Pnawn dydd Gwener, wythnos hir yn y gwaith – jyst cyn i fi adael y bedlam o goleg 'na a dychwelyd i Ysgol Pantyderi, Elin ar ei mwya penderfynol. Oes ishe gweud mwy, Mam?'

Gwenodd Mrs Ifans. 'Nag oes, bach, fi'n cofio fel o't ti yn yr o'd 'na, yn union fel ma Elin nawr.'

'Bosi Bŵts o'n i'n dy alw di,' meddai Rhodri.

Tynnodd Gwennan ei thafod.

'Mm – aeddfed iawn, Gwennie,' chwarddodd Rhodri.

'Nawr 'te, blant, bihafiwch wir,' dwrdiodd Mrs Ifans. 'Dyw Pam ddim wedi'n gwahodd ni 'ma i glywed chi'n bigitan.'

'Hollol, Mrs Ifans. Wy'n clywed digon o hynna yn y Bae.'

'Chi'n ca'l eich talu i figitan,' meddai Gwennan.

'Nawr 'te, pawb at y bwrdd, ma swper yn barod,' siarsiodd Rhodri.

'Elin, dere, beth ti'n neud?' gwaeddodd Pam i gyfeiriad yr ystafell wely.

Tawelwch.

'Ma hi wedi bod yn syndod o dawel, beryglus o dawel,' meddai Mrs Ifans gan eistedd wrth y bwrdd.

Aeth Rhodri i archwilio tra oedd Pam yn ail-lenwi eu gwydrau a rhoi'r platiau a'r bwyd ar y bwrdd.

Trodd pawb i gyfeiriad yr ystafell wely wrth i Rhodri ac Elin ailymddangos.

'Elin wedi penderfynu bod eisiau i Elin Bwni a Megan Bwni gael bath,' esboniodd Rhodri.

'Bath yn y gwely, fel Dad,' ychwanegodd Elin wrth eistedd. 'Mmm, sglods sbesial Wncwl Rhodri,' meddai wedyn gan estyn ei phlât i'w mam gael ychwanegu sglodion i'r stripiau tenau o stêc.

'Letys, Elin?' gofynnodd Pam.

'Ie, plis, Anti Pam.'

Cododd Pam ei haeliau ar Gwennan.

'Ma Elin yn bwyta llysiau a ffrwythau ers iddi fod yn treulio cymaint o amser yn nhŷ Megan,' esboniodd Gwennan, gan lwytho salad ar ei phlât ei hun hefyd.

'Saws hufen a phupur du.' Pasiodd Rhodri y jwg i Gwennan.

'Dim hufen i Mam; bwyta'n iach,' esboniodd Elin ar ei rhan.

'Bydd ychydig bach yn iawn.' Cymerodd Gwennan y jwg oddi wrth Rhodri.

Twt-twtiodd Elin yn uchel.

'Ma teulu Megan yn ofalus iawn – yn bwyta prin dim braster,' esboniodd Gwennan wedyn. Rhoddodd ddogn bach o saws ar ei stêc cyn pasio'r jwg i Mrs Ifans.

'Ma hufen yn ddrwg i chi, Mam-gu,' meddai Elin wedyn.

Arllwysodd Mrs Ifans yr hylif hufen dros ei chig. 'Dim byd mewn gormodeth, 'na'r ffordd, Elin fach,' meddai gan wenu.

'Ma teulu Cynan Jones yn ofalus iawn, iawn gyda'u deiet,' meddai Gwennan wedyn.

Cnodd Pam ar ei madarch. 'Mmm, bendigedig, ma'r bwyd yn hyfryd, Rhods, diolch,' meddai ar ôl llyncu'r gegaid gyntaf.

Nodiodd Rhodri. 'Mae'n dda bod Cynan a'i deulu'n ofalus. Ma cadw'r colesterol yn isel yn bwysig pan fod 'na hanes teuluol o brobleme'r galon.'

'Ma'r saws yn ffein,' meddai Mrs Ifans. 'Ti'n gogydd a hanner, Rhodri.'

'Ti'n lwcus i ga'l rhywun i helpu. Ma'n lletchwith gofyn i bobl ddod i swper pan ti'n gorfod neud popeth dy hunan – tacluso, siopa, cwcan, agor y gwin, sicrhau fod pawb yn joio,' meddai Gwennan gan gnoi'n ffyrnig ar ei chig.

Am eiliad bu tawelwch. Teimlai Pam fod yn rhaid iddi ddweud rhywbeth i gydnabod y sylw.

'Peth da bod Mandy ar gael i edrych ar ôl Gareth am gwpwl o ddiwrnode tra bo chi'ch dwy lan 'ma,' meddai Pam o'r diwedd.

'Chware teg, ma Mandy werth y byd,' meddai Mrs Ifans yn hwyliog.

'Werth y byd a'r betws, a hanner craig Trebannws,' canodd Elin.

'Ti'n iawn,' cytunodd Gwennan, cyn siarsio ei merch i fwyta'i swper.

'A Sioned, a Jessica, a Nerys, a Charlotte, a Simon, a… beth yw enw'r ferch newydd, Mam?' gofynnodd Elin.

'Rachel,' meddai Gwennan.

'Ie, Rachel. Ma cwningen a cath 'da Rachel,' ymhelaethodd Elin.

'Ma hynna'n lot o fynd a dod,' meddai Pam.

Nodiodd Gwennan. 'Tîm o ddau, bedair gwaith y dydd.'

'Ma Mam wedi blino'n lân; gorfod codi bob bore am hanner awr wedi chwech i adael nhw fewn,' meddai Elin.

'Ssh, Elin,' atebodd Gwennan yn siarp.

'Ond chi wedodd, Mam, glywes i —'

'Bwyta dy fwyd, Elin fach, 'na ferch dda,' meddai Mrs Ifans. 'Ti'n lico tships Wncwl Rhodri on'd wyt ti.'

'Sglodion, Mam-gu,' cywirodd Elin, gan wthio un i fewn i'w cheg.

Bu tawelwch wedyn am ychydig. Dylai fod wedi rhoi rhyw fath o fiwsig cefndir i chwarae, meddyliodd Pam. Ond byddai codi a gwneud hynny'n awr yn tynnu sylw at y lletchwithdod.

'Sut ma'r gwaith ar y tŷ yn dod mlân, Pam?' gofynnodd Mrs Ifans.

'O, yn weddol bach, ma'r gegin mewn o'r diwedd.'

'Sai'n siŵr pam ti'n trafferthu ca'l cegin o gwbl, Pam – ti byth yn cwcan,' meddai Rhodri.

Tynnodd Pam wyneb arno a chwarddodd pawb.

''Na lwc bod 'na dŷ wedi dod ar werth yn y stryd yntife?' meddai Mrs Ifans wedyn.

'Byddi di'n ca'l ci bach, Anti Pam?'

Siglodd Pam ei phen.

'Cath fach – un sinsir?' gofynnodd Elin wedyn yn obeithiol.

Eto siglodd Pam ei phen.

'Bochdew?'

'Falle,' cytunodd Pam. Gwyddai i Elin fod yn pledio a phledio i gael rhyw fath o anifail anwes ond bod Gwennan yn daer yn erbyn unrhyw beth fyddai'n golygu mwy o waith. Wel, byddai modd i'r bochdew fudo gyda hi o Gaerdydd i Aber i fwrw pob penwythnos, siawns.

'Dyle'r adeiladwyr fod mas mewn pythefnos,' meddai Pam, er mwyn troi'r sgwrs, 'ac wedyn bydd pethe'n dechre siapo.'

'Hen bryd 'fyd; ma'r holl ddyrnu 'na'n codi dwst ofnadw – sai 'di galler rhoi'r golch mas ers wythnose, a ma'r sgip enfawr 'na'n cymryd lle parco dau gar,' cwynodd Gwennan.

Teimlai Pam fel rhoi shiglad go iawn iddi. Medrai fod mor negyddol. Roedd Pam wedi penderfynu prynu tŷ yn Stryd Ethel er mwyn bod wrth law i helpu Gwennan. Mewn gwirionedd byddai cartref yn y Bae yn fwy cyfleus iddi hi. Ond nid oedd yn bod yn hollol onest chwaith; roedd lleoliad fflat Rhodri ar ochr orllewinol y ddinas hefyd wedi dylanwadu arni.

Ar ôl bwyta anfonodd Rhodri Elin i'r ystafell wely i sicrhau bod Elin Bwni a Megan Bwni yn sychu'n iawn, gan ei siarsio i'w rhwbio â thywel rhag iddynt ddal annwyd.

'Coffi?' cynigiodd Pam, gan godi a rhoi llaw ar ysgwydd Rhodri i ddynodi ei bod yn fwy na thebol i ferwi'r tegell ar ei phen ei hun.

Rhedodd Elin yn ôl i'r ystafell i adrodd bod Elin a Megan yn sychu'n iawn, ac nad oedd yr un ohonynt yn tisian.

'Ti'n ddoctor penigamp,' sicrhaodd Rhodri hi, gan godi i estyn jwg laeth a bocs o After Eights.

Edrychodd Elin ar ei mam cyn dwyn un o'r siocledi 'i Elin a Megan Bwni' a rhedeg 'nôl i'r ystafell wely.

Roedd yr oedolion wrthi'n trafod y si diweddaraf bod Marks and Spencer yn dod i Aberystwyth ac yn gorffen eu paneidiau pan ailymddangosodd Elin yn cario'r ddwy gwningen a'u hestyn i'w mam.

'Well i ni fynd, mae'n mynd yn hwyr i Elin,' meddai Mrs Ifans, gan dynnu Gwennan i'w thraed.

O'r tair, Elin oedd yn edrych fwyaf bywiog, meddyliodd Pam, gan ddiolch nad hi oedd yn gyfrifol am gael yr un fach i gysgu heno. Mynnodd Elin fod angen i'r ddwy gwningen fynd adre i dŷ Mam-gu gyda nhw, er mwyn i Dr Elin sicrhau nad oeddent yn clafychu. Chwarddodd Pam ar yr wyneb a dynnodd Gwennan arni.

'Ti'n dod gatre gyda ni, Wncwl Rhodri?' gofynnodd Elin.

'Nes mlân, Elin. Mynd i helpu Anti Pam i olchi'r llestri gynta.'

Cochodd Pam o weld y wên ar wyneb Mrs Ifans.

'Peiriant golchi llestri wedi torri'n barod?' holodd Mrs Ifans yn ddiniwed reit. Gafaelodd yn un o'r cwningod. 'Dere, Megan fach, adre â ni.'

Siglodd Elin ei phen. 'Elin yw honna, Mam-gu.'

Cydiodd Gwennan yn llaw ei merch a'i harwain tua'r drws.

'Nos da 'te, chi'ch tair, a diolch am y cwmni,' galwodd Pam ar eu holau.

'Un, dau, tri, pedwar, pump,' cywirodd Elin hi.

'Wrth gwrs, nos da i chi'ch pump,' atebodd Pam gan chwerthin, cau'r drws a mynd i'r gegin, lle'r oedd Rhodri eisoes yn bwydo'r peiriant golchi.

'Sdim rhaid i ti helpu 'da'r llestri,' meddai Pam. 'Dyle'r cogydd fyth orfod cymoni hefyd.'

'Wy ishe neud.' Sythodd Rhodri i roi swil i'r gwydrau grisial o dan y tap. Gadawodd i'r dŵr glân lifo drostynt am ychydig cyn eu rhoi'n ofalus ar y rhesel ddiferu.

Sychodd Pam y gwydrau; gallai ddod i fwynhau chwarae tŷ bach gyda Rhodri.

'Ai dyna'r cwbl?' gofynnodd Rhodri, gan edrych o'i gwmpas.

'Ie,' meddai Pam.

Rhoddodd Rhodri dabled ym mol y peiriant a throi'r bwlyn. Dechreuodd y peiriant rwgnach yn swnllyd yn syth bin.

'Dere, ewn ni mas. Sdim ishe i ni aros fan hyn i glywed cintach hwn.' Arweiniodd Pam y ffordd allan unwaith eto. Erbyn hyn roedd lleuad lawn yn gwarchod y bae. Safodd y ddau yn gwylio'r cychod wrth i chwa sydyn o wynt beri iddynt gael eu pwnio'n ysgafn gan y tonnau. Y tu hwnt i'r harbwr medrent glywed sŵn tonnau mawr yn torri ar y traeth.

'Anaml ma 'na donne yn yr harbwr,' meddai Pam.

Nodiodd Rhodri. 'Ma'r tipyn hafan 'ma'n neud byd o wahaniaeth,' cytunodd.

Pwysodd y ddau ar estyllod y balconi; roedd gwres y dydd yn dal i'w deimlo yn y coed.

'Mae wedi bod yn noson dda, Pam,' meddai Rhodri'n dawel.

'Mae wedi bod yn flwyddyn dda, Rhodri,' atebodd Pam.

'Mmm.' Cyffyrddodd Rhodri yn ysgafn yn ei braich.

Teimlodd Pam gryd yn rhedeg ar ei hyd.

'Alla i ofyn un cwestiwn i ti?' gofynnodd Pam, gan ganolbwyntio ar *Y Cranogwen*, cwch gweithio tipyn mwy solet na'r mwyafrif.

'Wrth gwrs – unrhyw beth.'

Bu saib am eiliad.

'Wel gofyn, a ti a gei… wbod,' promptiodd Rhodri.

Roedd hi wedi cychwyn arni a doedd dim amdani nawr ond gofyn. 'Ti'n cofio noson priodas Gwennan?'

'Odw.'

'Fe… fe dynnest ti 'nôl… ar y funud ola.'

Nodiodd Rhodri gan edrych allan tua cheg yr harbwr i'r môr mawr. Bu tawelwch wedyn, ac yn y distawrwydd bytheiriodd Pam ei hun am agor ei cheg. Bu pethau'n mynd yn dda, y ddau'n closio fwyfwy, a nawr roedd hi wedi gwneud cawlach o bethau unwaith eto.

'Allwn i ddim…' meddai Rhodri o'r diwedd. 'O'n i'n gwbod bydde marwolaeth Carwyn yn dod rhyngon ni. Bydde bod gyda ti wedi f'atgoffa i bob dydd o'r peth erchyll ro'n i wedi'i wneud.'

'A nawr?' gofynnodd Pam yn ofalus.

Gostyngodd yr awel mor sydyn ag y cododd, a'r *Liwsi Ann* a'r *Taid's Out* o dan reolaeth unwaith eto yn hytrach nag ar drugaredd y tonnau.

'Ma pethe'n wahanol,' atebodd Rhodri, gan roi ei fraich o amgylch ei hysgwyddau.

Nodiodd Pam ond ni ddywedodd ddim, yn synhwyro bod mwy i ddod.

'Fues i erio'd mor falch o ga'l fy nhwyllo – yn falch 'mod i wedi gwario deg punt ar brynu aspirin neu rywbeth tebyg.'

'Na finne,' meddai Pam yn dawel.

Bu distawrwydd eto am sbel. Yn araf bach cododd Pam ei golygon o'r dŵr islaw. Roedd yna lu o sêr yn cadw cwmni i'r lloer heno. Uwchben Penglais roedd un seren arbennig o ddisglair.

'Drycha ar honna,' meddai Pam gan bwyntio ati.

'Fel seren Bethlehem,' awgrymodd Rhodri.

'Ti'n gwbod be ma'r Indiaid yn credu?'

Ysgydwodd Rhodri ei ben.

'Taw eneidiau'r meirw yw'r sêr.'

Roedd hithau hefyd yn cael rhyw gysur mawr o feddwl hynny.